本书为国家社会科学基金 2012 年度项目"当代乡村叙事与乡村文化建构之关系研究"(项目编号:12BZW113)最终成果,并得到广西民族大学一流学科出版基金资助

叶君 著

新世纪乡村叙事研究

中国社会科学出版社

图书在版编目(CIP)数据

新世纪乡村叙事研究/叶君著. —北京:中国社会科学出版社,2022.4
ISBN 978-7-5203-9600-4

Ⅰ.①新… Ⅱ.①叶… Ⅲ.①乡土小说—小说研究—中国—当代 Ⅳ.①I207.42

中国版本图书馆 CIP 数据核字(2022)第 020982 号

出 版 人	赵剑英
责任编辑	顾世宝
责任校对	闫 萃
责任印制	戴 宽

出　　版	中国社会科学出版社
社　　址	北京鼓楼西大街甲 158 号
邮　　编	100720
网　　址	http://www.csspw.cn
发 行 部	010-84083685
门 市 部	010-84029450
经　　销	新华书店及其他书店
印刷装订	北京君升印刷有限公司
版　　次	2022 年 4 月第 1 版
印　　次	2022 年 4 月第 1 次印刷
开　　本	880×1230　1/32
印　　张	11.25
插　　页	2
字　　数	242 千字
定　　价	69.00 元

凡购买中国社会科学出版社图书,如有质量问题请与本社营销中心联系调换
电话:010-84083683
版权所有　侵权必究

目　录

绪　论 …………………………………………………（1）
　　何谓乡村叙事 ……………………………………（1）
　　新世纪乡村叙事变貌 ……………………………（9）

第一章　诗意与挽歌 ………………………………（18）
　　乡村的常与变 ……………………………………（21）
　　　　由隐而显的他者 ……………………………（23）
　　　　权力欲望与人性之恶 ………………………（29）
　　　　写实抑或浪漫 ………………………………（37）
　　最后的村庄 ………………………………………（42）
　　　　立碑与还原 …………………………………（43）
　　　　守土与守道 …………………………………（50）
　　　　乡村叙事的新可能 …………………………（59）
　　民工返乡之后 ……………………………………（65）
　　　　羞耻与隐忍 …………………………………（67）
　　　　屈辱与自欺 …………………………………（74）
　　　　成为羞耻自身 ………………………………（81）

1

第二章　乡下人进城的文学书写 (87)

征服与认同 (92)
- 挥洒快意的征服 (94)
- 一厢情愿的和解 (106)

两地书：迷失与迷思 (118)
- 城市诱惑与乡村乌托邦 (119)
- 背着土地行走的人 (132)

城市化进程中的"失败青年" (149)
- 被吃掉的泥鳅 (152)
- 妓女与警察 (163)
- 如何观照底层 (170)

第三章　乡村荒野：从另类到常态 (178)

这里只长了一个脑袋 (182)
- "神"的诞生 (184)
- 通往奴役之路 (190)
- 荒野里的微光 (197)

陈年蛛网，动哪儿都落灰尘 (203)
- 流转与异化 (204)
- 美丽与富饶的悖论 (212)
- 闲笔抑或曲笔 (218)

村落萎了，人也萎了 (225)
- 现实原则与审美原则 (227)

致富梦与生死场 …………………………………………（231）
　　身体之疾与心灵之疾 ……………………………………（239）
　抗拒荒野 ……………………………………………………（246）
　　与命名无关 ………………………………………………（247）
　　南中国的黑夜 ……………………………………………（251）
　　无乡可返 …………………………………………………（257）

第四章　乡村非虚构叙事 ……………………………………（264）
　乡村发现与都市追访 ………………………………………（270）
　　非虚构：何以可能 …………………………………………（271）
　　蓬勃的废墟 ………………………………………………（277）
　　羞愧与羞耻 ………………………………………………（285）
　乡村致死之疾 ………………………………………………（293）
　　返乡与非虚构 ……………………………………………（295）
　　乡村生存之重 ……………………………………………（300）
　　救赎何以可能 ……………………………………………（313）
　亟待建构的乡村文化 ………………………………………（319）
　　精神黑洞 …………………………………………………（320）
　　现状与隐忧 ………………………………………………（326）
　　乡村与上帝 ………………………………………………（333）

参考文献 ………………………………………………………（341）

绪　论

本书是在笔者博士学位论文《乡土·农村·家园·荒野——论中国当代作家的乡村想象》(后由中国社会科学出版社于2007年出版)研究基础上的进一步延展与深入,观照对象主要聚焦于新世纪以来的乡村叙事;结合乡村非虚构叙事,并比照近年出现的乡村社会学成果,试图探究新世纪乡村叙事的诸多新变。虽然"乡村叙事"这一概念近年来已然被学界普遍接受,但在进入本项目研究所观照的具体的作家、作品之前,还是有必要对其出现的过程以及使用的场域进行简单梳理与明确。

何谓乡村叙事

基于悠久的农耕文明背景,中国自古以来就是个农业大国。新中国成立后很长一个历史时期，农村人口始终占据着全国人口总数的绝大部分。近年来，随着城市化进程的加剧以及计划生育政策的影响，这一局面已然有了明显改观。文学是社会生活的反映，某种意义上，一个世代主体人群的面貌，自然决定了该世代的文学面貌与品质。正因如此，在中国现当代文学里城市题材的文学始终显得单薄；与之相反，乡土或农村至今仍是纯文学作家最热衷的题材之一。历时来看，现当代文学史上众多经典之作莫不关乎于此，如《故乡》(鲁迅)、《边城》(沈从文)、《呼兰河传》(萧红)、《白鹿原》(陈忠实)、《马桥词典》(韩少功)等。然而，毋庸置疑的是，近年来中国城乡人口比例的变化，势必给迁延了近百年之久的乡村叙事带来值得注意的新质。

关于乡村的文学观照，中国现代文学史上早已形成了两个互有差异的范畴，即"乡土文学"与"农村题材小说"。它们的出现近乎约定俗成，长期以来缺乏必要的梳理与清晰的厘定。一些文学史编撰者只知"已然如此"而缺乏探究"何以如此"的热情与自觉。稍加考察便可得知，自王瑶《中国新文学史稿》以降的各种中国现代文学史著作，基本上遵循着一个大致相同的体例，大都以"乡土"来涵盖20世纪20年代描写乡村生活的作品，如面对鲁迅、鲁彦、蹇先艾等人的创作，直接以"乡土文学"称之；而30年代初出现的表现乡村破败的小说，则大多以"农村"来概括，典型的如茅盾的《春蚕》《秋收》《残冬》被命名为"农村三部曲"而非"乡土三部曲"；40年代赵树理等人的创作，更直接称为"解放区的农村题材小说"。《中国现代文学史》(唐弢)、《中国现代文学简史》(黄修己)、《中国现代小说史》(杨义)、《中国现代文学三十年》(钱理群等)等较有代表性的现代文学史教材莫不鲜明地体现了这一编撰体例。而在诸种当代文学史教材中，"农村题材小说"早已成为一个不言而喻、毫无争议的范畴，直接用以指称新中国成立后直至20世纪80年代初关于农村生活的诸多文学作品。及至80年代中后期随着"寻根文学"的出现，在文学史描述或学术研究中又开始大量出现"乡土文学"的概念，从中透露出新时期文学中由"农村"向"乡土"返回的信息。我想说的是，"乡土文学"和"农村题材小说"的共同所指，虽然都是中国"乡村"，但不同的称谓无疑意指不同的社会、历史、文化内涵。作为话语实践的产物，它们显然彰显了不同的价值取向、美学趣味以及社会历史形态。它们之间的差异值得进一步探究，它们的使用场域应该加以厘定。

乡土文学研究在20世纪90年代初出现了一个明显的高潮，《中国乡土小说史论》(丁帆，1992)、《地之子——乡村小说与农民文化》(赵园，1993)、《放逐与回归——中国现代乡土文学论》(杨剑龙，1995)等有代表性的论著集中出现，稍后还有《中国乡土小说史》(陈继会，1999)等。只是，与众多文学史家对"乡土文学""农村题材小说"在概念使用上的自觉区分相反；除赵园外，其他乡土文学或农村题材小说研究者，大多罔顾这一文学史编撰事实，往往直接以"乡土"覆盖"农村"。当然，也不乏以"农村"来包容"乡土"者，如亦有论者视《蒲柳人家》(刘绍棠)、《受戒》(汪曾祺）等小说为农村题材小说。[1]而这似乎是对读者阅读经验的巨大违拗，但又无法说清它们与《艳阳天》《创业史》等经典农村题材小说有何不同。

以"乡土"覆盖"农村"者，往往会顺着自身的逻辑建构起一个"泛乡土"的论述体系，将只要是描写乡村生活的作品都认定为"乡土文学"，前文提及的论著其论述逻辑大都如此，只不过程度不一。如此，便带来一个十分重要的问题：何为乡土文学？很长一段时间以来，它一直困扰着乡土文学研究者。对研究对象认知的模糊，无疑会影响到相关研究的深入，正是在这个意义上，20世纪90年代初在乡土文学研究热潮中，有论者明确指出：乡土文学研究的"一个最基本的问题越来越使人困惑不安，这就是乡土文学这一概念本身尚未有一个比较清晰的理论界说，缺乏对乡土文学概念的内涵意蕴和外延指向的科学限定，致使乡土文学概念模糊、范畴漂移，审美特质捉摸不定。因此，对乡土文学的概念、特征有必要进行比较科学的理论阐释，否则，乡土文学将名存实亡"[2]。《乡土·农村·家园·荒野——论中国当代作家的乡村想象》一书与此相关的论述，努力回到"乡土文学"和"农村题材小说"这两个文学史范畴出现的历史与逻辑起点，对它们的发展与演变进行梳理，并对其内涵进行了辨析，基于此，论者的看法是：

> 乡土文学是作家对故乡（包括出生地意义或精神指涉与

---

[1] 张志忠：《近年农村题材小说概论》，《中国社会科学》1984年第5期。
[2] 陈昭明：《乡土文学：一个独具审美特质的文种》，《小说评论》1993年第2期。

情感认同意义上的故乡）进行有距离（包括空间距离、时间距离以及心理距离）观照的产物；空间位移和时序错置使作家产生一种显在的动情观照，往往表现为乡愁的显现；对故乡的再现则大多有赖地方风土人情的描写和方言土语的使用，显露出比较明显的特定地域风貌；呈现于文本层面的乡土社会形态则表现为相对保守、古旧而固陋的宗法制自然村社。而农村题材小说的描写对象，则是处于变动和重组中的乡村世界。客观上看，促成这种变动的根源往往表现为新的政治、经济和文化形态对封闭的自然村社的进入；而从主观上讲，则表现为基于写作者世界观和人生观的不同，而生成的对于乡村社会的不同观照角度和观照方式。这类小说往往凸显一种更为明显的社会历史内涵甚至政治意识形态动机。[1]

今天来看，论者当年的研究与结论仍存在不够周延之处。但是，在对"乡土文学"和"农村题材小说"的辨析中，则可以看到这两个概念在指称90年代新出现的一些作品时，明显存在捉襟见肘之处。如有论者将《无边无际的早晨》（李佩甫）、《乡村情感》（张宇）、《人生》（路遥）看作"新乡土小说"，并意识到"新乡土小说"与农村题材小说有"微妙差异"[2]，但差异何以微妙则语焉不详。在论者看来，这分明透露出20世纪90年代以来，文学创作中出现的新质元素，胀破了"乡土文学"与"农村题材小说"的边

---

[1] 叶君：《乡土·农村·家园·荒野——论中国当代作家的乡村想象》，中国社会科学出版社2007年版，第15页。
[2] 雷达：《从高加林到李洽国——关于乡土小说的深化》，《文学评论》1991年第3期。

界,不觉让此前一种约定俗成的言说变得困难。旧的概念难以准确指称新的现象,于是一个更具弹性的新概念的出现成为必然。它既能涵盖"乡土"和"农村",又能收纳文学创作中的新质,以解决"乡土文学"抑或"农村题材小说"研究中指称模糊、边界不清的问题。《乡土·农村·家园·荒野——论中国当代作家的乡村想象》一书对此的应对是:

> 作为有待言说的客体,"乡村"往往与"城市"对举,即"城/乡"(此处的"乡"显然是"乡村"之"乡",而非"乡土"之"乡"),分别指涉两种基本的、互有差异的经济形态、文化形态、生活方式和社会组织结构等等。中国当代作家在面对同一有待言说的客观对象——乡村时,则往往因为视野的不同、立场的不同、世界观的不同,以至心境、趣味以及艺术见解、艺术表现手法的不同,而在各自的创作中呈现出多姿多彩的乡村景观。[1]

"乡村"概念的出场,庶几可以解决上述问题,让概念涵盖的范围更广,指称更具弹性。然而,关于中国乡村,事实上现当代作家还会基于不同的立场与趣味,生成另外两种不同的文学景观,即以之为载体想象成"家园"和"荒野"。

乡村家园想象,典型如当年被喻为"愤怒的二张"的张炜、张

---

[1] 叶君:《乡土·农村·家园·荒野——论中国当代作家的乡村想象》,中国社会科学出版社2007年版,第26页。

承志。他们系列作品中的"芦清河""葡萄园""野地""西海固""回民的黄土高原"等地名或虚指空间,早已成为精神家园的代名词。而《废都》之后,贾平凹更以《土门》《怀念狼》《高老庄》等作品传达了他的家园之思,写作一如他所言是寻找安妥灵魂之所。同样是形而上维度上的乡村想象,跟乡村家园相比,乡村荒野却是一种完全相反的向度,彰显不同美学趣味。乡村荒野极力剥离乡村在乡土想象或家园想象里被赋予的诗意,表现为一种"向下"的还原,着力凸显乡村世界的原始与野蛮,具体表现为物质上的匮乏与精神上的荒芜,难以见到人性的亮光。如果稍加追索,我们便会发现基于中国乡村的这一独特文学景观,早在萧红的《生死场》(1935)里便有自觉而完整的呈现。《生死场》与《边城》诞生于同一年,当沈从文将自己的湘西故乡,想象成一处诗意洋溢的乌托邦之时;萧红笔下的东北大地则不过是"生死场"——"忙着生,忙着死"的所在。同样是关于故乡的文学想象,南北作家笔下的乡村文学景观竟然如此不同。《生死场》与我们阅读经验中的乡土文学或农村题材小说大异其趣,它是如此独特,现有的文学史范畴几乎无法将其收纳。只是,萧红以后的很长历史时期,乡村荒野想象几乎隐匿不现;进入20世纪80年代却又在李锐、杨争光、刘恒等人笔下得以延续。《厚土》《赌徒》《狗日的粮食》等作品再次接续了关于乡村这别一向度的诗意。

不争的是,"乡村家园"和"乡村荒野"这两种关于中国乡村的叙事,同样无法归入"乡土文学"或"农村题材小说"。多年来,在中国现当代文学研究中,面对文学作品中某些新质元素的出现，当原有的指称变得困难，研究者便往往不及深究就匆匆在原有指称前面冠以"新"字，以便与旧有指称相区别，而究竟"新"在何处则没了下文。后来者表述的惯性却又常常让这种懒惰的命名得以不断迁延。同样，面对李锐、杨争光等人的作品，学者金汉又再次以"新乡土小说"称之。不同于批评家雷达的是，对于何为"新"何为"旧"，金汉倒是有自己的看法，认为叙述者基本等同作者的曰"旧"；叙述者摆脱了作者的曰"新"[1]。这显然是基于作品表象过于简单而粗暴的判断。

因之，如果再将乡村家园和乡村荒野纳入观照视野进行总体考察，那么在梳理"乡土文学"和"农村题材小说"这两个文学史范畴的渊源，以及对其所指涉的内容进行厘定并在试图解决指称焦虑的过程中，对这一问题还有所延展。《乡土·农村·家园·荒野——论中国当代作家的乡村想象》一书的结论是：

> 中国当代文学中由于乡村叙事多元化格局的形成，其内涵早已超出"乡土文学"或"农村题材小说"的涵盖能力。基于此，我认为能够包容乡土、农村、家园、荒野这四种言说指向的种概念应该是"乡村"；换言之，乡土、农村、家园、荒野是有关乡村的四种不同文学景观。而"乡土文学"、"农村题材小说"、"乡村家园小说"、"乡村荒野小说"则是"乡村小说"、"乡村叙事"或"乡村文学"这个种概念里的四个

---

[1] 金汉：《中国乡土小说的艺术新变——"新乡土小说"论》，《浙江师大学报》（社会科学版）1993年第4期。

属概念。[1]

今天看来，相较于"乡村小说""乡村文学"，"乡村叙事"这一概念明显更具学理性与指称的明确性与弹性。本项目研究所指的"乡村叙事"便源于此。事实上，此前早就有学者表现出对"乡村"这一概念使用的自觉。例如，"乡村"一直是学者赵园在论述一般论者常视为"乡土文学"的一个核心概念，专著《地之子——乡村小说与农民文化》（1993）就表现出对"乡村"一词使用的高度自觉，在其论述里反而鲜见"乡土文学"或"农村题材小说"，"乡村小说"或"乡村文学"往往是其解决指称焦虑的方法。而且，更值得注意的是，赵园在20世纪80年代末90年代初就注意到作为一种文学景观的"乡村荒原"，并有专门论述。从近年来的研究看，与"城市叙事"相对，"乡村叙事"这一概念无疑得到了更多人的认同，频繁出现于大量的论文与专著里。

新世纪乡村叙事变貌

进入新世纪，乡村叙事出现了许多新质的元素，叙事格局与主体情绪也明显有别于此前。这些变动之所以发生，无疑应归因于中国乡村社会在世纪之交被无情推至一个全新的境遇，那就是急速加剧的城市化进程。时至今日，在进入新世纪的二十多年里，"城市化"仍然是影响中国城乡社会的重大事件之一，它有如多米诺骨牌

---

[1] 叶君：《乡土·农村·家园·荒野——论中国当代作家的乡村想象》，中国社会科学出版社2007年版，第29页。

的倒伏，引起一系列连锁反应，受影响最大的无疑是中国乡村。城市化直接导致乡村社会结构、社会心理以及整体面貌的深刻变化，有些层面的改变几乎不可逆转。如此境遇之下，中国广大乡村在短短二十多年里变化之深之巨，已远非20世纪80年代初改革开放所带来的冲击可比。最为显见的事实是，随着农村青壮年劳动力大规模进入城市打工，乡村被急剧掏空，留守儿童、留守妇女、留守老人成了最核心的人群，引发诸多社会问题，涉及法律、伦理道德甚至意识形态等诸多层面。中国乡村出现了前所未有的衰败征象。在意识形态层面，面对空心化所带来的苦难，乡村的留守人群需要新的精神寄托与超越苦难的精神安慰。从中原、东北各地的乡村调查来看，许多地方的农村基督教传播迅速，一些村落迷信活动亦有抬头甚至猖獗之势。

乡村社会这一巨大而深刻的变貌，在新世纪以来的乡村叙事里自然会得到反映。对待乡村之"变"，许多作品一改20世纪80年代以至90年代的明媚、轻松而变得滞重、沉郁，流露出诗意的叹惋甚至悲悼，唱出一曲曲乡村挽歌。然而，城乡格局之变是谁也无法阻遏的大势，没有人能挽住一个民族现代化的车轮，因而不同于20世纪80—90年代的乡村叙事的是，新世纪乡村叙事大多在反复述说着中国乡村的现代性之殇。形形色色的叙事，实则在讲述着同一个故事——中国乡村如何掉入现代性的陷阱。这与20世纪80年代初唯现代化是举的现代性崇拜恰成对照。具体到个案，作家贾平凹在20世纪80年代以诸多乡村叙事文本致力于建构诗意弥漫的商州世界，如数家珍般地向世人夸炫乡村的种种美好，而到了长篇小说《秦腔》，其观照对象仍是商州，但这一世界的文学景观比起二十多年前却有天壤之别。某种意义上，《秦腔》呈现了今日中国"最后的乡村"，毫无疑问是当下中国乡村的一个缩影。从夸炫到悲悼，发生在贾平凹身上绝不是一蹴而就。事实上，三十年来中国乡村的变迁在其作品里可以找到一条清晰的轨迹。农民进城后便有了一个新的身份——农民工。他们在城市里的生活，实际上是其乡村生活的延续；而一旦离开乡村，他们便难以回到过去的生活中去，返乡之途同样艰难。孙惠芬的《民工》《歇马山庄的两个男人》等作品便对此有所涉及，揭示出这一群体既融不进城市又回不了乡村的双重困境。

新世纪乡村叙事另一个不容忽视的事实是叙事主体的变化。作家乡村经验的普遍缺乏已然是不争的事实。不仅如此，从事乡村叙事的作家亦在急剧减少。即便有所坚持者，大多已步入晚年。他们生活在城市里，乡村经验大多来自早年的乡村经历，对今日乡村现实的隔膜同样是不争的事实。更多人早已丧失了探究乡村变貌发生根源的热情。这种隔膜自然也反映在作品里，典型如《湖光山色》（周大新）所体现出的诸多问题。该作问世后招致诸多诟病，究其根源，便是作家与其所反映的乡村生活之隔。而对于更年轻的一代作家来说，乡村经验的普遍缺失已是常态。因此，这一主题叙事的衰落似乎没有什么悬念。

"城市化"促成大量乡下人进城，而这一对乡村和城市都发生了巨大影响的社会现实，必然会进入作家们的观照视野。"乡下人进城"当然不是自新世纪开始，百余年来在中国现当代文学史上它早已成为一个散发魅力的叙事母题。只是到了新世纪，乡下人进城是引发乡村变迁最为根本的原因。这一社会现实引起了众多乡村社会学家和作家的高度关注。对于作家而言，描写乡下人进城，写的虽然是他们在城里的生活，在我看来却是乡村叙事的延续。因为这些作品其旨归并非为了表现都市，而进城乡下人事实上亦无法真正融入城市而改变自己的身份和心理状态。肉身在城市与心理上的被抛感，似乎是他们的宿命。他们对此痛感无助。乡下人进城的叙事，所关注的仍然是农民在城里的遭际及其折射出的社会问题。李佩甫诸多作品如《羊的门》《生命册》，常常在城市、乡村两个层面展开，用两条线索结构小说，有意将乡村和城市加以对照。城乡双线并进的结构方式，对于李佩甫来说无疑是一种"有意味的形式"，其背后的意识形态动机，或许就在于在作家看来城市不过是乡村的延续。只要笔下人物没有脱离乡下人的心态，没有逃离乡下人的格局，没有超越乡下人的视野，他们无论生活在哪里都如同生活在乡村。对他们来说，城市永远都是"他者"。

梳理中国现当代文学史，作为叙事母题的"乡下人进城"，百余年来经历了数度变化，体现了不同世代的时代风貌与美学趣味以及各种不同的城乡关系。从20世纪20年代鲁迅笔下的知识分子"逃异乡走异路"的进城（如《故乡》《在酒楼上》等），到30年代老舍在名著《骆驼祥子》里所呈现的农民进城，从中可以看出这一叙事形态观照对象的变化。值得一提的是，《骆驼祥子》应该是现当代文学史上最早、最完备的"乡下人进城"叙述。祥子这个进城后始终无法获得"市民"身份，只能从农民而"游民"的年轻人,最终被城市无情地"吃掉"。进入80年代,金狗(贾平凹《浮躁》)、陈奂生(高晓声《陈奂生上城》)、高加林(路遥《人生》)等是"文化大革命"结束后,一代作家所塑造的进城乡下人形象;而进入新世纪,在城市化进程加剧的时代背景下,新一代进城者如国瑞(尤凤伟《泥鳅》)、吴志鹏(李佩甫《生命册》)的命运则跟他们全然不同,上演着全新的乡下人进城故事。其命运遭际已不仅仅属于他们个人,而是凸显着城市和乡村尖锐的二元对立。毋庸置疑,审视百余年来中国文学里进城乡下人的谱系,那一长串人物的名字,还有他们那分明打上时代印记的都市遭遇,无不在言说着在一个较长的历史时期里,中国社会在城市和乡村两个层面的深刻变化。然而,与乡村叙事可以预见的前景一样,鉴于绝大多数写作者都生活在城市,"进城者"亦将会成为一个退出历史舞台的名词,乡下人进城这一叙事模式有一天会消亡同样亦未可知。但是,在新世纪乡村叙事里,贾平凹的《高兴》、李佩甫的《生命册》、尤凤伟的《泥鳅》为这一叙事母题提供了新的经验、新的故事,也引发了新的思索。

前文述及乡土、农村、家园、荒野,是中国现当代作家关于中国乡村四种不同的想象方式,相应地生成了四种不同的文学景观。20世纪20年代,鲁迅的《故乡》《社戏》《祝福》等作品,对当时年轻的乡土文学作家们产生了示范性影响。不唯如此,鲁迅还在理论上进行引领与倡导,让乡土文学成为引人注目的创作潮流。到了20世纪30年代,沈从文的《边城》诸作,让乡土文学从写实一变而为浪漫,文本愈益精致。而中国作家40—70年代的乡村想象，基本出于政治性的诉求，生成大量"农村题材小说"，社会主义现实主义几乎是他们进行创作的唯一方法。80年代政治松绑，寻根文学兴起，于是乡土文学再现文坛，出现了刘绍棠、汪曾祺、何立伟等代表性作家，从他们的创作可以看到对沈从文的接续。而进入90年代，对精神家园的追索与想象，则成了文学创作新的主导性潮流，前文所说的"愤怒的二张"成就了一时之盛。

值得注意的是，关于乡村的四种想象方式中，"乡村荒野想象"始终显得比较另类，在一个较长的历史时期相关作家作品比较少见。当然，亦不乏如《生死场》（萧红）那样的天才创造。20世纪90年代，随着当代文学多元化格局的最终形成，乡村荒野想象在《伏羲伏羲》（刘恒）、《黑风景》（杨争光）、《无风之树》（李锐）等小说里得以赓续，这些作品似乎是隔了漫长的时空在向《生死场》致敬。无论刘恒、杨争光还是李锐，他们笔下的乡村仍然都不过是"生死场"——人物在向动物还原，一切都止于"活着"。其后进入新世纪，我认为乡村叙事的最大变化，便是乡村荒野想象在不觉中成了一种常态。这一文学景观的大量出现，应该引起公众的高度关注才是，但事实并非如此。

具体到作家个体，乡村有如荒野或者如赵园所说的"荒原"，长久以来一直是阎连科较为独特的乡村发现和刻意追求的美学标识。从《受活》到《丁庄梦》《炸裂志》，他以其独树一帜的乡村书写而成为当下文坛一道触目惊心的景观。他凭借汪洋恣肆的想象，呈现河南乡村最为醒豁的荒野图景。无独有偶，当学者梁鸿以准社会学调查的方式进入河南乡村，用自己的眼睛看，自己的耳朵听，并形成关于河南乡村一份准调查报告《中国在梁庄》。梁鸿的文字甫一问世便引起巨大反响。跟阎连科那天马行空的想象不同，梁鸿追求的是有如社会学调查的纪实性，然而，两者的共同之处在于，梁鸿所看到河南乡村同样有如荒野。在我看来，这是文学想象与"非虚构"之间有意味的"互证"。同为乡村荒野想象，梁鸿、阎连科跟刘恒、李锐等人已然有了巨大差异。后者乡村荒野想象的生成，往往源于乡村世界物质的极度匮乏；而梁鸿和阎连科笔下，乡村权力的黑暗运作、道德的沦丧以及空心化，才是导致乡村荒野化的根源，它们让乡村变成了一个巨大的黑洞。乡村荒野从另类到常态，从想象到非虚构，乡村叙事的这一深刻变化，不得不令人深长思之。

新世纪乡村叙事的另一显著变化，更体现于"乡村非虚构叙事"的出现，并成为一时潮流。稍加考察便可得知，近年来备受推崇的"非虚构"写作并不是什么新鲜事。人们自然会想到20世纪60年代兴起于美国的"非虚构小说"，想到杜鲁门·卡波特、诺曼·梅勒等作家以及他们的经典非虚构作品。"非虚构"写作在中国成为一时之热，无疑与《人民文学》杂志的倡导与推波助澜分不开。对此稍加了解，亦可看出在中国作为一种文学事件的非虚构写作与美国的非虚构小说之间还是有较大区别。作为文学事件，非虚构写作引起广泛争议。当热潮渐渐褪去，学者洪治纲认为，撇开那些迂腐的争论（如非虚构写作与报告文学之间的关系），"非虚构"不过是一种写作姿态的倡导，呼吁作家对历史、对现实的介入性，旨在改变当代作家那种蛰居书斋、向壁虚构的惯习，转而深入历史与现实之中，获取最原始的经验和体验，强化并重构有关真实的叙事伦理。[1] 这无疑是中肯之论。《人民文学》对非虚构写作的倡导甫一发出，便得到了众多作家、读者的热烈响应与支持；足见他们对此前很长一段时间当代文学沉迷于仿真经验的想象方式的不满。事实上，进入20世纪90年代以来，在市场经济的刺激下，许多作家受利益的驱动尽力迎合市场，为了吸引眼球而肆意虚构，以致远离当下生活的各种玄幻、穿越题材早已泛滥成灾，看不到丝毫的写作诚意，文字品格极其低下，作家们纷纷一变而为商人。

值得注意的是，在众多"非虚构"中，乡村非虚构叙事又是最为引人注目且最具水准的部分。短时间内佳作迭出，且备受关注，如《中国在梁庄》（梁鸿，2010）、《一个村庄里的中国》（熊培云，2011）、《出梁庄记》（梁鸿，2013）、《生死十日谈》（孙惠芬，2013）、《上庄记》（季栋梁，2014）、《乡村行走》（尚柏仁，2014）、《崖边报告》（阎海军，2015）、《大地上的亲人》（黄灯，2017）等。在此之前，随着"三农问题"的突出，曹锦清、温铁军、李昌平等乡村社会学家做了大量乡村调查，产生了《黄河边上的中国》等名噪一时的乡村社会学著作。而陈桂棣、春桃夫妇的报告文学《中国农民调查》（2003）更是反响巨大。乡村非虚构叙事便与这些乡村社会学著作以及关于乡村的报告文学，形成了彼此互证的关系。同时也让人看到，同样是追求真实，文学与非文学的分野。毋庸置疑，乡村非虚构叙事给新世纪乡村叙事带来了全新的形

---

[1] 洪治纲：《论非虚构写作》，《文学评论》2016年第3期。

式、经验与活力，彰显作家尽力求真的努力以及对社会的使命感与责任感。正是在这一过程中，他们发现了当前新农村建设中意识形态建构的问题所在，以及乡村文化建设的紧迫性。

第一章
诗意与挽歌

进入 21 世纪前后，中国乡村社会遭遇全新的境遇，主要表现为乡村城市化进程的加剧，还有异质性因素持续不断地渗入。伴随"他者的进入"，乡村面貌与社会结构悄然发生着变动与重组。这一现象显然不只是在进入 21 世纪前后才出现，然而，相比于 20 世纪 80 年代改革开放之初，中国乡村在外来影响之下的变动与重组无疑在明显加剧。体现在人们的生产生活方式、价值取向、伦理道德观念等方方面面。特别是城市商业模式的进入，以及农民尚利意识的充分唤醒，乡村原有一切遭受巨大冲击，乡村社会的意识形态明显有了巨大改易。这一切在进入 21 世纪前后的乡村叙事里都得到了充分体现，甚至成为最常见的叙事主题。面对乡村之"变"，在今昔对比中，许多作家在文字里不自觉地流露出诗意的叹惋甚至感伤与悲悼，谱就一曲曲乡村挽歌。然而，关于乡村的"常与变"，"变"自然是定数，那些存留于记忆中的美好与诗意，不过是一种虚幻的想象。毋庸置疑的是，中国乡村的城市化进程乃大势所趋，谁也无法阻挡，对乡村的"常与变"需要的是一份理性的审视与客观的呈现。然而，一个显在的事实是，在更多作家笔下，"乡村之变"体现为一个掉入了现代性陷阱的残酷故事的反复上演。

本章选取新世纪以来三个有代表性作家的乡村叙事文本作为观照对象，解析其文字背后的意识形态动机与乡村真实图貌，以及在叙事层面存在的问题。周大新的长篇小说《湖光山色》写出了"他者"进入之后，乡村的恒常与变故。朴素的叙述让读者看到，利益诉求以及城市商业模式的进入，所导致的乡村伦理道德的变化，更让人看到金钱一旦与权力勾结，肆意膨胀出的人性之恶。与此同时，周大新也叙述了一个闭塞小山村世道人心永远葆有的美好。比较之下，贾平凹的长篇小说《秦腔》更进一层，最大限度地写出了今日乡村所面临的即将消亡的空前困境。虽然观照的对象是特定的"这一个"，却无疑带有普遍性。作家带着无尽感伤与愤激，呈现了某种意义上的"最后的村庄"。不同于周大新的是，贾平凹对乡村现状的观照与批判更加尖锐，也更加深入乡村的肌理。同时，对于乡村叙事新的可能也进行了大胆尝试。不无巧合的是，这两部作品同时斩获第七届"茅盾文学奖"，亦表明乡村叙事仍是当前文学创作中最受关注的方面。而随着城市化进程的急速加剧，大量农村青壮年劳动力纷纷进城谋生，"农民工"随之成了中国社会非常广大的群体。与之相应,"农民工问题"则纠结着中国社会最主要的矛盾,吸引着作家们的注意。孙惠芬的短篇小说《民工》对这一群体有深入的观察和了解,并对农民工问题有深入的探讨。进城与返乡是这一群体生活的两个基本层面。进城之后,他们在乡村留下的空缺,无疑会引发一系列问题,触及乡村伦理和个体心理的变化;而当他们返回乡村,所要面对的却不再是离开之前的乡村。"融不进城市亦无法回到乡村"于是成了农民工不得不面临的双重困境。

就新世纪乡村叙事而言,一个显见的事实是,从事乡村叙事的作家明显在急剧减少,即便有所坚持者亦大多步入花甲之年。他们中的绝大多数在城市生活多年,跟今天的乡村现实愈益隔膜,乡村经验渐渐匮乏。更多时候,他们只是凭着记忆与想象进行创作,所传达的情理与事象,很大程度上早已不符合今日的乡村实际。这无疑是进入新世纪以来,乡村叙事一个有待突破的瓶颈。因着这份隔膜与匮乏,今日中国乡村现实难以在文学作品里得到合理而充分的呈现。无论《湖光山色》还是《秦腔》,在取得显著成就的同时,亦凸显当下乡村叙事的一些共性问题。

乡村的常与变

20世纪80年代,伴随社会转型期的到来,无论城市还是乡村,国人原有的价值取向、伦理道德观念都受到了极大冲击。即便穷乡僻壤,亦面临"他者"无孔不入的进入,不断促成乡村社会物质与精神层面的诸多变貌。80年代初改革开放伊始,面对处于变动与重组中的乡村,贾平凹难掩困惑,不禁追问:"历史的进步是否会带来人们道德水准的下降而虚浮之风的繁衍呢?诚挚的人情是否适应于闭塞的自然经济环境呢?社会朝现代化的推移是否会导致古老而美好的伦理观念的解体或趋尚实利之风的萌发呢?"[1]而生出如此困惑的自然并非贾平凹一人。这一现代性的困惑,同样在其他

---

[1] 贾平凹:《后记》,《腊月·正月》,北京十月文艺出版社1985年版,第423页。

作家的文字里弥散开来。铁凝的《哦，香雪》也让人生出同样的困惑。有论者认为，如此清丽的文字却寄予了作家对时代的严峻思考：乡村那淳朴、淡远之美固然迷人，但它恰恰与贫穷、闭塞联系在一起，而在时代列车的呼啸前进中这一切又能保持多久？随着时代的发展，小小的台儿沟又将经历怎样的变化？[1]进入21世纪，改革进入"深水区"，社会转型明显加剧，作家和批评家们当初为之"困惑"的现代性迷思确乎有了答案。周大新的长篇小说《湖光山色》（2012）在某种意义上便是对这一迷思全面而深切的回应，给读者描绘了一个基于"他者"进入而处于变动中的偏僻乡村，并对今日乡村世界的图景进行了多维度呈现，对"他者"进入之后的乡村困境有所思考。该作和同名电视剧都引起了较大社会反响。《湖光山色》获第七届茅盾文学奖后，还引发诸多争议。有论者认为，从小说所反映的乡村现实来看，有一个明显的错位，即小说的"故事框架是放在新世纪前后的乡村，但对乡村结构的内在构成以及人们的行为方式和心理特点的设定，却往往是80年代乡村状况的复制"[2]。此说可谓点中了要害。亦即，作家原有的乡村经验与小说创作之时的乡村现实明显不符。亦有论者认为，该作的叙事比较粗疏、文学性不足，与"茅盾文学奖"的荣誉似不相称。即便如此，我依然认为《湖光山色》以丹江口水库边上的一个小村庄前后数年的变化，颇具典型性地写出了世纪之交，处于急剧转型中的中国乡村的典型图景，并传达出作者关于乡村之变的深长思考。

---

[1] 陈思和主编：《中国当代文学史教程》，复旦大学出版社1999年版，第226页。
[2] 姚晓雷：《试论新世纪文学对当下乡村社会的主体呈现困境——以〈湖光山色〉为中心的一种考察》，《学术月刊》2013年第11期。

由隐而显的他者

《湖光山色》以豫西南丹江口水库边上一个名叫"楚王庄"的小山村为观照对象，将其置于社会急剧转型的大背景之下，通过一个小山村的变故与恒常，揭示中国广大乡村即将面临的命运以及共同的困境。与《小月前本》《哦，香雪》等表现乡村改革的小说相比，《湖光山色》所反映的时代背景显然跟它们分属两个历史时期。前者的故事背景是20世纪80年代初，后者则是21世纪之初；前者所呈现的是"他者"初始进入之态，以及随之而来的变动，后者则是"他者"对乡村从自然景观到价值取向的深刻改易。同样是处于变动中的乡村，但两者所呈现的面貌、遭遇的问题，以及所引发的思考却大不相同。姑且悬置小说艺术水准的价值评判，仅就乡村叙事而言，我认为《湖光山色》为人们认知21世纪之初的中国乡村提供了一个典型范本，无疑具有独特的价值。

作家笔下的楚王庄地理位置优越、土地肥沃、旱涝保收，因大水库的阻隔，小山村与外界联系不便——出村得坐班船从西岸到东岸。但是，广阔水面的阻隔，却让山村景观、伦理道德、价值取向处于相对滞后的状态，大有孤悬世外之感，恰与库区的"湖光山色"融为一体，葆有没有掉入"现代性陷阱"之前的本色，并染有几分诗意。纵观中国现当代文学，山水阻隔的相对闭塞，似乎是乡村诗意保存的必要条件。沈从文笔下的湘西边城茶峒如此，贾平凹小说里的陕南商州"莽岭一条沟"亦然，铁凝笔下的河北小山村台儿沟更是如此。关于诗意，一如此前的诸多乡村叙事，《湖光山色》

也有不动声色的淡淡渲染:"村子里一如往常那样,刚吃过早饭的人们正在作下地的准备,牛在摇着脖子上的铃铛,犁、锄在叮当作响,羊在叫,驴在吼,狗在撒着欢地吠。"乡村人物的活动更是这诗意景观不可或缺的部分。吃过早饭,作为一家之主的暖暖爹已经下地,"娘开始喂鸡,奶奶在缠着一个线团"[1]。如此情景如同一组电影镜头,从最日常的生活画面里透出库区山村的优美、宁静与安逸,数十年如一日,令人忘了时光的流转。外界风雨似乎永难侵入,永难冲淡这里的诗意。只是,世道总是处于变动之中,谁也无法阻遏,"变"是一种恒常。我想,即便没有看到小说的后续故事情节,仅仅读到这里,人们可能一样会自然生出面对《哦,香雪》式的疑问:这份近乎前工业社会的诗意能保留多久?何况楚王庄毕竟不是全然与世隔绝的世外桃源。丹湖虽然水面辽阔,但人们早已跨越这一障碍走出村庄。而辽阔的水面也给楚王庄带来了意想不到的东西——深深吸引城里人的秀美自然景观。事实上,外在于小山村的"他者"早已觊觎此地,并不断渗入。由他者进入而导致的楚王庄之"变"无疑是一种必然。关键是变局如何生成,又该"变"往何处?

《湖光山色》的开篇情节设置颇具深意。在北京上门做清洁工的主人公,接家里电话被告知母亲病重,急急忙忙赶回楚王庄老家。京城打工两载,单纯的山村姑娘暖暖除了攒下八千多块钱,更重要的是受大城市生活方式熏染,已经不再是那个进城之前的乡下姑娘了。打工经历某种程度上让暖暖已然成为楚王庄的异质性存

---

[1] 周大新:《湖光山色》,作家出版社2012年版,第38页。

在。回村当晚，在心急火燎地赶去医院的路上，她自然想到头天此刻还在灯火辉煌的北京城，眼下却走在这寂静无声、漆黑可怕的小路上，内心涌起一种"不真实的感觉"，独自感叹"这完全是两个世界呀！"[1]京城和山村的落差太大，她显然一时难以完成心态切换。事实上，回到楚王庄的暖暖，其最大变化并不是在旷开田眼里她明显比同龄姑娘会穿衣服、会收拾头发，有城里人的味儿，而是其观念的悄然变化。一个走出乡村受到城市影响的年轻人再回到乡村，这一"离去与返回"的情节设置，实则预示随着他者的进入，山村的变局亦必然随之而来。

　　注意到小说主人公有了变化的不唯旷开田等乡亲，还有权欲、利欲熏心的村主任詹石磴。暖暖一回到村里，他便感受到了她的变化，并觊觎其丰满健美的身体，更发现她身上有一种不同于村里姑娘的美。回村不久，暖暖就什么彩礼都不要，主动将自己嫁给了旷开田。此举源于她在价值观上对城市的强烈认同。她为自己和丈夫定下了明确的奋斗目标："咱俩这辈子就说在这楚王庄过了，可咱们的孩子不能再像咱们，让他们就在这丹湖边上种庄稼"，"得让他们将来到城里上学，到城里过日子去"；而要实现这一目标，暖暖想到的自然是钱——"咱们得先挣钱，先富起来，我在北京时已经看明白了，你只要有了钱，你就能够在城市为孩子买到房子，你才能让孩子在城市里落下脚"[2]。观念之变与志向的确立，让村妇暖暖实际上成了乡村的隐性他者。而促成这一切的，就是其北京打工

---

[1] 周大新：《湖光山色》，作家出版社2012年版，第9页。
[2] 周大新：《湖光山色》，作家出版社2012年版，第49页。

的经历。小说开篇，暖暖搭乡亲的便船进入楚王庄，便是"他者进入"的写照，富有象征意味。不同于《哦，香雪》里那列象征着现代性只靠站一分钟的火车的僵硬与突兀，《湖光山色》里乡村异质性因素的进入，带有"润物无声"的贴合与自然。

那么，北京到底给了暖暖什么？

一言以蔽之，即城市经验唤醒了一个乡村女孩的致富冲动与尚利意识。从此，她没法再重蹈前辈村妇的命运，仅仅做一个安贫保守的乡村妇女。城市经历让她意识到要改变自己，特别是要改变下一代的命运，"钱"才是最关键的因素。因而，可以说楚王庄从权力格局到意识形态之"变"，就从暖暖接到那个催其回家的电话开始。

暖暖不顾家人反对，果断将自己嫁给身强力壮的种田好手旷开田，一方面固然有爱的因素以及基于对方道德层面的考量——她对村主任为弟弟詹石梯求婚的拒绝，便出于对对方人品的鄙夷。另一方面，暖暖看中旷开田，更在于她认定对方是可以跟自己一道实现理想的人。而且，她觉得可以利用自己与旷开田在见识上的落差，让对方臣服于自己。因而小两口结合在一起之后，无论婚后的家庭生活，还是对未来远景的规划，都由暖暖说了算。为了实现她那"宏伟"的目标，一开始过于强烈的挣钱欲望，也让这对小夫妻差点掉入万劫不复的深渊。两人贪小利轻信便宜种子而上了骗子的当，低价买入然后以市场正常价格卖给同村人，因种子是假的导致乡亲们颗粒无收。垂涎于暖暖身体的詹石蹬动用权力和人脉关系，将旷开田推入绝境，逼暖暖"献身"于自己并如愿以偿。躲过牢狱之灾的旷开田和暖暖背负着沉重的债务开始新的生活，而那个让下一代做"城里人"的梦想，经此劫难自然变得极其渺茫。

当此之时，楚王庄另一显性他者及时出现。一个偶然机会，暖暖结识了前来考察楚长城的考古学家谭文博老先生，给他做向导并照料其考察期间的食宿。谭老先生每天付给她一百元钱作为报酬。貌似最简单不过的人际交往里，没想到商业行为就此发生。暖暖看到了自己的时间和劳动的价值，且隐隐感到更大的商机即将到来。谭文博回京后在报纸上撰文介绍楚长城，旋即引起史学界的注意，此后流水般吸引来一批批历史学家、考古专业的学生，更有在好奇心驱使下闻声前来的观光客。此前"藏在深山人未识"的小山村立时为世人所瞩目，慕名前来的人越来越多，势必给楚王庄带来意想不到的冲击与改变。而暖暖凭着她那对利润敏锐的嗅觉和过人的精明，还有敢于冒险的精神，利用家里现有条件，从接待一个人扩大至接待数十人的旅行团。一次次扩建房屋，最终将家庭开办成旅馆，自己摇身一变为家庭旅馆"楚地居"的女老板。来看楚长城的人一多，她还意识到小山村的湖光山色也是可以带来经济利益的资源，于是将考察、观光与农家乐结合在一起，生意更是红红火火、蒸蒸日上。这一过程中，夫妻俩还清了债务，并完成了资本的原始积累。就这样，暖暖这个小山村自身孕育的他者，由农妇成长为一个经营湖光山色和历史遗迹的商人，再也无法回到此前那打鱼、种地的生活中去。其"他者"身份，亦由隐性一变而为显在。实际上，对于楚王庄来说，楚长城亦是一个隐性的他者式的存在。在城里人的关注之下，它同样由隐而显。楚长城的发现，一样有赖于他者的进入,有赖于文化知识的力量,还有资讯的传播。

基于他者的眼光,暖暖对祖祖辈辈赖以生存的土地有了全新审视。"楚地居"家庭旅馆无疑是对当地文化旅游资源的一种开发模式。跟一般农民相比,暖暖的异质性最为明显不过。但她对湖光山色的开发还是极有限度,除了让自己一家富裕起来,并引来乡亲们的嫉妒之外,并未给周围环境、人际伦理、价值观念带来深刻变化。眼见大量涌入的游客,楚王庄的人们也只是本着看热闹的心态来面对这一乡村之变:"大人小孩都涌出来看热闹,男人们新奇地看着游客们手上拎着的照相机、摄录机和奇形怪状的水壶,女人们则羡慕地看着女游客们的穿戴。"[1]但是,随着外来者越来越多,楚王庄的变化也在悄悄深入。先富起来的暖暖一家的示范作用,加之随着整个社会大环境价值取向的变化,乡亲们对凭着自己的双手和头脑富起来的暖暖和旷开田生出敬意,两人在众乡亲间的号召力也随之增强,而惯于耍弄权力、鱼肉乡亲的詹石磴却越发令人反感。因而,楚王庄在外在热闹的掩盖下,更大更内在的变化是村民价值观念的改易,还有自身权利意识的增强。詹石磴利用村主任的权力对旷开田和暖暖极力打压,激发出暖暖想通过合法的选举,将他手里的权力夺过来的想法。在她的策划下,旷开田主动出击,而资本给了他极大的自信。丈夫当上了村长,暖暖如愿以偿。不同于詹石磴的是,一旦掌握权力,旷开田便将之与资本相结合,形成新的力量。这让新村长能更深入地改变乡村,也意味着他有更大的力量破坏乡村。随着故事的深入,读者看到他者在另一层面的力量逐

---

[1] 周大新:《湖光山色》,作家出版社2012年版,第144页。

渐显现。

富裕起来的暖暖辅助丈夫当上村长，这是乡村资源的优势组合，表现为金钱与权力的合一。但这毕竟是小规模的资本与权力的结合，其破坏力以及对人性的腐蚀亦十分有限。不过，更有力量的"他者"早已对楚王庄虎视眈眈。资本的获利冲动一如嗜血动物对血腥的敏感。觊觎楚王庄很久的开发商薛传薪对山村的开发愿景让暖暖心动。随着资本的大规模强势进入，村长旷开田利用手里的权力，让楚王庄的商业开发变得异常顺利。一处高档度假村很快成为这片湖光山色间最为触目的异质性存在——它不再是暖暖那不改民居本色的"楚地居"。运营中，暖暖很快意识到在这个快速盈利的现代化度假村里所发生的一切，正一步步冲击着自己的道德底线。她无法适应这一切，最终被薛传薪辞退，仍然回家经营自己的楚地居。《湖光山色》提供了两种关于乡村文化资源的开发模式：楚地居式和赏心苑式。赏心苑的暴利模式早已让经营者无从顾及伦理道德与自然环境。由引入妓女（又一他者）到培养本村女孩做按摩女郎；嫖客亦由外来变为自产。萝萝怀了嫖客的孩子，走投无路跳湖自杀，幸亏被乡亲救起；麻老四染上了性病；度假村为扩大规模，强买青葱嫂家的土地，强拆了她家的房子……资本在城市里上演了无数遍的罪恶场景，搬至这个原本诗意洋溢的平静小山村。他者开始显现它那狰狞的面目，给乡村带来无尽灾难。只是，暖暖可以回到楚地居，但楚王庄再也无法回到拥有"湖光山色"的从前。

权力欲望与人性之恶

《湖光山色》让我们看到处于变动中的楚王庄亦有不变的东

西,那便是生生不灭的权欲及其催生的人性之恶。因传统文化的濡染,加之在中国的权力结构里,公权力一向少有约束与监督,导致公权普遍沦为私权。权欲以及由之焕发出的罪恶,数千年来迁延不绝。中国公众那近乎一种文化根性和集体无意识的权力崇拜,很大程度上便根源于此。而且,普遍的规律是:越是闭塞的地方,公权力的傲慢、权力崇拜,以及由此导致的人性之恶越常见。因而闭塞而富有湖光山色之美的楚王庄,面对他者的进入,在变动重组中,人们意识深处自有其难以改变的东西。"变",只是周大新观照小山村的一个方面;而"不变"却是他关于农民精神状态的另度思考。在其写作动机里,不仅要让读者看到"变"的一面,更要让人们看到乡村社会内里基于文化根性的恒常。小说着意指出,楚王庄所在之地正是历史上楚王赟的建都之所。而楚王赟的灭亡,便是由他那无限膨胀的权欲和荒淫无耻的生活所致。将现实的楚王庄与历史上的楚王赟勾连在一起,对于周大新而言显然喻指在这块古老的土地上,对于权力的贪欲亦是亘古如斯。作为一把双刃剑,现代性固然或成陷阱,但传统观念的壁垒可能更难冲破;而由权欲导演的人性之恶的戏码,却是如此反复上演。从这一层面来说,作者似有意让读者直面被湖光山色所遮掩的罪恶。

在"外来者"没有进入之前,如果说闭塞的楚王庄如同一个小小的王国,那么,独秉大权的村主任詹石磴,便是"君临天下"的国王。詹家建有楚王庄最好、最气派的房子,坚固结实,地势高迥。晚饭后,作为一家之主和一村之主的詹石磴坐在二楼晒台上,边吸烟边观望夜色中的村子,享受君临天下的快意。在其幻觉里,那些矮小的土砖房里住着的都是他的子民。他家的农活儿不用吩咐就有村民抢着分担。即便在一个小小的山村，不受监督的权力同样能让一个人不自觉地被权力异化，卑琐的欲望于是肆意膨胀。然而，詹石磴为弟弟詹石梯向暖暖爹提亲被暖暖拒绝，让他第一次遭遇意想不到的挫败。不同于一般农民的是，即便气急败坏，但他还是强忍下这口恶气，摆出一副貌似开明的姿态，实则谋划着阴鸷的报复，一步步逼暖暖交出被他觊觎已久的身体。"假种子事件"中，詹石磴不仅不化解矛盾，反而暗中一步步将旷开田推向绝地。在丈夫面临牢狱之灾的情势下，一个乡村女人唯一拥有的便是身体。暖暖最终交出身体，任由詹石磴蹂躏最终救出丈夫。只是，詹石磴自然不满足于仅仅一次的兽欲满足，多次骚扰遭拒之后，暖暖再次遇上扩建房屋急需得到詹石磴即公权力的同意。村主任再次以此作为要挟，逼迫她就范。这次，在享受权力所带来的快感之余，詹石磴不无得意地炫耀："我早就给你说过，在楚王庄，凡我想睡的女人，还没有我睡不成的！这下你信了吧？！你一次次躲我，躲开了吗？"[1]没有什么比这更露骨地彰显权力的霸道与傲慢，充分暴露楚王庄似是一个与现代社会完全隔离的空间。湖光山色因之蒙上了穷山恶水的阴影。

  前文所论以暖暖为代表的"他者"的进入，活跃了楚王庄的经济，在一定程度上改变了当地人生活方式的同时，更是内在地给小山村带来了观念上的冲击，而这不仅仅只是关乎经济利益。富裕之后的村妇暖暖，其内心原始的民主意识亦被唤醒。她敢于跟詹石磴

---

[1] 周大新：《湖光山色》，作家出版社2012年版，第115页。

叫板的一个重要原因，实则是经济实力上的优势。暖暖的生活态度，还有资本优势让她在乡亲中间有了号召力。她经过一番努力，让丈夫旷开田在村主任选举中胜出，逼着詹石磴交出公权力。民主意识以及对公权力的认知，这些同样是暖暖作为乡村"他者"的标识。相比于一般农民，村妇暖暖更多看到了时代潮流之变。詹石磴的落败却是一种必然，因他只是一味沉浸在权力所带来的迷幻里，浑然不知世情之变，金钱的号召力有时甚至优于权力。然而，暖暖同样无从预见权力会给自己的丈夫，给自己还有家庭带来什么。

在楚王庄，旷开田取代詹石磴之后又会如何？

小说对此做了更为深刻的省思，让人看到如果没有村民素质的普遍提高，以及对权力边界的认知，权力的更迭不过是从一个人手里转到另一个人手里，两者之间并没有本质的不同。在楚王庄的"恒常与变故"里，读者所看到的最大变化还是发生在暖暖一家身上。婚后直至"创业"时期都老实巴交的旷开田，一旦坐上村主任之位，权力欲望即刻在他身上起了意想不到的作用。在对权力的贪恋方面，他跟前任毫无二致。而甚于詹石磴的是，当上村主任后旷开田当真将自己看成楚王庄的"王"。历史上的楚王赀，无疑是作者的一种隐喻与映射，至此却变成了现实。在情景剧里扮演楚王时，旷开田早已分不清自己是谁。而当一个人丧失价值立场，一旦有资本与权力的联姻，内心卑琐的欲望便会更其肆意膨胀。这一点在旷开田身上最为典型不过。他享受着权力带来的一切，在赏心苑里肆无忌惮地放纵肉欲，度假山庄成了他的后宫。面对此时的丈夫，暖暖再也无力改变什么唯有离开。离婚让暖暖意识到在权力与资本的联姻面前，自己早已是个弱者。她可以打败詹石磴，却无法打败自己的丈夫。与詹石磴不同，旷开田拥有的不仅仅是权力，还有资本为其撑腰。更可怕的是，权力与资本的勾结，不仅改变着楚王庄的自然景观，更改变着小山村的世道人心。卖淫、嫖娼、性病、淫乱这些原本寄生于大都市里的丑恶，现如今蔓延于湖光山色间。楚王庄眼见生生掉入现代性的陷阱。在这个小山村貌似追求现代化的过程中，人们明显见到了那千年不变的东西——不受约束的权力。在其淫威之下，现代化的度假村变成了一个封闭而荒淫的古代城堡抑或地主庄园，里边上演着令人发指的彰显人性之恶的闹剧。

如果说当年詹石磴对暖暖和丈夫所做的种种，已然彰显人性之恶的话，那么，相比于旷开田当上主任之后，所设计的对詹石磴的恶毒报复，那只能算是小恶而已。失去权力的詹石磴生活潦倒，中风之后连看病的钱都没有。为了给父亲治病，詹石磴的女儿在赏心苑卖淫挣钱。自古以来似乎都是如此，因权力而肆意妄为者，实际拥有的仅只是权力而别无所能，貌似强大实则内里虚弱不堪。旷开田对詹石磴处心积虑的报复是将中风之后的詹石磴送到赏心苑，隔着单向透光的玻璃，观看自己女儿与嫖客上床。此举可谓恶毒之至。旷开田身上的人性之恶被权力充分激发出来，他完全忘记了过去；比之詹石磴他更是一个权欲熏心，且存心作恶之人。

欲望如同从所罗门瓶子里释放出来的魔鬼，只是暖暖不再是那个幸运的渔夫，可以把魔鬼再次骗回瓶子里。人性之恶于是弥漫开来。暖暖无法掌控全然被权力和金钱攫住的丈夫。她再次想利用合法的手段剥夺旷开田手里的权力,一如当年对付詹石磴一样,但情势却不比从前。即便荒淫无比,旷开田的村主任位置却稳如磐石。暖暖想再次利用村主任选举的合法程序,将早已失去人心的旷开田选下去,但她面对的对手不再是詹石磴。她同样做了大量工作却未能如愿,一番较量败下阵来。而旷开田给她的忠告是:"你知道你这回败在啥地方?败在你低估了权和钱扭结到一处所生出的力气。"[1]这自然是作者周大新借人物之口想要表达的,亦是作家对转型期社会发出的警告,拳拳之心溢于言表。旷开田的嘴脸不过是当今社会众多官员的典型面目。从詹石磴到旷开田,一个小山村的村主任,权力近乎微末,但其运作机制以及所激发的人性之恶,却与职位大小无涉。发人深思的是,如果没有合理的权力运作、监督机制,即便经济再发达,亦难改变楚王庄大而言之一个国家骨子里的落后。周大新或许想要表达的是:现代性的障碍不是别的,恰是落后的观念与不合理的制度设计。正如有论者所指出的那样:"要想从根本上消除乡村中国的悲剧,仍需对农民进行新的思想启蒙,根除乡村权力专制滋生的土壤。"[2]

不容忽视的是,《湖光山色》里的"变故与恒常"亦在另一层面上得以展开。被现代性裹挟的楚王庄,与人性之恶相对,还有人性之善。这让人感到些许温暖与亮色。在暖暖与丈夫尽力借钱还债的当口公公又病倒了,全家陷于更大的困窘,一时无法可想只好将用来耕地的母牛卖掉。在全村人吃饭的当儿暖暖吆喝卖牛。这一场

---

[1] 周大新:《湖光山色》,作家出版社2012年版,第314页。
[2] 曹书文:《乡村变革与思想启蒙的双重变奏——评周大新的〈湖光山色〉》,《河南师范大学学报》(哲学社会科学版)2009年第3期。

景如同试金石，小山村的世道人心得以尽显。为了一己私利，麻老四完全不顾乡里乡亲，趁火打劫将价格压至最低。自私固然是亘古不变的人性，但麻老四此时竭力把价格压到完全不合情理的范围便有失厚道。在他与暖暖的缠磨中，村人九鼎对麻老四的做法看不过去，主动与之竞价，将牛价又抬了上去，眼见没有便宜可占，麻老四只好气急败坏地放弃。而这正是九鼎想要的。他知道一条正当年的耕牛对一个种田大户的意义。他无意买牛，只是不愿眼见本庄乡亲陷入更大的困境。九鼎最终把牛还了回去，并借给暖暖一千二百元钱，帮助她和丈夫渡过难关。村民九鼎身上的温煦、宽厚与善良，是千百年来中国农民身上的美德。周大新或许想告诉读者的是，即便世道之变的迹象毕现，但普通人身上还是存在永恒不变的心态与品质。而只要这份不变的东西存在，人们便有向善的可能，即便是曾经张狂一时的巨恶。

丧失权力之后，气急败坏的詹石磴为了报复旷开田，写纸条将暖暖跟自己上床的事实告诉了对方，导致暖暖与丈夫的婚姻陷于巨大危机中。然而，当旷开田反过来恶毒报复詹石磴时，面对后者女儿润润的哭诉，暖暖却以德报怨，主动拿出六千元钱帮其治病。暖暖身上的传统美德同样也发挥到了极致。正如润润所说："我不知道我们两家过去发生过什么，可我能感觉到你们大人间平时互有恨意，我从来没想到帮助我的会是你……"[1] 不仅如此，小说里更能彰显人性光辉的是，当暖暖被旷开田彻底击倒时，詹石磴却由弟弟背着前来看望。面对詹氏兄弟的到来，她一开始以为他们是趁机前

---

[1] 周大新：《湖光山色》，作家出版社2012年版，第339页。

来看自己的笑话，没想到詹石蹬颇费周折地前来，不过为了给她送来一包红枣。人性的晦暗与敞亮，世道人心的变与不变，在这对昔日冤家身上得到了最为深刻的体现。楚王庄，大而言之转型期的中国社会无论怎么变，还是始终葆有自身不变的东西。这也决定旷开田那貌似不可一世之恶势必也不会张狂太久。

或许基于作者自身的价值立场与写作动机，《湖光山色》还是附上了一个光明的结尾：暖暖那决不放弃的检举终于有了回报，上级纪检部门派人卧底赏心苑，掌握了其违法经营的证据，最终赏心苑被查封，旷开田被抓走，楚地居得以重新开业。小说结尾，楚王庄的"楚国一条街"正式开张营业，预示着楚王庄即将出现的，是在作者看来更为合理的一种开发模式——在保护好自然环境，传播地方文化前提下的适度开发。从此，前来楚王庄的游客不再限于国内，而是有了众多外国人。只是面对众多外来者的到来，与以往不同的是，楚王庄人更加自信了，与之相对，那个亦真亦幻的楚王赘，暖暖唯愿他"请走远点，走得越远越好……"[1] 在暖暖亦在作者看来，对权力和金钱的贪欲，才是这个具有悠久历史的小山村真正的"他者"。小说主人公暖暖似乎一不小心将它带了进来，而经历了一番磨难之后，她更希望它不要再出现。然而一个时代自有其变与不变，存在于每个人内心的那个"楚王赘"，我想，又何尝是你想让他走就能走得了的？周大新似乎将这一切处理得太过轻松，亦引出众多批评者对《湖光山色》的别样看法。

---

[1] 周大新：《湖光山色》，作家出版社2012年版，第361页。

写实抑或浪漫

关于写作动机,作者周大新曾明确表示:"创作《湖光山色》这部小说的初衷之一,是想把当下乡村变革中的真实境况表现出来,引起读者们对乡村世界的关注。"而小说的读者还有同名电视剧的观众的反馈,让他自信"这个目的部分地达到了"[1]。我想,周大新自谦"部分达到"的目的,自然应该包括表现当下乡村变革中的"真实境况"。从作家的创作动机、小说的文本面貌以及读者的阅读体验来看,《湖光山色》无疑深深带有现实主义的印记。然而,我想追问的是,周大新那表现乡村变革"真实境况"的意图,又在多大程度上得到实现?作家创作意图究竟与文本实际之间存在多大距离,我以为是读者面对这部作品时不得不思考的问题。实际上,《湖光山色》所存在的问题在大量表现乡村变革的作品中带有某种共性。作家的主观意图与小说文本实际之间所存在的悖谬感,应该是当年《湖光山色》获"茅盾文学奖"引发较大争议的主要原因之一。

"茅盾文学奖"是中国当代最高级别的文学奖之一,斩获者自然广受瞩目。然而,一个颇为耐人寻味的现象是,评论界对作为获奖作品的《湖光山色》却异乎寻常地冷淡。包括对该作的批评文章在内,也只有屈指可数的几篇。其中,对该作评价最高影响最大的一篇,当数孟繁华的《乡村中国的艰难蜕变——评周大新长篇小说〈湖光山色〉》。文章欲扬先抑,认为"在当下的文学格局中,

---

[1] 周大新:《对乡村世界一腔深情——由小说〈湖光山色〉谈起》,《光明日报》2011年4月11日。

如何书写乡村中国,或者说如何结构出乡村中国的真实叙事,一直是困扰当代作家的共同问题",笔锋一转,紧接着指出《湖光山色》"为乡村中国的书写提供了新的经验"。孟繁华盛赞周大新对中国乡村生活有独特理解:"既书写了乡村表层生活的巨大变迁和当代气息,同时也发现了乡村中国深层结构的坚固和蜕变的艰难",但是至于如何做到这样,则没有有说服力的论证。在文章结尾,作者却又指出:"暖暖的理想是作家周大新的'理想',是周大新的期待和愿望。如果这个看法成立的话,《湖光山色》在本质上还是一部浪漫主义小说。"[1]

孟繁华一方面对《湖光山色》有"结构出乡村中国真实叙事"的高度评价,另一方面又指出《湖光山色》具有浪漫主义的品格。如此评说,多少让人觉得有些前后矛盾。之所以如此,在我看来,这或许缘于论者给予《湖光山色》高度评价的着眼点,是小说表现乡村变革的真实性;而另外,小说对具体人事的处理、矛盾的解决又过于简单、理想化。事实上,面对《湖光山色》这样的作品,评论家要把赞美之词说得稍稍圆满并非易事。孟文的前后矛盾,实则是溢美与真实阅读感受之间的龃龉。有意思的是,评论家贺绍俊则直接认为《湖光山色》"接续起乡村写作的乌托邦精神","小说以暖暖的斗争取得胜利而告终。这个完满的结局自然是构建乌托邦的需要,它让我们看到乡村的希望"。[2]该文的行文逻辑,自然不是将《湖光山色》当成"乡村中国真实叙事"来看待,而直接

---

[1] 孟繁华:《乡村中国的艰难蜕变——评周大新长篇小说〈湖光山色〉》,《名作欣赏》2009年第2期。
[2] 贺绍俊:《接续起乡村写作的乌托邦精神——评周大新的〈湖光山色〉》,《南方文坛》2006年第3期。

认为这是作者所勾画出的一个乌托邦愿景而已。如此论断明显与周大新的写作动机相悖。

对于作家的创作而言，意图与现实之间的悖谬自然常有。然而，我认为《湖光山色》似乎另当别论。我自然不怀疑拥有丰富乡村叙事经验的周大新，创作《湖光山色》的诚意。只是，一如众多"农裔城籍"作家，他同样不得不面临的困境是，作家一旦进入城市，其乡村经验只是停留在过去，而对眼下乡村的变化和实际情形势必隔膜。前文论及，《湖光山色》最大的不真实，缘于不同时代乡村经验与乡村现实之间的错位。而一些带有文化症结性的矛盾和问题的解决又过于简单，让读者无形中对《湖光山色》所呈现的内容生出不信任感。值得注意的是，如此情形不独周大新为然，确是新世纪乡村叙事的最大困境之一。对此，有论者明确指出："暖暖在借助给来楚王庄参观旅游的人提供食宿和导游而进行创业时，想方设法地独占村里旅游资源，行贿原村主任回避税收；在每天赚取的票子数以千计的情况下给过来帮忙的亲戚禾禾每天六元，后来又给雇用的打工者每月二百元，不无资本积累阶段对村人廉价劳动的攫取性质。我们可以体谅暖暖创业的艰辛，体谅她赚钱的愿望和方式，可这方面的个性内容显然不具备成为楚王庄民间集体利益以及传统美德代表的素质。而在后来的叙事中，作者却让她摇身一变，成了具有理想化、道德化品格的楚王庄乡土民间本体利益的守护神，其异质文化间角色转换的内在逻辑明显有些含糊不清。"[1]

---

[1] 姚晓雷：《试论新世纪文学对当下乡村社会的主体呈现困境——以〈湖光山色〉为中心的一种考察》，《学术月刊》2013年第11期。

还有,《湖光山色》里一些经济数据的设定与进入新世纪后的乡村现实也明显脱节。这显然缘于作者乡村经验的隔膜。作者一方面力图赋予暖暖经济行为以合法性、合理性,达到表现今日乡村之特性的目的;另一方面又试图让暖暖成为一个理想、道德的化身,只是这一转换缺乏必要的过渡。小说里所有的转变甚至逆转,都缺乏合理的情节设置与铺垫,让人觉得作者是在讲述一个过于理想化的故事,内在的经济立场不过还是让一部分人先富起来,然后带动更多人一起致富的老旧观念。然而,这早被乡村实践证明不过是"徒具良好愿望的乌托邦"。之所以会出现类似问题,正如有论者所指出的那样,就在于"新世纪对当下乡村社会进行正面书写的作家,也大都是满足于沿袭已有的审美经验,缺乏立足于当下乡村生活的勇敢开拓和突破"[1]。这应该是新世纪乡村叙事的瓶颈。对此如何加以突破从而真正构建"乡村中国的真实叙事",自然是当代作家和批评家应当深长思之的问题。

我想说的是,面对一部作品,评论家简单的溢美无益于言说环境和创作风气的改善。《湖光山色》的另一重意义,或许在于这部作品即便得了"茅盾文学奖",但人们对其缺陷仍能直言不讳,如"所以我读《湖光山色》是这样一种感受,到最后它完全是逸出现实的叙述逻辑之外,而且用一种充满了象征和夸张的手段来描写他心目中的城市进入乡村,或者是符号城市的这种现代性的东西进入乡村之后给乡村带来的那些必然的衰落,或者说是美好的东

---

[1] 姚晓雷:《试论新世纪文学对当下乡村社会的主体呈现困境——以〈湖光山色〉为中心的一种考察》,《学术月刊》2013年第11期。

西如何衰亡等等。它就不是一个现实层面的书写,而是一种寓言化的东西"[1]。可见,《湖光山色》所呈现的究竟是乡村现实还是乌托邦,读者自有公论,它确乎是"新意与遗憾并存"。

---

[1] 张丽军、马兵:《一部新意与遗憾并存的"未完成"小说——关于周大新〈湖光山色〉的对话》,《艺术广角》2009年第5期。

最后的村庄

对于改革开放以来的乡村叙事而言，作家贾平凹某种程度上具有"标本"的意义。作为一种标志性的存在，其三十多年的文学创作，可以说脉络分明地传递出了当代乡村叙事的变动与更迭。中国乡村的些微变动，都没有逸出他的观照视野，其诸多乡村叙事文本几近一种编年式的叙述，是一部形象的中国乡村社会变迁史。创作于20世纪80年代初的《鸡窝洼人家》《小月前本》《腊月正月》等中篇小说，如实记录了乡村改革的时代主旋律，清新的格调、活泼的文字，给读者留下了深刻印象，贾平凹亦凭此在文坛崭露头角。而考察《土门》《怀念狼》《高老庄》等产生于世纪之交的长篇小说，则又可以分明看出他在进行一种连贯性的乡村家园想象，传达其家园之思，如"社会经济形态、思想文化建设以及对待自然的态度等等之于家园建构的意义"[1]。进入新世纪，伴随城市化进程加剧，中国乡村社会经受着巨大冲击，呈现出跟此前不同的图貌，生成了诸多全新的问题。整体观之，原有的乡村社会结构、意识形态、价值取向，普遍呈现江河日下之态，乡村叙事出现了一批表征为乡土挽歌的作品，诸如曹乃谦的《最后的村庄》（2006）、蒋子龙的《农民帝国》（2008）等。而贾平凹的长篇小说《秦腔》（2005）着实呈现了一个"最后的村庄"。小说细细道出今日乡村的没落之由、衰败之状以及堪忧前景，甫一问世在赢得巨大赞誉的同时，亦招致诸多严厉的批评。对于一部作品而言，出现不同声音自然是好事，众口一词地说好，反倒让人觉得不真实。贾平凹以其浩繁的文学创作，建构起一个异彩纷呈的乡村世界，《秦腔》之后，其乡村叙事仍有延续，后文亦会论及。然而，在其乡村叙事的坐标点上，《秦腔》却是一个如此卓异的存在。无论对乡村现实的重新观照与发现，还是对乡村叙事手法的新探索，与此前此后的同类作品相比，该作都表现出迥然有异的品格。

立碑与还原

进入新世纪，急剧加速的城市化进程，给中国社会带来的影响极其深刻。当然，没有什么比中国乡村更能体会到这一远远没有放缓迹象的社会变革，对于自己意味着什么的了。如果说，乡村土地

---

[1] 叶君：《乡土·农村·家园·荒野——论中国当代作家的乡村想象》，中国社会科学出版社2007年版，第209页。

不断被城市房地产开发蚕食,农民悲壮而惨烈的守土事件时有发生,大量青壮年劳力不断涌入城市导致乡村的空心化等,只是一种外在图景的话,那么,城市化进程对于乡村的冲击更为内在的反映,则体现在一种迁延千年的乡村生活方式、价值取向,还有伦理秩序正在面临改易甚至消亡。这可以说是"城市化"给乡村带来的几乎无法愈合的"内伤";而要呈现这种"内伤",则需要作家深入乡村的内在肌理才有可能,浮光掠影地一瞥自然无法达至。

一如从前,《秦腔》的观照对象还是作者的故乡商州。被观照的对象没变,但是几十年来贾平凹对现实的认知和美学趣味却发生了深刻变化。同样是故乡,同样是乡村,在他眼里却早已不是此前的风景。总体上说,《秦腔》是贾平凹直面故乡现实的结果。跟以前作品的相同之处在于,《秦腔》的内里仍是一个生活于大都市的知识者对故乡基于个人视角的体察。对比20世纪80年代初在"寻根文学"潮流中贾平凹所看到的商州,不免让人感叹再次面对故乡的一切,其心态、情绪竟是如此不同。关于《秦腔》的创作缘起,作者坦承面对破败的老街与荒芜的田园,他生出跟以前书写故乡时全然不同的情绪与思考:

> 我站在街巷的石碌子碾盘前,想,难道棣花街上我的亲人、熟人就这么很快地要消失吗?这条老街很快就要消失吗?土地也从此要消失吗?真的是在城市化,而农村能真正地消失吗?如果消失不了,那又该怎么办呢?[1]

---

[1] 贾平凹:《后记》,《秦腔》,作家出版社2005年版,第563页。

三十多年来，贾平凹的乡村叙事一旦涉及故乡，文字便自信满满，然而转至此时，他却有难以掩饰的犹疑与惶惑。给人的感觉是，直面乡村唯觉眼前一切来得太快，以致不知道"该怎么办"。不仅如此自诉，面对访谈者，他亦毫不掩饰其隐忧与感伤："农村出现了特别萧条的景况，很凄惨，劳力走光了，剩下的全部是老弱病残。原来我们那个村子，我在的时候很有人气，民风民俗也特别醇厚，现在'气'散了，起码我记忆中的那个故乡的形状在现实中没有了。"[1] 感伤与隐忧无疑源自他对今日乡村困境的真切感知："旧的东西稀里哗啦地没了，像泼出去的水，新的东西迟迟没有再来，来了也抓不住，四面八方的风方向不定地吹，农民是一群鸡，羽毛翻皱，脚步趔趄，无所适从，他们无法再守住土地，他们一步一步从土地上出走，虽然他们是土命，把树和草拔起来，又抖净了根须上的土，栽在哪儿都是难活。"[2] 乡村消亡在即，山雨欲来之际，农民无所适从，这是贾平凹基于知识者的良知，对当下乡村的深度发现。作为一种言说，写作是他向全社会发出的沉重呼告。正因如此，对于创作《秦腔》的贾平凹而言，一面是直面乡村现实的惶惑与茫然；另一面则是创作《秦腔》的高度自觉："我为故乡写这本书，却是为了忘却的回忆"，并"决心以这本书为故乡树起一块碑子"。[3] 因之，《秦腔》对于贾平凹个人的创作史及其故乡而言，都具有非同寻常的意义。作者坦言这是一次始终处于惊恐

---

[1] 贾平凹、郜元宝：《关于〈秦腔〉和乡土文学的对谈》，《文汇报》2005年4月1日。
[2] 贾平凹：《后记》，《秦腔》，作家出版社2005年版，第561页。
[3] 贾平凹：《后记》，《秦腔》，作家出版社2005年版，第563页。

中的写作。[1]惊恐不为别的，只是缘于他那庄严的写作意图：用文字为已然消亡和正在消亡的故乡立一块碑。而这一意图，正如有论者所指出的那样，让"《秦腔》注定是贾平凹三十年写作生涯集大成的作品与不无悲凉色彩的总结"[2]。"用文字为故乡立一块碑"——作为乡村的墓志铭，《秦腔》必然载有乡村消失的过程与状貌。如此一来，小说所描写的棣花街，就被赋予了"最后"的品质——它是"最后的村庄"。《秦腔》也便是乡土寻根之后的一曲"挽歌"。[3]

"树碑"的创作动机已定，贾平凹接下来所要考虑的就是"刻写"的方式。多年习惯，在每部长篇小说的后边，他都要附上一篇长长的"后记"，大谈创作动机，分享创作经验，交代一些书中人物本事，等等。从诸多"后记"来看，贾平凹对"怎么写"始终格外看重。他或许心里很清楚，本就写得多，如果简单重复过往，很快就会让自己也让读者感到厌倦。因为有明确的写作自觉性，贾平凹自谓"一直在实验"。[4]创作《秦腔》时，他对表达方式的自觉追求，更在于他分明意识到，原有的创作经验早已无法适应新的乡村现实："农村的变化我比较熟悉，但这几年回去发现，变化太大了，按原来的写法已经没办法描绘"，"农民离开土地，那和土地联系在一起的生活方式将无法继续。新中国成立以来农村的那

---

[1] 贾平凹：《后记》，《秦腔》，作家出版社2005年版，第564页。
[2] 黄平：《无字的碑：乡土叙事的"形式"与"历史"——细读〈秦腔〉》，《南方文坛》2011年第1期。
[3] 贾平凹、王彪：《一次寻根，一曲挽歌》，《南方都市报》2005年1月17日。
[4] 贾平凹、王彪：《一次寻根，一曲挽歌》，《南方都市报》2005年1月17日。

种基本形态也已经没有了。新中国成立以来所形成的农村题材的写法也不适合了"。[1]这当然不是"内容决定形式"的老调重弹。仅就乡村叙事而言，在现实主义的主调笼罩之下，综观贾平凹前后三十余年的创作，分明可以看出他那刻意求变、锐意求新的种种表现，为中国当代乡村叙事积累了新经验，开拓了新空间。这一点，在文本上体现得格外清晰。如20世纪80年代初表现农村改革的诸多中篇以及稍后的长篇《浮躁》，都严格遵守经典现实主义的成规，是中规中矩的农村题材小说；到了世纪之交，《白夜》《土门》《高老庄》等洋溢着家园之思的文字，则明显流露出浓郁的浪漫主义气息和形而上的思考。在美学追求上，自长篇小说《废都》以降，贾平凹刻意向中国古典小说致敬，笔法近于笔记小说，趣味则近于中国传统文人。从长篇小说《高老庄》开始，贾平凹尽量规避外在理念的进入，注重对乡村日常生活本来样貌的呈现。用他的话说，《高老庄》追求那种"没有扎眼的结构"，"没有华丽的技巧"，"丧失了往昔的秀丽和清晰，无序而来，苍茫而去，汤汤水水又黏黏糊糊，这缘于我对小说的观念改变"，而这样做的初衷是"尽量原生态地写出生活的流动，行文越实越好，但整体上却极力去张扬我的意象"[2]。为了避免陷于日常事象的泥淖，对"虚"与"实"的处理上，他着意于"以实写虚"。所谓"实"，应该是乡村日常生活；"虚"则是作者借"汤汤水水又黏黏糊糊"的生活琐屑所传达的理念。其高明之处，在于这些理念并非生硬移入，而是

---

[1] 贾平凹、郜元宝：《关于〈秦腔〉和乡土文学的对谈》，《文汇报》2005年4月1日。
[2] 贾平凹：《后记》，《高老庄》，太白文艺出版社1998年版，第415页。

从日常生活中得出。当然，作家对创作的自觉仅是一个方面；实际能否达至则是另一回事。我以为，贾平凹的"文本实验"确乎彰显了个性，但有些地方亦似有任性之嫌。

相较于此前多少带有一些实验性的作品，在力图写出乡村生活的"混沌与无序"这一点上，《秦腔》无疑表现得更为彻底，甚至是一种任性。仅从外在形式来看，全书近五十万言，不分章节，各种日常琐屑汤汤水水铺天盖地而来。不仅如此，作者还最大限度地减少了叙述成分，几乎仅以对话和描写极其缓慢地驱动故事。贾平凹称这种写法为"密实流年式"，极力呈现农民的生老病死、人情来往、吃喝拉撒，以接近乡村生活的"原生态"。之所以如此，他自陈并非要刻意拒绝那所谓的"有意味的形式"，不过还是出于表现对象的需要："只因我写的是一堆鸡零狗碎的泼烦日子，它只能是这一种写法，这如同马腿的矫健是马为觅食跑出来的，鸟声的悦耳是鸟为求爱唱出来的。"[1]

姑且悬置对"贾氏写法"的价值评判，不纠缠于效果的好坏，仅从贾平凹的写作理念来看，在我的理解里，他或许是想将乡村那一堆毫无头绪的日子定格在文字里，从而也让一个原生态的乡村定格其中，达到为乡村"立碑"之目的。至于那些习得的文学成规，还有读者的感受，跟自己的创作意图相比就显得次要了。或许在贾平凹看来，乡村是正在消亡中的乡村，伴随这一过程，原生态的乡村生活亦将随之消亡，文字的定格也就成了一种纪念。亦即，贾平凹是想让后来的人们看到我们曾有过怎样的乡村生活。因而，对鲜

---

[1] 贾平凹：《后记》，《秦腔》，作家出版社2005年版，第565页。

活的追求，就成了其创作的第一要义。再者，如此来写，在他亦或许另有深意。很长一段时间以来，中国作家大多热衷于宏大叙事，以致许多作品内里空疏，离日常生活越来越远。有评论家从《秦腔》里看出了贾平凹的"野心"："即以细枝末节和鸡毛蒜皮的人事，从最细微的角落一页页翻开，细流蔓延，泥沙俱下，从而聚沙成塔，汇流入海，浑然天成中抵达本质的真实，从这个角度说，回归原生的生活情状，也许对不无夸饰的宏大叙事是一种'拨乱反正'。"[1]贾平凹亦曾表露心迹："过去的一些成规的东西需要消解"，"从某个角度上讲，我做了一种还原工作。但这不是自然主义，它看似鸡零狗碎的日子，骨子里却极有分寸"。[2]

对现当代乡村叙事的历史稍加梳理，就可以发现20世纪20年代以鲁迅为代表的乡土小说家们，为中国乡村叙事奠立了一种启蒙叙事范式。典型如《故乡》里，"我"返回故乡，在乡村现场与闰土相遇，及至返回路上生出强烈的启蒙冲动，由"放逐—返回—再离去"构成一个完整的叙事结构。[3]再次回到乡村现场的"我"已然是个异乡人、外来者，从而能以一个外置视角观照乡村，达成对它的审视与批判。而从《土门》《高老庄》《怀念狼》诸作来看，在这种启蒙叙事范式之下，那种外在于乡村的知识分子的声音却越来越弱。这显然是一种刻意的追求，及至《秦腔》，作者则似乎力图将这种外来声音剔除殆尽，从而彻底回到乡村自身。贾平凹对此极具

---

[1] 贾平凹、王尧：《一次寻根，一曲挽歌》，《南方都市报》2005年1月17日。
[2] 贾平凹、王尧：《一次寻根，一曲挽歌》，《南方都市报》2005年1月17日。
[3] 钱理群、温儒敏、吴福辉：《中国现代文学三十年》（修订本），北京大学出版社1998年版，第31页。

自觉："《高老庄》、《土门》是出走的人又回来，所以才有那么多来自他们世界之外的话语和思考。现在我把这些全剔除了。"[1]关于这一点，陈晓明曾撰文指出，《秦腔》开头疯子引生的自我阉割，在小说叙事方式上象征"贾平凹这次试着用理性支配力最低的一种视点来展现生活，展现那种破碎的、颓败的如同废墟一样的乡土生活世界。这又不得不看成对中国占主流地位的乡土叙事的彻底反动，这不只是那种宏大乡土叙事所讲述的历史愿景的破灭，在美学意义上是，那种宏大的乡土叙事再也没有聚集的逻各斯中心，再也没有自我生成的合理性"[2]。如此论调，似有过度阐释之嫌，但可以确定的是，贾平凹力图通过《秦腔》的写作达成对乡村原生态图貌的还原，从而实现为正在消失的乡村"立碑"的愿望。可以说，在某种意义上是愿望还有达成愿望的手段，共同决定了长篇小说《秦腔》的外在样貌与内在品质。

守土与守道

追求混沌无序的"反故事性"叙述是《秦腔》的标识与亮点。对于普通读者来说，阅读《秦腔》是对意志与耐心的挑战。小说并不难进入，一旦进入叙事情境，从貌似纷繁无比的头绪里，还是可以轻松梳理出两条贯穿始终的主线，即乡村世界的衰落与凋敝和乡村传统文化的失落与颓败。这两条线索又分别关联着夏氏家族的老哥俩——夏天义、夏天智，分别表征物质与精神两个层面。合

1　贾平凹、郜元宝：《关于〈秦腔〉和乡土文学的对谈》，《文汇报》2005年4月1日。
2　陈晓明：《本土、文化与阉割美学——评从〈废都〉到〈秦腔〉的贾平凹》，《当代作家评论》2006年第3期。

在一起意在说明今日乡村的整体"陷落"。面对乡村的颓败与消亡,作为理想主义者的夏氏兄弟,以各自的坚守进行着堂吉诃德式的抗拒。正如有论者所概括的那样:"夏天义是清风街最后一个'守土者',夏天智则是最后的'守道者'。"[1]作为宗族,夏氏家族在清风街最为显赫,人多势众不说,夏天义、夏天智以及下一代夏君亭等人多年来活跃于乡村政治舞台,掌握着地方权力,左右着乡村的政治格局。"守"体现为夏氏家族的年老一代,勉力维持着清风街原有的生活方式与伦理秩序。然而,不可逆转的是,夏氏第二代、第三代所表现出的对土地的蔑视,以及江河日下的世风,早已让这个家族处于内里的分崩离析之中。《秦腔》结尾,作为"守土者"和"守道者"的夏氏兄弟的死,象征着家族崩溃的最后完成。从这个角度上讲,《秦腔》写出了清风街上"最后的家族"。如此之多的"最后"品质,充分彰显贾平凹那以文字立碑,为了忘却而纪念的创作意图。《秦腔》的"挽歌"格调,亦在字里行间氤氲开来。

夏天义是老一代农民的典型,担任清风街村主任数十年。对土地的依恋与疼惜,早已渗入其骨血。一切以土地为中心,是他最核心的价值取向,而对土地的热爱,也是他最本色的情感表达。夏天义充分彰显乡村老一代农民那"系于土"的生命形态,也是乡土社会的价值观在他这一代人身上的遗留。"恋土"也是现当代乡土小说里最常见的情感表达,生成了太多动人的文字和场景。在同属西北文学的《白鹿原》里,白、鹿两个家族对土地的争持、巧取豪夺

---

[1] 胡苏珍:《〈秦腔〉:纯粹的乡村经验叙事》,《宁波大学学报》2006年第4期。

可谓动人心魄，成了经典的文学想象。让人看到大西北老辈人坚如磐石的观念，买田置地是一个男人"有志气"的体现，令人尊敬、眼羡；而卖田鬻地则是最为人不齿的"败家"之举。白家长工鹿三对少主人白孝文的蔑视正源于此。同样，夏天义内心最深固的观念便是：没土便算不得农民。因为土地能养活人，所以他将土地看得格外金贵，因为它是赖以生存的根本。

不仅如此，夏天义还保持着20世纪七八十年代公家干部的品质与操守。儿子庆玉盖房时，地基多占了一点公家的土地，即便已从主任位置上退下来，对儿子此举夏天义一样冷面无情，坚决要他将砌好的砖墙推倒重来。当年在村主任任上，夏天义公正廉洁威望极高，简直是"清风街的毛泽东"，一呼百应。国道经过村里要占用田地，他带领村民抗议、阻挡，以致县领导大为不悦。经县领导协调，国道还是贴着清风街北面直直地支了过去，到底毁了四十亩耕地和十多亩苹果林。因挡修国道，加上前些年在七里沟淤地不见成效，夏天义不得不去职。表面上是下马，实则是灰心丧气的夏天义故意撂挑子给上级看。然而，世事难料，他没想到自己这一负气之举，真的让村主任的位置被侄子夏君亭接替。事实摆在面前，他不得不承认，属于自己的时代已然过去。数十年的心理惯性，让他自然不甘就此退出。在清风街已然改变了的权力格局之下，他只好作为一个叛逆者而存在，处处跟新的领导班子作对。而他的所有努力，都以"守土"为宗旨，一心抵制任何"他者"的进入。如坚决反对建设农贸市场，坚决反对用鱼塘置换七里沟的计划。只是，他无法看到自己的不合时宜与孤独无依。实际情形是，所有的反对和坚持都无济于事，酒楼、农贸市场以及与之相伴生的小姐卖淫、官员贪腐一样不缺地进入了清风街。在公共空间，夏天义的话语权失落如此，即便在家庭内部其处境更是这样。他和老伴儿实际上处于被五个儿子弃养的边缘，面对家庭内部的重重矛盾，还有儿子们诸般有违伦理的不端行为，他同样无能为力。他写信状告清风街现任决策者的种种违法乱纪之举，但都如泥牛入海，杳无消息。

意识到现实无从改变，夏天义唯一能做的就是守持自己。作为一个大半辈子在土里找吃食的老农，土地自然是其精神支撑。俊德全家进城打工，眼见土地抛荒，夏天义心里疼惜，不顾儿子们反对，跟对方签协议租种。他更如同当代愚公，只身前往七里沟淤地，一心要完成当年卸任前下马的工程，而跟随他的只有哑巴和疯子引生。两个残障的年轻人，加上一个本该颐养天年的老者，在人们纷纷抛离土地的大背景下固执地开疆拓土，显然是一种象征，透出一种固守自身、与时代潮流逆行的悲壮，支撑夏天义的还是一个农民关于土地的"原始信仰"。他告诫两个帮手："好好干，不要嫌垫出的地就那么席大，积少可以成多，一天垫一点，一个月垫多少，一年又垫多少，十年八年呢，七里沟肯定是一大片庄稼地，你想要啥就有啥！"[1]夏天义始终秉持"有了土地便有了一切"的信念，而没有意识到时代早已变迁。后辈对土地弃之如敝屣，令他困惑不已："不明白这些孩子为什么不踏踏实实在土地上干活，天底下最不亏人的就是土地啊，土地却留不住了他们！""后辈人都不爱了土地，都离开了清风街，而他们又不是国家干部，农不农，工不

---

[1] 贾平凹：《秦腔》，作家出版社2005年版，第283页。

工,乡不乡,城不城,一生就没根没底地像池塘里的浮萍吗?"而近些年的事实表明,人们一旦走出清风街就不回来了,"回来的,不是出了事故用白布裹了尸首,就是缺胳膊少腿儿"[1]。土地留不住人,夏天义认为是"君亭当村干部的失败,是清风街的失败,更是夏家的失败!"[2]而作者借君亭之口,道出了农民背井离乡的根源还是乡村无法改变的穷根:"农民为什么出外,他们离乡背井,在外看人脸,替人干人家不干的活,常常又讨不来工钱,工伤事故还那么多,我听说有的出去还在乞讨,还在卖淫,谁爱低声下气地乞讨,谁爱自己的老婆女儿去卖淫,他们缺钱啊!"[3]很显然,夏天义跟下一代完全不同的价值观,本源性地决定着彼此对土地的态度。

老农夏天义始终生活在他自己的时代里,原有的价值观念根深蒂固,让他难有任何改变的可能。这让他成为一个外在带有喜感骨子里实则颇具悲剧性的人物。既然与子辈无法沟通,夏天义便把目光转向孙辈,将家族里的几个孩子带到七里沟劳作现场,让他们接受劳动教育,直观感受土地对于人的意义,对孩子们进行启蒙教育。一开始,孩子们觉得新奇,跟着去了一两次,到后来新鲜感全无,也就没了兴致。不能劳作的阴雨天,夏天义将他们聚在一起,宣讲夏氏家族来这里筚路蓝缕、开疆拓土的光辉历史。然而,族中第三代根本不愿意领受这份荣光。并且,当他们了解到就是眼前的二爷,因疼惜耕地抵制在清风街建炼焦厂,结果厂方移到八十里外

---

[1] 贾平凹:《秦腔》,作家出版社2005年版,第496页。
[2] 贾平凹:《秦腔》,作家出版社2005年版,第382页。
[3] 贾平凹:《秦腔》,作家出版社2005年版,第92页。

的赵川镇而心生埋怨——炼焦厂让赵川镇已经变成了一个新兴城市。夏天义为此大为恼火，一番训斥之后，却又无言以对。事实就摆在眼前，经济利益的好处也摆在眼前，让他再也无法说服任何人。他进而感到跟族中第三代更是无法沟通。对劳动教育的不屑，让孩子们想出各种投机取巧的办法，消极应付。孙辈的态度让夏天义彻底意识到自己的不合时宜。

一个老人带着两个残障村民与时代潮流抗争，自然让人想起骑着羸弱老马带着仆人桑丘跟风车大战的堂吉诃德。《秦腔》结尾处，写到夏天义如同吃黄豆般吃土坷垃的细节，将人与土地的亲近关系象征性地推到极致。而一场暴雨引发的山体滑坡，则将夏天义埋葬在七里沟。一个老农最终死于他那开疆拓土的梦想，与心爱的土地永远融为一体，亦可谓死得其所。子女们一致认为不必刨土找尸，滑坡的山体给父亲造就了一个最合适不过的坟丘。然而，极具反讽意味的是，大自然为夏天义之死省却了修坟拱墓的费用，却引发了夏家的家庭矛盾。老人生前就给儿子们分派好了死后修坟拱墓，还有立碑的任务。坟墓不用拱，立即引起负责立碑的子女们的心理不平。这引发了夏天义儿子儿媳们激烈的争执。侄子夏雨实在看不过去，就将为父亲夏天智准备的墓碑给了伯父。儿子们都在，侄子立碑，名不正言不顺，最终就在那山体崩塌的白石崖前，立了一块无字碑。无字碑更是一种象征。这或许源于贾平凹对笔下这最后的守土者进行评价的艰难。但可以明确的是，作为"最后一个农民"[1]，夏天义之死无疑象征着"土地之殇"。

---

[1] 吴义勤：《乡土经验与"中国之心"——〈秦腔〉论》，《当代作家评论》2006年第4期。

清风街村民对土地的态度，说到底还是受整个社会现有价值观念冲击的结果。农产品价格低廉，土地无法短期内满足耕种者的致富愿望，让他们弃之如敝屣，任其抛荒丝毫不觉可惜。而夏天义对"他者"的抵制亦如螳臂当车。有了酒楼，清风街随即便有了卖淫女。而急切的尚利诉求，更激烈冲击着乡村固有的伦理道德。偷情通奸、欺男霸女早已见怪不怪。夏天义五个儿子的生活状态，便是乡村伦理道德秩序崩坏的有力明证。而在表现"土地之殇"的同时，《秦腔》的另一条线索则着力凸显乡村伦理与传统文化的衰败与消亡。

夏家老一辈四兄弟分别以"仁义礼智"命名，其命运各有不同。大集体时代，夏天仁死在水库修筑工地，代表着公而忘私的集体主义时代的终结。唯利是图的夏天礼死于私贩银圆带来的谋杀。在物欲横流的当下，夏天礼同样也是一个象征。除了夏天仁死得早，即便在世的夏家兄弟价值观如何不同，但三人之间始终保持着老一辈人特有的同胞之情，有口好吃的都互不相忘。夏天义和夏天智是小说着力刻画的形象，两者的区别在于：如果说老农夏天义是形而下的"守土"者的话，那么，作为乡村知识分子的夏天智则是一个形而上的"守道"者。只是，无论"守土"还是"守道"，夏氏兄弟的最终命运却几无二致。

一如夏天义对土地的热爱，夏天智则对乡村文化葆有不可思议的热情。《秦腔》开篇不久，儿子夏雨打麻将赢了钱回到家里，夏天智便指派他买来十二包"固本补气大力丸"，分别埋在院子四角，就因为感觉家里地气有亏。抱持"原始思维"的夏天智，一直将土地视为灵性之物。这种带有神巫色彩的原始思维亦是古老乡村文化的一部分。除此之外，小说还用了大量篇幅描写夏天智日常生活的精神支撑——秦腔。在老辈秦人的日常生活里，秦腔几乎无孔不入、无处不在，但眼下在年轻一代的生命里淡出。没有物质支撑，乡村传统文化亦处于日渐消亡中。

正如夏天义眼中只有视同生命的土地；夏天智的生活里则须臾离不开秦腔。古老的地方戏几乎成了他表达喜怒哀乐的唯一方式，夏天智本人几乎是秦腔的化身。不得不说，秦腔对于夏天智的重要性，几乎到了一种可笑的地步。庆玉家盖房子，他用收音机播送秦腔为干活儿的人鼓劲；通过高音喇叭放秦腔替含冤而死的狗剩喊冤；儿子夏风要跟儿媳白雪离婚，他用收音机播放秦腔《辕门斩子》以明心志；白雪生产，他则亲自操琴奏上一曲秦腔，以迎接新一代的降生。秦腔不仅参与故事情节，而且也直接出现在小说的文本层面。贾平凹有意让秦腔的曲谱还有锣鼓经直接出现在小说里——既然小说《秦腔》是为故乡树碑立传，那么，作为一种精神象征的秦腔本身，自然是这块碑上不可或缺的部分。

对夏天智而言，秦腔如同生命，只是，他的热爱到底不能阻遏这一古老艺术的急剧衰微。在年轻人眼里，它早已成为过时而老旧的艺术。戏班演出时，观众寥寥无几。外来年轻人陈星唱一曲流行歌曲，村子里的人倒是趋之若鹜。没有演出，经费紧张，演员们的收入十分可怜，包括台柱子白雪在内的秦腔演员都因剧团发不出工资，沦落到在乡村赶场子为红白喜事助兴，赚取微薄的报酬，维持艰窘的生计。白雪的师父作为唱了一辈子秦腔的知名艺人，却为出版一张唱片奔走无着。对于秦腔的式微，夏天智同样困惑不解："不听秦腔还是秦人么？"但是，秦腔和土地面临的命运却是如此相同。一方面是有人爱之如生命，另一方面却是有人弃之如敝屣。正如土地的抛荒，秦腔的败落也是夏天智无可阻挡的现实，即便他对秦腔的痴迷深入骨髓。

病入膏肓的夏天智，咽气前还指着收音机，让老伴儿放一段秦腔，送其最后一程。他最终头枕着自己整理出来的那六大本秦腔脸谱封棺入土。葬礼上秦腔始终相伴，或演员现场演唱，或高音喇叭播放。而在此过程中，富有象征意味的是，陈星仍在自己的店铺里弹吉他唱流行歌曲。当夏家人为夏天智的死而惋惜悲伤之时，夏家第三代翠翠却十分漠然，觉得与己无涉，忙着跟陈星偷情，享受肉欲的快乐。年轻一代身上亲情与道德感的淡漠，让人意识到乡村已然大换血，早已不是以前的乡村，亦反衬夏天智同样是个不合时宜者。他的过世象征着乡村道统与传统文化之殇。然而，一个更令人触目惊心的现实情景却是，面对前来吃席的三十五桌老人和妇女儿童，君亭无比犯难的是，全村连抬棺材、启墓道的劳动力都凑不够。青壮年进城打工后，乡村的空心化竟然到了如此地步。"抬棺材的人都没有了"，没什么比这更能形象地说明今日乡村的衰败了，这亦是"乡村之殇"最为真切的明证。

由此可见，《秦腔》的创作意图最为明显不过：以夏天义为代表的"土地之殇"和以夏天智为象征的"乡村文化之殇"，合起来表征着整个乡村从外在到内里，从物质到精神全方位的败落，清风街便是名副其实的"最后的村庄"。而《秦腔》不过是贾平凹为

"乡村之殇"谱就的一曲沉痛无比的挽歌。

乡村叙事的新可能

回到《秦腔》文本自身,一个值得思考的问题是:它是否体现了乡村叙事的新可能?要回答这一问题,必须对围绕它的不同声音加以辨析。

甫一问世《秦腔》便引起评论界的高度关注,各种声音竞相出现,是当时重要的文化事件之一。"《秦腔》评论"本身亦足堪玩味,成了研究对象。[1]几乎众口一词的高度赞誉,让小说随后开启了它的"获奖之旅",斩获诸多文学大奖,包括茅盾文学奖。当然,与此同时,也招致了一些学者的严厉批评与贬斥。十多年后,重新观照这部长篇,梳理关于它的不同观点,我们或许可以作出一份理性的判断。并且,以此为切入点或可探究乡村叙事是否存在新的可能。当年,最夸张的赞誉莫过于有论者急切地要给它"定性":

> 对于《秦腔》,我有如下的基本判断:这是贾平凹《废都》之后最好的作品;是一九四九年以来中国文学创作上一部不可多得的上乘精品——可以进入经典作品行列的作品;是可以写入现当代文学史的一部作品;这更是给我们提出了几个难以回答的问题的作品;这是将从事文学研究的人置于非常尴尬境地的

---

[1] 肖鹰:《沉溺于消费时代的文化速写——"先锋批评"与"〈秦腔〉事件"》,《文艺研究》2005年第12期。

作品——提出了一些现有理论无法阐释这部作品的问题。[1]

除了过度赞誉外，这段话似乎还有些莫名其妙。我困惑于《秦腔》将文学研究者"置于尴尬境地"的问题到底是什么？姑且撇开一些故弄玄虚的表述，该文作者似乎想表达的是：《秦腔》对于乡村叙事提供了全新的经验，令批评家无以应对。这自然与多数读者的阅读经验大相径庭。别的不说，将某种乡村叙事经验归为贾平凹所独创着实无法令人信服。在我所看到的关于《秦腔》赞誉中，这应该是最缺乏理性，明显有些极端的声音。

而与过度赞誉相对，有学者对《秦腔》提出了严厉批评。批评家李建军就认为，一如贾平凹的其他作品，《秦腔》同样存在一种"常见病象"，即恋污癖和性景恋事象。他解释说："文学上的恋污癖，是指一种无节制地渲染和玩味性地描写令人恶心的物象和场景的癖好和倾向；而性景恋，按照霭理斯的界定，即'喜欢窥探性的情景，而获取性的兴奋'。"李文进而质疑道："仅仅靠一部描写恋污癖和性景恋事象的书，一个作家是否能够为自己的故乡'树起一块碑子'——即使能够竖立起来，那它又会是一块什么样的'碑子'呢？"[2] 不仅如此，李文还指出《秦腔》存在的其他问题，诸如取消叙事的幼稚、故作夸饰以及自然主义描写的泛滥等，最后得出结论：《秦腔》"是一部形式夸张、内容贫乏的失败之作，是贾平凹

---

[1] 韩鲁华、许娟丽：《生活叙事与现实还原——关于贾平凹长篇新作〈秦腔〉的几点思考》，《当代作家评论》2005年第5期。

[2] 李建军：《是高峰，还是低谷——评长篇小说〈秦腔〉》，《文艺争鸣》2005年第4期。

小说写作的又一个低谷"[1]。

关于一部新作出现极端对立的评价,或许恰恰说明该作的非平庸性,蕴含新的阐释的可能。从阅读效果来看,《秦腔》自然是不太好读的书。原因就在于作者那进行文学"实验"的野心。而《秦腔》的实验性最显著的表现,莫过于尽最大可能地削弱小说的叙事成分。对此,有人赞赏有加,但李建军认为"《秦腔》'取消了'那些对小说来讲至关重要的'叙事元素',显然是一种幼稚的冲动和简单的热情"[2]。所谓"取消"或许言过其实,但叙事功能的极度弱化倒是不争的事实。因为叙事弱化,小说几乎仅靠描写和对话极其缓慢地推进故事。一些批评家称道如此写法是"反故事化""反中心化";而这样做的目的,则是还原原生态的乡村日常生活,追求所谓乡村经验叙述的"纯粹"[3]。事实上,这种叙事方式亦并非全新,贾平凹自己此前也有所尝试,从《废都》《高老庄》等作品里,读者就可以感受到他那份刻意的自觉。只是凡事"过犹不及",《秦腔》皇皇巨著,始终拘囿于乡村生活中的鸡零狗碎,如同一条混浊不堪的河流,缓慢地往前流。一方面贾平凹那极其丰富的乡村日常生活经验的积累,还有他那超乎想象的叙事耐心,以及超卓的文字表达令人惊叹;另一方面如此写法,对读者的意志确是巨大的挑战。读者如何"进入"《秦腔》的事象世界,以及进去之后能"待"多久?对此,在小说问世前,贾平凹多少也有些担忧。我

---

[1] 李建军:《是高峰,还是低谷——评长篇小说〈秦腔〉》,《文艺争鸣》2005年第4期。
[2] 李建军:《是高峰,还是低谷——评长篇小说〈秦腔〉》,《文艺争鸣》2005年第4期。
[3] 胡苏珍:《〈秦腔〉:纯粹的乡村经验叙事》,《宁波大学学报》2006年第4期。

想说的是,他所谓的"实验"毋庸说是一个知名作家的"任性"之举,前提是对乡村生活的极端熟稔,还有对自身叙事能力的超级自信。洪水般的乡村生活细节浩浩汤汤而来,大多时候淹没了读者的思考,有些地方无意义事象的堆砌简直不堪卒读,实在看不出写那些内容的意义何在。而且,不容忽视的是,《秦腔》里的一些情节、话语、事象,分明是对作者此前诸多作品的重复。重复自己是贾平凹早就应该引起重视的问题。此前的一些作品里就或多或少存在,近年来越发严重,《秦腔》最为突出。究其原因在于《秦腔》完全靠巨量乡村生活细节堆砌而成,几乎调动了作者全部的乡村经验;而他又极其高产,长篇出得多且快,如此一来很容易掏空自己,因而出现重复自是必然。

《秦腔》的更大缺憾,我认为体现在小说叙述人和叙述角度的设置上。小说采用的是第一人称叙述,而涉及事件琐屑、人物众多,篇幅浩大,要保持叙述角度始终如一,自然不是易事。所设置的叙述人引生是个疯子,亦即是个不可靠的叙述者。实际情形是,小说开篇不久叙述的一致性便在不经意间被打破,由第一人称限制叙事变成了全知叙事而作者无从觉察。可能出于贾平凹巨大的声望,一些评论者费力地为小说叙事分裂这种低级的错误寻找极其牵强的说辞,甚至认为是他的一种巧妙独创。这实在非常可笑。不过,可以看出为了保持小说叙述视角的一致性,亦即如何让一个处于清风街公共空间边缘、不被人重视的疯子,看到他显然无法参与的场景,获知他人心理,贾平凹诚然为此煞费苦心。为了摆脱叙事视角的局限与掣肘,他常常采用魔幻手法,如让引生变成蜘蛛,亲临他作为疯子不可能出现的场合。而有批评者人为，如此将叙述者物化是对"人"的轻慢与蔑视；当然，也有人认为因为叙述人是个疯子，所以视角的越界完全可能。撇开情感因素，公允地看，叙事角度不一致对于贾平凹这样卓然有成的职业作家来说，无疑是十分低级的硬伤。出于崇拜或"回护"心理的辩解显然缺乏理性。

我想说的是，如此低级的错误之所以会出现，或许是贾平凹那始终葆有的独特"趣味"使然。而这独特趣味便是神巫色彩。对于贾平凹来说，这近乎一种写作惯性，在他此前和此后的作品里俯拾即是。《秦腔》里同样不经意间就会出现诸如此类的情节："我"跟已去世的父亲对话；三踅嘴里冒出半条蛇；头痛的时候，脑袋如同熟透的西瓜，开裂往外冒白汽……在李建军看来，这就是一种过头的夸饰，近乎胡编乱造。[1]至于李氏痛批的恋污癖和性景恋事象，我亦深以为然。诸如引生拉了一泡屎，然后用石块砸飞的场景，在贾氏的多部小说里反复出现。可能他觉得这是比较有意思的细节，而在我看来就是一种不可理喻的趣味使然，实在看不出有什么描写的必要。

虽有这样那样的缺憾还有恶趣味，但将《秦腔》视为失败之作我亦难以认同。就整部作品而言，这些还是瑕不掩瑜，李建军的批评亦明显将缺憾放大，有言过其实之嫌。我认为贾平凹直面当今中国乡村现实，勇敢揭示乡村问题，呈现其凋敝图景，精神值得嘉许，令人感佩，体现了一个职业作家的良知与勇气。特别是在弥漫着"娱乐至死"精神的当下，这种富有诚意的"及物"写作实属难

---

[1] 李建军：《是高峰，还是低谷——评长篇小说〈秦腔〉》，《文艺争鸣》2005年第4期。

能可贵。事实上,《秦腔》所揭示的乡村诸多问题,其后在梁鸿《中国在梁庄》等乡村非虚构叙事里得到了充分印证,足见贾平凹的敏锐与深刻。

《秦腔》问世六年之后,有批评家指出"尽管《秦腔》的'立碑'近乎抵达了当下'乡土叙事'的极致,但是,以一个理想的标准来衡量,《秦腔》离'伟大的作品'还有无法弥合的距离"[1]。我认为这是理性、公允之论。而我想说的是,一个享有巨大声誉的作家,不愿意重复自己,有艺术探索的激情与勇气固然令人敬佩,只是对于《秦腔》,我的设想是,如果里边没有那些神神怪怪的事象,没有那些实在看不出有什么意义的"恋污"场景,只以平实的视角、真实记录的心态去观照乡村,或许能给人以更佳的观感,或许更能引起公众对乡村问题的关注与思考。在某种意义上,《中国在梁庄》就是显例,梁鸿的成功并非偶然。在严峻的乡村现实面前,所谓技巧和趣味实在并不重要,对问题进行富有诚意的观照,才能开辟乡村叙事新的可能性。

---

[1] 黄平:《无字的墓碑:乡土叙事的"形式"与"历史"——细读〈秦腔〉》,《南方文坛》2011年第1期。

民工返乡之后

辽宁作家孙惠芬以"歇马山庄"系列小说,力图建构一个辽南乡村的文学世界。其文字细致呈现了当代东北的乡村经验与日常生活图景,并引起广泛关注。中国幅员辽阔,每个地方的乡村生活图貌各不相同,而且作家群体的分布以及活跃程度亦互有差异、不尽平衡。整体来看,当下活跃的东北作家不太多,除了迟子建等个别超卓者之外,影响力大多较弱;而迟子建的作品所表现的多半是林区生活。因而,呈现当代东北乡村生活的文学作品也就相对较少,有影响者更少。孙惠芬的辽南文学世界,除了审美意义外,我以为更在于它是当代乡村叙事在地域上的有力补充。

农村青壮年劳动力向城市的迁移亦即"进城",毋庸置疑是对当下乡村影响最为深刻的事件,且是绝大多数农民必须面对的生存现实,已然改变并进一步改变着乡村图景。进城,让"农民"变成了"农民工"抑或"民工"。农民进城后的生活以及由农民进城所导致的乡村空心化,在当下为数众多的乡村叙事作品里都有所表现。然而,一个不容忽视的现实是,一个家庭的主要劳动力进城后,那些乡村留守者之间又会发生什么?再者,当进城者亦即"民工"返回乡村,他们能否顺利回到此前的生活与人际模式中?在价值观念、伦理关系上,又会与留守者产生怎样的碰撞?我认为,在这些层面孙惠芬都有着极其敏锐而深入的乡村发现,甚至开辟了一个描写乡村较有新意的维度。这或许与其经历有关。孙惠芬亦曾做过地道的农民,是写作改变了她的命运,从乡村进入城市。作为"60后""农裔城籍"作家,孙惠芬跟"50后""农裔城籍"作家一样,对城与乡的态度亦存在明显的情理悖谬。她坦言:"在乡下的时候盼望进城,当进城以后又觉得理想愿望在乡下,觉得能温暖内心的地方还是乡村,是我多年生活的乡村。"[1]长篇小说《歇马山庄》(1998)是孙惠芬迄今为止的代表作,她认为该作便是怀乡的产物。该作似是一道分水岭,进入新世纪孙惠芬自感文字变得理性了一些,对乡村的观照更加深入。中篇小说《民工》(《当代》2002年第1期)、《歇马山庄的两个女人》(《人民文学》2002年第1期)便是她所谓"往理性深处走的一部分"[2]。孙惠芬所谓"往理性深处走"似乎是指观照乡村生活的自觉性还有深入度都有了增强

---

[1] 孙惠芬:《自述》,《小说评论》2007年第2期。
[2] 孙惠芬:《自述》,《小说评论》2007年第2期。

和提高。进入新世纪，其乡村叙事很大程度上滤除了早期作品那种感性的赞美与怀念，而是逐渐深入乡村生活的肌理，感受东北农民在城市化进程中所遭遇的价值取向改变与伦理观念的冲突。继《民工》《歇马山庄的两个女人》之后，孙惠芬又推出《民工》的续篇《歇马山庄的两个男人》(《北京文学》2003年第1期)。《民工》及其续篇连缀在一起，完整地写出了一个男人为生计进城，因丧偶而返乡的经历。主人公鞠广大显然不是一个孤立的个案，他在城里和乡下所遭遇的种种，理应引起人们对今日乡村现状的省思。在这一文学形象身上亦可看出作家孙惠芬对乡村的理性审视，而不再是那种近乎滥情的诗化赞美。要做到这样，作家自然不能拘泥于乡村日常生活表象，对乡村只有一种近乎赏光的了解，而要深入农民的内心世界，对其困境与哀痛体察入微，感受其精神负累，揭示其不幸根源。这些方面，孙惠芬可以说都有不俗表现。在我的判断里，《民工》为当代乡村叙事开辟了一个新的层面，提供了新鲜经验，也是孙惠芬迄今为止最为成熟、深刻的作品之一。

羞耻与隐忍

爷爷和父亲在十里八乡树立起来的好吃懒做的形象，几乎成了农民鞠广大与生俱来的羞耻，让他在乡亲面前抬不起头。爷爷靠打竹板混饭吃，是远近闻名的"懒鬼"；父亲干活儿不肯下力气更是名扬乡里，一年到头挣的工分连口粮都拿不回家。为了祛除这份耻感，年轻的鞠广大奋发图强，力图有所改变。他跟一个从吉林逃荒来的漂亮女子组成了家庭，日子过得越来越安稳火红。一次放牛薅草时的失误让牛祸害了村长刘大头家的庄稼，招致村长老婆的一顿辱骂。尖酸刻薄的女人将他努力掩盖并尽力淡化的家族羞耻，毫不留情地揭了开来，并着力放大，临了还极其轻蔑地料定他鞠广大生不出一个"在外"的儿子。鞠广大心想自己虽不像爷爷、父亲，但此生大抵只能如此，下一代则完全可以另说。因偶然的过失，村长老婆给他带来的却是新的羞辱。只不过，这份羞辱也给他带来了动力，他为对方的这句话倾力奋斗了二十多年。儿子出生后，鞠广大夫妇勤扒苦做，攒钱供他读书希望能考上大学，从而做一个"在外"的人。"在外"是辽南农村对那些脱离了乡村在城里生活的人的称呼。简单两个字明显带有对另一种生活方式的艳羡。而当鞠广大们意识到自己无论如何都没有改变自身身份的可能时，他们将目光自然转向下一代。培养出一个"在外"的人，亦即摆脱从土里刨食的命运，是那些终日面朝黄土背朝天的庄稼人最为宏大的理想，也是对子女表达爱意的方式。然而，除了这些之外，对于鞠广大而言，儿子"在外"还是他扬眉吐气回敬羞辱的方式。只是没想到事与愿违，儿子高考落榜，他的所有希望都落空了。跟以前不同的是，现如今纯粹的土地收入无法满足一家人的开支，要想改变经济状况，唯有进城当"民工"。儿子于是也不得不成为跟自己一样的"民工"。

  背负新一重羞耻，鞠广大父子各自离家进城当民工，却又鬼使神差地来到了同一工地。为了不让旁人知道他们的真实关系，两人装作互不认识。他们觉得保守这秘密，就能够规避羞耻葆有可怜的尊严。为此，这对表面上形同陌路的父子，半年来想尽了各种办法："不住在一个工棚，不在一起吃饭，即使在工地上相遇，也不认识似的，绝不说话。"[1]然而鞠广大老婆的死讯传到工地，最终让这对父子的秘密公之于众。在承受至亲突然亡故的巨大哀痛的同时，鞠广大和儿子还要各自承受内心难以排解的羞耻的噬咬。那悖逆人之常情、刻意隐瞒的父子关系，在如此情境下浮出水面，呈现于公众面前。这一情节实在有些残酷。而与此同时人们不言而喻地知道了两人如此做的目的。

与表现乡下人在城里生活的"乡下人进城叙事"不同，小说《民工》的着力点在于农民做了"民工"之后返回乡下的遭遇——表现"在外"亦即进城的经历对一个农民及其家庭带来的变化。在小说里，民工与城市之间的关系只是通过一个典型场景便有了深刻呈现：午饭时刻，饥肠辘辘的民工们，各自从脚手架上下来排队领饭菜；每天烈日下超负荷、高强度地劳作，全靠那点清汤寡水的饭菜支撑。因为饥饿，排队打饭之时便是他们最为重要的时刻，争抢时有发生。对于鞠广大的儿子鞠福生来说，获悉母亲死讯的那一刻，充斥其内心的不是悲伤，也不是与父亲同在一个工地的秘密被人发现的羞耻——而是饥饿。他眼前始终晃动着抢饭工友的身影。与儿子不同，听到老婆的死讯，鞠广大的第一反应是意识到自己中途离开工地，就意味着过去六个月的辛苦打了水漂。其他工友曾经的遭遇告诉他，一旦离开工地就别想再回来——包工头就是用这种方式克扣他们的工钱。背着铺盖卷离开工棚的时候，伙伴们怂恿他去找工头儿试着讨要工钱。鞠广大不为所动，心里全然惦记着

---

[1] 孙惠芬：《歇马山庄的两个女人》，群众出版社2003年版，第182页。

下午那趟返乡的火车。他本能地意识到自己的弱势，还有工头的绝对强势。讨回拖欠了半年的工钱，这最合理不过的诉求，他知道一旦付诸行动，将让他不仅得不到想要的结果，还要自寻羞辱。而此刻，在丧妻的伤痛和跟儿子同在工地被发现的羞耻之外，他实在无力再承受其他。

只是，对一个民工来说血汗钱太重要了。站在街边等公共汽车摸口袋的时候，鞠广大才意识到这一点。他和儿子半年的工钱，对自己这个突遭变故的家庭来说意义重大。没有钱，就是赶回去也是六神无主。顷刻，付出劳动得到报酬的人间正理，让他立刻有了向工头讨要他和儿子工钱的勇气。返回工地，鞠广大来到工长办公室门口，就听见儿子正为工钱在跟对方大声理论。工长丝毫不把鞠福生放在眼里，以胜券在握的心态冷漠地敷衍——他有太多成功应对此类情形的经验。眼前一幕令鞠广大内心涌起无声的呐喊，想冲上前责问工长凭什么克扣他们那应得的可怜的工钱。但这冲动到底被压抑下去。他更清醒地意识到自己的"弱"——一个民工的"弱"。而有儿子的现场，则更加强化了这一感受。不仅如此，在工长轻慢的眼神里，除了"弱"和无助之外，他还"再一次看到了自己的可怜，看到了他和他儿子、他儿子和他，多么像的一对！"[1] 然而更让鞠广大无法接受的还不是自己的弱势与无助，而是自己身上的这一切如今又迁延到了儿子身上。弱势甚至羞耻已然成了一种身份的徽记无可改易。这让他无比绝望。从公共汽车站返回工地路上那股升腾而起的正义之气顷刻烟

---

[1] 孙惠芬：《歇马山庄的两个女人》，群众出版社2003年版，第193页。

消云散。钱在人家的口袋里，对方没有良心道义可言，眼下如此理论下去，被人玩弄于股掌之间同样是莫大的羞耻，是"弱"的展览。亲人尸骨未寒，他们也没有时间耗下去——规避所有这一切的方式便是尽快离开。但其内心的憋屈实在需要发泄，转身拉开屋门的时候，于是便有了冲儿子的辛酸一吼："鞠福生你给我滚！"[1] 唯有离开，才能让自己和儿子保持那点可怜的尊严。鞠广大让我们看到，作为城市的"他者"，忍耐和隐藏是一个"成熟"的民工不得不娴熟掌握的生存法则。唯有如此，才能维持他们最起码的尊严。这一场景极其简练地传达出民工与城市的关系，极具震撼力，彰显孙惠芬那非同寻常的视角。她将民工的那份隐忍书写得如此动人，呈现了乡下人进城之后的别样生存图景。

不言而喻，鞠广大在城里变得"成熟"，自然也经历了漫长的历练过程。这也是民工群体共有的城市经验。父子俩赶公共汽车的路上，鞠广大回想起当年挤公共汽车冒犯了城里人被打翻在地，行李被丢到车外，自己只好从车里爬出来的情景。那是他在城里最难忘的经历，一年的血汗钱都在行李卷里，挨打、受辱都只能忍下。当时血气方刚，恶气难以咽下，爬行时膝盖不停抖动。此后见到挤公共汽车的场景便心生恐惧。今天父子俩一起挤公共汽车，儿子背上的行李，同样不小心蹭到了一个城里人，随即便招来"臭民工，干什么你，你什么玩意儿"[2] 之类的责骂。不同于自己当年的是，挨骂后的儿子顿时傻在那里不敢吱声，也不敢挪动身子，树桩

---

1 孙惠芬：《歇马山庄的两个女人》，群众出版社2003年版，第193页。
2 孙惠芬：《歇马山庄的两个女人》，群众出版社2003年版，第200页。

一般；而鞠广大还是能听见自己的两只膝盖在打战，不觉牙关紧咬。不过，他还是使劲踩住行李卷，努力平息自己的情绪——"不管怎样，忍还是一剂稳定时局的良药"[1]。

面对城市在"外来者"面前所露出的狰狞面目，鞠广大、鞠福生父子的心态已然不同。跟父亲相比，儿子短暂的城市经历就让他将忍耐变成一种习惯，一种自然而然的选择，没有了父亲进城之初面对不平和屈辱时的野性与血性，更不用说表达愤怒的勇气。鞠福生似乎没看见车上的空位子，一动不动地站在那里，一副既可怜又尴尬的模样。车窗外匆匆倒向身后的草木，还有高高低低的楼房都在提醒他不属于这里。在这个为之流血流汗的城市，他找不到一丁点归属感。他回想起曾经下工后在街上闲逛，因对自动柜员机产生好奇而招致警察的盘查，刚好没带暂住证而被莫名其妙地带到一个工地干了三天修下水道的苦工。刚刚受到的责骂，还有曾经的屈辱，让鞠福生眼里显出淡淡的泪光。被逼无奈的进入，意想不到的离开，这对民工父子就这样带着屈辱、伤痛还有饥饿，开始了他们的返乡之旅。伴随这一过程的是他们身份的自然切换——从农民到民工，再从民工到农民。而对身份切换过程中的所有不堪唯有"隐忍"。在他们的逻辑里，将伤痛、屈辱隐藏在心底，不为旁人所知也就达成了对羞耻的规避。如果不这样，就会像鞠广大多年前挤公汽那样被毒打，行李被丢到窗外；而鞠福生面对城里人的责骂默不作声，便截住了被进一步羞辱的可能。沉默是弱势者所能寻到的保全。可见，忍耐是一个农民到"民工"必经的历练。孙惠芬不动声

---

[1] 孙惠芬：《歇马山庄的两个女人》，群众出版社2003年版，第201页。

色地道出了民工在城市这个异己空间极其辛酸的生存法则。

坐上火车，那个发生变故的家在一点点接近，在城市里所经历的屈辱暂时随风而逝。离家越近，失去亲人的哀痛便越强烈，甚至完全占据了父子俩的心灵。在巨大的哀痛中，鞠福生想象着如果母亲还在人世，当得知自己受辱定会给予温情的抚慰；鞠广大也开始回想妻子的温存。渲染到极致的亲情，比照眼下痛失亲人的现实，孙惠芬将两个悲伤的男人置于特定情境里，并激发出彼此之间的理解与疼惜。这对悲情父子困厄中的相濡以沫，更显出亲情的诗意。想到儿子定然饿了，鞠广大花五块钱替他买了一份盒饭；儿子想到的却是父亲的饥饿。执意推让彻底激怒了鞠广大，一气之下将盒饭撇到车外，招来旁人的不解——那毕竟是花五块钱买的。只有鞠广大自己知道，他恼怒的对象并非儿子而是自己。他知道，儿子即便再不懂事，也不可能眼见父亲挨饿，自个儿独自吃盒饭，那么又为何只买一份盒饭呢？事实上，他恼怒于自己那习惯性的思维还有不可理喻的隐秘内心。明知道自己和儿子都饥饿还只买一份盒饭，在鞠广大，最为深层的动机不过还是为了节省那五块钱。在其意识深处，一如羞耻可以忍受，饥饿更可以忍受。忍忍，五块钱就省下了。事实上，经济上的过于窘迫同样是一种难以言说的羞耻。它在鞠广大心里转化成不可名状的懊恼与愤怒，甚至是一种委屈。他恨自己无能，他需要一个发泄，因而才有了撇盒饭之举。此后，父子俩在旁人的不解中安定下来。鞠广大的心情反倒舒畅了，似乎那充斥内心的羞耻，也随着车窗外飘散的饭粒四散。

那么，回到乡村的这对民工父子又会遭遇什么？

屈辱与自欺

对城市与乡村的情感取向判然有别，并且感情的天平始终倾向于乡村一端，这不可消抹的二元对立无疑是绝大多数"农裔城籍"作家的心理情结。他们再把这种情感取向投射到笔底人物身上。"被抛"于都市的鞠广大父子一旦回到乡村，那种"被抛感"便顷刻消散，油然而生的是那久违的"在家感"：

> 田野的感觉简直好极了，庄稼生长的气息灌在风里，香香的，浓浓的，软软的，每走一步，都有被搂抱的感觉。鞠广大和鞠福生走在沟谷边的小道上，十分的陶醉，庄稼的叶子不时地抚擦着他们的胳膊，蚊虫们不时地碰撞着他们的脸庞……走在一处被苞米叶重围的窄窄的小道上，父与子几乎忘记了发生在他们生活中的不幸，迷失了他们回家来的初衷，他们想，他们走在这里为哪样，他们难道是在外的人衣锦还乡？[1]

孙惠芬的可贵之处，就在于并没有基于感情的驱使，停留在对乡村一厢情愿的简单美化中，相反恰是采取一种批判性的审视，以揭示另一种乡村现实。农民工重新返回的乡村，已然跟他离开之前有了差异，是否能顺利回到貌似熟悉的熟人社会，实则是不可知之数。在众多乡村叙事里，这是一种较为独特的乡村发现。上文"在家感"的诗意呈现，只是城乡二重生活场景之间的过渡，巧妙地担

---

[1] 孙惠芬：《歇马山庄的两个女人》，群众出版社2003年版，第214页。

当着一种叙事功能。一旦回到乡村现场,与对乡村美好心理感受相对的,却是随着急剧的城市化进程而来的乡村"空心化"——青壮年劳动力大量转向城市,乡村成了老人、孩子、妇女的"留守"之地。

大量乡村留守妇女的存在,又不可避免地引发诸多伦理问题。鞠广大老婆金香之死,实则是对乡村"空心化"的控诉,言说着留守妇女精神和肉身的苦难。而这是对所谓乡村诗意的无情消解。鞠广大父子进入家门的那一刻,村里其他留守妇女自然涌起物伤其类的哀痛,由哀哭逝者不觉演变成对各自悲苦命运——"大半年忙在家里,累在地里,孤苦伶仃地熬在夜里"[1]——的自伤自悼。金香的一生便是这一群体的典型写照:有口好吃的,想着留给男人,患了重病舍不得花钱,直到把自己"熬枯了,熬成一棵死树"[2]。由此可见,鞠广大一家三口分居城市和乡村,城和乡成了他们生活的一体两面。孙惠芬以此传达出乡村深重苦难的别种内涵。这是作家的敏锐发现,也是新的社会现实给乡村叙事所提供的全新表现层面。而与留守妇女们精神和肉身的苦熬相对,男人们在城里的超常隐忍、恶劣吃住以及超负荷体力劳动,又何尝不是一种苦熬?

金香之死让重回农民身份的鞠广大成了全村的焦点。给妻子操办什么样的丧礼关乎他作为一家之主的面子。因进过城,他的另一重身份是"民工",拿乡村的说法就是"在外"过。既然"在外"

---

[1] 孙惠芬:《歇马山庄的两个女人》,群众出版社2003年版,第216页。
[2] 孙惠芬:《歇马山庄的两个女人》,群众出版社2003年版,第218页。

过,操办丧事的方式自然就跟没有进过城的农民不同,理应按照"在外"人的排场。鞠广大决定拿出全部家底大操大办。此举没有让乡亲失望,当他将自己的想法告知主持者三黄叔时,得到了对方的认同:"就知道你广大不是小气人,怎么说还是在外嘛。"[1] 乡村有着自身固有的法则与逻辑,在某种意义上,鞠广大们只要进过城就再也无法回到之前的乡村而被目为"在外"。而只有他们自己心底最清楚,那是怎样的"在外"。在那些没有离开过乡村的人看来,不管你在城里干的是什么,城市必然优于乡下。这一深固的认知没有道理可讲,迫使在城乡间讨生活的人被动就范。读者自然不会忘记,为了节省五块钱鞠广大忍饿只给儿子买了一份盒饭,结果导致父子俩谁也没吃上。金香生前舍不得为自己花一分钱,生病舍不得看医生生生死扛。但为了丧礼的体面,鞠广大却倾其所有以满足乡亲们对他们父子是"在外"人的预期。

对自己如此苛刻的农民,为了面子却又如此慷慨。鞠广大这一决定的做出或许是特定情景的激发,亦可能缘于告慰死者的冲动,甚或有难以言说的隐秘动机。稍加分析,不难看出此举也包含有他对在城市所受羞辱的发泄。唯有如此,才能让他那始终憋屈的心灵得到舒张的机会。因而大操大办丧礼之于鞠广大,与其说是出于在众乡亲面前赢得为老婆舍得花钱的口碑的目的,不如说是出于他自身的需要:以一种十分"农民"的方式找回在城里被侮辱、被践踏的尊严。当然,金香生前,鞠广大也说不上对她有多差,只是此时针对死者的排场,无疑是为了生者自己。而在辽南乡村,某家动员

---

[1] 孙惠芬:《歌马山庄的两个女人》,群众出版社2003年版,第221页。

全村参与，大手大脚地花钱，确乎带有嘉年华的意味。领受主家旨意，三黄叔不再考虑如何节省，满怀欣喜地发出动员令，全村老少热火朝天地忙碌起来。痛痛快快地花钱，很快就给了鞠广大前半生绝对不曾有过的感受。看着在自己屋里、院里忙进忙出的众乡亲，他完全超离了丧妻的哀痛，而有了别种不真实感：

> 有一阵，鞠广大有些迷离了，他走进了一个幻觉的世界，眼前的世界在一片繁忙中变成了一个建筑工地，在这个工地上，他鞠广大再也不是民工，而是管着民工的工长，是欧亮，是管着欧亮的工头，是管着工头的甲方老板。鞠广大由民工晋升为老板，只是一瞬间的事。因为在那个瞬间，他清楚地看到了他的一层层下属机构，他将一个工程承包给了三黄叔，三黄叔又将工程分细承包给工长，民工们便各负其责各把一方。[1]

这是一个时时刻刻捉襟见肘的农民，因痛快花钱而生成的虚幻，以此达成对自卑的短暂超越。"民工"经历对他无疑是一种深深的伤害，以致形成了自卑情结。而乡村这场豪华、排场的丧礼，则起到了对内心隐痛与屈辱进行代偿性治疗的作用，甚至在迷幻中达到治愈。在城里他始终遭受雇主的欺压，回到乡下在为妻子治丧过程中，他终于也做了一回老板，享受着对人发号施令，而众人遇事向他请示的巨大快感。片刻的膨胀甚至让他对村长刘大头所掌握的权力也一度失去了敬畏，表现出某种程度的轻蔑。只是，这一切

---

[1] 孙惠芬：《歇马山庄的两个女人》，群众出版社2003年版，第234—235页。

如同幻梦旋生旋灭。但对基层权力的轻慢，随即便给鞠广大带来了麻烦：妻子的尸体必须火化。火化与否原本只是在可与不可之间。如果刘大头没有感受到来自死者丈夫的轻慢，金香也完全有可能土葬。稍稍忘形便栽了跟头，一如在城市里。从虚幻中醒来，鞠广大很快就意识到自己的"弱"。尸体火化，就不能进行完整的土葬，排场的葬礼便在一定程度上失去了意义。而对于鞠广大来说，更大的打击在于妻子金香做留守妇女时所发生的事情慢慢浮出水面。他被告知妻子的身子早已"不干净"，为这样的女人大操大办其实毫无必要。当鞠广大为不能完整土葬妻子而颇感遗憾之时，别人告知这一秘密本意是为了减轻他的沮丧，因为在乡村身子"不干净"的女人本就应该火化。

鞠广大至此才意识到，自返回村里自己就一直活在一种错觉中。那些女人们一声高过一声的哭诉，实则并非针对死者而是哭他的可怜；村长夫妇早知道火化无法通融，为了讽刺他的自作多情，故意留下一线争取土葬的希望；进进出出的乡亲们，不过是想看看他戴了"绿帽子"之后的模样。一切都似乎是一个为他准备好的圈套抑或陷阱，而他"自投罗网地顺应民意，毁掉家底大操大办把他们请来，他还以为他在接受大家的慰问，享受了大老板的快乐"[1]。

完全有别于刚回到村里时的感受，对鞠广大来说，乡村彻底显露出它的另一面。如果说城市处处以显在的敌意，让鞠广大父子时刻感受到被抛感、异己感的话，那么，乡村则似乎在温情的面纱下

---

[1] 孙惠芬：《歇马山庄的两个女人》，群众出版社2003年版，第241页。

掩盖着一个若隐若现的陷阱，让他受了伤害而浑然不自知。更为残酷的真相是，鞠广大做梦也没想到，那个给自己戴绿帽子的人，竟是好友郭长义。两人以往常常酒后在一起掏心窝子地长聊。获悉具体内幕，与鞠广大不同，儿子鞠福生倒显出几分血性，找上门去将郭长义痛揍了一顿。貌似解了恨，然而听了对方的诉说，年轻人片刻之前找郭家算账的冲动立时消解殆尽，意识到母亲跟郭长义之间的情形没有那么简单，并对母亲精神和肉身的苦熬有了理解，进而对眼前这个被自己揍的男人心情复杂起来。他正准备离开，鞠广大赶了过来。三人照面，所有真相无须多言便得以彻底敞开。眼前的事实让鞠广大没想到由城返乡，自己和儿子所要面对的是更其不堪的屈辱。大手大脚花钱所换得的对别人的支配感还有荣耀感迅即褪去，备受伤害的怨愤与疼痛却在体内再次鲜活起来。只是屈辱已然生成，跟别人有染的妻子已经死去，责任也不全在昔日的朋友身上。鞠广大意识到自己还是处于绝对的弱势——无论在城里人面前，还是在乡村同伴面前。面对如此情形，隐忍仍是解决问题的良方，更何况妻子的丧礼还没有结束。他不仅要把郭长义带给自己的屈辱忍下去，而且要规避羞耻。在众人面前他还得要郭长义配合，假装不存芥蒂，坦然而亲切，以堵住众乡亲的嘴，由自欺进而欺人。

郭长义完全理解鞠广大的难处，同时带着赎罪的心理配合着他的"表演"。金香葬礼上没有出现人们所期待的"复仇"场面，整个丧礼最终体面而平静地完成。喧嚣止息，次日醒来，面对空落的院子，鞠广大才感到真正源自内心的哀恸，趴在炕上手抓炕席孩子般号啕大哭。无论进城还是返乡，无论做"民工"还是当"农民"，隐忍几乎是他面对这个世界的唯一方式。没有人了解那无尽隐忍背后的巨大委屈，对他而言，唯有隐忍才能躲避更大的羞耻，永远没有心灵舒畅的时候。然而，这也只是一厢情愿的想法。他自以为隐忍让自己维护了尊严，规避了羞耻，事实上他那可怜的尊严早已荡然无存，他一步步活成了羞耻自身。城市所给予的固然是一种苦难，但自己在乡村所收获的种种虐心遭遇，更是难以言说的苦难。因而，农民进城不仅仅是由"农民"到"民工"的身份简单转换，更会引起一系列别样乡村问题。当土地出产所得不能让一家人过上稍稍体面的生活时，进城谋生便是一种必然选择；而一旦进城当民工，夫妻间正常的生理需求都难以满足。在城里，城市是别人的城市，民工有被抛感；回到乡村，他们又被当作"在外"的人，难以被真正接纳。可见一旦离开乡村，农民的身份便会变得如此尴尬、暧昧。除了民工外，城市化进程还制造出另一个群体：留守妇女。其生理和心理需求，以及所面临的基层权力的欺凌，则又导致诸多乡村伦理问题出现，还有社会风气的变化。

  孙惠芬无疑碰触到了乡村问题最为复杂的内核。金香与郭长义之间的不伦恋情，当然也并不能说明他们就是道德败坏之人。在某种程度上，作家在较短篇幅里呈现了农民进城到底遭遇了什么，更呈现了留守妇女在乡村又到底遭遇了什么。当留守妇女的生存困境细细呈现在读者面前，我想，人们几乎无法对金香和郭长义之间的"不正当关系"简单粗暴地横加指责。孙惠芬重新审视了乡村，彰显可贵的写实精神。值得一提的是，在近年来出现的乡村社会学调查和关于乡村的非虚构叙事中,因乡村留守妇女的存在而导致的伦理道德危机,以及她们遭受基层权力者欺凌的情形,已然作为最突出的社会问题引起广泛关注。足见孙惠芬的文字与乡村现实的贴合程度,还有发现问题的眼光之敏锐。更难能可贵的是,作家并没有就此打住,而是沿着这一思路继续深入下去。作为《民工》的续篇,《歇马山庄的两个男人》就更其聚焦于今日乡村的伦理道德困境。

成为羞耻自身

鞠广大返乡本为料理妻子的丧事,到最后却演变成羞耻覆盖了伤痛。妻子与郭长义的不伦恋情于丧礼最后时刻在他面前一一敞开。村人都等着看一场"好戏",而一如在城市里,面对如此情形隐忍仍是安定局势的最好方式。在郭长义的配合下,妻子的丧礼成了掩盖羞耻的"表演"。只是表演过后那被强力压抑下去的恨意在心底一点点复苏。沉睡至第二天晌午才起来的鞠广大,想到最要紧的事情就是如何羞辱郭长义,好让自己的内心得以平衡。在城里"万事忍为先"的鞠广大,一旦回到乡村面对跟自己一样的弱者则表现出令人惊叹的智慧。他思维缜密,调动数十年积累的乡村经验和人情世故实施不动声色的报复——故意请郭长义帮忙挨家挨户送丧礼剩下的"混汤菜",意在让他这绯闻男主角在众乡亲面前得以展览,使人自然联想起他跟死者的不正当关系。有了丧礼上的合作,鞠广大明知道郭长义即便不愿意送"混汤菜"也无由拒绝。他要让全村人看看这个跟自己老婆偷情的男人,心理到底能强大到什么程度。此举可谓阴毒，在强势的城里人面前，鞠广大是绝对的弱者；但在跟自己一样的庄稼汉面前，他不问情由利用对方的道德污点，极尽能事地表现出强势的一面。孙惠芬几乎刨出了一个农民最为隐秘、不可理喻的根性。

鞠广大这样做的动机，郭长义自然心知肚明。只是对方的阴毒还是超出了他的想象——挨家挨户送"混汤菜"，这一招实在太绝了。绝在它的日常性，极其不像报复，而这不动声色的报复却是"那么透骨，那么彻底，犹如挠了你的脚心却不让你笑，挖了你的心肝又不让你叫，叫你活活难受"[1]。意识到被人玩弄于股掌之间的郭长义还是默默做完了这一切。挨家挨户叩开乡亲的屋门，让自己成为羞耻自身的展览。在这一过程中，尤其在面对往日因自己和金香的关系而得罪过的那些人（如举胜子家的、刘大头、嫂子）时，羞辱便一步步达到极致。令郭长义痛感无助的是，没人愿意体察自己跟逝者恋情的真相。那层肉体关系背后的真实内情，旁人更不可能有基于人性层面的理解。一切只能服从于乡村伦理简单而粗暴的仲裁，一切在光天化日之下，没有任何掩盖的可能。对于这个极其自尊的庄稼汉来说，这自然太过残酷，送完鞠家的"混汤菜"，郭长义便大病一场高烧不退，先是全身热透，接着又是遍体冷透。

通过歇马山庄的这两个男人，在某种意义上，孙惠芬表现了辽南乡村一隅，大而言之今日中国乡村的一体两面：进城民工的城市遭遇与留守农民面对肆虐的基层权力的无助。特别是通过郭长义跟

---

[1] 孙惠芬：《歇马山庄的两个女人》，群众出版社2003年版，第88页。

金香的故事，让读者看到了乡村的另类风景；而小说所呈现的鞠广大与郭长义之间的复杂纠葛，却又喻指今日乡村里外两个层面间的巨大隔膜。这一隔膜直接导致弱者之间彼此深深的伤害。由鞠广大的奔丧，也牵出郭长义的故事。

跟鞠家上两代的家风完全不同，郭长义的祖父、父亲，都因极其爱惜羽毛而成为歇马山庄的道德标杆。对于郭长义而言，拥有郭木匠那样的父亲是骄傲，同时也是巨大的负累。当年恋慕他的漂亮女子无数，但造化弄人最终却娶了一个母老虎般的悍妇为妻。两人实在无法沟通，每每遇到河东狮吼之时他只好忍让了事。郭长义亦曾到城里做过民工多年，老婆摔坏了腿后，他得留下来照顾再也无法出门，这才有了跟金香接触的机会。作为留守妇女，金香在"熬"；而作为一个只为了尽到做丈夫责任的男人，郭长义也在"熬"。对无爱婚姻的坚守源于他始终牢记着父亲临终对他说的话："长义，爹一辈子没正眼看过你妈一眼，爹不也过来了，爹过来啦！"[1] 传遍十里八乡的好口碑，让郭木匠无法从道德的高台上下来，对不堪婚姻的隐忍便是唯一的选择——跟命运较量到底，闭眼那一刻便是他"得胜"之时。郭木匠无从体察自己这样做的意义何在。他自然不明白自己的一生如同煎熬，而对儿子的劝导却又要让儿子成了另一个自己，以延续郭家的"好家风""好口碑"。

郭长义跟金香的首次近距离接触发生在鞠福生高考落榜之后，被鞠广大喊过去陪老友喝酒解闷。感受到金香的温柔与善解人意，他不免心旌摇荡，也更明白爹临死前那份告诫背后的真意：诱惑无

---

[1] 孙惠芬：《歇马山庄的两个女人》，群众出版社2003年版，第74页。

处不在,"守"和"熬"着实不易。基层权力的欺凌,让郭长义与金香等歇马山庄的留守妇女们紧紧团结在一起,并成了她们的主心骨。他对金香的好感在互助合作中有了强化。村长刘大头靠女儿巴结上层,利用妻子的身体坐稳村长的位子,在众乡亲面前作威作福。一直觊觎金香身体的村长到底利用分派义务工的机会,逼迫对方就范,臣服于自己的淫威。获悉内情,郭长义心痛不已。爱恨交织让他在粗暴占有金香的那个夜晚,占据脑海的念头是,要让这个自己所爱的女人知道他的力量,断绝因义务工的好处而跟刘大头的来往。郭长义将自己的行为一定程度上视为对一个美好女人的救赎。正因如此,让他的对金香的占有充满激情。只是,激情过后理性恢复,他才发现自己是一个闯下大祸的孩子,虽然此前一直在告诫自己不要闯祸。他退到门边,狠狠扇自己耳光,金香反倒扑上来安慰他,表示理解他的好心。这发生在两个人之间的故事完全不为外人所知。出于对逝者的尊重,郭长义自己也不会说什么。慑于刘大头的淫威,众乡亲没人敢说出真相,深掩金香与村长的私情。逝者已逝,鞠广大更无从了解妻子跟郭长义之间的诸多婉曲,只认定郭长义就是那个让他戴绿帽子的人。他的恨有了发泄对象之后,报复的快意让他很快平静下来,并从丧礼的沮丧、懊恼中走出来。歇马山庄的两个男人,从此呈现出两种迥然不同的状态:鞠广大一天比一天精神抖擞,郭长义却日见委顿。

在基层哪怕微末的权力面前,普通农民一样处于绝对的弱势。郭长义为自己对金香那掺杂着爱欲与救赎的激情之举付出了沉重的代价。风言风语传遍歇马山庄,郭家前两代人建立起来的清白家风和良好口碑毁于一旦。来自鞠广大的阴骘报复更让郭长义成了羞耻的展示，整个人委顿下来自是必然。与之不同，对鞠广大而言，报复的快意似乎让他获得了心理平衡，于虚幻中挽回了面子，赢得了尊严，旋即却又掉入权力编织的陷阱。在村长老婆的撺掇下，他娶了村长老婆的三妹而与村长成了连襟。一开始，鞠广大为自己能攀上有权有势的亲戚而欣喜，以为前景大好。然而婚后不久便发现自己被人算计，新娶的女人完全不是过日子的对象，只是一尊需要供着的菩萨。时日稍长，矛盾无法掩饰，冲突渐起，他便招致吕氏家族的围攻。在变相的胁迫之下，他不得不低声下气地将被自己吓跑的女人再请回来。当接回女人的汽车，在众乡亲的注视之下与一片议论声中驶过，鞠广大意识到自己所有规避羞耻的努力全然白费——他到底还是成了羞耻自身。坐在汽车里的他同样是羞耻的展示。那一刻，想到金香，他痛切意识到"一个好女人，强过一百个好亲戚，没有一个好女人，什么什么都是狗屁"[1]。

鞠广大跟刘大头成了连襟的事实，在歇马山庄自然有不同的解读。一般人看作这是刘大头帮助鞠广大报复了郭长义；郭长义则认为是鞠广大帮助刘大头报复了自己，意识到自己彻底输给了权力，也看到了权力在乡村无所不能。但鞠广大的再娶却也让郭长义无形中放下了道德上的负疚感。他无须负疚什么，打开心狱，金香被放了出来并成了他的精神支撑，成了超越眼下糟糕处境的念想。他想表达对金香的思念，但对上坟的日子却颇费思量。农历十月初一是逝者的忌日，他想到如果这天去会碰到鞠广大，于是就在公历的10

---

[1] 孙惠芬：《歇马山庄的两个女人》，群众出版社2003年版，第134—135页。

月1日在金香坟头燃香焚纸，流涕发誓从今日始正式娶她做自己的女人。

　　小说至此，无论鞠广大那胀满的倾诉欲望，还是郭长义阴阳两隔的爱恋，都是如此令人动容。歇马山庄的两个男人就这样念想着同一个女人。然而，作家却无情颠覆了已然显露的温情结局。当鞠广大爬上坡顶，偶然发现郭长义在金香坟头跟一个女人撕扯在一起。很显然，如此场面的出现，是郭长义内心的隐秘到底被老婆发现。意味深长的是，在小说结尾郭长义的老婆对站在面前的郭长义、鞠广大痛斥道："你们没有一个好东西——"[1]这一"反乌托邦"的结尾让《歇马山庄的两个男人》彻底消解了现当代乡土小说惯常的浪漫与温情。或许，作者想说的是，在肆虐的基层权力以及毫无理性的乡村伦理面前，作为弱势群体羞耻如影随形。这无疑是今日乡村最值得关注的另一面。

---

[1] 孙惠芬：《歇马山庄的两个女人》，群众出版社2003年版，第135页。

第二章

乡下人进城的文学书写

基于城乡二元对立的认知模式,以及悠久的农耕文明背景,在中国现当代文学发展史上,"乡下人进城"早已成为一个较为恒定的叙事母题。而自20世纪90年代以来,随着改革的深入、城市化进程的加剧,离开赖以生存的土地进城谋生几乎成了前后两代乡下人生活的常态与优先选择。大规模的城乡人口转移,直接导致乡村的空心化甚至荒野化。很长一个时期以来,农村、农民、农业"三农问题"成了全社会关注的焦点。作为占社会生活主流的事件,"乡下人进城"自然成了当代文学创作的热门题材,作品骤然增多。正如有论者所言:"当下小说叙述中'乡下人进城'的书写关涉到中国现代化语境中最广大的个体生命的诸般复杂因素。它对农村与都市之间人的命运的表现,已成为当下小说叙述的亚主流表现方式。"[1]除了铁凝的《谁能让我害羞》、孙惠芬的《民工》、艾伟的《小姐们》等零星篇章外,更有像贾平凹、李佩甫、尤凤伟等当代文坛重镇,以系列长篇加以追踪呈现,令现当代文学史上的这一叙事母题更加醒豁,令世人瞩目。

在我看来,描写乡下人进城的作品,所观照的虽是乡下人的都市生活,却是当代乡村叙事的自然延续。原因在于这批作品的旨归并不在于都市,而是乡下人进城后的命运与遭际,及其折射出的社会问题,引发的思考,更多表现出他们难以融入城市的生存状态。那些进城者表面上已是"城里人",然而其思维方式、心理状态,仍然带有深深的乡村烙印。也就是说,作家真正属意的并非当代都市生活,而是"被抛"于都市的那些乡下人。值得注意的是,进城第二代农民工的身份归属早已模糊,他们几乎普遍缺乏乡村经验,心态上已然有别于他们的父辈,称他们为"农民"自然不准确;而从身份、心态来看,又不真正属于城市,因而称其为"乡下人"似乎更准确。李佩甫《羊的门》《生命册》等长篇,常常以乡村、城市两条叙述线索并进的方式来结构小说。这种被作家惯常使用的"有意味的形式",或许就根源于他那城市是乡村的自然延续这一认知。

近百年来,关于"乡下人进城"的文学书写历经数度变迁,彰显不同的时代风貌与美学趣味。中国近现代史上的第一批"进城者"大多是富有理想的乡土知识分子。逃异乡、走异路,往往是他们不得不面对的大体相同的人生境遇。而他们逃离乡村后所进入的

---

[1] 徐德明:《"乡下人进城"的文学叙述》,《文学评论》2005年第1期。

异质空间，唯有近代城市。对于乡村和都市，在情感与理性上的悖谬，让他们身在都市心系乡村。因而，"侨寓者"的乡土回望是20世纪20年代的乡土小说普遍采用的叙述姿态。当时的城乡差异，似乎还不足以让进城乡土知识分子，感受到来自城市的严重挤压。他们更多是在空间位移之后，对昔日生活的乡村拥有了一份理性观照，还有基于时序错置而生出的情感眷顾。现代乡土小说的风貌亦由此决定。到了20世纪30年代，在某种意义上作家老舍塑造出了第一个进城乡下人形象：祥子。在我看来，长篇小说《骆驼祥子》是最早最完备的"乡下人进城"书写。整体来看，祥子的悲剧在于进城后无法适时调整自己，完成身份的转换。他无法祛除乡下人的外在徽记，更难祛除骨子里的农民特性，始终不能成为北京城的"市民"而只是一个"游民"[1]。《骆驼祥子》完整呈现了祥子如何从"农民"变为"游民"，最终被城市"吃掉"的过程。

新中国成立后，由于户籍制度的强化，在很长一段时期，城乡有着极其严格的分隔。农民被牢牢附着于土地之上，城乡之间的流动性极其微弱。当然，20世纪六七十年代的"上山下乡"运动，是由政治运动而导致的人口从城市向农村的逆向流动。"文化大革命"结束后，随着改革开放的深入，乡下人进城的活动趋于活跃，也相应体现在文学创作上。然而，高晓声的《陈奂生上城》系列小说主人公陈奂生，只是进城进行一次诸如"卖油绳"之类的自发"商业活动"，并非要在城里谋生存，实现人生价值。这一系列

---

[1] 邵宁宁：《〈骆驼祥子〉：一个农民进城的故事》，《兰州大学学报》（社会科学版）2006年第7期。

作品明显并不具备眼下的"乡下人进城"的书写指向。而从20世纪90年代至今，城市化进程的提速，加剧了乡村人口向城市的流动。与陈奂生们不同的是，第一代和第二代进城乡下人早已不满足于跟城里人完成一次出售农副产品的简单交易，而是企图在城里落脚，实现自身价值。"打工"成了活在千百万人口头上的热词。"打工仔"们力图融入所在的城市，而不是做新时代的祥子。但预期与现实之间的巨大落差，却无情地使众多打工者陷入困境。生存环境的进一步恶化，找不到归属感等，是众多进城乡下人所面对的共同处境。近年来，众多社会学家也注意到这一群体的生存状态，纷纷探究"三农问题"。而在《出梁庄记》等"非虚构"文学作品里，作家也以准社会学调查的方式呈现这一群体的面貌。很大程度上，《出梁庄记》等非虚构作品与《泥鳅》等小说，构成了一种极具说服力的互证关系。当然，也有一部分乡下人进入城市后，很快就融入了都市生活，顺利完成了由"农民"到"市民"的身份转换，成为城市的一部分。

　　回顾"乡下人进城"的文学书写，祥子、高加林（路遥《人生》）、金狗（贾平凹《浮躁》）、国瑞（尤凤伟《泥鳅》）、槐花（阎连科《柳乡长》）、吴志鹏（李佩甫《生命册》）等，构成了一个丰富的人物谱系。他们各自不同的人生经历，分明折射出近百年来的社会心理与时代面貌的变迁。而随着进城者乡村经验的进一步丧失，还有城乡一体化进程进一步推进带来的乡村更为严重的空心化，在不久的将来，这一叙事母题也可能会消亡。本章以贾平凹、李佩甫、尤凤伟等人的代表性作品作为观照对象，力图梳理这一文学书写自20世纪80年代到眼下的发展与变化，探究其不断呈现的新质，解读其所折射的社会诸层面之变。

征服与认同

改革开放以后,路遥的《人生》(《收获》1982年第3期)或许是当代文学里最早将"乡下人进城"当作一个问题提出并引起强烈社会关注的作品。路遥的敏感源于对"城乡交叉地带"的观照,非城非乡又亦城亦乡之地,自然最容易感受到城乡社会心理哪怕些微的变化。出于对城市生活的强烈向往还有对农村固陋、落后现状的不满,农村青年高加林放弃了美好的乡村姑娘巧珍,选择了城里的黄亚萍,从乡村进入城市,原以为可以从此开始一个城里人的生活。然而,不久组织上查明他是通过不正当途径进城的,取消其公职,并将其打发回农村。重回乡村的高加林失去了一切,黄亚萍与之分手,巧珍早已嫁人,他扑倒在黄土地上,流下了痛苦而悔恨的泪水。不同于后来的"乡下人进城"叙事的是，高加林的城市生活几乎还没有开始就夭折了，带有中国社会刚刚开始转型的印记，人们的价值观在悄然发生着变化。作为一个文学形象，高加林引起了广泛共鸣。一方面，他爱巧珍，爱父老乡亲，乡村的传统伦理道德对他也有着强大的规约；另一方面，他对城乡差异也有着刻骨铭心的感受。他厌恶乡村落后的生活方式，向往城市文明。而被城市"启蒙"之后，事实上他再难回到乡村。他被自己的进城愿望折磨，最终做出了属于自己的选择，而不去考量手段的合法性和此举的道德评判。从《人生》激起的社会反响来看，高加林的人生道路选择牵扯着整个社会的神经。不同于当年的批评家对《创业史》里改霞进城选择的严厉谴责，人们对高加林人生道路选择中的合理性因素并没有完全无视，而是有了更多的宽容与理解。正如后来人们所认识的那样："高加林的悲剧同样给读者这样的启示：倘若古老而淳朴的乡村文化不能产生更高的物质和精神的要求，倘若刘巧珍诚挚又深沉的爱情始终不能满足高加林个人愿望中的合理部分，那么，传统生活哲学如何说服他、束缚他呢？"[1] 路遥对高加林的处理，显然早已超越了早期"改革文学"那种二元对立的简单与粗暴，"既敏锐地捕捉着嬗递着的时代脉搏，真切地感受生活中朴素深沉的美，又把对社会变迁的观察融入个人人生选择中的矛盾和思考当中，在把矛盾和困惑交给读者的同时，也把启示给予了读者"[2]。从《创业史》到《人生》，可以看出前者在道义上所具有的

---

[1] 陈思和主编：《中国当代文学史教程》（第二版），复旦大学出版社2005年版，第240页。
[2] 陈思和主编：《中国当代文学史教程》（第二版），复旦大学出版社2005年版，第240页。

"乡村优越"已然不再；而"进城"选择也不再随意上升到道德评判层面。这自然是社会心理的重要变化。在某种意义上，"乡下人进城"的文学书写，亦由此开启了一个全新的不同于现代文学的模式。城乡二元对立，在其后的文学创作中逐步展开。

作为中国当代文坛的重镇，贾平凹的文字绝大多数都关乎中国乡村，几乎艺术地反映了自"文化大革命"结束直到当下，中国乡村问题的边边角角。其乡村叙事分明透露出作家对城市和乡村情感取向与价值判断的变化。具体到"乡下人进城"这一层面，贾平凹的创作也具有标本意义。从《浮躁》到《废都》《高老庄》《高兴》，这些长篇小说塑造了一系列进城乡下人形象，讲述了一个又一个乡下人进城的故事。在前后近三十年的讲述里，作家对于乡村和城市的态度以及自身的美学趣味，亦悄然发生着变化。

挥洒快意的征服

路遥《人生》里所显露的社会情绪，几年后贾平凹有更加精准的把握。长篇小说《浮躁》(《收获》1987年第1期)问世后，众多批评家一致认为"浮躁"是作家对"时代情绪的一种概括"[1]。借小说主人公之口，作者说出这一社会情绪生成于"低的文明层次"与"高扬的主体意识"之间的"不和谐"。作家那过于急切的理念表达，让小说明显打上了主题先行的印记。如果说《人生》还只是让人感受到社会情绪之"变"的萌动的话；那么《浮躁》里整个社会的"浮躁"之气已然弥漫于字里行间。在人物形象和故事情节不

---

[1] 李其纲：《〈浮躁〉：时代情绪的一种概括》，《文学评论》1988年第2期。

足以传达作者所要急于表达的理念时,作者便不时让笔下人物直接发表议论,如金狗还有那个来路不明的"考察人"关于时局的诸般"宏论"。

《浮躁》里,除了那条性情暴躁的州河表征着当时的时代情绪之外,作者还饱含激情地塑造了金狗这个时代骄子。这是一个全然不同于高加林的进城乡下人。《人生》和《浮躁》的问世时间前后相距不到五年,但所传达出的时代情绪和作家对进城乡下人的态度却判若天渊。跟高加林的人生轨迹一样,金狗也是从乡村进入城市,最终又归于乡村。但高加林是一个被城市打败的乡下青年,一个失败者;金狗则以征服城市的英雄形象出现在读者面前。在很大程度上,他也是作家理念的体现者。作为文学形象,因过于理想化,金狗明显存在部分失真。小说问世不久就有论者质疑:"读完《浮躁》,只觉得作者钟爱的人物金狗、雷大空的活动多少有些离奇。金狗哪来的那么大的才干,写得一手好文章,进城后竟被写过多年文章的人敬尊为师,而他又哪来那么大的魅力,从乡村到州城,令一个又一个美貌女子对其倾心相爱?雷大空又何来如此神通竟能在城里骗巨款?作品整个事件的始末也不真实。"[1]这一质疑当然有其合理性。总体来看,金狗就是一个理念大于形象的虚构人物。而我感兴趣的是,金狗的人生故事对"乡下人进城"这一叙事母题所带来的新变化。

那么,作为一个特定时代的时代情绪的表征,金狗到底是个什么形象?概而言之,他是贾平凹当年倾心塑造的一个征服城市的

---

[1] 王彬彬:《俯瞰和参与——〈古船〉和〈浮躁〉比较观》,《当代作家评论》1988年第1期。

英雄。

迥异于常人,金狗甫一来到人世间便不同凡响。母亲在河边淘米时生下他,自己却被乡民传说的水鬼拉走尸骨无存,金狗则漂浮于米筛之中被人捞起。日后叱咤风云的金狗,其父却是一个孱弱的画匠,身材矮小,劳作时嘴唇涂满了各色颜料,常常被人取笑。卑微的父亲视儿子的出生为不祥,准备送他到寺庙做佛教徒一生赎罪修行,而作为乡村知识分子的韩文举老汉却从婴儿身上的一块胎记,认定他是山里一种鸟"看山狗"所变,阻止了矮子画匠的弃子之举。金狗这带有灵异、传奇色彩的降生,便令他注定跟人们朝夕相处的州河一样浮躁冲动,注定要进城"闹腾"一番更大的世事。"文化大革命"中,他辍学参军因在部队当通讯干事而练就了写作本领;复员回乡自然不安于做一个本分的农民。他经常到白云寨、州城走动,不时与韩文举、雷大空闲扯国家大事。山村已无法拘囿他对山外世界的向往与想象,更何况他面前还有这样一条通往山外世界的州河。正如有论者所说的那样,此时的金狗"是一个典型的中国乡土知识分子"[1]。他在乡村权力争斗中小试锋芒,因无权无势而无法改变仙游川田巩两大家族乡村权力斗争的格局。适逢《州城日报》招聘记者,他把握住机会改变了命运。当乡村无法容纳金狗时,进城就是一种必然,这个充分寄托着作者理想的乡村知识分子,随即展开了一段征服城市的人生之旅。

对于乡下人而言,城市毕竟是一个异质性空间。自尊、敏感如

---

[1] 陈国恩、王俊:《中国乡土知识分子的心路历程——〈浮躁〉〈废都〉〈高老庄〉的精神症候分析》,《文艺评论》2004年第5期。

金狗，一开始便感受到来自城市的不友好。他向一群州城男女问路，却遭到对方的奚落，面红耳赤之际，他立刻"在强烈的自卑中建立起自己的自尊"回击别人的嘲笑，并在内心反问："州城难道就是你们的州城吗？"随即找到一个仙游川人的心理上优胜："领导这个州城的也正是一个乡下人巩宝山啊！"紧接着，便有了一个人对于城市的宣示："我金狗现在也来了，瞧着吧！"[1]金狗就这样带着乡下人的斗志进入城市。贾平凹自身所带有的城乡二元对立的认知态度，极其鲜明地投射在笔底人物身上，想象中挥洒着一种乡下人征服城市的快意。去报社的路上，目击城里人欺负赶马车拉沙子的老乡，金狗毫不犹豫地上前打抱不平，狠狠教训了那个跋扈的城里年轻人。当对方试图以《州城日报》为自己撑腰时，自然遭到了金狗的揶揄。第一天上班路上这狭路相逢的"好戏"让城乡尖锐对立起来，并在作者的有意安排下，乡村始终居于优胜的位置。当对方意识到面前的"乡巴佬"是"报社的"，金狗马上告诫那狼狈不堪的城里人："乡下人不只是光会吆车拉沙子。"[2]看着城里人骑车遁去，金狗在收获快意之余，同样不忘对那个老乡来一番规训："要进城，就刚帮硬正地来，自己不把自己当人看，别人就把你当狗耍了！"[3]不过，他马上意识到自己如此激动地告诫赶车乡下人不要自卑，却也正是自己骨子里自卑的表现。进入城市之初，自卑和自尊就这样纠合在一起。作家主观意志的投射让这一切显得丰富而复杂。

1　贾平凹：《贾平凹文集·浮世卷》，中国文联出版公司1995年版，第207页。
2　贾平凹：《贾平凹文集·浮世卷》，中国文联出版公司1995年版，第208页。
3　贾平凹：《贾平凹文集·浮世卷》，中国文联出版公司1995年版，第208页。

问题是：金狗凭什么征服城市？

答案是金狗手中那支能量巨大的笔。这显然是贾平凹自身的写照。作为记者，金狗怀有一个乡下人未曾泯灭的良知和一往无前的勇气。记者的职业让他拥有了一份话语权，他能写，也敢写，用文字揭露丑恶、伸张正义。为此，贾平凹赋予笔下人物以神性和令人难以置信的能量。正如有论者所指出的那样，金狗"就这么一位小小的记者，竟神灵附体般地成了下自乡党委书记起，上至省军区司令员的各级官僚主义干部的'克星'，不但凭他那么一支笔参倒了两个县委书记，一个地区行署专员，使军区司令挨批评，还具有通天本领，第一次外出采访写下的稿子就能被《人民日报》当作高级内参发表，以至于惊动中央为此专门下发了一个红头文件！"[1]金狗利用职业给予的话语权也就是那支笔的威力，介入权势者之间的斗争为民请命。对乡村权力斗争的介入虽然曲折，但田中正等人最终还是得到了应有的惩罚，原始正义得以伸张。金狗又由城市进一步影响到乡里，成了父老乡亲伸张正义的倚靠。

作为文学形象，金狗的理想性更体现在他与几个女性的关系上。有论者认为，这是日后《废都》里男女关系模式的雏形。[2]诚然，从金狗跟小水、英英、石华等人的关系来看，明显流露出作者习焉不察的男性优越甚至自恋。小水这个菩萨一般的乡村好女人真心暗恋着进城前的金狗，金狗也爱着对方。而在两情相悦的接触

---

[1] 范家进：《"前现代"与"后现代"的奇妙拼贴——贾平凹〈浮躁〉新探》，《浙江师大学报》（社会科学版）1996年第6期。
[2] 范家进：《"前现代"与"后现代"的奇妙拼贴——贾平凹〈浮躁〉新探》，《浙江师大学报》（社会科学版）1996年第6期。

中，金狗能够约束自己的原始欲望，对小水"发乎情止乎礼"。进城前夕，漂亮女子英英出于心计将身体刻意献给金狗，想以此拴住对方。金狗顺势占有了她，并在其后摆脱了她的纠缠。金狗与城里有夫之妇石华的关系，对于作者来说或许别有寄托，意在表明金狗对城市的征服，除了揭露官场腐败，令大小官员心惊胆战，替老百姓伸张正义外，更体现为对城里女人的征服。"发迹"之后的雷大空随身带着避孕套，是以一种比较"农民"的方式征服城里女人。金狗则凭着过人的才华令城里女人自动臣服、甘愿献身。州城风情少妇石华仅仅因为仰慕金狗的才华与野性而投怀送抱。对此，金狗没有拒绝，却陷于理性与欲望的纠缠，每每与石华激情过后，紧接着便是自责与自我考问。

整体来看，金狗对生命中的三个城乡女子的态度全然不同。对于纯粹的乡村女子小水，他因两情相悦的真爱而无比珍惜；对于介于城乡之间的英英，即便对方面容姣好，却因其工于心计还有家庭背景而心生鄙夷；而对于纯粹的城里女人石华，则完全是对美好肉体的欣然领受，在原始欲望的驱使下，一次次冲破道德底线，在石华家里充分享受欲望满足的快乐。在某种意义上，石华是贾平凹对于城市的一种想象。她对金狗的倾倒，也是城市对乡村的倾倒。换言之，是金狗征服城市的有力表征。不过，在十多年后的《废都》里，乡巴佬与都市女性的关系模式有了更露骨的放大，那份自恋更是昭然若揭。《浮躁》似乎意在表明，金狗这个进城乡下人不仅有过人的才华，更具有城里男人所不具备的超常性能力。读者可以想象，当金狗将一大批城里男人垂涎不已的美妇人石华压在身下，潜

99

在象征着他将整个城市压在身下；金狗在城市美妇人身上释放欲望的快意，亦彰显其征服城市的快意。金狗陷于肉欲与道德的两难，缘于石华丈夫跟自己还是熟人甚至说得上是朋友。因为只有欲望的克制而没有真爱的纠缠，所以他可以轻易做到疏远对方并摆脱内心的自我谴责。然而，不同于金狗的是，都市美妇人石华却是痴心一片。当金狗身陷囹圄，处境危难，她毫不犹豫地将身体献上祭台，服下安眠药任由一个垂涎于她的干部子弟肆意蹂躏。这都市美妇人的一片痴情可谓惊天地泣鬼神。只是这故事实在经不起推敲。作为理想的乡村英雄，金狗的强大还有魅力的超卓早已所向披靡。然而，当危机解除，他还是毅然回到乡村女人小水身边。作者有意安排小水新寡的情节，显然是为了让她能与金狗合法结合，造成有情人终成眷属的大团圆结局。只是在小水和石华这两个女人之间，这种分明出于灵与肉的选择，无疑在强化金狗这个乡下人对城市的彻底征服。

即便在改革开放之初，在那"唯改革是举""一改就好"的无比乐观的时代氛围里，贾平凹或许也意识到利益集团权力运作的黑暗以及所造成的大量不公，远非类似金狗这样有正义感的记者靠一支笔就能改变。改革的曲折性在小说里有所体现，金狗遭到权势者的排挤甚至构陷，在报社被边缘化，最终被剥夺话语权。而作者此时为他安排了别样的出路，那便是——返乡。在城里的一番打拼、冲突，已然证明了金狗，或者大而言之乡下人的能力，城市已然被征服，亦无须再证明什么。况且"高扬的主体意识"与"低的文明层次"之间的不和谐，也不是靠几篇报道就能解决的。按照这一逻辑，金狗返乡就是必然。回到乡村，将乡村建设好甚至超过城市，是乡村英雄更为宏大的征服城市的理想。"返乡"便是又一追寻理想之举，也是另一番征服城市之举。在金狗同样也在作者的逻辑里，通过个人带动乡村整体致富，才可以更有力地与城市抗衡，改变整个社会的文明程度，最终达成整个国家的改变。不得不说，这自然是作家当时一厢情愿的设计，还有对改革的最终预期。姑且不论个中有多大的可行性，只是金狗始于州河而又终于州河的人生，却在这一书写过程中得以完满。毋庸置疑，在金狗的人生环形道里，读者可以感受到一种溢出于字里行间的乡村优越。《浮躁》最后写到州河处于洪水暴发的前夜，象征着金狗的回归必将导致仙游川人事格局的大变动。

有论者认为《浮躁》写出了三种各不相同的农民进城方式，即巩宝山式：靠着历史上的浴血奋战而成为和平时期的领导者；金狗式：凭着学识、才华考取记者成为城里人；雷大空式：靠经商发财而成为改革之初的第一批有钱人。[1]三者相较，在当时雷大空的进城方式显然更为普遍；但基于作者的设定，雷大空纯粹是金狗的陪衬。事实上，真正表征"浮躁"的恰恰不是金狗而是雷大空。"浮躁"之于金狗，更多表现为实现理想的急躁；在雷大空却是另一番情形，雷大空的浮躁无疑源于物欲的刺激。身处一个浮躁的时代，无法约束自己急速膨胀的欲望，为积累财富不择手段，雷大空触犯了法律最终付出了生命代价。值得一提的是，这一文学形象拥有充分的现实生活依据。有人指出"构成《浮躁》的基本事件是1985—

---

[1] 李其纲:《〈浮躁〉：时代情绪的一种概括》,《文学评论》1988年第2期。

1986年在陕西乃至全国引起很大反响的几个经济案件。这些案件中有的人曾经是我们西安新闻、文艺圈子中的人,甚至与作者有较多的来往"[1]。同样是乡下人进城,金狗一番"折腾"能够全身而退,积蓄着更大力量;雷大空却掉进了一个城里人设置的陷阱最终死于城市。在雷大空身上,城市最终显出它那极其狰狞的一面。在另种意义上,雷大空实则谱写了一曲乡下人进城的悲剧,而这是20世纪90年代乡下人进城书写里经常出现的内容。《泥鳅》(尤凤伟)里的国瑞便是又一个活脱脱的雷大空。乡下人进城后,如何认知自己、约束欲望,改变知识匮乏的状态,是一个始终难以超越的困境,掉入"进城"陷阱并不偶然。雷大空死后,作者假借金狗之手为他写了一篇半文半白的祭文。面对一个行骗害人的经济犯罪分子,祭文里却不乏"铮铮耿直,硬不折弯"之类溢美之词。正如有论者所言,这篇祭文"充分披露了作者的心态,尽管作者认为雷大空有罪有责,但对雷为了令人刮目相看而敢于坑人祸国的胆量是敬佩和推崇的"[2]。与《古船》相比,这与其说是作者境界的差异,倒不如说更源于贾平凹对于城乡太过分明,甚至有些缺乏理性的情感和价值取向。

金狗明显寄寓着作家贾平凹的理想,是其理想人格的外化;而靠着"一笔好写"克服作为乡下人的自卑,进而征服城市,很大程度上正是从乡下进入城市的贾平凹本人的主观映射。亦即,在金狗身上读者分明看到了作者的影子。《浮躁》字里行间充溢着无法压

---

1 李星:《混沌世界中的信念和艺术秩序——〈浮躁〉论片》,《小说评论》1987年第6期。
2 王彬彬:《俯瞰和参与——〈古船〉和〈浮躁〉比较观》,《当代作家评论》1988年第1期。

抑的激情，即作者所谓"写《浮躁》，作者亦浮躁呀！"[1]理想寄寓与主观投射，让小说明显带有浪漫主义色彩，因不合常情常理而不时遭到质疑与诟病势所必然。细细推究，金狗征服城市的才干与征服都市美妇人的个人魅力多半是作者的主观赋予。对于乡村的热爱，左右了贾平凹关于城市与乡村的价值判断和情感取向，甚至使其罔顾现实的人事格局和情理逻辑。进而言之，乡下人金狗的城市际遇，在某种意义上是当时急于通过现代化改变自己，以全新形象进入世界格局的民族国家的隐喻。对于作者而言，这并非偶然。因为"上世纪80年代的文学主流，是作家从政治意识形态与现代化理念出发，来呼吁改革开放与思想解放的互动式进步，由于当时现实社会生活的真相还没有充分展开，作家通常是根据当时的时代共鸣，来推波助澜地呼唤现代性的到来，其朦胧的理想就是中国要走向世界先进国家的行列"[2]。金狗、雷大空们的浮躁彰显了整个民族国家的现代性焦虑。峻切的现代性诉求让贾平凹激情无比地塑造了金狗这一时代形象，以满足公众对时代"新人"的想象。

《浮躁》之后，"乡下人进城"始终是贾平凹诸多长篇小说潜在的书写架构。其笔下主人公多半都有一个进城乡下人的成长背景。《废都》（1993）里的庄之蝶同样是个靠一支笔征服城市的乡下人。进入西京城十年，从当年那个一副村相的穷光蛋到大名鼎鼎的作家，跻身"四大名人"之列，他是不同于金狗的别样传奇。只是，社会在进一步转型，整部小说反映出20世纪90年代的都市众

---

[1] 贾平凹：《贾平凹文集·浮世卷》，中国文联出版公司1995年版，第63页。
[2] 陈思和：《主持人的话》，《杭州师范学院学报》2003年第1期。

生相。拾垃圾老头儿口中那"十等人"的城市新民谣,是对新的社会情状的生动概括,表明西京早已不是州城,而庄之蝶也不是金狗。他完全丧失了后者那充分打上 80 年代时代印记的理想主义光芒。同样是"一笔好写",在庄之蝶成了赚取名望的方式,文字成了牟利的工具,为民请命、伸张正义之类早已与之全然无涉。他由乡下人而为城里名人,由名人而为废人,成为垃圾,腐败着自己也腐败着城市。这是另一个在城市彻底堕落的祥子,是经历了无限风光之后彻底迷失自我的祥子。在沉沦过程中,庄之蝶亦常常自我省思自我警醒,但并不能遏制他那必然沉沦的命运。

除了精神堕落外,金狗与三个女人的故事在《废都》里也有了别样版本。庄之蝶沉醉于与有夫之妇唐宛儿、阿灿,还有家中保姆柳月的变态性事中。性活动彻头彻尾沦为肉欲的满足,与之相应,小说对性爱过程的描写,露骨、陈腐而黑暗。弥漫着浓烈的腐败气息。至此,乡下人进城由金狗式一往无前的征服,一变而为随城市一起腐烂。庄之蝶"这样一个精神分裂的知识分子的形象,表征出 20 世纪 90 年代中国社会在由计划经济向市场经济转型的过程中对知识分子所造成的强烈冲击"[1]。在痛苦的灵肉挣扎中,庄之蝶也在努力寻找救赎之途,寻找安妥灵魂的精神家园。然而他最终死在准备弃城而去的车站里,这一结局设计意在说明迟来的救赎早已于事无补。同样出于过于峻切的理念传达,《废都》里出现了一条从终南山牵入西京的"哲学牛",以取代《浮躁》里那位形迹突兀的

---

[1] 陈国恩、王俊:《中国乡土知识分子的心路历程——〈浮躁〉、〈废都〉、〈高老庄〉的精神症候分析》,《文艺评论》2004 年第 5 期。

"考察人"。牛的想法充满哲理，以一种朴素的方式反思着都市文明对现代人生活的影响。今天读来，那些老调重弹的说理又无一不分明基于城乡二元对立的思维，甚至是一种小农思想的体现。

长篇小说《高老庄》（1998）里的高子路进城做了大学教授，利用祭祖之机带着年轻貌美的妻子西夏返回高老庄，想在故乡制造出一个"纯种的汉人"。很明显，历经《废都》引起的喧嚣之后，贾平凹试图进行另一种文化反思：城市文明已然堕落，那么，只有在乡下才能找到昔日的美好，乡村貌似成了乌托邦想象的载体。然而，高子路的返乡却又似乎是金狗返乡情景的另度展开。只不过相对于创作《浮躁》的时代，贾平凹对乡村也有了一份理性的看待。他看见乡村一样有争权夺利的镇政府，凶神恶煞的派出所，土匪一样的蔡老黑，被骂作妓女的苏红，躺在街上的醉汉，吵不完的架，臭气熏天的尿窖子，苍蝇乱飞的饭店。城市里的种种负面事物，这里几乎一样不缺。而且，在与乡亲们不长时间的接触中，高子路便丧失了后天习得的城市文明，不觉恢复成为一个纯粹的高老庄农民。自私、猥琐、不讲卫生，甚至丧失了生殖功能，最终，在出生地的"换种计划"也泡汤了。高子路的经历表明乡村对一个曾经生活其中的人来说，具有不可思议的拖拽力。那么，乡村和城市的出路，亦即人们的精神家园到底在哪里？作者借助几个主要人物所代表的文化元素，表达了他那家园建构之思。只是以小说所呈现的类似于作物改良般的元素调配与排列组合来建构一种新文明，实在是过于一厢情愿。这想象中的文化建构自然极其微茫。有了此番返乡经历，高子路再次离开故乡时，跪在父亲坟头，撕碎了记录高老庄方言土语的笔记本，哭着说"再也不回来了"。如此一来，这次兴冲冲的返乡实则导致返乡人最为决绝的离开。对贾平凹而言，十多年前的城乡二元对立，至此已变成对城市、乡村的双重失望。这自然是以理性观照城乡的结果，喻指乡下人进城之后无乡可返的境遇。

一厢情愿的和解

如果说《秦腔》描写了当下乡村在物质和精神上的双重颓败，整体呈现出"最后的乡村"的荒野图景，那么，两年后的《高兴》（2007）则写出了农民离开土地之后在城市里的生存。主人公刘高兴是贾平凹继金狗、庄之蝶、高子路、夜郎等之后，塑造出的又一个进城乡下人。只是，在这部长篇小说里对于城市和乡村，作家所传达出的价值与情感取向迥别于此前，二十多年前贾平凹通过金狗表达了对城市的想象性"征服"，并在文字里享受着一种乡下人的快意；而在创作《高兴》的时间节点上，却分明显出其内心对城市的和解甚至认同。这无疑是意味深长的变化。正因如此，《高兴》呈现了"乡下人进城"的另一番图景，在百余年进城乡下人的谱系里，刘高兴亦是如此特殊。

为了凸显《高兴》是《秦腔》的自然延续，贾平凹自谓前者主人公刘高兴就是《秦腔》里的书正；而书正的现实原型是老家的乡亲刘书桢。对故乡父老乡亲的持续关注，在某种意义上让贾平凹完成了基于当下背景对乡村的完整呈现。乡下人即便进入了城市，仍是乡村的一部分，是当下乡村在城市的自然延伸。如果缺失对这部分乡下人的观照，乡村的文学呈现就不完整。就正如《中国在梁庄》出版后，作家梁鸿再次举意跟踪采访那些进城后的梁庄人时所想到的："只有把这群出门在外的'梁庄人'的生活状态书写出来，'梁庄'才是完整的'梁庄'。"[1] 从《秦腔》里的一个次要人物发展到《高兴》里的主人公；从一个被困土地的农民到在西安走街串巷收破烂的小贩，通过两作人物原型刘书桢这样一个乡村小人物的人生轨迹，以及他在城、乡两度空间里的生存图景，贾平凹的文字呈现了当下中国乡村的全息缩影，对他来说这是一桩夙愿的终了。作者自述《高兴》脱稿后返乡祭奠，在父亲坟头淌着眼泪倾诉道："《秦腔》我写了咱这儿的农民怎样一步步从土地上走出，现在《高兴》又写了他们走出土地后的城里生活，我总算写了……"[2]

刘书桢是一个乐天知命的农民，到西安后改名为刘高兴，收破烂为生。《高兴》便写了一座城与几个"破烂"的故事。几个进城乡下人共住在一个名叫"剩楼"的地方，在城市最边缘上演一幕幕人生悲喜剧。"肾"和"高跟鞋"是贯穿小说始终的两个意象，纠结着乡下人对城市的观感，亦达成都市底层社会图景的裸裎。

前文论及，数十年来城乡二元对立是"乡下人进城"这一叙事模式普遍彰显的情感与价值取向。基于此，作品中的进城乡下人某种意义上是一个"生活在别处"的群体，肉身混迹于都市，精神却漫游于乡村大地，普遍表现出对城市的憎恶，对乡村的精神眷

---

[1] 梁鸿：《写在前面》，《出梁庄记》，花城出版社2013年版，第1页。
[2] 贾平凹：《后记——我和高兴》，《高兴》，译林出版社2012年版，第304页。

顾。然而，不同于《浮躁》的时代，进入21世纪随着城市化进程的加剧，乡下人进城谋生早已成为一种常态。公众对城市的态度亦随之发生悄然变化。在贾平凹的诸多长篇里，《废都》《高兴》的特殊之处，在于唯有这两部直面都市生活。前者书写作家、画家、音乐家、书法家等文化精英的沉沦与堕落；后者则描写了一群"破烂"的喜怒哀乐。一边是文化精英，一边是底层庸众，由这分属中心与边缘的两个极端群体，可以窥见城市的方方面面。出于城乡二元对立，怨艾与仇恨似乎是"被抛于城市"的进城乡下人的类同心理，很容易成为都市底层叙事的情感基调。然而，《高兴》塑造了一个极为独特的"都市乡下人"形象，在一种近乎固化的叙事模式里，贾平凹提供了一个力图跟城市达成和解的另类个案。正因如此，在"乡下人进城"的叙事里，《高兴》具有非同寻常的意义。而之所以有刘高兴这样一个独特的个案，就在于贾平凹在跟人物原型接触之后，看到了一个别样的进城乡下人："得不到高兴而仍高兴着，这是什么人呢？但就这一句话，我突然的觉得我的思维怎么改变了，我的小说该怎么写了……这部小说就只写刘高兴，可以说他是拾破烂人中的另类，他之所以是现在的他，他越是活得沉重，也就越懂得轻松，越是活得苦难他才越要享受着快乐……是的，在肮脏的地方干净地活着，这就是刘高兴。"[1]

关于创作《高兴》的动机与预期，贾平凹自述："我要写刘高兴和刘高兴一样的乡下进城群体，他们是如何走进城市的，他们如何在城市里安身生活，他们又是如何感受认知城市，他们有他们的

---

[1] 贾平凹：《后记——我和高兴》，《高兴》，译林出版社2012年版，第303—304页。

命运，这个时代又赋予他们如何的命运感，能写出来让更多的人了解，我觉得我就满足了。"[1] 在乡下无以为生，往往是乡下人进城的原始驱动力，刘高兴却有不一样的命运。进城前，清风镇农民刘哈娃为了娶上媳妇不惜卖肾盖房，生存的艰窘可想而知。不想，新房盖了起来，女人却另有嫁主。因一颗肾卖给了城里人，他便觉得自己与西安城有了某种神秘的亲近感，常常梦见古城墙、城墙上的洞，还有城门上的泡钉，等等。时间一长，他甚至感受到来自移出的那一部分身体的召唤，进而认为自己"活该要做西安人"[2]，于是听从这神秘的召唤撇开乡下的一切进到城里，靠收破烂维持生计。由此可见，刘哈娃的进城动机迥别于惯常的进城谋生者。因自身器官的关联，他对西安有着完全不一样的情感，而五富进城的原因就跟他完全不同。"清风镇就那么点耕地，九十年代后修铁路呀修高速路呀，耕地面积日益减少"[3]，孩子们的吃喝都难以应付，因其人丑脑笨，在刘哈娃的鼓动下，不得不离开乡村进城谋生。

　　进入西安后，虽然五富和刘哈娃同为收破烂的，但神秘的召唤与被动的抛离，却本源性地决定了他们对西安亦即对城市所抱持的决然不同的观感与态度。两人也由此产生一系列令人忍俊不禁的喜剧性冲突。进城不久，刘哈娃便更名为"刘高兴"。这个带有喜庆色彩的名字，传达出他对西安的亲和。刘高兴将自己认同为一个城里人，而骨子里的那份农民根性，却又一时难以祛除。在某种意义上，五富与其说是刘高兴的乡下同伴，不如说是生活在城里的他，

---

[1] 贾平凹：《后记——我和高兴》，《高兴》，译林出版社2012年版，第296页。
[2] 贾平凹：《高兴》，译林出版社2012年版，第4页。
[3] 贾平凹：《高兴》，译林出版社2012年版，第5页。

所力图改变或忘记的那另一重自我。五富跟刘高兴那往往因城市而起的冲突，以及冲突的平复，可视为在刘高兴的个体自身两重自我间的互相规训、说服最终趋于一致的过程。小说结尾，五富之死象征刘高兴那重仇恨城市的自我彻底消亡而成了一个单面人——一个城市的热爱与企羡者。

从"刘哈娃"到"刘高兴"，小说主人公的更名动机不过想告诫自己要始终以一种喜悦、平和的心态，面对日复一日的"破烂"生涯。刚开始收破烂时，面对城市无处不在的敌意，事实上没法高兴。这苦中作乐的自我告诫又似乎带着反讽。但在刘高兴本人却并非如此，他真心想融入所在的城市，希望被其接纳。只是这一切并非如他所想象的那么简单，虽然刚一跨入城市，他就表现出对西安的熟悉和天然融入感。卖肾的情节设置，不过旨在强调之所以如此就在于刘高兴身体的一部分早已进入城市。与之相反，五富却全然是另一番模样：肌肉僵硬，嘴巴大张，汗出不止，来自城市的巨大压迫感让这个乡巴佬极其紧张、局促。跟五富在一起，刘高兴变成了对方的都市生活指导者，时刻提醒、规约其行为，诸如不要夹着胳膊走，怎么舒服怎么甩；不要把脚抬得过高，抬脚过高别人就能看出他是从山区来的；把牙缝里的馍屑剔净；吃饭不要蹴在凳子上；不要咂嘴；不要高声说话，等等。话音未落，五富立时就喊着要尿尿，而且紧天火炮，脸憋成紫黑[1]。

然而，即便似乎已然熟悉城里的生活样态，一开始刘高兴也还是没有摆脱受城里人歧视，被人取笑、作践甚至欺侮的命运。进入

---

[1] 贾平凹：《高兴》，译林出版社2012年版，第7页。

某机关大院常常遭到保安的无端刁难；进入居民小区时刻被人提防着；用身份证好心帮助一个老教授弄开了门锁，却被对方怀疑是小偷，等等。对此，刘高兴总能以他那近乎可笑的方式找到精神上的优胜，以之超越自卑。例如，世上抽烟的人那么多，他觉得唯有自己发现在阳光下烟影是黄色的；他也觉得自己跟五富、黄八等一众同伙是垃圾的派生物，但并不因此自卑反倒明确认识到自己和众人对于城市的贡献，如果没有他们这些"破烂"城市将不可想象；星级宾馆保安嫌其鞋子脏，要他脱了再进入大堂，他则为自己能光脚在宾馆大堂的地板上留下脚印而骄傲……总之，来自城市的歧视和偏见无处不在，但刘高兴内心却能随即生出各种化解之法，不仅寻得心理安慰，而且轻轻松松地超越自卑。在读者看来，他具有娴熟使用精神胜利法的能力。刘高兴的某些观点反复被强调："再老的城里人三代五代前还不是农民？"[1]"城里人和乡下人的智慧是一样的，差别只是经见的多与少。"[2]此外，小说还详细叙述了刘高兴如何利用自己的智慧，将市容管理员成功戏弄一番的经过。不仅如此，他还能凭着自己的才情让城里人大为折服，同样寻到一种征服的快感。时隔二十多年，在乡下人面对城市油然而生征服欲这一点上，之于贾平凹似乎并没有什么改变。在刘高兴身上，我们还是看到了金狗的影子。而且，刘高兴到底不是一个普通的拾破烂者，走街串巷的时候，其后衣领里别着一支箫，不时吹奏自娱，让城里人误以为他是为体验生活而刻意伪装成"破烂"的文化人。他具有强

---

[1] 贾平凹：《高兴》，译林出版社2012年版，第28页。
[2] 贾平凹：《高兴》，译林出版社2013年版，第46页。

烈的自省精神，受了轻慢没有怨言，而是反省自己没有让人看重之处。不同于金狗之处在于：金狗骨子里多少与城市为敌，一心只想征服而后快；刘高兴则自寻优胜，在抵抗城市的挤压之余对之生出理解，始终不放弃融入的努力。故事展开不久，因不满五富对小动物缺乏爱心，刘高兴对其严厉教训一番，尔后又语重心长地规劝道：

> 可咱既然来西安了就要认同西安，西安城不像来时想象的那么好，却绝不是你恨的那么不好，不要怨恨，怨恨有什么用呢，而且你怨恨了就更难在西安生活。五富，咱要让西安认同咱，要相信咱能在西安活得好，你就觉得看啥都不一样了；比如，路边的一棵树被风吹歪了，你要以为这是咱的树，去把它扶正；比如，前面即便停着一辆高级轿车，从车上下来了衣冠楚楚的人，你要欣赏那锃光瓦亮的轿车，欣赏他们优雅的握手、点头和微笑，欣赏那女人的走姿，长长吸一口飘过来的香水味……[1]

这自然是刘高兴都市处世哲学的集中体现，也是作者所要传达的城市观，以及他认为一个进城乡下人应有的心态。其旨归分明是对城市的认同与欣赏。在刘高兴，城乡二元对立已然彻底消弭，对于城市，金狗式的征服至此变为刘高兴式的和解。稍后，刘高兴更深情表白道："五富你记住，我不埋在清风镇的黄土坡上，应该让

---

[1] 贾平凹：《高兴》，译林出版社2012年版，第80页。

我去城里的火葬场火化，我活着是西安的人，死了是西安的鬼。"[1]有意思的是，贾平凹本人多年前在一篇随笔里，也有类似的深情款款的表达。进城乡下人也可以成功变成一个热爱城市的城里人——肉身和精神都找到皈依的那种城里人。

然而，刘高兴的城市认同还有"高兴哲学"确乎有悖情理，我以为更多源于作者贾平凹的一厢情愿，令人怀疑主人公那苦中作乐的精神，是否真如小说里所表现的那样，轻易就能化解来自城市的敌意甚至无情挤压。亦有论者认为，在这一点上贾平凹自然是"过于浪漫化"，因为"农民工的常态是坚韧、善良和朴实，其中的乐观者是那种建立在勤奋基础之上的对美好生活的憧憬，多是一种自信与诙谐的表现……但像刘高兴这样类似于古代游侠式的旁若无人、自我陶醉，根本就是现代都市里的闹剧。与其说它是刘高兴的自我娱乐之箫，不如说它是贾平凹心中的自我抚慰之器"[2]。当然，在城里刘高兴也有别样的经历。他冒死拦下肇事司机，其英雄壮举不仅得不到周围人的理解，反遭垃圾站瘦猴的嘲笑："刘高兴呀刘高兴，你爱这个城市，这个城市却不爱你么！你还想火化，你死在街头了，死在池头村，没有医院的证明谁给你火化？你想了个美！"[3]与刘高兴完全不同的是，都市经历却在不断强化五富对城市的憎恨："城里不是咱的城里，狗日的城里！"[4]面对刘高兴的

---

[1] 贾平凹：《高兴》，译林出版社2012年版，第97页。
[2] 于京一：《徘徊在"高兴"与"失落"之间——评贾平凹的长篇新作〈高兴〉》，《海南师范大学学报》（社会科学版）2009年第2期。
[3] 贾平凹：《高兴》，译林出版社2012年版，第97页。
[4] 贾平凹：《高兴》，译林出版社2012年版，第150页。

规劝，他更是无动于衷。这难以化解的仇恨，象征刘高兴那另一重自我的无法被说服。刘高兴的肾移植到了城里富人韦达身上，他认为找到韦达就找到了另一半自己。然而，接触之后他发现对方移植的是肝并非肾。这似乎意指刘高兴与城市达成和解的前提的虚无。随着小说情节的推进，作家在刘高兴身上所寄托的意旨似乎也在走向背反而不自知。刘高兴城市认同的一厢情愿，更表现在韦达的饭局上。韦达宴请朋友时捎带上刘高兴和五富，只是饭桌上的歧视依然如故。他特意为两人点了乡下人爱吃的粉蒸肉，自己跟几个城里朋友吃的却是精致的素菜；刘高兴更因不明白"洗手间"为何物而大出洋相。由此看来，城乡间那巨大的隔膜，并不因刘高兴那自娱自乐的"高兴精神"而自行消解。从另一方面看，那份乐观又何尝不是一种精神自欺？

正如作为征服城市的英雄，金狗某种意义上是作者心造的幻影；而作为和解城乡对立的"亲善使者"，刘高兴的虚妄性同样昭然。进城短短数月他就能完全理解、认同城市，这与其说源自刘高兴的乐天性格，不如说是出自贾平凹的某种理念。理念的强力灌注让人物失去了可信性，甚至显得矫揉造作。亦有论者指出："为温饱挣扎的刘高兴奢侈到随着心愿、由着性子乘坐出租车在西安城里兜风，以与城里人试比高，以及他拉板车送崴脚的孟夷纯去医院那种风光无限的洋洋得意，等等，都让人感觉过于做作和虚伪，若称之为'伪浪漫'也毫不为过，这是否还是作者本人书生意气浪漫情结在作怪?"¹对比之下,五富反倒更显真实、丰满。作者自述,小说创作之初十分滞涩,原因在于缺乏对农民工现象的深入了解,驾驭题材显得力不从心。而另一方面他也无法摆脱自身的忧患意识,一旦落笔文字往往苦涩沉重。他也更惊异地发现自己骨子里对城市的厌恶、仇恨。这些负面情感让他不觉在替笔下人物厌恶、仇恨着城市"越写越写不下去了,到底是将十万字毁之一炬"²。只有作者自己摆脱了对城市的仇恨,才能让笔下人物跟城市和解。这时,贾平凹发现现实中的刘高兴才是他想要的,于是塑造了这个"破烂"中的另类。刘高兴身上的文人趣味,又让人分明看到了作者自己的影子。刘高兴无疑是一个有主体意识的新型进城乡下人,亦如有论者所言,他身上"表现出作家理解'城里的农民'的一种新的态度"³;只是这种"新态度"显然是贾平凹基于自身理念的臆想,在脑子里一番加减变成了这独特的"破烂"。诸如去掉怨恨,加上吹箫等才艺,赋予他智慧与雄辩,等等。而正如有论者所指出的那样,怨恨固然对于解决进城乡下人的生存困境于事无补,但绝不能一概否定"'怨恨'的合理性和现实的可批判性,在成规和体制面前,'怨恨'固然不能解决问题,但一味宣扬'欣赏'和'微笑'难道不等于放弃对'怨恨'的成因分析和对现实进行改变的努力?"⁴"肾"与"肝"的错位,恰恰表明刘高兴自感被城市召唤的

---

1 于京一:《徘徊在"高兴"与"失落"之间——评贾平凹的长篇新作〈高兴〉》,《海南师范大学学报》(社会科学版)2009年第2期。
2 贾平凹:《后记——我和高兴》,《高兴》,译林出版社2012年版,第301页。
3 王光东:《"刘高兴"的精神与尊严——评贾平凹的〈高兴〉》,《扬子江评论》2008年第1期。
4 李勇:《新世纪大陆乡村叙事的困境与出路——由贾平凹的〈秦腔〉〈高兴〉谈起》,《文艺评论》2012年第5期。

虚妄。最后，五富的死才让刘高兴真正感受到城市的狰狞与残酷。五富之死立时令刘高兴手忙脚乱，亦让他顿时意识到自己在城市里的位置。这一经历将他打回了乡下人的原形：

其实，对于当时在医院里到底是什么时候做的决定，怎么做的决定，我现在都混乱了。事后很多人追问我，我答不出那么多个为什么。比如，为什么不打电话通知五富的家属？为什么不多留一阵儿，让医生开个死亡证？为什么不雇人运送？为什么不找老板？为什么不找有关部门？等等，等等。他们这么追问，我就有些急，话也说得颠三倒四了。在这个时候我才知道我刘高兴仍然是个农民，我懂得太少，我的能力有限……待到追问的人散去了，我才想起，我应该这样说呀：对于一个连工钱都不知道能不能拿得到的拾破烂的、打工的，一个连回家的路费都凑不齐的乡下人，在一个陌生的城市里，突然发生了死人的事，显然是大大超乎了我的想象和判断。[1]

由此看来，与城市和解的人为理念，到底不敌残酷的事实逻辑。然而，在小说结尾，一个乡下人对于城市的企羡，依然毫无保留地展露了出来：

去不去韦达的公司，我也会待在这个城市里，遗憾五富死了，再不能做伴。我抬起头来，看着天高云淡，看着偌大的

---

[1] 贾平凹：《高兴》，译林出版社2012年版，第275—276页。

广场，看着广场外像海一样深的楼丛，突然觉得，五富也该属于这个城市。石热闹不是，黄八不是，就连杏胡夫妇也不是，只是五富命里宜于做鬼，是这个城市的一个飘荡的野鬼罢了。[1]

---

1 贾平凹：《高兴》，译林出版社2012年版，第289页。

两地书:迷失与迷思

在"文学豫军"中,李佩甫无疑是最具实力的作家之一。他以豫中平原作为自己的文学领地,以众多的乡村叙事文本建立起一个带有独特徽记的文学王国,传递他所谓的"中原声音"[1],以长篇小说《羊的门》(1999)、《城的灯》(2003)、《生命册》(2012)组成的"平原三部曲"最具代表性。关于李佩甫数十年的小说创作,批评家程德培指出其绝大多数长篇都共享着一种"两地书"的结构模式,即"乡土和城市、昨日与今天、一群人的故事和一个人的命运彼此交替运行,努力让时间呈现空间的图形,造就一种结构上的历史现实。把话说两头纳入叙事的线性是李佩甫长篇写作的惯用手

---

[1] 孔会侠:《以文字敲钟的人——李佩甫访谈录》,《创作与评论》2012年第2期。

法,重新洗牌,既是其叙述特色,也是其结构的套路"[1]。这显然是对李佩甫长篇小说创作的洞察,睿智而切中肯綮。"平原三部曲"便典型呈现为这一城乡双线并进的叙事模式。城市和乡村是李佩甫较为恒定的"两地书"。而在一个作家大半生的文学创作里,如此多的长篇都在结构上表现出惊人的一致性,自然存在写作者偏好某一叙事模式或缺乏写作自觉性的内在原因。然而,结构方式的选择又不仅仅是个形式问题,当某种结构方式成为一种模式,实则是创作者或许习焉不察的个人意识形态动机的彰显。支撑李佩甫"两地书"书写模式的,无疑是作家内心固有的"城乡二元结构"。这种结构模式凸显城乡二元结构之于李佩甫的深固性,某种程度上成了他结构长篇时近乎无意识的选择。不仅如此,"平原三部曲"中,《城的灯》《生命册》还都是典型的"乡下人进城"叙事;只是冯家昌、吴志鹏的进城经历,与贾平凹笔下的高兴(《高兴》)和尤凤伟笔下的国瑞(《泥鳅》)相比别具特色,折射出作家在城乡书写中,笔下主人公的身份迷失,还有作家本人的价值迷思。

城市诱惑与乡村乌托邦

谈及"平原三部曲",李佩甫说《城的灯》"写的是'逃离',是对'光'的追逐"[2]。主人公所要"逃离"的自然是乡村;而

---

[1] 程德培:《李佩甫的"两地书"——评〈生命册〉及其他六部长篇小说》,《当代作家评论》2012年第5期。
[2] 孔会侠:《以文字敲钟的人——李佩甫访谈录》,《创作与评论》2012年第2期。

"光"无疑是城市之光。该作让许多读者自然想到路遥的《人生》。只不过，随着时代的发展作家的价值观也在悄然改变。同样是进城乡下人，冯家昌早已不是高加林。后者那离开黄土地进入城市，最终又扑倒在黄土地上的环形人生，一变而为前者在"城市之光"的引导下，凭着自己的智慧与历练，由乡村到城市一路高歌猛进地直道疾行。不唯如此，成了城里人的冯家昌还利用自己所积累的进城经验、人脉资源，将众兄弟一个个"日弄"进城市。因而，小说所写的不是某一个体的逃离，而是群体的逃离。两作相较，面对"城市之光"冯家昌和众兄弟的趋光性，与其说源自对城市的向往不如说前定于面对城乡二元对立，作家价值取向的明显不同。那么，从20世纪80年代初到21世纪伊始这前后二十年光景，到底是什么导致了一个进城青年的身份迷失？还有作家在城乡价值取向上的迷思？这一切自然要归之于《城的灯》所呈现的城市诱惑，还有李佩甫那一厢情愿的乡村乌托邦构想。

在《城的灯》里，城乡二元结构首先表现为主人公对乡村的"怨恨"。冯家昌的父亲年轻时由别处入赘上梁村，被全村人称为"老姑夫"。一家之主的外姓人身份，让全家都处于乡村社会的边缘备受欺压。怨恨生成于难忘的童年记忆：冯家昌六岁时家里那棵泡桐树竟然"跑"到了隔壁，父亲面对来自邻居的欺负却无可奈何；想得到村人的同情却无人理会，只得忍气吞声。目睹这一些，他第一次体会到深深的屈辱，这种屈辱促其早熟，怨恨的种子由此埋下。九岁那年，他代表家里串亲戚，手里拎的竟是一个装着驴粪蛋儿的点心匣子。这份遭遇还有随后这个点心匣子的经历，让他切实感受到"有时候,日子是很痛的"[1]。难以磨灭的童年经历,给了冯家昌非同寻常的乡村记忆和人生经验,那便是冷漠、屈辱还有贫困。对乡村的怨恨甚至仇恨随之加深,而这仇恨却找不到发泄对象。这生成于贫困和屈辱之上的"恨",让冯家昌逐渐丧失了爱的能力。他意识到要超越这一切唯有对自己、对别人发"狠"。母亲死后,冯家昌和众兄弟没有鞋穿,他便带着弟弟们用种种方式将脚板磨得"铁"起来,赤脚应对寒暑。村长刘国豆多情而善良的女儿刘汉香,默默爱上了近乎以自虐来磨砺意志的冯家昌,悄悄送给他一双解放鞋。那双鞋在众兄弟脚上轮转,很快就穿坏了,但它的故事却在甜蜜中夹杂着别样意味。有论者认为,已然丧失爱的能力的冯家昌"接受刘汉香,与其说是爱,不如说是出于怨恨的报复;因为她是上梁村的一枝花又是村长的女儿,得到她就是对别人的一种报复"[2]。这一观点或许有些言过其实,但可以确定的是,童年经历无疑给冯家昌埋下了逃离乡村的动因。而他与刘汉香在草垛里那场最终被现场"捉奸"的野合,却意外给他带来了好运。场面的逆转源于刘汉香对父亲的威胁,一手遮天的村长不得不妥协,没有惩罚冯家昌反倒将其送到部队里,希望转干之后回来迎娶自己的宝贝女儿。只是,这太过戏剧性的情势逆转同样夹杂着巨大的屈辱,但对冯家昌来说,它是一个关键性的转折,其人生道路从此得到了城市之光的指引。为了留在城市,他一心向上爬,最不缺的便是动力,就因为其内心积累了那么多的屈辱与仇恨。他出身低贱,没什

---

1 李佩甫:《城的灯》,长江文艺出版社2003年版,第18页。
2 汪树东:《直面城乡二元结构的价值迷思——评李佩甫的长篇小说〈城的灯〉》,《理论与创作》2004年第5期。

么输不起的,就什么都做得出来。他坚持每天早起,给战友们义务出黑板报以赢得好感;长途拉练他身背九条枪,引起军报的注意。他的努力没有白费,在连队里脱颖而出,由普通战士一步步上升,调到机关大楼。有了更大的平台,他继续坚持这任劳任怨的付出,长年累月一天不拉地打扫卫生间,小心翼翼地伺候首长。他得到了更大的回报,赢得首长的赏识,顺利转干当上了军官。

只是,冯家昌一旦上了往上爬的战车便难以停歇。当初那转干只为迎娶刘汉香的动机,亦随之改变。转干让他进入了城市,而更宏大的计划是让弟弟们也进城。他从侯秘书等人那里了解到更多军队高层的内幕,也学会了更多如何达到目的的处世厚黑学。小说对此的叙述如数家珍,让读者看到一个乡下年轻人如何"向恶",如何"坚忍",如何"吃苦",如何"交心"等为达目的不择手段的处世哲学。随着这些官场经验的积累,他最终将自己"修炼"成了一个正营级参谋,娶了市长的女儿,得到了自己此前所向往的一切,彻底洗掉了乡下人的身份。只是,冯家昌那"卑俗的动机与看似高尚的行动的错位使得他的人格日益扭曲,怨恨作为他人生的原动力毒害了他所有的生活"[1]。一心向上爬以及在这一过程中所收获的喜悦与成就感,早已让他丧失了道德底线,变得热衷于此道,亦精于此道。他以在城市里的获得来对抗、消磨曾经有过的乡村屈辱。在刘汉香和李冬冬之间,对后者的选择让他变成了一个"当代陈世美"。

---

[1] 汪树东:《直面城乡二元结构的价值迷思——评李佩甫的长篇小说〈城的灯〉》,《理论与创作》2004年第5期。

事实上，从乡村进入城市，冯家昌所经受的屈辱是双重的：他意欲摆脱乡村的屈辱而进入城市；而在落脚城市的过程中，忍受屈辱同样是一种常态甚至基本的人生训练。随着与李冬冬"恋情"的发展，准岳母借机展开了对他的考察。小说细致呈现了冯家昌在这一过程中的心理：

> 在审视的目光下，冯家昌突然有一种被人剥光了的感觉。是呀，每一个从乡村走进城市的人都是裸体的，那是一种心理上的"裸体"。在这里，日子成了一种演出，你首先要包装的，是你的脸。"武装"这个词儿，用在脸上是最合适的，你必须把脸"武装"起来，然后才能行路。[1]

将脸武装起来的屈辱感，李佩甫由冯家昌这一个体上升到作为群体的进城乡下人的共同感受。而当冯家昌终于占有了李冬冬的身体，他却随即感到"从未有过的失败，连他自己都说不清楚，到底是他占领了'城市'，还是'城市'强奸了他"[2]；当占有和征服城市的欲望得到释放，他更清醒地意识到自己"进入了'城市'，却丧失了尊严"[3]。由此可以看出，无论是乡下女人刘汉香，还是城里女人李冬冬，对于冯家昌来说都只是占有的对象，而不是爱的对象。他以对她们肉身的占有，而让自己超越贫穷，还有乡下人身份所带来的屈辱与自卑，获得成就感。《浮躁》里金狗与城里女人石

1　李佩甫：《城的灯》，长江文艺出版社2003年版，第154页。
2　李佩甫：《城的灯》，长江文艺出版社2003年版，第191页。
3　李佩甫：《城的灯》，长江文艺出版社2003年版，第192页。

华的肉欲关系再次出现在新世纪的乡下人进城故事里，只是冯家昌对李冬冬的"征服"似乎有了别种意味，让人有难以释怀的龌龊之感，那种乡下人的自恋早已消失得无影无踪。

冯家昌对菩萨般的刘汉香始乱终弃的消息传回乡村激起全村公愤。他父亲和四个弟弟立时成了被人当面责骂和背后指戳的对象。冯父让儿子们到城里试图将他们的哥哥"捆"回来以息众怒。戏剧性的是弟弟们到了城里找到大哥，对其进行了一番体罚、声讨后，却反被其说服。返乡之际认真听从的却是这来自城里大哥的"最高指示"："要坚强。沉住气，别怕唾沫。"[1]而在离城的刹那，老五突然对城里的"灯"有了惊异的发现，惊呼"看那灯，净灯！"这一象征性细节，喻指城市对乡村所具有的巨大吸引与诱惑。因这"城的灯"，老五对大哥怀着强烈的期待："哥呀，你可要把我们'日弄'出来呀！"[2]此时，冯家昌更意识到自己离开乡村之后，便回不去了。

值得注意的是，小说里除了冯氏兄弟的进城，还有对刘汉香本人亲自进城的描写。冯氏兄弟进城试图"捆"回哥哥不成反被城市诱惑；与之相对，刘汉香进城原本带着一腔怨愤，却被城市化解于无形，并对"当代陈世美"冯家昌的处境因理解而生出同情，平和地接受现实回到了乡下。她不愿意再让冯家昌处于两难境地，更不愿自己的身份被别人利用给他带来不利。

---

[1] 李佩甫：《城的灯》，长江文艺出版社2003年版，第208页。
[2] 李佩甫：《城的灯》，长江文艺出版社2003年版，第208页。

这是一座挂满了牌子的城市。如今城市里到处都是牌子，五光十色的牌子，尔后是墙。路是四通八达的，也处处喧闹，汽车"日、日"地从马路上开过，自行车像河水一样流来流去，商店的橱窗里一片艳丽，大街上到处都是人脸……可在她的眼里，却只有墙，满眼都是一堵一堵的墙。人是墙，路也是墙。有时候，走着走着，就撞在了"墙"上了。你看我一眼，我看你一眼，那人就像是假的、皮的，漠然也陌生。偶尔，也有和气些的，点一下头，给你指一下方向，却仍然陌生。[1]

这与其说是一个乡下女人对城市的观感，不如说是作者自身的经验。李佩甫想象出了一个乡下女人进城后所感受到的异己感与被抛感。这是一个异常喧嚣而冷漠的空间。刘汉香其后的经历，如遭遇贪婪的乞讨者还有麻木的妓女等，更加强化了她对城市的感受。这一感受与五龙（苏童《米》）走进城市的感受极其相近，除了喧嚣、冷漠外，城市还堕落、肮脏。对城市的观感让刘汉香理解了冯家昌在这里生存的不易，以至于完全原谅了他，嘱其过好日子，而自己也不会再来了。与之相对，冯家昌则把女人对他的理解，当成了可以偿还的债务。在他那完全被物化、量化的思维逻辑里，似乎没有什么不能用金钱来衡量，来偿还。

至此，冯家昌这个小时候因怨恨而刻意往上爬的乡村男人，在"城的灯"的诱导下，貌似超越了乡村的屈辱，却生生迷失在城市里，并且还将这种价值观传递给了弟弟们。他们也如同植物般移入

---

[1] 李佩甫：《城的灯》，长江文艺出版社2003年版，第247页。

了城市。在冯家昌四十五岁生日那天,大家聚在一起,想起了那被逃离的家乡。小说结尾,作者有意设置冯氏兄弟返乡迷途的情节,暗示他们那"被城市异化和被农村遗弃的无根状态"[1]。

如果说,冯家昌的进城凸显乡下人在城市诱惑面前的身份迷失的话,那么,未婚妻刘汉香则彰显作者那乡村乌托邦想象的幻景,传达出对乡村如何抗拒城市化,如何建构自身的关切与思考。有论者认为李佩甫把这个人物写虚了,而"虚了后就有理想化的造神倾向,因此具有精神拯救的寓言性质"[2]。李佩甫亦坦言:"刘汉香是我虚拟出来的一个优秀的'血分子'。其实,中国历朝历代都不乏这样优秀的'血分子'。可还是有人说刘汉香假。这是人心假的结果。这部长篇小说是写光的,刘汉香这样一位美丽的、光芒四射的女性就是作品之光。有了'光',生活才有温暖和方向,'光'能照亮文字,照亮人心,照亮自我。"[3] 不可否认,作家在创作中意图与效果之间常有悖谬发生。作家自认为毋庸置疑的诚意,并不一定就能感动读者。在李佩甫看来,刘汉香是相对于"城的灯"的乡村之光。如果说"城的灯"的诱惑来自物质,那么乡村之光的指引则来自类似刘汉香这样的"优秀血分子"的精神感召。但在我看来,《城的灯》的失败之处,很大程度上就在于刘汉香这一形象的虚幻性——她不过是作者心造的幻影。李佩甫将读者感受到的刘汉香的"假",归之于当今社会人心之假无疑太过武断。刘汉香形象的虚幻,恰是由于作家在城乡二元结构上,因情感和价值取向上的偏

---

1 胡峰:《城市的罪恶与乡村乌托邦——评李佩甫〈城的灯〉》,《山东教育学院学报》2006年第5期。
2 孔会侠:《以文字敲钟的人——李佩甫访谈录》,《创作与评论》2012年第2期。
3 孔会侠:《以文字敲钟的人——李佩甫访谈录》,《创作与评论》2012年第2期。

颇而全然罔顾事理和情理的逻辑所致。

那么，刘汉香到底是一个怎样的形象？

一言以蔽之，她就是一个乡村圣母，道德标杆，理想的化身。而且，形成她身上那种种美好品德的根源，还是汉民族传统伦理道德对女性所形成的内在律令。亦即，形成其价值观，规约其行为的力量，仍然来自乡村妇女的传统美德甚至"三从四德"之类观念的变种。自爱上冯家昌那一刻起，她就开始了自甘奉献的人生历程。在将身体交给对方的那个草垛之夜，面对暴怒的父亲她救下了被捆起来的冯家昌，跟父亲摊牌令其最终妥协，从此改变了冯家昌的命运。冯家昌参军后，面对冯家父子的惨状，她不惜与父母决裂什么都不要，自己下"嫁"到冯家，任劳任怨地伺候冯家父子，将一个破烂不堪的家打理得井井有条，成了一个无可挑剔的儿媳、嫂子。繁重的劳作，清贫的生活，乡村的独守，靠的就只是冯家昌不时从部队寄来的奖状，还有那三个字："等着我"。除了是个好儿媳、好嫂子，刘汉香还是一个坚贞不渝的好妻子。即便得知丈夫已然抛弃自己，在城里攀上高枝另组家庭，她还是拦下提枪找冯家父子算账的父亲，还有愤愤然要为自己报仇的众乡亲，自己找到城里。原本是想向那个始乱终弃的男人讨个说法，结果在城里的一番体验让她立马改变了想法。如此情形下，她还是叹息着冯家昌的不易，决定退出他的生活不给他带去任何困扰。

小说对刘汉香的进一步神圣化，是在她从城里回来之后。她不仅道德完美，而且有着自己的理想与追求。冯家昌以及城市给予的刺激，让她决定着手建构一个全新的乡村。不同于冯家昌和众兄弟的是，她不仅没有迷失于城市反而更加坚守乡村，还倾尽全力对它进行改造。她从父亲手里接过村长职务，在带领村民走上致富之路的同时，也在思想、精神面貌和行为方式上让他们有了极大提升，乡村面貌随之发生巨大改观。这与其说来自刘汉香的冲动，不如说是作家本人的乡村乌托邦愿景。上天似乎也站在刘汉香这一边，月亮花最终培育成功，上梁村的城镇化改造得以实施。作为乡村带头人，她公而忘私不为自己谋任何私利，她引进外资将上梁村改造成月亮镇，成了一个花卉集散地。刘汉香以制造美的方式，完成了上梁村的城镇化。这自然是作家心中那理想化的城市化理念的投射。伴随这一过程，并不是如同城市那样造成人与人的隔膜还有精神上的物化，而是人们的心灵和外在环境都得到前所未有的提升与改变，"现代性的陷阱"在内外兼美中轻轻松松地得以规避。只是，这一设想未免太过一厢情愿。纯美往往极其脆弱，小说最后写到刘汉香的死亡，似乎宿命般地预示着乡村乌托邦愿景的幻灭。不过，在这美的破灭过程中，刘汉香那由人而"神"的终极进化亦终于告竣。

在一个漆黑的夜晚，邻村六少年如同六头小兽"窜进了上梁村"绑架了刘汉香，逼她交出一百万。面对无知、邪恶而贪婪的孩子们，刘汉香想到的不是自己的安危，而是对他们的救赎，担心他们在犯罪之途上越走越远，不停说着"救救他们，救救他们……"[1] 面对刘汉香的不屈服，暴徒中有人出主意对其身体进行凌辱。当他们用尖刀挑去刘汉香身上的所有衣服，却被她那绝美的

---

1 李佩甫：《城的灯》，长江文艺出版社2003年版，第394页。

肉身所震惊，这也是女神最终"显圣"的时刻：

> 花棚里一下子就静下来了，那静是很瘆人的！——在他们眼前，是一个半透明的胴体，那胴体在马灯的辉映下，放射出钢蓝色的幽幽白光，那光圣洁、肃穆、晶莹似雪，就像是一座浑然天成的冰雕！那两只挺挺的乳房，就像是泛着蓝光的玉葫芦，那圆润的弧线仿佛也由蓝冰雕刻而成的，一抹天然的曲线上陡地就塑着两粒放着神光的紫葡萄！而那妙曼的玉体自上而下，更是一处一处燃烧着幽蓝色的光芒……这是人么？！[1]

在生命的最后一刻，作者让刘汉香完成了从肉身到精神的神圣化。即便到死，圣母般的刘汉香仍然重复着"谁来救救他们"，她的死不觉成了耶稣受难的翻版。刘汉香死后，月亮镇的乡亲们为她做了一座香姑坟，每到祭日，人们各捧一抔土为之添坟，年复一年，香姑坟越添越大，成了当地的一大景观。刘汉香的故事也成了带有神秘色彩的传说，香姑坟变成了一个神话。[2] 小说结尾，冯氏四兄弟夜里返乡迷途，不知道眼前的这片灯火辉煌之地，就是当年自己苦苦挣扎，然后尽力逃离的上梁村。等到天大亮，他们终于找到一直守着香姑坟的老四，兄弟五人在刘汉香的墓碑前齐齐跪倒，至此，关于城市与乡村的"两地书"得以交集。

由此可见，在城乡二元结构中，冯家昌和刘汉香始终处于两个

---

[1] 李佩甫：《城的灯》，长江文艺出版社2003年版，第395—396页。
[2] 李佩甫：《城的灯》，长江文艺出版社2003年版，第402页。

对立的极端。前者处心积虑地进城导致身份、道德的迷失；而后者的坚守与改造，却让她成了一个传说和神话。值得注意的是，这里边无疑存在作家本人的价值迷思。最为明显的，莫过于对城市某种程度的"污名化"，以及对乡村显在的"乌托邦化"。但令人不解的是，刘汉香何以具有那颗纯净而高尚的心灵，以及乡村改造的号召力？她何以就能得到命运的垂青，在"育花"事业上一帆风顺？这些，事实上都是作者的主观赋予，正因如此，有论者认为"刘汉香是一个伪神话，她的悲剧意义也颇值得怀疑。如何让神性写作走出恋土的阴影，真正不离不弃地与大地结合在一起，是李佩甫必须认真思考的问题"[1]；而我更感兴趣的却是，李佩甫塑造刘汉香这一形象时，所利用的精神资源到底是哪些？通过刘汉香，他到底意欲树立起一个怎样的道德标杆？而它又与现代社会有何种程度的契合？

诚如有论者所说"归根到底，刘汉香这个理想只不过是中国传统美德与建国后长期盛行的革命道德的最新融合"[2]。亦即，作为李佩甫所力图树立的道德标杆，刘汉香并没有提供任何新鲜的观念，不过是两种甚至多种道德观念的调配罢了，其底色还是对妇女产生巨大规约的传统美德。问题是，这种传统美德与一个现代妇女应该具有的品格时有龃龉，甚至格格不入。进入冯家后刘汉香完全是一个孝悌的化身：尽心伺奉冯父是为"孝"，全力照顾好冯家昌的众兄弟是为"悌"。李佩甫对她在冯家劳作之苦的描写极尽能

---

[1] 李丹梦：《李佩甫论》，《文艺争鸣》2007年第2期。
[2] 汪树东：《直面城乡二元结构的价值迷思——评李佩甫的长篇小说〈城的灯〉》，《理论与创作》2004年第5期。

事，文字的可信度却极低，在很大程度上彰显了作者文学观念的幼稚。不仅如此，刘汉香还显出"节妇"的一面。虽是一厢情愿的"出嫁"，但她早已将自己视为冯家昌的女人，对别的男人极其冷淡。就因为做出选择之后，她眼里已经没有别的男人。总之，在她身上似乎看不到一丝一毫现代女性的品格，而浑身发散着浓郁的迂腐之气。一旦成了上梁村的领导，她立刻又是一个公而忘私的典型，没有私人生活，没有个人情感，没有思想迷茫，如同"十七年文学"中那些早已类型化的革命干部。关键是这一切如何可能？作家赋予一个人物太多太过美好的品质，令读者生出不信任便势所必然。而李佩甫那些"人心假"云云，实则体现了他在城乡立场上那种缺少理性的尖锐对立，还有对价值迷思的坚执。关于城市和乡村的价值取向，仅从《城的灯》来看，在李佩甫身上似乎难以见到现代性的亮光。然而，《城的灯》问世之时，时代列车已然驶入 21 世纪，作家身上这份"价值标尺的倒退与评判的迷思"[1]多少有些令人费解。《城的灯》招致众多批评也就并非偶然；而同期贾平凹《怀念狼》《高老庄》诸作，早已越过了对乡村的夸炫而进行批判性审视，此前那个乌托邦的商州早已悄然崩塌。

改革开放以来，城市化进程也成为中国现代性的一种表征。我想说的是，在这一过程中，城市固然不是罪恶的渊薮，但乡村亦绝非理想的天堂。近些年随着乡村批判性观照的出现，大量乡村叙事写出了乡村的空心化与荒野化，伴随乡村破败的是道德沦丧。因而，李佩甫式的迷思自然不可取，无论对于都市还是乡村，写作者

---

[1] 胡峰：《城市的罪恶与乡村乌托邦——评李佩甫〈城的灯〉》，《山东教育学院学报》2006 年第 5 期。

都需要一份理性的看取，而不是一厢情愿的臆造与想象。值得注意的是，在距《城的灯》问世九年后的《生命册》里，一样是城乡"两地书"，但作家的观照态度却分明有了变化。

背着土地行走的人

"平原三部曲"的写作前后迁延十二年，最终以长篇小说《生命册》收官。据李佩甫自述，仅《生命册》的写作就用了五六年时间。小说问世之后反响较大，斩获第九届茅盾文学奖。该作显然是李佩甫生命体验和文学经验最大限度的调动，整体上看仍是一个"乡下人进城"的故事，以一个父母双亡，吃百家饭、喝百家奶长大的苦孩子吴志鹏有了一番城市经历之后，回忆自己半个世纪的人生为线索，将城市经验和乡村记忆纠结在一起，呈现了一种别样的人生图景。无论人物塑造还是叙事结构，《生命册》都可以让读者感受到作家经营的苦心，也就难怪每每谈及，李佩甫总是自信满满。跟《羊的门》《城的灯》相比，他说"到了《生命册》就更本土一点，我写到了知识分子——这块土地上一个背着土地行走的人，更多是写他的背景和土壤，写他五十年的心灵史"[1]。在一些访谈中，他还认为小说主人公吴志鹏是自己到目前为止写得最成功的人物，反复强调这是一个"背着土地行走的人"[2]。

"背着土地行走"似乎是李佩甫对笔底主人公最为得意的知解；而从当代众多"农裔城籍"[3]作家的创作经验来看，这似乎又是进

---

1 李佩甫、孙竞：《知识分子的内省书——访作家李佩甫》，《文艺报》2012年4月2日。
2 孔会侠：《以文字敲钟的人——李佩甫访谈录》，《创作与评论》2012年第2期。
3 李星：《论"农裔城籍"作家的心理世界——陕西作家论之一》，《当代作家评论》1989年第2期。

城乡下人的宿命。只是，一个人背着土地行走，又能走到哪里？在城乡二元对立的空间格局之下，乡下人所能进入也最愿意进入的空间无非还是城市。吴志鹏通过考大学进入省城，尔后不堪乡村亦即土地的拖累，在北京、上海、深圳等地飘荡，积累了巨大的财富也经历了跌宕的人生，五十四岁遭遇车祸，大难不死再来回顾自己的前半生，于是城市经历和乡村经验在眼前交替展开，发现自己到底无法抛离乡村所给予的一切，无论走到哪里土地始终背在身上。作者想要说的是，对于一个进城乡下人来说，土地亦即乡村经验并没有须臾离开过。

《生命册》确乎是李佩甫乡村叙事的集大成者。不同于以往，小说在结构上采用了一种更为明显的城乡双线并置的叙事方式。全书一共十二章，奇数章写城市，偶数章写乡村，始终有条不紊地对举推进，显然是城乡"两地书"的极致体现，也显出李佩甫力图扩大文学的观照层面，将城市和乡村关联在一起的野心。这种"花开两朵各表一枝"的叙事方式，貌似陈旧却也新鲜，就因为并置的双线并非孤立，交集点就是吴志鹏这个人。所以，有论者更形象地称之为"坐标轴"式：城市和乡村分别是纵轴和横轴，而坐标轴的交点便是"背着土地"从乡村进入城市的主人公[1]。而李佩甫以四十万字力图写出这个人的心灵史，彰显其意欲超越自己，将城市和乡村一同纳入观照视野。只是，他到底无法消解存在于其灵魂深处的城乡二元对立结构的影响。具体表现在文字上便是即便分明存在两

---

[1] 王春林：《"坐标轴"上那些沉重异常的灵魂——评李佩甫长篇小说〈生命册〉》，《文艺评论》2014年第1期。

条叙事线索,即便两者的篇幅并不悬殊,但小说中的城市叙事和乡村叙事给人的感受却判若云泥。正如有论者所说的那样:

> 乡土怀旧和城市经历轮番交替出现,是《生命册》的故事结构。在李佩甫的笔下,乡土仿佛就是自身的故事,是一种置身其中的叙事,即使有距离,那也是远离的土地,久违的故乡,字里行间充斥着对养育之恩的情怀;而城市,则永远是异国他乡的言说,有着一种无法进入的隔膜,难以扎根的拒绝,这是一种印象式的描摹,随身携带的录音和摄像,无论是省城、上海、北京,还是深圳,这里到处是偶然性的碎片,形形色色的瞬间图像,看不见的线索和欲望的陷阱。[1]

在数十年的创作生涯里,李佩甫始终没有逃出乡村的范围,为他赢得声誉的也是乡村叙事作品,《生命册》的城市书写所表现出的难以入心的隔膜是一种显在的事实。《城的灯》里也有城市描写,但毕竟浮光掠影不值得注意;而《生命册》存在用心观照城市的野心,只是意图与结果之间存有遥远的距离。虽然写了北京、上海、深圳这些中国当下商业化程度最高的一线城市,但读者分明感到作者实际无法进入城市生活的肌理,只是以一种"他者的眼光"匆匆浏览一过。即便篇幅巨大,给人的印象依然模糊,甚至完全没有印象。那些官场权力斗争,商场资本运作的惊心动魄,还有各色

---

[1] 程德培:《李佩甫的"两地书"——评〈生命册〉及其他六部长篇小说》,《当代作家评论》2012年第5期。

人物的欲望膨胀与精神堕落，等，关于这些原本组成都市生活具体层面的描写不可谓不充分，却都没有超出百年来作家对都市的想象。因为缺乏新意，难以给人留下深刻印象自是必然。相反，如老姑夫、梁五方、春才、杜秋月、虫嫂等乡村人物所带出的乡村往事，却格外鲜活令人深思，如同一幅幅乡村"浮世绘"。

那么，《生命册》何以会在叙事上出现如此偏颇？

答案就在于，小说的写作还是受制于李佩甫固有的乡村经验。虽然早已生活在城里，但他的价值立场、情感取向仍属于乡村。这种"生活在别处"的状态不独李佩甫为然，当代众多"农裔城籍"作家大抵如此。即便进城多年，小难改变其作为城市"他者"的身份，在观念层面实际上是一个生活在都市里的乡下人。也就难怪沈从文、贾平凹总是执拗地以"乡下人""农民"自居。在《生命册》里，城市生活的掺入貌似让乡村叙事难以纯粹，但从内在肌理上看小说因城市叙事的难以入心，即使篇幅再大也难以冲淡读者对那些乡村故人故事的印象。正因如此，我认为类似《生命册》之类的乡下人进城故事，实际仍是乡村叙事。在这一点上，有论者亦持相近看法："相对于乡村叙事的深厚广大，这里的都市叙事似缺乏密实的生活质感，大抵没有逃离商业之都的文学想象规范。从这个意义上说，我认为《生命册》更应该是一部丰厚的乡村人性卷册。"[1] 既然写的是一个"背着土地行走的人"，当土地无法卸下永远背在身上，那么无论在城市经历了什么，创造了什么，他

---

[1] 苗变丽：《〈生命册〉：乡村和城市相继溃败后乡关何处》，《河南大学学报》(社会科学版) 2014年第1期。

仍然且永远是一个乡下人。或许,某种意义上吴志鹏也是作者本人的一种象喻,一种人生经验的主观投射。也就是说,即便身处都市李佩甫同样始终是一个"背着土地写作"的作家。

"我是一粒种子。我把自己移栽进了城市。"[1]生成于作者内心深处的城乡二元结构,在小说开篇的第一句话里就显露无遗,将一个进城乡下人的漂泊感、渺小感尽情传达出来。紧接着,小说便极力渲染"我"在城市里的被抛感:"我走在省城的大街上,呼吸着寒森森的空气,就像走在荒原上一样,满心的凄凉和荒芜。"[2]而"我"所要面对的不仅仅是城市的挤压,更重要的是进城前二十多年的乡村背景:"那不是我在走,是我的背景我的家乡在推着我走。"[3]背着土地自然无法在土地上行走,李佩甫对一个人如何"背着土地行走"进行了颇为生动的"阐释":

> 我身上背负着五千七百九十八亩土地(不带宅基),近六千只眼睛(也有三五只瞎了或是半瞎,可他们都看着我呢),还有近三千个把不住门儿的(有时候,能把死人说活,也能把活人说死的)嘴巴,他们的唾沫星子是可以淹人的。[4]

一个人无法选择自己的出生环境,亦无法抗拒属于自己的命运。很显然,"我"所"背负"的是不能亦无法放下的过去,那些先

---

1 李佩甫:《生命册》,作家出版社2012年版,第1页。
2 李佩甫:《生命册》,作家出版社2012年版,第4页。
3 李佩甫:《生命册》,作家出版社2012年版,第5页。
4 李佩甫:《生命册》,作家出版社2012年版,第1页。

于自己而存在于生命中的人。何况，不同于别人的是，"我"是一个孤儿，在村长老姑夫的照看下吃百家饭、喝百家奶长大，无梁村的乡亲都是"我"的恩人。在他们看来，进城意味着发财，意味着当官，意味着可以解决任何问题，而无从理解"我"作为一粒"种子"、一个"楔子"飘进或挤进城市后，自身的渺小与卑微。城乡之间深厚的隔膜，导致乡村世界对城里人生出不可理喻的想象。这一切根源于城乡二元结构中乡村太过弱势。

作为一名大学教师，拆除了与城市最初的壁障，在城里落脚之后，"我"原本可以按照所有大学老师的生活方式，由助教到讲师到副教授到教授一阶一阶"混"下去。但这一厢情愿的人生设想很快便被打破。无梁村乡亲络绎不绝地找上门来，诉求五花八门：升学、看病、借钱、寻人，等等。因小时候喝过人家的奶，吃过人家的饭，"我"不能拒绝每一个求助者，帮不上忙便心里不安，只好不断求人、借钱，直至在单位再也无法待下去，这才意识到老姑夫救了自己也害了自己，"土地"真的成了难以承受的负累。"我"很快陷入巨大的困境。村里一个孕妇因难产送到了省城，老姑夫带话要给找家好点的医院，不然一家人天都塌了。"我"只好硬着头皮答应下来，但那份难处，只有自己知道：

> 我心里说，我又得托关系了。我找谁呢？可我还得找，我不能不找。有时候，我觉得我脸上真的刻有字，我就是一个卖"脸"的，村里人派我卖"脸"来了……当我四处求告，上下托人，终于把孕妇送进病房的时候，我才暗暗地松了一口气。

我觉得，我终于给村里人办了一件事情。[1]

"我"就这样被那望不到头的人情债，亦即所"背负的土地"逼入了绝境不得不离开，意欲躲到一个无梁村人找不到的地方，卸下所背负的一切，开始新的生活。到了北京，"我"成了千千万万"北漂"中的一个，在骆驼（骆国栋）的带领下，在暗无天日的地下室当了几个月的"枪手"攒出一本畅销书，掘到了"第一桶金"，此后跟骆驼分别南下上海、深圳，利用手里的钱在骆驼的指导下开始共享两地信息一起炒股，并迅速发迹积累起大量资本。然而，在其后的资本运作过程中，"我"目睹了骆驼被金钱异化心灵扭曲的全过程，开始厌倦这样的生活，不停生出退出之念，跟骆驼之间的价值观冲突也越来越激烈。跟那些在金钱面前迷失方向的暴发户一样，骆驼最终走上了一条不归路，从十八楼跳下结束了生命。骆驼似乎是又一个冯家昌，经受过极端的穷困，受城市诱惑并迷失方向。只不过一个在商场，一个在官场，且骆驼走得更远。而与骆驼相比，"我"的救赎虽然迟来但毕竟来了，出了一场车祸，失去了一只眼睛，捡回了一条命，一个人待在医院里，才有机会对自己五十年来的人生进行回望与反省。

《生命册》里的城市叙事之所以浮泛难以给人留下印象，就在于骆驼所经历的一切实在没有什么新意。作者也完全落入了城市想象的窠臼。金钱、美女、贪腐、欲望、权谋等，都是不可或缺的元素；而财富的积累又如同魔法实施，显得过于容易、巧合，人物形

---

[1] 李佩甫：《生命册》，作家出版社2012年版，第21页。

象概念化、平面化。中国的城市文学素来虚弱,《生命册》里的城市叙事亦打上了这一印记。即便是作者极力刻画的主要人物骆驼,也只是符号化的象征功能大于实际意义,并不能给读者提供更多的思考空间。

在商场上叱咤风云的骆驼来自大西北,只有一只胳膊,还是个罗锅,这样一个残疾人却在商场、情场上游刃有余,无论挣钱还是征服女人无不所向披靡鲜有失手,所凭的就只是脑子活泛。"骆驼最伟大之处,就在于他浑身上下的每一个毛孔里都充满着洞察力。"[1]一如"我"难以卸下土地的重负,骆驼早年在西北老家的生活经历,让他对金钱与巨额财富难有一份理性的看待,是一个再典型不过的暴发户。成为有钱人后,其人生乐趣就只是让钱变得更多,只是一个数字的疯狂增大,而看不到任何灵魂的提升,相反,金钱导致其灵魂的急遽沉坠。正如有论者所说"骆驼是个奇特的形象,奇就奇在他背负着欲望的符号,却不失生命之活力"[2]。在某种意义上,他是20世纪90年代以来我们这个浮躁时代的表征:欲望泛滥,灵魂和肉体却先天残疾。急剧膨胀的欲望让骆驼变成了一个特别能"搞"、能闯的人,以放弃道德底线来应对社会的无序,最终走向幻灭。"我"是骆驼追逐欲望最好的见证,对这段经历的回顾,潜在传达出对城市的控诉。如果在一个价值取向正常,有秩序、有规则的社会里,以骆驼的才华或许可以帮助他更好地实现自己的人生价值。而在与骆驼的交往中,"我"之所以能

---

[1] 李佩甫:《生命册》,作家出版社2012年版,第150页。
[2] 程德培:《李佩甫的"两地书"——评〈生命册〉及其他六部长篇小说》,《当代作家评论》2012年第5期。

守住底线,并达成对自身迟来的救赎,或许就在于"我"是一个有背景的人,一个背着土地行走的人。无论漂到哪里,无梁村始终是"我"的根。就正如即便离开了省城,"我"还是能收到老姑夫那神秘的字条,要么是"给口奶吃",要么是"见字如面"。这是一种无法摆脱的牵绊,是乡村经历对一个人的拖拽,当然也是救赎。《生命册》问世不久就有人看出,小说里多数人物的命运,在时代的变迁中都纷纷走向了各自追求的反面[1],而这些命运背反的人物又大多出现在城市叙事里。如豪爽的骆驼最终成了一个欲壑难填的商人;爱惜羽毛的范家福,没有经受住金钱、权力的诱惑,沦为阶下囚;追求真爱的梅村,一次次遭遇爱的无妄之灾。对此,作者解释说想以此写出对个体生命还有时代的反省,回望来路是为了思考如何将今后的路走得更好。[2]

关于乡下人的身份认同,李佩甫曾说"我觉得咱们中国人,或者叫中原人吧,如果查三代,我们祖先都是从乡村走向城市的,本身都带有很浓重的、这块土壤给予他的很多东西,几乎都是背着土地行走的人,每个人背后都有巨大的背景,生活的背景"[3]。而"城里人上追三代都是农民"的说法,贾平凹亦多次提及。李佩甫还将这一观点写进了《生命册》里。系主任老魏批评"我"无心学术,整天勾勾连连忙于拉关系,"一身的农民习气",作为顶头上司老魏实则是为"我"好本无恶意,但"农民习气"这几个字对"我"来说却"太扎心"。"我"立时"暴跳如雷",冲老魏大吼:

---

1 刘颖:《从乡村到城市的生命"浮世绘"》,《文艺报》2012年4月2日。
2 孙竞:《知识分子的内省书——访作家李佩甫》,《文艺报》2012年4月2日。
3 张亚丽:《〈生命册〉开头写了一年多》,《北京晚报》2012年4月16日。

"我他妈就是'农民'。谁不是'农民'？查一查，查三代，谁敢说他不是'农民'？！"[1] "农民"对于那些在乡村出生的人来说，是无法选择的身份，即便移入城市亦无法斩断过去。即便没有无梁村人接连不断地找上门，其实在内心深处"我"自己亦无法放下对这重身份的敏感。所以自小说第二章开始，"我"那一个人面对虚空的对话也是一种自诉："该给你说一说过去的事了。"[2] 所谓"过去的事"便是那难以消抹的乡村经验，那些先于城市而进到生命里的乡村人物。

与城市叙事聚焦骆驼追逐金钱的人生不同；《生命册》里与之对举的乡村叙事，采用了《水浒传》式的结构模式，每章着力叙述一个乡村人物，并彼此勾连、互文组成一个乡村人物群像和乡村往事系列。老姑夫、梁五方、春才、虫嫂等人在纸上站立起来，他们的形象几可触摸，他们的苦难令人唏嘘，他们的喜怒哀乐形成了乡村的歌哭。基于作者对乡村生活的熟悉，读者似乎能感受到中原乡村的空气、泥土、沙尘还有各种植物的气息。这是一个与城市完全不同的生存空间，一旦回到这个世界里，李佩甫便笔触活泛，表达自如，想象新奇。城市叙事与乡村叙事就这样并存于同一个文本里，作家对前者的隔膜，与后者的无间，竟是如此泾渭分明。只要土地背在身上，不管走到哪里都是"农民"；对于那些乡村经验已然进入骨血的进城乡下人来说，他们永远都是"生活在别处"的一群。无论作家李佩甫本人，还是其笔下人物吴志鹏，乡村对于他们

---

1 李佩甫：《生命册》，作家出版社2012年版，第24页。
2 李佩甫：《生命册》，作家出版社2012年版，第33页。

来说都是进城之后的回望。

那么，在进入 21 世纪十余年后这样一个时间节点，在城市化进程急剧加速的今天，李佩甫对中国乡村又有了怎样的观照与思考？这无疑就寄托在那一个个鲜活的乡村人物身上。《生命册》里又出现了一个"老姑夫"——无梁村村长蔡国寅。

当年年轻帅气的上尉连长蔡国寅，为了追求还是个学生的美丽少女吴玉花而放弃大好前程，义无反顾地入赘无梁村，并凭借转业军人的光鲜背景当上了村长。跟《城的灯》里的"老姑夫"冯家昌父亲不同，掌握村长大权的蔡国寅不再被村民以入赘者来看待，而是争相讨好的对象。用"老姑夫"称呼他自带亲切，没有以此称呼冯父时的轻蔑与隔膜。腰间挂着无梁村的大印，蔡国寅在村子里呼风唤雨数十年，但权力并没有泯灭他那善良的本性。他并不像很多乡村小说里经常出现的村长那样飞扬跋扈横行乡里，相反在行使权力时始终葆有一份来自血缘、地缘的温情。经过数十年的经营，外来者老姑夫的人脉早已根深叶茂。在这种夹杂着血亲与地缘伦理的乡村治理模式里，公权力也不可避免地一步步沦为私权与特权。老姑夫在享受权力带来的快感同时，也不可避免地在逐渐堕落。乡村生活的消磨还有村人的抬举，他由陪酒到馋酒到酗酒，直至完全没了人样。他形象邋遢，与村妇们赤裸调情，甚至对她们的投怀送抱来者不拒——多年前那个帅气的军官全然变成了一个地地道道的中原农民。而在私人空间里，他和吴玉花那有如童话般的爱情，亦随着乡村日常生活的磨蚀，彼此生出厌倦甚至仇视。当年的美少女吴玉花自然没想到自己到底嫁给了一个农民。只是，即便毛病再多，

"老姑父"也不是《羊的门》里那个冷漠而带有神秘色彩的呼家堡"头人"呼天成,善良的本性始终让蔡国寅不可能走得太远,其可爱之处就在于有自己的底线与原则,身上满熏着农民气息,带有乡村特有的温情,对村民尽力庇护、热心救助。他养育了"我",也代表无梁村给了"我"巨大的负累。然而,老姑夫要"我"办的事情中,除了寻找他那在城里当洗脚小姐的女儿之外,再没有为他自己求过"我"什么。老姑夫令"我"爱恨交织,让读者一言难尽,也说明李佩甫成功塑造了一个乡村干部形象。在乡村叙事形形色色的村长中,老姑夫是如此独特。

蔡国寅以外来者身份入主无梁村,并最终成为一个标志性的人物,活在这块土地上也活在村民的日常生活里;与之相反,土生土长的无梁村人梁五方则因性格"各色",而成了无梁村的"他者",县乡干部的头号敌人。作为泥瓦匠人,年轻时的梁五方手艺高超,却恃才傲物全然不懂得收敛。在乡村那极其有限的空间里,他不明白即便跟他人没有利益瓜葛,仅仅因为自己的出众,以及不能随俗的"傲造",也会成为众矢之的。在建筑工地上锋芒毕露,并在其后为自己建房过程中算计过头,为他招来无边的妒意与敌意,灾难随即降临,他终于成了四清运动的牺牲品。政治运动为村民提供了一个发泄妒意与敌意的机会,批斗之夜忽然有人提议"箅他",众人于是蜂拥而上对一个跟大家没有任何仇怨,只是行为方式跟自己不太一样的乡亲肆意施暴,手段不断升级:从推搡、吐唾沫、扇巴掌,到妇女们用鞋底抽,到用上鞋用的锥子扎,直至有人往他嘴里塞驴粪……嫉妒与敌视就这样传染、弥漫。如果没有老姑夫的制止，梁五方定会死于这场以革命的名义的施虐。

乡村社会竟然对一个仅仅因为没有处世经验而行为"傲造"的年轻人痛下死手，梁五方因此而失去了一切。他无法理解乡村社会的世道人心，要为自己讨回公道。上访于是成了他后半生的职业。一次次进北京，一次次被遣返；一次次出走流落异乡，一次次落魄而归。外来者蔡国寅因对乡村社会的知解而顺利融入；本地村民梁五方却因对无梁村的隔膜与不解成了永远的异乡人。三十三年的上访生涯，最终让当年那个聪明能干的小伙子，变成了一个"一脸的沧桑、背着一个铺盖卷，见人就低头、鞠躬，尔后规规矩矩地往地上一蹲"[1]的糟老头，不管谁看了都会顿生怜悯。性格决定命运，梁五方就这样毁了自己。他那持续多年的上访，其内在驱动固然来自执拗的性格，更重要的或许源于那个被集体施暴的夜晚所造成的巨大伤害。但他不明白的是，不可能找到凶手，因为凶手是乡村那谁也说不清的妒意与恨意，他所面对的是一个作为乡村意识形态的无物之阵。有人将这视为"平庸之恶"的中国式上演。[2]因而，梁五方让我们看到了作家对乡村的批判性观照，掘出愚氓一般的乡村庸众灵魂深处的劣根，让它们见见阳光，以便作为乡村意识形态重构的参照。

无独有偶，在无梁村被"箩"过的还有虫嫂。李佩甫多次谈到自己一直在研究土壤与植物的关系，谈到自己把人当植物来写[3]，

1　李佩甫：《生命册》，作家出版社2012年版，第134页。
2　何弘：《现代化进程中的众生命相——评〈生命册〉兼议当代长篇小说创作》，《当代作家评论》2015年第6期。
3　孔会侠：《以文字敲钟的人——李佩甫访谈录》，《创作与评论》2012年第2期。

虫嫂便是最能体现这一写作理念的文学形象。虫嫂对应于平原上一种名叫"小虫儿窝蛋"的野花,它"无来由、非人工"。[1]作为修辞方式,以植物喻人并不新鲜,《生死场》里萧红就常常将笔下人物比喻成植物甚至静物。这一修辞方式彰显了个体生命的顽强、卑贱与渺小。虫嫂就鲜明体现了这一点。这个身高仅有一米三四的女人,为了养活自己和三个子女而成了村里著名的小偷,所有努力不过为了活着,从偷集体的粮食到出卖身体,尊严早已荡然无存。乡亲们鄙夷其存在,村妇们为了显示自己的干净、纯洁,集体爆发过一次对弱者的施暴,因为虫嫂跟她们的男人有染。不同于梁五方的是,虫嫂默默吞咽下无边的屈辱。或许,在她的意识里活着大于一切。三个孩子到县城上学后,她离开无梁村到城里捡破烂供应他们。儿子们非但不理解母亲,还嫌这样的母亲丢人,各自成人后抛弃了虫嫂。即便她快要离开这个世界,也没有一个孩子前来看望。戏剧性的逆转却发生在当他们得知虫嫂的扇柄里还有一本三万元的存折之后,他们随即对母亲的遗产展开无耻的争夺。从虫嫂年轻时被乡亲施暴,到老来被子女抛弃,读者会不无伤感地发现随着城市化进程的加快,整个社会道德水准的急遽下滑。在子女们的映衬下,虫嫂反倒成了一个伟大的女性,最后赢得了村人还有读者的尊重。

"平原三部曲"自《羊的门》开始,李佩甫就意识到乡村并非乌托邦;只是,虫嫂还有春才的故事不觉中显出乡村的黑暗来。虫嫂的一生都在与饥饿、贫困对抗;而折磨春才的却是性饥渴。十八岁

---

[1] 李佩甫:《生命册》,作家出版社2012年版,第198页。

的春才原是无梁村最帅气、最能干的小伙,编织的苇席成为样板,一些村妇都想在身体上占他的便宜。随着身体发育、性意识的萌动,在这一切得不到正常满足与释放的时候,羞涩而内心封闭的春才不觉陷于"一个人的战争",在原始欲望的驱使下,他偷窥女人洗澡。偷窥有违乡村伦理,留下的蛛丝马迹让警方摸排有了依据,这让春才堕入巨大的恐慌中。随着摸排范围缩小,人们议论的焦点慢慢落到他身上,以至于让他"失陷于'内心的战火'而不得解脱,最后以自虐的方式完成了生命的悲剧",春才在河滩上用篾刀割掉了自己的生殖器,以此"视为一种赎罪、一种自我惩罚"[1],从此过着一份残缺的生活,人生轨迹全然改变。今天看来,春才此举自然是愚昧,而回到当时,叙述人不禁对他有了一番细细的触摸与理解:"在过去了很多时光之后,我又想,这也不是愚昧。这与愚昧没有关系。这或许是一念之差,是潜藏在心里的犯罪感在作祟,是'耻'的意识。然而,这'耻'的界定又是很模糊的。'耻'一旦包含在'纯粹'里,那结果就是一种极端。"[2]一个年轻、美好的生命就这样枯萎,千百年来所形成的乡村道德规范,在生活于其中的人们心中,形成了凛然不可侵犯的内在律令,当人们无法正确认知自身那属于人的本性时,将一件原本可以化解的因本能冲动而导致的小小道德过错无穷放大,结果酿成了个体自身的大悲剧,而这就是乡村。

在"我"的回忆里,乡村叙事就由这一个个乡亲的人生故事组

---

[1] 苗变丽:《〈生命册〉:乡村和城市相继溃败后乡关何处》,《河南大学学报》(社会科学版)2014年第1期。
[2] 李佩甫:《生命册》,作家出版社2012年版,第371页。

成，娓娓道来。在空间位移和时序错置的双重作用下，这些人物、往事，非但没有因时间而漫漶，反而因他们早已是"我"生命的一部分，而在自己经历了五十多年的人生之后更为鲜活、分明。李佩甫笔下的每个乡村人物都有动人的好故事，众多的普通人就这样组成了一部"生命册"。这些由一个个乡村人物的人生经历编织而成的乡村叙事，跟以骆驼的金钱人生为表征的城市叙事合起来便是小说《生命册》的全部。只是，正如程德培所认为的那样："对李佩甫而言，《生命册》的城市叙事包裹了故乡人的命运，而乡村叙事又演绎了现代性的嘴脸，它们是彼此依存、难以割舍的充满了自身矛盾的整体。"[1] 所谓乡村叙事演绎了现代性的嘴脸云云，或许意指无梁村如同城市化进程中的所有乡村一样，都不可避免地掉入了现代性的陷阱。

当伤眼拆线，"我"变成了一个只能用一只眼睛看世界的人。夜深人静的病房里，"我"听见来自故乡的呼唤："孩儿，回来吧。孩儿，回来吧。"[2] 这似乎是所有乡下人进城叙事的恒定情节。作者随即以一连串的"我怀念"开头，开始了那难以遏抑的抒情。以饱满的情绪再现童年的无梁村：土地、气息、牲畜、人物，还有说不清的况味。然而，小说结尾当"我"回到无梁村，却发现一切早已不是想象中的模样："一望无际的苇荡不见了，几十亩大的深不见底的望月潭也消失了"；除了这些消失了的东西外，新增了砖窑厂，还有机器切坯的噪音；村里的树快要伐光了；狗不叫

---

[1] 程德培：《李佩甫的"两地书"——评〈生命册〉及其他六部长篇小说》，《当代作家评论》2012 年第 5 期。
[2] 李佩甫：《生命册》，作家出版社 2012 年版，第 396 页。

了；水井干了……更重要的是，走到面前的人"一个个都眼生，我也认不得几个了"[1]。现代性的陷阱，很大程度上就表现在生活在当下的人们，似乎注定都要成为一个没有故乡的人。一如《高老庄》，《生命册》同样以"也许，我真的回不来了"而结尾。一个"背着土地行走的人"有一天发现自己再也无法回到那片土地的时候，其内心的婉曲自然就非旁人所能了解。只是一个人的故乡，往往就在离开的刹那，便永远回不去了——这是进城乡下人的命定。

---

[1] 李佩甫：《生命册》，作家出版社2012年版，第424页。

城市化进程中的"失败青年"

在纯文学鲜能引起关注的今天,作家方方的中篇小说《涂自强的个人悲伤》(《十月》2013年第2期)却是个例外,甫一问世便引起读书界的广泛注意。无论普通读者,还是专业批评家都纷纷撰文发表感受,普遍认为该作戳到了我们这个时代的痛处,写出了"这个时代人人感同身受而又人人无法言传的心灵伤痛"[1]。《涂自强的个人悲伤》同样讲述了一个"乡下人进城"的故事,只不过故事发生在21世纪。主人公涂自强考上大学,在众乡亲的帮助下走出大山来到武汉,大学毕业想留在城市,经过一番"自强不息"的苦斗仍无力改变现状,却偶然发现自己身患癌症。他最终将从老

---

[1] 张丽军:《这不是个人的悲伤——读方方〈涂自强的个人悲伤〉》,《社会观察》2014年第1期。

家接出的老母送进寺庙，独自在城市一隅走向寂灭。作为文学形象，涂自强并非个案，有论者注意到，不独方方，近年来一批年轻的作家不约而同地"为我们塑造了一个当代的'失败青年'形象"[1]，诸如石一枫的《世间已无陈金芳》、文珍的《录音笔记》、马小淘的《章某某》等。这批作品"描述了当代青年在社会巨大鸿沟面前个人奋斗的无望感，虽然着眼于个体青年的人生命运，但却对当代社会结构及其主流意识有着深刻的反思"[2]。陈金芳（《世间再无陈金芳》）的人生轨迹也是从农村来，在城里奋斗打拼，失败后再回到农村，走的是类似高加林的人生环形道。而在这一过程中，她由一个土气的乡下女孩成长为都市胡同里的顽主，再到风光无限的艺术圈明星，最后沦为走投无路的破产商人。

无论涂自强还是陈金芳，这些"失败青年"都来自乡下，在中国现当代文学史中类似形象早已形成了一个丰富的谱系。祥子（《骆驼祥子》）是他们的源头且最具典型性。乡下青年进城后普遍遭遇挫败，就不仅仅是"个人的悲伤"，更是社会问题，方方小说的题目明显带有反讽性。不同的时代提供了造就"失败青年"各不相同的背景，打上了特定时代的印记。《涂自强的个人悲伤》分明打破了流传于20世纪80年代青年人只要自强不息就能成就自己的个人奋斗神话。走出大山之后涂自强一路遇见的都是好心人，在大都市里亦时刻不忘刻苦奋斗，但在一个阶层几乎固化的年代，底

---

[1] 李云雷：《全球化时代的"失败青年"——读石一枫的〈世间已无陈金芳〉》，《文艺报》2016年3月25日（第005版）。
[2] 李云雷：《全球化时代的"失败青年"——读石一枫的〈世间已无陈金芳〉》，《文艺报》2016年3月25日（第005版）。

层普通人不觉中早已失去上升孔道，靠个人奋斗改变自身命运似乎没有多大空间。只是表面看起来似乎每个人都有发展的可能，事实上为进城乡下人所打开的只是一扇窄门，即便偶有成功也会遭遇陈金芳的命运。正如有论者所说的那样，这是隐藏于我们这个时代的"最深刻的秘密"[1]。

既然个体自身已然尽力，仍不能换来基本的公平和上升空间，那么，涂自强的悲伤就显然是时代的悲伤。涂自强的故事令很多人都"于心戚戚"，才会反响如此强烈。人们不免追问："在当代，为什么会有这么多'失败青年'？他们的'失败感'来自哪里？他们与历史上的青年有何不同？出路又在哪里？"[2]《章某某》则由一个从四线小城市，考入北京的女主人公章海妍那不断自我命名到被匿名的过程，折射出一个外省女生在北京的遭遇。在某种意义上，章海妍同样是个进城乡下人，她怀抱主持春晚的"远大理想"，经过一番拼搏与挫败最终"庞大的理想终于撑破了命运的胶囊"[3]，走出校门便成了一个精神病人，在毕业十周年同学聚会之际被送进了精神病院。一个奋发向上的女生，始于著名高等学府，终于精神病院，这更是一个意味深长的隐喻。"章某某"如同一个可以无穷代入的符码，是一个群体的代指。由章某某读者自然会联想到涂自强，两作不觉形成互证关系，凸显当代不同代际的两位女作家不约而同的当下关切。而由涂自强、陈金芳、章某某，更让人想起尤凤

---

[1] 李云雷：《全球化时代的"失败青年"——读石一枫的〈世间已无陈金芳〉》，《文艺报》2016年3月25日（第005版）。

[2] 李云雷：《全球化时代的"失败青年"——读石一枫的〈世间已无陈金芳〉》，《文艺报》2016年3月25日（第005版）。

[3] 马小淘：《章某某》，安徽文艺出版社2016年版，第284页。

伟在新世纪之初贡献给文坛的《泥鳅》(2002)。主人公国瑞似是介乎祥子和涂自强之间的另一"失败青年"形象，小说让我们看到了另一番"乡下人进城"的图景。国瑞的都市经历，也揭示了真实的都市底层生态。

被吃掉的泥鳅

"泥鳅"显然是《泥鳅》作者尤凤伟对那些进入城市之后，在黑暗的底层求生存的乡下人的形象比喻。作为文学形象，国瑞与金狗相距二十年，而与涂自强相距十一年，读者分明可以看出，时代进程在这些"进城乡下人"身上所留下的鲜明印记。整体来看，国瑞几乎是金狗的反写。源于作者的激情，金狗胸怀征服城市的宏大理想，如同一条大鱼在城里一番冲撞后全身返回乡下；而进城打工的乡下人国瑞，在城市底层和上层有了一番奇特的经历，最终陷入权力编就的黑暗罗网，成了特权人物的替死鬼，被稀里糊涂地枪毙于城市。临了，他想逃离却因惦记没有拿上放在住处的准备祭父用的往生钱而被警察捕获，再也没有机会回到乡下。从死于都市这一点来看，国瑞与涂自强的结局相同。泥鳅是一种生命力顽强的鱼，国瑞和涂自强的死，却意味着他们终难逃脱被城市"吃掉"的命运。

21世纪之初，伴随急剧加快的城市化进程，大量乡下年轻人进城打工，但他们的进城动机和诉求与《浮躁》时代已然有了巨大差异。金狗那种第一天上班路上路见不平挺身而出教训城里年轻人，规训老乡的风发意气，《泥鳅》里早已荡然无存。初入城市的国瑞便有了一段刻骨铭心的都市体验，让他充分感受到城市的狰狞可怖。在搬家公司打工的他，一天跟着几个同乡给主顾抬家具上车，同伴蔡毅江不小心被钢琴挤破了睾丸，被紧急送进医院。面对受伤的民工，医生态度极其冷漠，无论国瑞如何苦苦哀求都无动于衷，视生命如同草芥。无法可想的国瑞，顿时意识到对方的态度源于自己和同伴那乡下人的身份——冷漠并非针对城里人。城里人和乡下人的族群隔阂竟是如此触目惊心。这令国瑞始料未及，他禁不住质问那个名叫黄群的女大夫："你是大夫为什么不给我们看病？你对所有的人这样，还是唯独对俺们乡下人这样？"不想对方直截回应道："算你说对了，我见了你们这号人就犯恶心。"省城医生的地域歧视竟然如此赤裸裸，来自城市如此尖锐的敌意与蔑视，将国瑞堵得说不出话来，过了好一会儿，竟孩子气地断断续续地说出那句"我……我恨你……"[1] 这场景委实令人心酸。面对城里人的强势，一个乡下青年弱到茫然无措，弱到自感委屈。只是女大夫黄群还有她所代表的城市，丝毫不会在意一个进城乡下人那孩子般的委屈。城市与乡村那对立与仇恨的种子就此埋下。"我恨你"——国瑞这面对城市无以表达的表达，带着一个乡下青年的愤怒、委屈与无助，更有不经意流露出的源于骨子里的质朴与良善。进城乡下人的诉求之低令人伤感，只希望城市注意到他们的存在，尊重他们生命的价值，让他们也能享用城市的公共资源。然而，"乡下人"却是他们永远无法抹去的徽记。衣着、行为方式、口音等，对于刚进城的国瑞们来说，无时无刻不在暴露着他们的身份。

---

[1] 尤凤伟：《泥鳅》，春风文艺出版社2002年版，第28页。

进入城市，国瑞和他的同伴们唯一能出卖的便是力气，也只知道卖力气。微薄的收入让他们无法拥有尊严，也没人留意他们的存在，像这样靠出卖力气而生存的乡下人实在太多。哪怕最基本的诉求，对于这些如同泥鳅般生存于都市的乡下人来说都羞于启齿，即便张口亦无人理会。盲目涌进城市之后，他们才发现这里并没有自己的生存空间，只有来自城市的无情敌意和无边挤压。这是一个全然"被抛"于都市的群体，而城里出台的所有歧视性政策，似乎都是针对他们。国瑞女友陶凤意识到"城市虽好不是乡下人久留之地。太难了，城里一条一条的法规都限制农村进城者，这证那证，这不准那不准。所谓发展只不过是一张画饼永远挂在那儿，够不着"[1]。没有发展空间，没有上升孔道，进城乡下人很快就被逼入一个窄门：男人卖力气，从祥子到刚进城的国瑞、小蔡们莫不如此；女人则在一番寻觅之后最终大多走上出卖身体一途，从《月牙儿》(老舍)里做暗娼的母女到《泥鳅》里的小齐，以及诸多洗头妹，操持这份古老的职业似是乡下女人的宿命。小说里有一个意味深长的情节：蔡毅江出院后便找女朋友小寇验证自己是否丧失性功能，结果令人沮丧，钢琴还有医生的冷漠，早已阉割了他的身体，让他成了一个性无能者。

对于国瑞们来说，城市永远是"别人的城市"。茫茫人海何时是出头之日？为了给蔡毅江和女友小寇腾空间，国瑞跟另外两个同伴便游荡在这"别人的城市"里。没有通宵电影可看，三人只好坐在午夜的广场边上，对着作家艾阳家的窗户，各自想象着一个城里

---

[1] 尤凤伟：《泥鳅》，春风文艺出版社2002年版，第52页。

人此时会干点什么。都市深如海,三个乡下青年一方面觉得自己身处城中离城里人很近;另一方面却又感到在心理上与他们相距遥远。城市还有城里人都遥不可及,即便身处其中也没有一丝一毫的归属感,但他们潜意识里还是希望能被这身外的城市关注,各自设想着如何让作家艾阳能看到他们。招手、大喊大叫是自然能想到的方式。然而,如此深夜,招手看不见,大喊大叫也听不见。小解此时满脸平静地说出了一个办法:"自焚啊,把自己当灯点了。"[1]这是《泥鳅》里最为惊心动魄的对话场景,戏谑中透出难以言说的沉重与苍凉。让人痛切感到,一个身处黑暗中的沉默之群,在渴望被关注之余,亦有潜藏于集体无意识深处的对于个体生命的轻贱与奴性,也预示他们不配有更好的命运。这无疑注定乡下人进城之路的漫长。这短期内难以克服的落后观念,让他们即便身处都市亦只是"城市里的农民",无法改变其农民的身份与特性。对话被国瑞打断,小解进一步为自己那令人骇异的想法振振有词地解释道:"我可不赞成自杀,更不赞成自焚,不仅给社会抹黑,还破坏公共环境,把好好的草烧焦了,多可惜,路过这儿的人不骂才怪呢。"[2]小解不赞成"自焚"竟是怕损坏了"好好的草",这与其说出自一个进城不久的乡下青年还没有销蚀的良善本能,不如说更其露骨地揭示出乡下人精神上难以祛除的愚昧与卑贱。只是,这暗夜里游荡于城市的沉默之群,那渴望被城市关注的卑微愿望着实令人心酸。值得注意的是,这貌似荒唐的玩笑里却暗藏这一沉默之群的最终归

---

[1] 尤凤伟:《泥鳅》,春风文艺出版社2002年版,第67页。
[2] 尤凤伟:《泥鳅》,春风文艺出版社2002年版,第67页。

宿，某种意义上《泥鳅》里的进城青年"都以不同的方式走向了'自焚'之路"[1]，城市却依然如故，没有人在乎他们。蔡毅江和小解以各自的方式报复着城市，走上了自我毁灭之途；王玉城出卖良知，成了业主在工人中的卧底，身份暴露后被愤怒的工人打伤；洁身自好、一心想守住身子的陶凤，面对的却是一个时刻觊觎其身体的环境，她最终发了疯；善良的小寇不得不继续出卖身体，不知何日是了日。因而，准确地说《泥鳅》叙述了一群进城乡下青年的遭际，塑造了一个处于新世纪之初的"失败青年"群像，其都市经历，也就是各自走向"失败"的经历。

自然，国瑞的经历最具戏剧性、传奇性。小寇在男友蔡毅江受伤后，为了维持生计不得不卖淫接客。国瑞因长相酷似周润发而被权势女人相中，最终也被诱导走上出卖身体一途，与小寇、小齐殊途同归。乡下女孩做"鸡"，男青年做"牛郎"，尤凤伟将乡下人进城后那无比残酷的生存真相呈现在读者面前，令人不寒而栗。严酷的生存环境将他们统统逼入绝境。吴姐专以给城里那些寂寞无聊的富婆以及有权力背景被丈夫冷落的中年女人拉皮条介绍牛郎牟利。国瑞很快就钻进了她编就的圈套，成为玉姐排解寂寞满足性欲、报复丈夫的工具。玉姐只是更神秘的权势人物"三阿哥"宫总名义上的妻子，她所做的一切，包括跟国瑞的关系，一开始便被宫总安插在她身边的耳目知晓。宫总将计就计，不动声色地将国瑞包装成一个新注册的皮包公司的法人，充当为其洗钱的工具，在报复

---

[1] 周怡：《关注城市化进程中农民问题的文学——尤凤伟长篇小说〈泥鳅〉引发的社会学思考》，《社会》2004年第8期。

国瑞的同时还让他为自己服务。如此一来，国瑞又不知不觉中钻入了另一个更大的圈套，最终将自己置于万劫不复的境地。乍一看，他跟雷大空（《浮躁》）的命运极为相似。因为淳朴、无知，乡下人进城后很容易成为待宰的羔羊。城市之于他们，除了榨干其血汗还是一个处处暗藏杀机的巨大陷阱，一不小心就堕入其中而不自知，甚至付出生命代价。

貌似人前风光的国瑞住进了玉姐那神秘的别墅，成为其满足肉欲的对象，两人充分享受着性的快乐。只是好景不长，宦总的到来让国瑞分明意识到自己跟玉姐的关系已然败露。他偷偷溜出来，在大街上赶紧给吴姐打电话，语无伦次地诉说着内心的无边惶恐。吴姐此时才告知真相，告诉他即便宦总知道又能怎样，整个不关他的事儿。国瑞听罢"哭咧咧地说，咋不关我的事，我是……第三者……"电话那头的吴姐立时乐了，说"别造句了兄弟，你第三者？你不够那个格。你是个帮工，帮工，懂吗？"[1]国瑞身上那还没有消失的作为乡下人的天真让他无法理解城市，也让自己成了一个笑柄。他难以适应都市的两性伦理，即在两性关系中还可以存在如同自己这样的"帮工"。跟玉姐在一起，虽然陷于不伦，但他还葆有乡下人的道德感，只是没想到其实这份道德感纯属多余。玉姐所租借的不过是他那如同周润发复制品般的外貌；而吴姐所在乎的也只是充当皮条客的佣金。伦理道德的樊篱，还有作为女性的羞耻感早已统统放在一边。但对于一个乡下男人而言，这却是来自城市的巨大羞辱。国瑞似乎本能地感受到了，只是无法认知到这一层。他

---

[1] 尤凤伟：《泥鳅》，春风文艺出版社2002年版，第244页。

在城市里的存在无异于一种作为羞辱自身的存在，但即便如此，他还是对这两个女人葆有深深的感激。

一个乡下青年进城后成了耻辱的象征而不自知，这或许是国瑞与金狗的最大不同。愚昧无知且不知自省，怀抱发财梦却又不知道如何努力，最终年轻的身体便是唯一的资本。国瑞的经历让读者对这条都市里的泥鳅不免情感复杂，而来自城市的羞辱却无处不在。宫总利用自身过硬的背景，顺利拿到省城机场跑道项目后，在别墅举办家宴庆祝权力与金钱的又一次成功交易。席间，山珍海味难以尽兴，就让厨子拿国瑞当作"吉祥鱼"养着的泥鳅，做了一道在高端食客间流传的名菜：雪中送炭。具体做法是，将豆腐、泥鳅放在锅里清炖，随着水温慢慢升高，泥鳅都本能地钻进豆腐，二者一同被煮熟这道菜便做好了。食客们所要品尝的是那融进了泥鳅鲜味的豆腐，泥鳅的肉身则被当作渣滓丢弃。这道极富"创意"的都市"名菜"显然是国瑞们都市生存境遇的隐喻。当城市榨尽了他们包括尊严在内的一切之后，便将其肉身当作渣滓抛弃。国瑞如同被从乡下带到城里的泥鳅，除了供人享用没有更好的命运——玉姐享用着他的肉体；宫总则享受着这个乡巴佬被自己玩弄于股掌之间，被羞辱直至被吃掉而不自知的快意。

泥鳅被一群城里人吃掉，预示国瑞的命运和故事走向。一旦洗钱成功，"三阿哥"便开始收紧已然将国瑞套牢的绳索。离开城市成了国瑞自我救赎的唯一途径，收到玉姐即刻逃离的指令，他清醒地意识到不能再回住处，一旦返回极可能被抓。然而，在那个惊慌之夜，这个在城市罗网中如同丧家之犬的乡下人，到底难以压抑内心的乡土牵绊，还有弥漫于心头的那股化不开的乡愁。香烛、冥币，为父亲扫墓的一切都准备好了，可能就此丧命的风险到底不敌不能给父亲扫墓的巨大遗憾，如果泡了汤"对不住地下的父母"[1]。国瑞到底还是因回住处取冥币，而被早就埋伏在那里的警察捕获。

一边是来自城市的拒斥，一边是来自乡村的拖拽。很大程度上，这成了国瑞还有千千万万进城乡下人永难脱离的困境，国瑞最终就死于这一困境。省里高层权力黑暗运作的结果是，这个善良、无知的乡下人必须死，以保全那些既得利益者。而对于权贵们来说，要做到这一点易如反掌。尽管良知未泯的玉姐，还有爱恋国瑞的正直记者常容容，都对他展开了全力营救，但种种努力都半途而废——她们都被一种神秘力量叫停。行刑前一刻，国瑞跪在地上看了看左右即将一同被枪决的犯人们，发现自己的位置稍稍靠后便膝行向前，将身子跟他们对齐。枪声响起，年轻的生命就此终结。而这个乡下青年被行刑前的动作，让人很容易想起鲁迅笔下的阿Q，即便死到临头，善良依旧、愚昧依旧。对于国瑞来说，进城是一条不归路，乡村在离开的那一刻便再无返回的可能。在众多进城者中，国瑞到底是一条善良的"泥鳅"，对城市几乎全然无害却被无情地吃掉。跟他不同的是，蔡毅江在被城市"阉割"的同时，其人性之恶被最大限度地激发出来，伺机强暴了当初那个冷漠的医生黄群，并组织了黑社会性质的团伙在菜市场欺行霸市，成了声名如雷贯耳的"蔡公公"，以恶制恶完成了一个乡下人的彻底城市化。小

---

[1] 尤凤伟：《泥鳅》，春风文艺出版社2002年版，第350页。

寇还有养着泥鳅的小齐依然靠卖淫过活,她们共同的理想亦即一个"泥鳅"的梦,便是做几年妓女,攒下点钱开个快餐店,过一份平淡的日子,只是这梦不知道何时才能实现。

我想说的是,从《浮躁》到《泥鳅》前后二十年,分明透露出中国社会情状的变化。这一变化也影响到作者的叙事立场和情感态度,两部长篇都具有鲜明的写实风格,而一如构成《浮躁》的核心事件是以当年发生在西安,并在国内引起很大反响的几个经济案件为蓝本[1];《泥鳅》的创作动机同样源于尤凤伟对进城农民工生存处境的深深忧虑,每回看到"媒体上报道'犯事'的农民子弟被处决,便心绪难平,是一种巨大的看不见的力量把他们推上了刑场"[2]。小说里,作者虚构了国瑞作为犯罪嫌疑人的审讯记录,还有警察的调查卷宗。这些"仿真"的"非虚构"文本与主人公的都市经历形成了意味深长的对话,着意凸显小说的实录品格,还有作家对现实的充分介入姿态。跨入新世纪,社会改革逐渐进入深水区,公众对改革不再抱持廉价的乐观,更多意识到社会问题的解决,公民素质的提高,显然不可能靠一两个英雄人物振臂一呼就能做到;而对解决社会问题的阻力,以及改革推进难度的认知也更趋理性。具体表现在文学创作上,"一批 90 年代有过重要影响的作家们个人写作风格有了明显转变,在他们笔下,社会底层的人们都被卷到市场经济的大潮中浮沉起伏,新的时代风俗画卷出现了"[3]。城市化进程中的"失败青年",或许便是"新的时代风俗画

---

1 李星:《混沌世界中的信念和艺术秩序——〈浮躁〉论片》,《小说评论》1987 年第 6 期。
2 陈思和、王晓明:《〈泥鳅〉:当代人道精神的体现》,《当代作家评论》2002 年第 5 期。
3 陈思和、王晓明:《〈泥鳅〉:当代人道精神的体现》,《当代作家评论》2002 年第 5 期。

卷"的具体表现之一。较之《浮躁》,《泥鳅》的现实观照已然褪尽理想与浪漫色彩;作家笔底已无英雄,只有一个个被卷入市场经济大潮的小人物。他们如同泥鳅在都市的阴暗角落里隐忍求生,只为满足最低级的诉求。这样一个无力发声的沉默之群,自然更需要得到来自社会的关注。尤凤伟自觉做了他们的代言人,坦言自己的写作早已越过追名逐利的阶段,其理想只是要"对得起中国作家这个称谓",不离大谱地写出"中国地面上发生的真实的社会人生"[1]。

为此,尤凤伟几乎把自己也写进了小说。《泥鳅》中的作家艾阳是国瑞的老乡,因为搬家他与国瑞这前后两代进城乡下人便有了交集。只不过,艾阳早已全然城市化,在省会有自己的家庭、事业和名望。他热情旁观这些小同乡的命运,感受着他们的难处却无力帮助。知名作家艾阳流露出的无力感,让人感受到来自社会的荒冷甚至绝望,也充分折射出作家的社会地位在当代中国的沦落。尤凤伟自述:"开初,作家们怀着崇高的使命感、责任感,介入生活,发声。但经过一个漫长的历程,开始意识到这仅是作家的一厢情愿,生活并没因那么多'深刻'小说的'干预'而改变步履,这很叫作家们困惑、无奈与自卑。"[2] 艾阳有正义感和强烈的忧患意识,对前来拜访的国瑞表达了对作家这种职业特性的认知:"不怕脑袋升到天上,就怕脚跟离开了地面。"[3] 然而,新世纪乡村叙事的悖谬之处,恰在于那些已然成名的作家基本上都生活在城里,早已去掉了农民身份。此前有限的乡村经验让他们无法写出今日的乡村现

---

[1] 舒晋瑜、尤凤伟:《我希望做一个清醒真实的作家》,《中华读书报》2014年9月17日。
[2] 舒晋瑜、尤凤伟:《我希望做一个清醒真实的作家》,《中华读书报》2014年9月17日。
[3] 尤凤伟:《泥鳅》,春风文艺出版社2002年版,第83页。

实。看了艾阳的小说《凶手》，国瑞心里想说现今的农村远不是小说所写的那样，只是面对已经是城里人的艾阳，他有巨大的自卑，没有勇气直接说出罢了。艾阳也在国瑞面前表达了对当下文坛乃至社会现状的不满，如官场的腐败、知识精英的堕落、价值取向的畸形等，同样有深深的挫败感。此外，尤凤伟还借人物之口对作家这种职业进行了调侃与自嘲。小寇下定决心以身体向权势人物行贿，以拯救身陷囹圄的国瑞，当她对自己那不可预知的命运心生巨大惶恐之时，这个卑微的妓女想到的却是"不能辜负了有难的国哥。他逼着自己留下，哪怕真被崩了，也是个壮烈牺牲"[1]。情节至此，叙述人不禁自嘲道："说来可叹，在这个连作家谈起责任便害羞的年代，一个穷途末路的妓女还一念尚存，真叫无可言说。"[2]

总之，艾阳对国瑞的观照，是一个成功融入都市的进城乡下人，对一群正在城市苦苦挣扎的乡下人的观照。他所表现出的无力感、挫败感，充分彰显知识精英的当下处境。等他从外地返回城里，了解到国瑞的危难处境，即便痛感无望但还是做了一番努力，明知道改变不了什么只是心有不甘。他放下知名作家的架子，无可奈何地求助于一个混迹于文坛见风使舵的官员，得到的自然是一番近乎羞辱的敷衍。小说最后，艾阳跟妓女小齐在小饭馆里见了一面，国瑞是他们无法回避的话题。尤凤伟借小齐这又一个"失败青年"之口说道："人都知道好歹，都不想堕落，可我们这些人，谁能给一条平坦的路走呢？"[3]这句话无论何时读来都令人心酸，明显

---

[1] 尤凤伟：《泥鳅》，春风文艺出版社2002年版，第120页。
[2] 尤凤伟：《泥鳅》，春风文艺出版社2002年版，第120页。
[3] 尤凤伟：《泥鳅》，春风文艺出版社2002年版，第383页。

是作者在替这群进城乡下人对社会公众的无奈发问,就如同批评家面对涂自强的悲剧不禁对社会沉痛发问一样:到底是什么原因,把这些进城乡下人逼入了人生的窄门,而使一个个"失败青年"走向末路甚至毁灭?这自然令人深长思之。

妓女与警察

在《高兴》(贾平凹)里,"高跟鞋"是继"肾"之后又一核心意象。

进入城市之前,刘哈娃的卖肾所得,除盖了一栋房子还买了一双尖头高跟皮鞋外,能穿上它的自然是一个城里女人。进城后刘高兴在寻找那移植了自己的一颗肾的城里人的同时,亦在期待高跟鞋主人的出现,在所寄身的"剩楼"里,他将高跟鞋如同圣物一般供起来,朝夕相对。作为意象,高跟鞋无疑充满了性意味和性暗示,喻指刘高兴在城市里对欲望对象的找寻,他坚信"能穿高跟尖头皮鞋的当然是西安的女人"[1]。这个进城乡下人的野心暗示他对城市更为深切的认同:不仅要在都市生活,还要在这里寻到情感归宿,因而,在西安城里收破烂的经历亦是其"寻爱之旅"。而随着刘高兴的视角,读者也看到了一个触目惊心的都市底层。小说的篇幅过半,那双高跟鞋的主人终于出现:孟夷纯——又一个进城"失败青年"。在现当代作家笔下,都市往往是欲望的渊薮,乡下女子的命运一如老舍《月牙儿》里的母女,亦如《泥鳅》里的小寇、小齐,一番折腾之后一无所有,而唯一拥有的便是身体。她们靠出卖身体

---

[1] 贾平凹:《高兴》,译林出版社2012年版,第4页。

养活自己的同时，也共同做着一个从良的梦。即便孟夷纯坦然亮出自己的妓女身份，刘高兴还是不管不顾地爱上了对方。《高兴》的后半便着力描写这对进城乡下男女的爱情。

在"肾"这一意象的统摄下，刘高兴、黄八、杏胡、五富等"剩楼"男女的日常生活，活灵活现地呈现在读者面前。在描写这一群体的情态时，作家分明表现出一种喜剧精神，戏剧性冲突的形成，大多源于刘高兴的识见，还有观念远远高于他周围的"破烂"群体。具体表现为，他常常以城里人的观念、眼光，对五富等人的乡下人做派、行为方式，以及思想观念、认知水平发出善意的嘲讽。可以分明看出作者先入为主地给了笔底主人公一双城里人的眼睛。那些鲜活的小人物之间的矛盾，很大程度上冲淡了都市底层生活的严酷。"剩楼"里的这群人充分享受着一份自在，俨然一个无忧无虑、自由快乐的民间世界。黄八、杏胡夫妇每晚都在肆意享受他们的性快乐——都市民间既藏污纳垢亦野性十足。然而，由孟夷纯所带出的故事，则全然改变了这一叙事风格，即便作者如何淡化事件本身的严酷性，尽管那种戏谑化的轻松讲述一仍其旧，却还是显露出乡村和都市民间的别样生态。综合刘高兴、孟夷纯两人的经历，在某种意义上《高兴》提供了一个"当'乡土'进入'底层'"[1]的范本。正如前文所论述的那样，乡下人进城后的境遇，与几十年前老舍在《骆驼祥子》里所描述的"咱们卖汗，咱们的女人卖肉"[2]如出一辙。从《骆驼祥子》到《泥鳅》再到《高兴》，故事

---
[1] 邵燕君：《当"乡土"进入"底层"——由贾平凹〈高兴〉谈"底层"与"乡土"写作的当下困境》，《上海文学》2008年第2期。
[2] 老舍：《骆驼祥子》，《老舍全集》（第3卷），人民文学出版社1999年版，第207页。

的相似性意味着进城乡下人的处境,几十年来并没有多大变化,亦即城市并没给他们提供更理想的发展空间。

呈现在读者面前的孟夷纯,是一个全然都市化的女人,衣着光鲜,举手投足已难看出乡村印记,这显然跟她从事的职业有关。然而,城市只是给她提供了一个出卖肉体的场所,卑贱的职业让她无法寻找到价值认同,她跟刘高兴一样,骨子里永远是个"乡下人"。刘高兴寻到孟夷纯并疯狂爱上了对方——那双供奉多时的高跟鞋终于有了主人。但作者或许没有意识到,这恰恰是刘高兴都市梦的破灭——他意欲寻找的是一个地道的都市女性,结果还是找到一个只是没有大脚骨的乡下女人。孟夷纯之所以能穿高跟鞋,只是因为她从事着一份比农业生产更没有尊严的职业而已。

论到这里,问题自然凸显:一个美好的乡下姑娘何以要靠出卖身体过活?她到底经历了什么?事实上,由"失败青年"孟夷纯牵扯出的是都市和乡村两种不同的底层生存图景。

在与刘高兴的交往中,孟夷纯那为缉凶而卖身的故事随之浮出地表。她的哥哥被自己的前男友杀害,凶手逍遥法外,案子迁延多年毫无进展,就因警方缺少办案经费而明知道真凶的位置所在,却故意不作为。孟夷纯幼年丧母,哥哥遇害半年后父亲也死了,为了早日缉拿真凶归案好让亲人瞑目,她只好进城接客,将卖身所得积攒起来,隔段时间送给警方作为侦办此案的经费。同样作为"失败青年",孟夷纯不同于陈金芳,更不同于涂自强,在当今"盛世"背景的映衬下,其经历近乎黑色幽默。如果警方真的用她那卖身所得去侦办案件也就罢了,实际情形却远非如此,孟夷纯将一笔笔卖身所得汇至老家的公安局，办案警察却以追凶为名游山玩水，挥霍完了再等她寄来下一笔。一个乡下女子就这样孤零零全然无望地挣扎于都市底层。以她的见识，自然无法知悉基层公权力运作的秘密，还有那即便如何脑洞大开也无法想象的警方办案真相。她靠卖身来争取机会以求公权力为亲人伸张正义，行使公权力的人不仅没有一丝感动，反而对来自底层的这份良善，进行无情亵渎与戏耍。跟五富、黄八们的故事相比，孟夷纯的经历无论如何都没法生出喜感；相反让读者看到了一个太过荒谬、黑暗的底层社会，更看到了城市化进程中的"失败青年"如何锻炼而成。

谈到《高兴》的整体风格，还有达成所想要的风格的方法，贾平凹似乎有一份明确的自觉："我尽一切能力去抑制那种似乎读起来痛快的极其夸张变形的虚空高蹈的叙述，使故事更生活化，细节化，变得柔软和温暖。"[1] 只是意图与实际效果之间还是有明显的距离。这显然非关其他，就因为无论怎样努力也无法让孟夷纯的故事本身"柔软和温暖"起来，无法改变社会对一个弱女子那超乎想象的残忍。一方面贾平凹想极力呈现自己的都市发现，另一方面尽量冲淡因真相的严酷而带来的不适。然而，这份不适感实在无法用插科打诨来化解，正常人目击如此真相，愤怒才是主体的本能反应。政府为公民伸张正义缺钱，但在市政面子工程上却没有任何监管地肆意挥霍。面对市政工程的亮丽、豪华，无知无识的黄八想起贫穷破败的乡下，愤愤不平道："我就想不通，修一个公园就花十亿，体育馆开一个演唱会就几百万，办一个这样展

---

[1] 贾平凹：《后记一——我和高兴》，《高兴》，译林出版社2012年版，第305页。

览那样展览就上千万,为什么有钱了就只在城里烧,农村穷成那样就没钱,咱就没钱?!"[1]刘高兴认为黄八的牢骚是"胡骂",并嘲笑他说话"没水平"。然而,面对不平,刘高兴所表现出的平和,与其说其见识高于黄八等人一等,不如说是贾平凹刻意迁就自己那所设定的关于"温暖"的叙事理念,而替人物消解了不平与愤怒。

正因为基于以温暖化解苦难的叙事动机,才有刘高兴在黄八面前所表现出的智力优越。黄八的"胡骂"所传达的质疑,在刘高兴对城市的认同里不觉被消解。对于孟夷纯,刘高兴也只是出于爱而无私地施以援手,似乎并不太关注孟夷纯的苦难根源到底为何。因为在西安城他终于寻到了爱情,有了性生活,对城市他应该感激才是。不仅如此,对刘高兴来说孟夷纯还是一种救赎,其卖身亦被赋予一种高尚的指涉。小说开篇,贾平凹便设计了"锁骨菩萨"的伏笔,情节至此他似在暗示孟夷纯便是锁骨菩萨的现实版:"锁骨菩萨是观音的化身,为慈悲普度众生,专门从事佛妓的凡世之职。"[2]当刘高兴和孟夷纯在"剩楼"里有了第一次身体接触,饥渴无比的男人却始终无法进入对方的身体。或许,作者更是强调孟夷纯对于刘高兴的救赎出于精神而非肉体。然而,亦有论者对此生出别样解读:"刘高兴与孟夷纯的关系也极具隐喻性。孟夷纯的爱使得刘高兴的城市认同大为扩张,但是在做爱过程中的性无能却喻示着他无

---

[1] 贾平凹:《高兴》,译林出版社2012年版,第178页。
[2] 贾平凹:《高兴》,译林出版社2012年版,第66页。

法进入这个城市,无法扎根城市。"[1]这自然是中肯之论。前文论及"肾"与"肝"的错位,至此高跟鞋的性暗示,却最终证明刘高兴面对欲望都市的性无能,即便孟夷纯那城里女人的身份也只是一个假象。所有这些不过证明乡下人进城之后,始终无法改变的"他者"身份,还有永远"生活在别处"的状态,更加彰显刘高兴那城市认同的一厢情愿。

孟夷纯到底改变了刘高兴的都市生活。一个走街串巷捡破烂的乡下人,生活从此有了新目标、新驱动,在都市有了情感归属、精神寄托。为了缓解孟夷纯的经济压力,刘高兴从自己每天少得可怜的收入里拿出一部分暗暗替她攒着,到了一定数目便交给对方。两个善良的人都无从意识到,凶案是否能破并不是钱的问题,而在于警方是否作为。在正常社会里,让受害人家属筹钱破案,本就是匪夷所思、令政府蒙羞的事情。刘高兴和孟夷纯这对靠卖力气与出卖身体而挣扎于都市底层的进城乡下人,所要面对的却是由体制之恶而形成的巨大黑洞。这故事委实无法"柔软和温暖",作家能做到的就只是尽力以刘高兴的纯情化解孟夷纯的苦难。只是孟夷纯经历里自带的残酷如同坚冰,而化解的能量又在哪里?这可能是贾平凹未曾意识到的问题,但随着故事的深入,却越发凸显。

在现行制度下,刘高兴在城里卖力气、收破烂具有合法性,而孟夷纯靠出卖身体获得收入却不见容于法律。除了卑贱,这种职业还不能见光,而且,妓女也是警方最热衷抓捕的对象。孟夷纯跟警

---

[1] 吴义勤、张丽军:《"他者"的浮沉:评贾平凹长篇小说新作〈高兴〉》,《西安建筑科技大学学报》(社会科学版)2008年第3期。

方，亦即妓女与警察的纠结在于：前者将卖身所得交给后者作为办案经费，后者又以抓捕前者来彰显法律的尊严。政府缺钱办案，杀人凶手明目张胆地逍遥在外数年无人想到法律的尊严，而抓到一个柔弱的妓女时，法律的尊严便有了。身处底层的进城乡下人与公权力就处于如此怪异的纠结中。正因为孟夷纯的职业，还有不能停止接客的紧迫性，让刘高兴那获得爱情的喜悦并没有维持多久。他那每天爱不够的女友，在警方的一次"扫黄行动"中被抓走了，事实上这一天孟夷纯迟早都得面对。这一对生活在黑暗中的卑微的"泥鳅"至此连相互取暖亦不能够。刘高兴被警方告知只要交上五千元罚款，孟夷纯便可重获自由。爱情的力量让他义无反顾地展开了拯救行动，然而短期内筹款五千元，对一个拾破烂的来说实在是太过艰难。刘高兴不得不将那闲适自在、感觉良好的捡破烂的营生先放下，他急于得到一份来钱快的工作。在重新找工作的过程中，他跟五富陷入一个城里老板设就的陷阱里，透支了体力，却一无所获。一个底层小人物的所有努力最终均宣告失败，而刘高兴在面临拯救孟夷纯无望之时，五富却死于挖沟现场，于是最要紧的不再是拯救女友，而是如何按照清风镇老家的风俗将同伴遗体运回去，给对方妻儿一个交代，这同样是不可能完成的任务。小说临近尾声，我们看到此前那个在城市几乎无所不能的刘高兴，面对城市的狰狞挤压却处处力不从心、无能为力。一个乡下人的渺小、无助显露无遗。小说前半部分所洋溢的喜剧色彩至此被消解殆尽，更让人看到他那一厢情愿的城市认同如同虚妄。跟刘高兴不同，五富始终无法在城里找到归属感，始终对城市充满仇恨，即便受了刘高兴的开

169

导、规训也没有太大改变。当然，城市也到底将其吃掉。小说虽然没有交代孟夷纯的结局，但其悲剧性命运却不难想见。《泥鳅》里的陶凤、小寇、小齐等，无不在困顿、绝望里挣扎。这些年轻女性看不到哪怕一丁点的人生亮光与喜悦，似乎生来就是被侮辱和被损害的一群，身体是她们"讨厌的同伴"与苦难的根源。

《高兴》结尾，贾平凹还是人为地制造了一份温暖，以化解这乡下人进城故事的严酷，只是字里行间弥漫着一种淡淡的感伤。可以看出，无论五富之死还是孟夷纯被抓，都无法让刘高兴对所处的城市生出一丝一毫的审视与批判。这自然根源于贾平凹本人对城市和乡村的价值判断和情感取向。一如《泥鳅》里的作家艾阳，作为曾经的进城乡下人，贾平凹的身份已然改变，早已不是刘高兴们的同类，所关注的捡破烂群体的生活，毕竟不是他自己的生活；亦如方方所关注的涂自强的生活，也毕竟不是其子女的生活。回到《高兴》，就是刘高兴即便经历了如何巨大的屈辱、歧视，也不能改变他那骨子里对城市的认同。这无疑让读者有些费解，原因就在于，这一切并非出于故事或人物性格发展的逻辑，而是作者那早已前定的刻意"柔软化""温暖化"的叙事主张与叙事伦理使然。

那么，由此引出的另一问题是——

如何观照底层

《泥鳅》问世不久，复旦大学陈思和教授召集沪上批评家举行过一次研讨，主题为"文学如何面对当下底层现实生活"[1]。会上，葛红兵对《泥鳅》的最大不满，就在于认为小说没有真正写出农民进城后的命运，而"那种隐忍的、屈服的、暗伤的农民工的命运""可能更真实一些"[2]。当代作家与底层（包括乡村底层和都市底层）的隔膜，在葛红兵看来源于他们"并不了解真正的中国农民，更不了解现实生活中的活生生的农民。中国作家在生活上和乡村中国割裂，在精神上同样难以达到对中国乡土社会的理解"[3]。我认为这一质疑自然有其合理性。当代作家与底层的隔膜，显然是现实社会不可遏制的层级化，并且层级日趋固化的结果。当他们打量另一阶层的生活时，不觉会带上本阶层的趣味。在这一点上，即便大受好评的《涂自强的个人悲伤》亦存在同样问题。小说虽然传达出作家方方那自20世纪80年代以来一以贯之的着力写实的立场，只是涂自强们的生活对她而言，到底存有巨大的隔膜；而过于峻切的社会批评冲动，让作家不觉将太多的戏剧性集中在主人公身上，让涂自强的故事在一定程度上丧失了可信性而更像一则寓言。正因如此，《涂自强的个人悲伤》在凸显方方的良知与勇气，感动了众多读者的同时，也遭到诸多诟病。

在贾平凹卷帙浩繁的作品里，老家商州的农民无论在乡下种地的还是进城打工的，都是他最主要的表现对象。即便在城市定居多

---

[1] 陈思和等：《文学如何面对当下底层现实生活——关于长篇小说〈泥鳅〉的讨论》，《杭州师范学院学报》（社会科学版）2003年第1期。
[2] 葛红兵：《让农民发声，还是让农民沉默？——我对尤凤伟〈泥鳅〉的批评》，《当代作家评论》2002年第5期。
[3] 葛红兵：《让农民发声，还是让农民沉默？——我对尤凤伟〈泥鳅〉的批评》，《当代作家评论》2002年第5期。

年,他本人还是乐于以农民自居,似乎对与农民或曰底层的"隔",始终葆有一份清醒的认知甚至警惕。当代作家中,在与表现对象的关系上,他可能是最能体现与农民的无间性的一个,早年关于商州的诸多叙事作品,多半源自其下乡调查和真切的乡下生活体验。而为了表现乡下人进城后的境遇,《高兴》动笔前贾平凹同样有一番深入的探察,力图做到跟他们的生活"不隔"。前文提及,《高兴》主人公刘高兴的原型确实是一位到西安捡破烂的乡亲,贾平凹在该书"后记"交代,他不惜花费时间和精力,深入西安城中村捡破烂群体中,切实了解他们的生活,为的就是力图真实地呈现都市底层生存图景。之所以如此,除了表现效果上的需要外,还与其写作理念有关。几十年来,对宏大叙事的刻意追求,让当代文学创作普遍走向空洞,作家大多丧失了写作的诚意还有写实能力。贾平凹坦言:"在这个年代的写作普遍缺乏大精神和大技巧,文学作品不可能经典,那么,就不妨把自己的作品写成一份份社会记录而留给历史。我要写刘高兴和刘高兴一样的乡下进城群体,他们是如何走进城市的,他们如何在城市里安身生活,他们又是如何感受城市认知城市,他们有他们的命运,这个时代又赋予他们如何的命运感,能写出来让更多的人了解,我觉得我就满足了。"[1] 值得一提的是,梁鸿的《出梁庄记》是关于乡下人进城的"非虚构"作品,而谈到写作缘起,她与贾平凹几无二致。

《出梁庄记》所访谈的梁庄老乡部分就集中蜗居在西安城中村德仁寨,多半以蹬三轮、收破烂为业。亦即小说《高兴》与"非虚

---

[1] 贾平凹:《后记一——我和高兴》,《高兴》,译林出版社2012年版,第296页。

构"作品《出梁庄记》所表现的是同一个环境下的同一群体，然而两部作品给人的阅读体验却全然不同。同样是都市底层图景，《高兴》写得温和、有趣，《出梁庄记》给人的却是冲击与震撼。这当然不能仅仅归结为两作采用了不同的表现方式，或者文字风格上的差异。事实上，"非虚构"在我看来只是一种标榜和求真的理想而已，本质上任何叙述都是虚构。那么，两部作品巨大的差异实则关乎写作者的个人动机。即如何观照底层？如何让底层发声？还有，正如有论者所追问的那样："谁是'底层'？谁在写'底层'？'底层人'能说话吗？谁有资格为'底层'说话？如何为'底层人'说话？"[1]是否明确这些，关乎底层观照的面貌与品格。

蜗居城中村，蹬三轮、收破烂的群体自然无力发声亦无能发声。刘高兴走街串巷的时候，两边的居民听到他敲击塑料桶的声音循声对他直呼："破烂"。"破烂"成了这一群体共有的名字。新的命名实际让他们处于"无名"状态。一开始，面对有报纸要卖的老太太直呼自己为"破烂"，刘高兴还有短暂的不悦。既然，卖"破烂"的跟收"破烂"的都分属两个阶层，就更不用说书写收"破烂"的与收"破烂"的阶层之隔了，两者之间无疑难有共同的经验可言。书写者往往是底层的"他者"，他们采取何种立场、何种言说方式，是底层叙事首先需要明确的事情。至于如何做，每个作家或许互有差异。

《出梁庄记》的做法是倾听。即让那些蹬三轮、收破烂的中年

---

[1] 邵燕君：《当"乡土"进入"底层"——由贾平凹〈高兴〉谈"底层"与"乡土"写作的困境》，《上海文学》2008年第2期。

人，那些不得不跟父母来进入城市的"失败青年"，讲出自己的故事。而倾听者"我"只是一个最大限度的记录者。当然，也有作为"他者"的情绪反应与思索，放在这些记录文字之外。底层当事人的讲述，类似一种关于城市的社会学调查。《出梁庄记》里那些蹬三轮和收破烂的群体，讲述得最多的是他们跟城里人包括普通居民和城管们之间的冲突。那些动辄因"一块钱"而引发的冲突，让进城乡下人和城里人这两个族群之间所存在的尖锐矛盾得到最为醒豁的彰显。特别是那些跟着父母寄居都市而又看不到前途和出路在哪里的年轻人，他们作为"失败青年"的后备而准备着，他们因羞耻而对城市充满抗拒与仇恨。《出梁庄记》的震撼力，源于作者对问题的直面，而非刻意绕避或主观赋予温情。当底层的沉默之群无力发声，梁鸿所做的便是听他们"说"，以达成公众对他们的了解。

与梁鸿相反，贾平凹则更多表现为跨越身份界限为他们"代言"。《高兴》问世之后，在一片赞美声中，批评家邵燕君认为"作为一部靠'体验生活'获取素材的作品，《高兴》在细节上虽然丰富却不够饱满，对人物性格的刻画，虽然生动却不够深透。给人的感觉是，贾平凹'下生活'的程度还不够深，对他笔下的人物感情也不够'亲'。因此，小说的人物无论遭遇大悲苦还是小辛酸，都不能勾起读者强烈的情感共鸣。这对于写'底层'的现实主义作品是一个尤为重要的缺憾"[1]。关于问题的真正症结，邵燕君更一针

---

[1] 邵燕君：《当"乡土"进入"底层"——由贾平凹〈高兴〉谈"底层"与"乡土"写作的困境》，《上海文学》2008年第2期。

见血地指出:"'底层'的问题涉及到社会政治、经济等大问题,从'乡土'进入'底层',对作家思想能力的要求大幅度提升。对于贾平凹这类作家来说,思想的贫困是比'下生活'的困难更大的写作障碍。"[1]因而,如何观照底层之于贾平凹,不仅仅是"下生活""下"的程度问题,而是一个作家对底层抱持什么样的认知立场和价值取向的问题。

我想说的是,在贾平凹新世纪以来的创作中,邵燕君所说的"思想贫困"具体表现在他到底要说什么上。《高兴》采用的是第一人称叙事,叙述角度的设置动机,似乎也在力图让底层说话。只是经过作家主观投射之后的刘高兴,早已成了那个捡破烂群体的"他者",并非一个可靠的叙述者。而贾平凹本人又刻意将那乡下人与城市和解的理念,贯彻到刘高兴的言行里。事实上,一个进城乡下人的都市遭遇最常见的莫过于城乡对立。这才是刘高兴们所要面对的最日常的生活。人物真实的城市遭际是被歧视;而作家的主观意图却要表现他与城市的和解。如此一来,刘高兴就势必成为一个人格严重分裂的形象:城市给予的侮辱与损害无处不在,而他还要表现对城市的热爱。贾平凹的写作动机是想让自己的文字,成为当下社会的记录,只是这过于牵强的理念让《高兴》的写作出现了严重的意图悖谬。小说作为社会记录的真实性,自然让人怀疑。

很显然,受作者先在理念的宰制,《高兴》主人公刻意想说的

---

[1] 邵燕君:《当"乡土"进入"底层"——由贾平凹〈高兴〉谈"底层"与"乡土"写作的困境》,《上海文学》2008年第2期。

便是作者想传达的,而非来自人物的性格逻辑或故事的发展逻辑。刘高兴身上明显带有贾平凹本人的影子。他穿西装、皮鞋收破烂,稍有闲暇便吹箫自娱;他规训同伴,教训势利的城管,一切游刃有余,自由自在,苦难在虚妄中变得温暖。这就消解了作家观照底层时应有的批判力度,也无法引起读者的共鸣。如果有真正深入的接触,贾平凹自然知道进城乡下人的生活状态。这不只是他与底层隔与不隔的问题,而是其书写动机规定了人物形象和性格的走向。不管作者自己说得多么冠冕堂皇,《高兴》明显有"和稀泥"之嫌,对苦难并非直面而是努力化解、抹平,再添加一些插科打诨的温情。这样的作品又如何具有记录社会的档案价值?之所以出现如此情形,邵燕君将其归于作者"思想的贫乏"大致不错。只是,在《高兴》里似乎也不能一概而论。在我看来,小说通过孟夷纯的故事所揭示的体制之恶,其批判力度却也空前。另外,当下文学创作的诸多问题很多时候亦不全然在于作家,更在于他们所面临的言说环境,读者可以明显感受到作家处处受到言说限度的掣肘。至于《高兴》里那些近乎恶俗的文人趣味,却是贾平凹小说创作始终不曾缺少的元素,神秘、污秽、性事等一个都不能少。底层人物的苦难常常因之得以冲淡甚至化解。读者对此或会心一笑,甚至哈哈一乐;但也有对此感到不适,不以为然。

  为了表现贾平凹所谓的那种"生活流",《高兴》前半部分的叙事依赖大量细节、对话和琐屑的情节得以缓缓推进,冗长、沉闷,不时利用一些流行的"段子"作调剂。后半部分叙述刘高兴和孟夷纯的爱情传奇,却又过于戏剧性,编造痕迹明显,难以让人相信。这种叙事的分裂,或许源于作者想让文字成为"社会记录",然而一旦接触社会现实,其严酷程度又让他警惕表达的限度,潜在的掣肘让《高兴》的叙事呈现显在的矛盾与纠结。当感觉"实录"快要踩上红线之时,作者便立即放弃实录的姿态,开始编织一个假得令人没法相信的故事。我想说的是,为了让作品具有"档案价值",《出梁庄记》式倾听加上那种社会学调查式的实录,或许是一种比较极端的方式,但是,将粗粝甚至荒诞的现实还原成它自身,才是真正的实录品格。这应该是《出梁庄记》会得到那么广泛的认可和如此高的评价的内在原因。

想"实录社会"而不得,类似《高兴》的遗憾并非个案。我以为,要走出底层观照的困境,除了作家的思想亟待丰盈外,更赖于批判意识的回归。而批判意识回归的前提,是让作家回到知识分子的身份本位。或许,这也是《涂自强的个人悲伤》即便叙事粗糙,但方方还是赢得了广泛尊重的原因之所在。正如邵燕君所强调的那样:"贾平凹等人的创作向我们再次证明,作家是专业人士的同时,还必须得是知识分子,至少写'底层'的作家得是,写现实的作家得是,任何想对社会历史现实发起'正面强攻'的作家得是。"[1] 梁鸿的"梁庄系列"正是向现实发起强攻的作品,其写作行为很好地证明了这一点。

---

[1] 邵燕君:《当"乡土"进入"底层"——由贾平凹〈高兴〉谈"底层"与"乡土"写作的困境》,《上海文学》2008年第2期。

第三章

乡村荒野:从另类到常态

作为一个有待言说的客体,百年来中国乡村在现当代作家笔下,大致形成了四种不同的想象与言说方式,即乡土、农村、家园、荒野。与之相应,亦呈现出四种不尽相同的文学景观:"乡土"表现为诗意观照下的自然村社;"农村"是处于变动与重组中的乡村世界;"家园"是诗意言说中的灵魂栖居之所;而"荒野"则是诗意剥离之后的图景裸裎。这四种文学景观各有特点,彼此差异而又相互牵连。[1]

概而言之,作为"问题小说"的延续,乡土小说以写实的方式呈现当时代乡村的诸种问题而兴起于 20 世纪 20 年代。及至 30 年

---

[1] 叶君:《乡土·农村·家园·荒野——论中国当代作家的乡村想象》,中国社会科学出版社 2007 年版,第 31 页。

代沈从文《边城》诸作,则给这一乡村想象增添了浪漫之风,而其再次风靡却是半个多世纪之后的80年代文坛。农村题材在40—70年代文坛一直占据着毋庸置疑的主导地位,产生了大量经典文本,社会主义现实主义的创作方法在一定程度上也因之而被神圣化。到了90年代,家园几乎是张炜、张承志等作家关于乡村想象的一种基本方式。相对而言,乡村荒野想象所呈现的,则是另一向度的诗意,一开始因少见而显得另类。在我看来,《生死场》(萧红,1935)是中国作家关于乡村首度自觉而完整的荒野想象,正因如此,其特质远非抗战小说所能概括,其意义与价值亦远非"左翼文学"所能范围。在萧红的想象里,20世纪30年代的东北乡村全然是一片蒙昧的荒野,不过是——"生死场"。这一主旨在字里行间时有彰显,例如在叙述了一群猫冬村妇间的闲聊之后,叙述人便发生沉重的感慨:"在乡村永久不晓得、永久体验不到灵魂,只有物质来充实她们。"[1] 而夏天到来,在写了农妇们还有猪狗们的生产之后,叙述人那更为沉重的感叹便回荡在文字里:"在乡村,人和动物一起忙着生,忙着死。"[2]

作为乡村荒野想象的滥觞,《生死场》无疑是天才的创造,它从形而下和形而上两个层面揭示了乡村荒野景观的生成。只是,在其后漫长的文学世代里,这一想象方式始终显得如此另类,以至于鲜有承继者。及至20世纪80年代中期,随着文学一元化格局的进一步被打破和多元化格局的逐渐形成,在《狗日的粮食》《伏羲伏

---

[1] 萧红:《生死场》,荣光书局1935年版,第64页。
[2] 萧红:《生死场》,荣光书局1935年版,第102页。

羲》(刘恒)、《棺材铺》《黑风景》(杨争光)、《厚土》《无风之树》(李锐)等小说里,这一想象方式得以赓续,并成了中国当代文学的一道独特景观。从萧红到刘恒、杨争光、李锐等,我们可以分明看到不同时代的作家,基于自身的价值立场和美学趣味,对中国乡村进行的别样观照。

然而,乡村荒野想象的深刻变化,则出现在世纪之交至当下这段时间。20世纪90年代以来,随着中国城市化进程加剧,大量农村人口进入城市不可逆转地导致乡村急剧空心化,大量留守儿童、留守老人的出现,成了中国政府当下亟待解决的重大社会问题之一。只是,意识到乡村问题的严重,并不意味着它是社会关注的重心。相反,因"80后""90后"年轻人乡村经验的普遍缺失,以及人们关注兴趣的转移,乡村叙事在当下文学创作格局中早已被边缘化。毋庸置疑,对于贾平凹、阎连科、李佩甫等"50后",甚至王十月等"70后"作家而言,关注乡村问题仍是他们提笔创作的主要驱动,昔日乡村经验仍是他们创作的重要资源。当他们带着浓烈的忧患意识,以一以贯之的写实姿态,关注今日乡村的时候,那已然荒野化的现实图景,又本源性地决定了其笔下的文学景观。正因如此,作为一种乡村想象方式,荒野想象由此前的小众、另类,渐变为一种常态。其中,亦不排除个别作家如阎连科,在乡村叙事中掺入属于自己的那种个性化的新质元素,彰显其别具一格的乡村观照方式。《日光流年》《受活》《丁庄梦》《炸裂志》诸作,以极其个性化的乡村书写而成为当代文坛的独特存在。但整体来看,荒野化却是阎连科笔下乡村图景最为醒豁的标识。他以不羁的才情,传达出中国乡村另一向度的真实。而与阎连科汪洋恣肆的文学想象不同，近年来一些学者型作家如梁鸿走出书斋回到故土，以乡村社会学调查的方式深入乡村的肌理，看取今日乡村的现实，反思其历史，生成准乡村社会学调查式的文本。在反响巨大的《中国在梁庄》等作品里，读者一样能看到有如荒野的中原乡村。在我看来，这是文学想象与"非虚构"这两种乡村观照方式的彼此互证。

在萧红以及刘恒、李锐、杨争光等不同代际的作家笔下，乡村荒野的生成不外乎两个彼此关联的层面，即"源于物质极度匮乏的荒芜"，以及"生成于物质匮乏之上的精神匮乏与意义流失"。[1]然而，21世纪以来，乡村荒野景观的生成，则不仅仅源于物质的匮乏、意义的流失，更有了不一样的内容，如乡村权力运作的黑暗，乡村道德的沦丧，还有因人口流失而直接导致的空心化，等等。在这些方面，不同于刘恒、李锐、杨争光，李佩甫、贾平凹、阎连科、王十月等提供了全新的乡村经验与文学景观。

---

[1] 叶君：《乡土·农村·家园·荒野——论中国当代作家的乡村想象》，中国社会科学出版社2007年版，第230页。

这里只长了一个脑袋

在乡村社会学调研中,众多学者早就注意到,21世纪以来中国乡村的问题,很大程度上源于基层权力缺乏监督,以及公众不断滋长的权力崇拜。在黑暗中运作的基层权力,某种意义上是导致乡村荒野化的直接根源。这一社会现实引起众多作家的关注,如《民选》(梁晓声)、《湖光山色》(周大新)、《秦腔》(贾平凹)、《羊的门》(李佩甫)等,塑造了韩彪、詹石蹬、夏天义、呼天成等各具特色的乡村基层"当家人"形象。有乡村社会学者指出,当下中国乡村的现实,是"权力的代理者不仅可以通过权力获得正当或不正当的物质利益,而且还能在权力的运行中感到一种心理的愉悦和满足、人性的自由伸展"[1]。那些乡村"当家人",在急剧膨胀的权力欲望的支配下,对村民进行精神奴役甚至暴力压制,彻底消解了乡村社会残留的宗法制人际格局。因这种不受监督的基层权力的运作,乡村的荒野化就不再仅仅表征为物质的匮乏,而是由基层权力的肆虐所导致的人的全面异化。近二十年来,在揭示乡村权力运作的诸多叙事文本中,我认为《羊的门》(1999)最具代表性。

诞生于世纪之交的《羊的门》,是第一部给作家李佩甫带来巨大声誉的长篇小说,问世后引起持续而广泛的关注。其成功之处无疑在于,作家塑造了呼天成这个农村基层干部形象。呼天成"因熟稔中原人的传统文化心理,通过一系列的手段使呼家堡人对其俯首帖耳,他俨然成了平原上的教父,呼家堡的君主"[2];也是中国当代文学中最具特色的村长。

那么,呼天成是如何做成他自己的?呼家堡人又是如何成为被牧的"群羊"的?

细细梳理呼家堡村民何以"通往奴役之路",不禁让人想起作家高晓声以自身二十多年的农村生活经验所形成的对当代农民的认知:"他们善良而正直,无锋无芒,无所专长,平平淡淡,默默无闻,似乎无有足以称道者……但是,他们的弱点确实是很可怕的,他们的弱点不改变,中国还会出皇帝的。"[3]实际上,呼天成就是呼家堡的"皇帝",甚至是呼家堡的"神"。《羊的门》结尾,在呼家

---

1 童星:《中国当前腐败现象根源的社会学分析》,载周晓虹编《中国社会与中国研究》,社会科学文献出版社2004年版,第686页。
2 张维阳:《论李佩甫的"平原三部曲"》,《小说评论》2013年第2期。
3 高晓声:《且说陈奂生》,《语文教学与研究》2002年第4期。

堡一番考察下来，市委书记李相义窥破在这个乡村王国权力运作的秘密，心里暗暗说："这里只长了一个脑袋。"[1] 让呼家堡众村民只长了一个脑袋，当然并非一蹴而就，亦并非易事，却是呼天成四十年苦心经营的结果。在呼天成，这是其个人威权形象树立的过程；而对众村民来说，则是他们被奴役的过程。

"神"的诞生

《羊的门》开篇如同电影里的一组空镜头，呈现故事发生地豫中平原是一片有"气"无"骨"的绵羊地，没有高山也没有大河，地势极其平展，地块形状亦如同一个羊头。草是这块土地上最常见的植物。接着，作者极富耐心地叙述了在这块土地上所生长的二十四种草。种类繁多的草，显然是这块绵羊地上民众生存境遇与精神品格的象征：在"败"中求生，在"小"中求活[2]，也是对"草民"一词最形象的诠释。而这些没有主心骨，随风飘转的"草民"所需要的，就是一个能主宰其命运的人，亦即这群温顺的绵羊需要一个牧者，于是呼天成的出现就是一种必然。那么，呼天成何以成为一个"牧者"？有论者认为，其"个人权威的树立是以传统道德为基础的，他正是抓住了村民们对传统道德的集体无意识信仰，树立起了自己的权威形象"[3]。从这个角度来说，《羊的门》在某种意义上便是一部呼天成的"治人"史，也是一部乡村民众精神逐步荒野化的历史。

---

1 李佩甫：《羊的门》，华夏出版社1999年版，第424页。
2 李佩甫：《羊的门》，华夏出版社1999年版，第7页。
3 张维阳：《论李佩甫的"平原三部曲"》，《小说评论》2013年第2期。

三十六年前，二十出头但已经当了一年半支书的呼天成，站在村口面对一群下工的乡亲，瞬间有了做"主"的意识。这如同神启式的开悟，缘于年轻的呼天成不满足于村支书这种外在的威权形式，他想要的是村人对他发自内心的臣服，而不仅仅只是服膺于一种被赋予的威权——他要做面前这群人的"主"。之所以有如此想法，是因为他发现"在平原的乡野，在这样一个村落里，真正的统治并不是靠权力来维持的。他深知，村一级的所谓组织并不具备权力形态，因为它不是村人们眼里的'政府'。在村人眼里，'政府'才是真正的'上头'，而他仅仅是'上头'与'下头'之间的一个环节。那么，在呼家堡，要想干出第一流的效果，就必须奠定他的至高无上的地位。而这一切，都是靠智慧来完成的。那就是说，他必须成为他们中间最优秀的一个。对于那些'二不豆子'，那些'字儿、门儿'不分的货，那些野驴一样的蛮汉，他必须成为他们的脑子，他们的心眼，他们的主心骨"[1]。也就是说，呼天成在村民中所力图建立的威权，是那种源自他们灵魂深处的服膺，而不仅仅表征为一个外在称呼。要做到这一点，正如他自己所意识到的那样，需要动用智慧。为了成为众人的"神"，呼天成近乎完美地把握住了每一个来到面前的机会。

当时，物质条件艰苦人心涣散，村民劳动积极性极其低下，偷盗集体粮食、财物蔚然成风。年轻的村支书呼天成面临巨大挑战，但现实也给了他一个征服人心的绝好机会。九月秋熟之际，他带着六个基干民兵在村民放晚工的时候立在村口，突然拦住从地里回来

---

[1] 李佩甫：《羊的门》，华夏出版社1999年版，第85页。

的村人，挨个儿进行搜查。无论白发苍苍的八婶，还是第三小队队长的儿子二兔，呼天成全然不顾乡村的人情与礼俗，将他们抓出来跟光棍孙布袋一起在村口示众。三人站成一排，脖子上各自挂着偷来的庄稼。当全村几百口男女老少木然围观的时候，呈现在呼天成面前的情景是："那脸像墙一样，一排一排地竖在那里，竖出了一片灰黄色的狼一样的沉默。"[1] 在生存遭到极大威胁、生命朝不保夕的情势之下，偷盗粮食活命早已得到大多数人的理解与同情，呼天成此举恰是对乡土伦理的极大违拗。围观者越来越多，冷眼注视着这无情的示众场景，一种力量也在聚集，跟呼天成和六个基干民兵进行着无声的较量。听见一个基干民兵慌乱中在喊"呼支书"，呼天成意识到自己绝对不能退缩，必须在气势上压倒众人。他"深深地吸了口气，抬起头来，他的脸上多了一层凛然。他不再看那些人脸了，他谁也不看。他炸声喊出了一个'贼'！"[2] 一声怒吼让呼天成在唤醒村民那早已麻木的羞耻感的同时，亦让他们感受到威权的震慑。他十分清楚地看见面前众人的变化：他们的"目光几乎全是畏惧的，是一点一点往回缩的"，"就是那些不回缩的目光里，也藏有一些慌乱和迷茫"。与之相对，呼天成自己的目光里则"增添了更多'主'的意识"，对面前的人脸"越看自信心越强，越看胆气越足"[3]。

威权第一次给了村人巨大的震慑，而这只是改变的开始。呼天成清楚单靠一次面上的震慑，无法让个体长记性从根本上改变现

---

1 李佩甫：《羊的门》，华夏出版社1999年版，第77页。
2 李佩甫：《羊的门》，华夏出版社1999年版，第78页。
3 李佩甫：《羊的门》，华夏出版社1999年版，第80页。

状。他想到要将那因贫瘠而销蚀的耻感重新唤醒,就需要持续的警示;而要让人印象深刻就需要树立一个"不能如此"的样板。为此,他跟本村光棍孙布袋私下里达成了一个交易,借对方的脸作为"祭旗的第一刀"[1]。两人达成默契:孙布袋继续偷盗集体财物,且每次都人赃俱获,站在村口示众。持续示众让孙布袋成了全村最为人所不齿的人,被众乡亲唾弃,甚至孙姓宗族亦为之感到羞耻。孙布袋很快就成了一个"没脸人",而他旋即也意识到自己如此配合的后果,比他此前所预见的要严重得多。因为在乡村,人活的就是一张脸。即便如此,但在呼天成那替他娶个女人,并为其行为记工分作为代偿的诱惑下,孙布袋还是一天天坚持了下去。对他而言,性饥渴的煎熬重重碾压了脸面,亦即,最原始的生理需求早已压倒其羞耻感与个人尊严。孙布袋因那一次次故意偷庄稼被抓而来的一场又一场批斗而尊严尽失、脸面全无。而在树立孙布袋这个反面典型的同时,呼天成也让一些正面形象树立起来,一些村民因被点名表扬而热泪盈眶,心怀无尽感激。从此,呼家堡的局面大为改观;反过来,这被改观的局面又为呼天成赢得了更为深固的信任——不是一般的信任,而是发自内心的臣服。

然而,呼天成所要的并不止于村民的"信任",而是要成为草民的"主",成为他们的"信仰"。随即他又完美把握住一个送上门的机会。哑巴河是村里最大的"海子",女孩小娥溺毙其中,其父刘全是一个颇有威望的手工业者,刘姓亦是村中大姓。按照村里流传至今的规矩,凡在哑巴河淹死的人,都得把灵魂打捞上来,不然

---

[1] 李佩甫:《羊的门》,华夏出版社1999年版,第85页。

逝者会成为一个新的淹死鬼，每年都要拉一个人下去。灵魂打捞过程神秘而悲壮，在老辈人的监督下，刘全严格按照乡土中国口口相传的规矩，扎木筏在河里打捞女儿的"魂灵"。筏子漂荡了三天一无所获，第四天终于有一尾金色小鲤鱼跳了上来。古老的信仰在众人面前再次显灵，全村人的心在这一时刻被深深摄住，对被视为小娥化身的那尾小鲤鱼顶礼膜拜。

如何打破村民的执念和原始信仰，成了呼天成所要面对的又一严峻考验。打败它，自己便可以顺势成为一种新的信仰。于是，在全村人心被那口口相传的风俗紧紧攫住的庄严时刻，呼天成上前拿起那被视为亡灵的小鲤鱼当众活活捏死，并在一片瞠口呆的死寂中，对着哑巴河宣战："神鬼们听着，你们来找我吧！我是呼天成。我就是呼天成！从明天开始，我在这里站三天。在这三天里，我天天候着你们！！我不信邪，你们要有种，就让雷劈了我！"[1]这一场面，如同跟鬼神争夺村人信仰的表演。虚无缥缈的报复自然不会来临，呼天成毫无悬念地战胜了那并不存在的河鬼，更战胜了刘氏家族的执念，在他那大义凛然的态势之下，刘全及其家族原本要以命相搏的复仇气焰亦无声消逝。"传说"随即传播开来，说正因为呼天成镇住了鬼神，所以村人半夜经常听见鬼哭，其威权就这样不知不觉被神化。自此，人们再见他，脸上自然多了敬畏，即便村里老人见了也远远上前招呼。呼天成就这样以对"鬼"的强势征服而赢得了村人的敬畏，使之迈出了从信任到信仰的关键一步。

向河鬼祈灵只是一种流传于乡间的迷信，呼天成对此表现出的

---

[1] 李佩甫：《羊的门》，华夏出版社1999年版，第93页。

强势亦是破除迷信之举，相对来说难度似乎不是太大。而要成为众人的信仰，呼家堡就不能有别的"主"存在。这次，他要面对的是自己那虔诚信"主"多年的老母。呼天成的所有努力，就是成为全村人包括自己母亲的"主"，问题是母亲已经有了她自己的"主"。而且，类似母亲这样的信众，村里还有很多。如何让自己成为呼家堡唯一的"主"？老母成了继孙布袋、刘全之后第三个呼天成用来"破局"的对象。

呼天成的母亲守寡三十八年，作为一个虔诚的信徒，临终想要一个基督教式的葬礼，而不是下葬到呼家堡那一个逝者一个号码，整齐划一的"地下新村"。是遵从寡母的意志，还是再次强势驱离村里越来越多的妇女所信奉的那个"主"，便是呼天成不得不面对的考验。而要让自己成为众人的"主"，除了再次彰显强势，他没有别的选择。面对垂危的母亲，还有舅舅的当众羞辱，甚至断绝关系的威胁，他没有丝毫退让。在村人面前，他以对母亲愿望的无情违拗，而让自身的威权形象进一步深入人心。舅舅无比沮丧而恼怒地离开，并带走了那一众虔诚的信徒。在料理母亲后事过程中，呼天成没掉一滴眼泪，没有参加追悼会，没有按照"主"的意志下葬，而是将母亲葬到了"地下新村"，"312"的牌号也是统一分配的，没有任何特殊。所有这一切都体现了呼天成的意志，他不让任何人对呼家堡这个集体有任何冒犯，一切都按照集体定下的规矩办。

至此，呼天成完成了对村民的"治心"工程，不仅征服了本土的"鬼"，而且驱离了异域的"神"，其"气魄镇住了村人，成了呼家堡人唯一信仰的一尊神"[1]。正如有论者所指出的那样,这一"治心"过程"也消解了村人群体社会力量,因为不断深入的批私揭丑已使村人以血缘为基础的宗法关系开始瓦解。当'主'洞悉了羊群中每个信徒内心发生的一切,作为牧羊人的'主'就确立了他的主体地位和他的主体世界。从此呼天成可以稳稳地登上宝座君临天下了"[2]。

通往奴役之路

呼天成之于呼家堡村民,一如牧羊人之于群羊。然而,呼天成的"圣"化之途,亦是"群羊"通往奴役之路。如此一来,呼家堡才建构起一个稳固的社会构架,形成一个超稳固的社会形态。而在呼天成锻炼成"神"的每一步,都伴随着村民的精神退缩与主体性丧失。在呼天成最开始萌生"主"的意识,在村口与众人的那场对峙中,当他"炸"出一个"贼"字之后,感到"那么多的人,那么多的脸哪,就在一瞬之间,全都发生了一种奇妙的变化。人脸上就像刻上了字一样,那就是一个'贼'字。一个'贼'字使他们的面部全都颤动起来,一个'贼'字使他们的眼睛里全都蒙上了一层畏惧。一个'贼'字使他们的头像大麦一样一个个勾下去了"[3]。面对呼天成的强势,不仅群体如此,个体亦然。在与呼天成的较量中,刘全不仅死了女儿,而且那作为乡村匠人的威风与骄傲,随即也"死"了,人们再见到他"人整个木了,腰也驼了,脸上灰蒙蒙

---

[1] 黄轶:《批判下的抟塑——李佩甫"平原三部曲"论》,《当代作家评论》2012年第5期。
[2] 郭力:《穿行于历史与现实之间的寓言写作——〈羊的门〉阅读札记》,《北方论丛》2000年第6期。
[3] 李佩甫:《羊的门》,华夏出版社1999年版,第79页。

的,一点神也没有"[1]。

被推至"牧者"位置,为了巩固在"群羊"中的地位,并将呼家堡建成一个独立的王国,呼天成激情而智慧地在"群羊"中构筑起一个全新的道德体系,让呼家堡成为一个乌托邦式的存在。而他用以建构这个豫中平原独立王国的根本理念和文化资源便是集体主义,并使其意识形态化,成为公众的内在道德律令。呼天成以地道的农民话语,多次在大会上向"群羊"灌输:"集体是一种信仰,是一种觉悟,要活在一块儿活,死在一块儿死。"[2]村民们住在地上新村,家家户户的房子由集体统一分配,格局完全一样;死后埋在统一建造的墓园。"在夕阳的余辉下,你会看到一大片坟墓,那坟墓也是整整齐齐的,一排一排,一方一方,一列一列的,每个坟墓前都有一个碑刻的编号,每个编号都有规定的顺序。在这里,死亡之后,仍然排列着编号和顺序……在坟墓前的花墙上,赫然写着几个大字:地下新村。"[3]如此一来,在呼家堡,人们生前没有家族老宅,死后没有家族墓地,全部共有。一切都是新的,都根源于一种全新的威权等级和法则。就是运用这种集体主义方式,呼天成彻底瓦解了乡村世界那原属于乡土宗法社会格局与意识形态的遗留,达至人际关系彻底地重新洗牌,自然,这也是一种全新意识形态的构建。不仅如此,他还要求呼家堡村民的日常生活同样要整齐划一:早晨在《东方红》的乐曲里起床,集体做完"呼家堡健身操",才

---

[1] 李佩甫:《羊的门》,华夏出版社1999年版,第95页。
[2] 李佩甫:《羊的门》,华夏出版社1999年版,第68页。
[3] 李佩甫:《羊的门》,华夏出版社1999年版,第12页。

到各自的工作岗位开始一天的劳作。在这个几乎与外界隔绝的"王国"里，方方面面整齐划一的规约，让生活其中的个体不需要用自己的脑子，也无须自主意识，当然也不可能拥有自主意识，只需每天按部就班地劳作、休息——"群羊"就此练成。这也是他们通往奴役之路的起点。物质上呼家堡比较富足，正因如此，"群羊"们受到精神奴役而不自知，不会质疑这种生活状态的合理性，更没有人胆敢挑战"牧者"的权威。

而要想呼家堡这个"王国"保持稳固和可持续，显然不能仅仅局限于这豫中平原一隅。作为王国之主，呼天成深谙权力运作的法则与人际厚黑学，靠着四十年苦心经营的"人场"，为自己也为呼家堡建构起一个从乡到县，到省城，到中央的巨大关系网，他本人则是这张网的中枢，坐在果园边上的那间茅屋里，指挥着这张网高效运作，为呼家堡制造出的呼家面等产品开辟广阔的市场，创造过亿的产值。对于物质，他表现出极大的淡漠，茅屋、粗茶淡饭便十分满足，几乎没有什么物欲。他身上从来不带一分钱，自嘲是真正的"无产阶级"，事实上，支配着无比庞大的资金。一旦要用金钱打通关节收买人心，进行感情投资，呼天成又毫不吝啬大气磅礴。因此，无论在官场还是生意场，他无不过关斩将、顺风顺水。

即便在"文化大革命"那个特殊年代，呼天成也能凭着对政治的高度敏感，对前来串联的各派政治力量应对自如，让呼家堡始终置身于政治旋涡之外，保持平静与安宁。有了这样的"牧者"，无须动用心智便过上物质富足、精神安宁的日子的"群羊"，自然对呼天成感恩戴德，将其视为绝对真理的化身。呼天成六十大寿当天，省市各路政要纷纷前来祝贺，寿星本人却并不露面。前来祝寿的权势人物按照类别和关系亲疏被安置在不同包间里，端起酒杯对着虚空感激涕零。其中，有省报副主编、银行行长、工商局副局长，等等，他们的岗位各不相同，共同之处在于他们都是呼天成"人场"经营的结果。他们当年什么都不是的时候，是呼天成慧眼独具发现了他们并给予支持，及至各自发达，便死心塌地为其所用。呼天成的能耐，就在于让他们永葆对自己的感激。其中，最大的"人场"经营便是对"文化大革命"中落难省委副书记老秋的冒死收留。呼天成斗胆将被人打折了腰的老秋，藏在自己的茅屋里休养，后者劫后复出，呼天成的"人场"便直通中央。正如有论者所指出的那样，呼天成"善于把坚硬的权力意志包裹在脉脉温情的伦理情感之中，或者以纯粹情感强化权力意志的力度，这是他征服呼家堡村人建立呼家堡王国的秘籍，也是他呼风唤雨、支配、控制颍平县权力斗争的法宝"[1]。

然而，在从"人"到"神"的转换中，只有呼天成本人知道自己到底为之付出了什么。特别是在对情欲的压制上，他那种"自我灭绝的精神折磨使他几近于疯魔"；小说"对呼天成两性关系的描写更深刻揭示出他从神向魔转化过程中的残忍与荒谬"[2]。神性与魔性或许本就一纸之隔。如果说呼天成对"人场"的经营，呈现了他跟外部世界的关系，凸显其远远高出常人的情商；那么，他与村妇秀丫的关系则彰显其与自我的搏斗——"他把自己锯了，他把自

---

[1] 王学谦：《李佩甫：一个被低估的作家》，《小说评论》2013年第2期。
[2] 郭力：《穿行于历史与现实之间的寓言写作——〈羊的门〉阅读札记》，《北方论丛》2000年第6期。

己的心一锯两半，用这一半打倒另一半"[1]。而这一过程可谓魔性尽显。呼天成与秀丫之间理性与欲望的纠缠，是《羊的门》里最为惊心动魄的文字，大抵也是作者最能发挥其奇思妙想的部分，读者从中看到呼天成奴役他人亦奴役自己的全过程。

"你要想成为这片土地的主宰，你就必须是一个神"[2]，这是呼天成面对秀丫近乎完美的躯体时的自我反思与自我警醒；而要成为他人之"神"，就必须有"内圣"的自觉。只是，殊不知内圣化也是一个人自我奴役的过程。这一点在呼天成与秀丫的关系上得到了最直接、最生动的体现。逃荒女秀丫被他捡了回来，救活后送给光棍汉孙布袋当老婆，以兑现此前向其"借脸"时的承诺。没想到吃了几顿饱饭，秀丫立即显出她那光鲜水嫩的美，成了全村男人包括呼天成垂涎的对象，孙布袋因之招致全村男人的嫉妒。出于对救命之恩的感激，秀丫主动上门，来到呼天成的小屋，脱光衣服欲将身体献给对方。呼天成并没有阻止她，而是提着灯盏来到秀丫身旁，感受着女性身体的极致之美所带来的致命诱惑：

刹那间，那胴体就化成了一团粉白色的火焰！

他就那么一手提着那盏灯，一手向下探去……当他的手刚要触到那胴体时，蓦地就有了触电的感觉，那麻就一下子到了胳膊上！那是凉么，那是滑么，那是热么，那是软么，那是……呀！指头挨到肉时，那颤动的感应就麻到心里去了。那

---

1 李佩甫：《羊的门》，华夏出版社1999年版，第154页。
2 李佩甫：《羊的门》，华夏出版社1999年版，第155页。

粉白的肉哇，不是一处在颤，那简直就是"叫叫肉"！你动到哪里，它颤到哪里；你摸到哪里，哪里就会出现一片惊悸的麻跳。那麻，那凉，那抖，那冷热的抽搐，那闪电般的痉挛，就像是游刀山爬火海一般！[1]

除了躯体的诱惑外，还有秀丫因感恩而以身体为报的请求："恩人哪，要了我吧"。呼天成那不可遏抑的欲望被秀丫彻底点燃"炸成了一片疯狂的火海"[2]。然而，就在他不顾一切地想要释放自己的刹那，屋外传来"沙拉、沙拉"的脚步声还有一片狗叫。意识到屋外有人，两人的欲望顷刻被消解，秀丫那没有完成的身体献祭亦被延宕。被欲望所控制的呼天成其后借故杀掉了全村的狗。然而，即便没了狗叫，他只要与秀丫的胴体相对，想要释放自己之时门外便传来沙沙声，他意识到屋外那个人才是自己的头号敌人。他面临着一个挑战：如果要了眼前这个送上门来的女人，自己那成为众人之"神"的事业便会半途而废，因为外边那个黑暗中的人在盯着自己。月下盯着秀丫完美的身体，呼天成亦曾有过这样的瞬间："我这个支书不做了，我就拼着这个支书不做，也要干一回男人干的事情！他要让这个王八蛋看一看，支书也是人！……"[3] 如果说，得知呼天成是自己的救命恩人，秀丫第一次前来茅屋献祭身体是缘于感恩心理的话；那么，感受到呼天成与自己赤裸相见时的矛盾和克制，秀丫在精神层面的彻底臣服，则出于她那发自内心的敬

---

[1] 李佩甫：《羊的门》，华夏出版社1999年版，第103页。
[2] 李佩甫：《羊的门》，华夏出版社1999年版，第103页。
[3] 李佩甫：《羊的门》，华夏出版社1999年版，第149页。

畏，从因感恩而主动献祭到为爱痴迷，希望真正拥有自己身体的人是呼天成而不是孙布袋。然而，呼天成那无法释放的欲望，到底被自己的理性压制了下去，他自动将自己放在众人之"神"的位置，而神是道德完美的人，与人妻苟且"是不能被捉住的。哪怕被他们捉住一次，你就不再是神了"[1]。

对呼天成来说，成为"神"的渴望最后压倒了自身的肉欲；而屋外那个监视着自己的"敌人"亦激发了他的斗志。跟以往不同，这次他要战胜的是自己。此念一定，秀丫此后每次前来，他只有一个"脱"字，对方那依然美好的胴体，则成了呼天成锻炼意志的道具。他在秀丫的裸体前练功、入定，一步步杀死自己的欲望与情感。因而，"秀丫的存在，与其说是一块人性的试金石，还不如说是一座欲望的炼炉，彻底地熔解了他的一切感情欲念，为他向权力目标的逼近打下了坚实的道德基础"[2]。杀死自身最原始的本能，呼天成也就战胜了屋外那个敌人走完其"内圣"之路。事实上，已然杀死了情欲的呼天成也成了自身那企图"外王"的欲念的奴隶，他无法走出心狱，在某种意义上把自己变成了"非人"。呼天成不仅役使自己而且让秀丫成了呼家堡最可悲的被奴役者。他跟孙布袋生活在一起却爱着呼天成；她希望呼天成"写"了自己，但自己那完美的身体却只是对方用以锻炼意志的工具——她成了一个特殊的性奴隶。不唯如此，秀丫献祭身体不成，还欲将自己女儿那刚刚发育完成的身体在呼天成六十大寿那天作为礼物献上。秀丫女儿一样前

---

[1] 李佩甫：《羊的门》，华夏出版社1999年版，第155页。
[2] 洪治纲：《"人场"背后的叩问与思考——论李佩甫的〈羊的门〉》，《名作欣赏》2010年第9期。

来茅屋，脱光衣服希望呼天成享用，女孩此举喻示在呼家堡这个王国精神奴役的代际传承。在《羊的门》里，这或许是最可怕的乡村荒野景观。它并非源自物质的匮乏，而是源自精神的奴役。

荒野里的微光

很显然，呼天成自己无从意识到，有"神"的呼家堡是一个反现代性的存在，其个人欲望的满足，却是以众人身处蒙昧的暗夜为代价。有论者认为，李佩甫是"以呼家堡的'反现代性'来证伪'封建共产主义'的荒谬，证实市场经济语境下人的现代性进程的艰难！'封建共产主义'思想不会随着改革开放进程而自觉荡然无存，人的价值的呈现首先需要所有人的自主和自觉。现代社会需要的是法制和民主，权力能人只会更加顽固地阻碍中国的现代化进程"[1]。如此看待当年的李佩甫，似有拔高之嫌。整体观之，《羊的门》的批判意识似乎并没有那么强烈的自觉，甚至让人感到作者对呼天成这个形象，表现出一定程度上立场的暧昧。究其原因，在于李佩甫对那些官场、人场的厚黑学有如数家珍般的夸炫之嫌。小说对呼天成运作关系网络，以及众人对其表现出恭敬与虔诚情状的描写带有一种喜剧性，不时流露出作者观念深处的小农意识，以及深固的权力崇拜。在我看来，李佩甫早期创作确乎存在一个比较严重的问题，那便是文字品格偏低。在众多不切实际的夸赞性的评论里，批评家洪治纲一语中的地指出："在叙事上，《羊的门》让人颇

---

[1] 沈嘉达、方拥军：《现代性追求及其"真正的敌人"——李佩甫的"平原三部曲"论略》，《小说评论》2015年第6期。

觉不足的,还有细节的处理过于煽情,特别是作者对一些重要细节的叙述,常常运用一种戏谑化的语调,折射了创作主体的情感对叙事话语的潜在规约。"[1]

值得一提的是,贾平凹《土门》(1996)与之类似,也描写了一个乡村独立王国式的所在,塑造了一个类似的"领主"。在城市的进逼之下,即将被蚕食的仁厚村,在村长成义带领下进行着"不屈不挠"的抗争。如果说呼天成成为"人主"的资源,是他所娴熟运用的权力厚黑学的话,那么,成义得到拥护则是以传统礼俗和价值观来号召公众。

家园将失,仁厚村民众需要一个领导自己进行抗争的"主",成义同样顺势成了"群羊"的"牧者"。他从古今文献里找到依据,勾画出一个"伟大"设想,要将仁厚村建设成为都市里的桃花源,一方村社净土。他挖掘出村人祖先是江南首富,组织了雄壮的游行队伍,以气势恢宏的明王阵鼓,显示仁厚村始终存在下去的决心。然而,这同样只是贾平凹一厢情愿的想象。读者"感动于仁厚村人爱护家园之诚,保护家园之勇的同时,也看到了他们作为农民的种种劣根和痼疾"[2],而且,他们走向奴役之路的过程竟是如此简单。成义实则是一只"披着羊皮的狼",成为仁厚村的"领主"并非德行高超、才华出众;相反,是一个劣迹斑斑的飞天大盗,就因为他虽然一身毛病却"能顶事"。"仁厚"早已成了过时的东西,而"能顶事"才是对当下社会情状的有效应对,所以,桃源梦想存

---

1 洪治纲:《"人场"背后的叩问与思考——论李佩甫的〈羊的门〉》,《名作欣赏》2010年第9期。
2 叶君:《乡土·农村·家园·荒野——论中国当代作家的乡村想象》,中国社会科学出版社2007年版,第198页。

在于成义身上是一个极大的反讽。而与呼天成不同的是，一旦权力在握，成义便全然变成一个专制的土皇帝，独断专行、飞扬跋扈。即便如此，中国农民始终存留于心的宗法观念，又让他们时刻需要一个替自己做主、替自己思维的权威甚至偶像。成义能给村民带来财富，便让他们面对不公和奴役默不作声。自私、狭隘还有苟安，可以让他们为蝇头小利大吵大闹争持不下，但对成义的专断却保持沉默。面对城市的扩张，仁厚村的反抗之举还有那桃源梦想本就可笑，即便抵制蚕食成功，这里不久也会变成另一版本的呼家堡。跟呼天成的差异还在于，成义完全没有所谓"内圣外王"的追求，所做的一切早已脱下温情脉脉的面纱，尽显奴役的赤裸。即将变成地主庄园的仁厚村，将会成为成义个人独享的专制王国，对于大多数村民来说，另一种粗暴的奴役更让他们家园永失。

在《土门》里，读者看不到仁厚村人对成义的任何质疑与抗争，所以成义带领村民对城市的抗争实则全然无望，因为整个仁厚村人就处于无边的奴役中。然而，与贾平凹不同，李佩甫却在《羊的门》里，描写了来自呼家堡内部的抗争，似乎让人看见荒野里的微弱亮光。

前文论及，孙布袋是呼天成唯一当作敌人看待的村民。他将脸面出卖之后，表面上貌似得到了回报，实则收获的是比在村人面前失去尊严更可怕的无边屈辱。作为报偿的女人秀丫爱的是呼天成而不是他，即便他跟秀丫生活在一起。秀丫找呼天成主动献祭身体，孙布袋没有直接阻止，这一方面可能出于他面对强势力量的懦弱，另一方面或许源于他明白那是秀丫的自愿。只是，无论阻止还是放任秀丫的行为，对于孙布袋来说，都会经受耻辱的煎熬。他与呼天成的暗中较量，便是在其茅屋外徘徊，让两人知道自己的存在。每次呼天成跟秀丫赤裸相对，屋外的沙沙声显然来自孙布袋。这是呼家堡第一个拒不臣服于呼天成威权的人。在某种意义上，他也是呼天成另一重自我的外化。而在与呼天成旷日持久的争斗中，孙布袋也耗干了自己。临死前，他觉得自己赢了对方，对呼天成说出他对秀丫那非人的虐待，想以此令呼天成羞愧、自责，然后带着一种胜利的满足离开这个世界。然而，这场旷日持久的较量，并不因为他的死而终结，在孙布袋葬入"地下新村"后，呼天成将秀丫约到其墓前，再次令女人脱光衣服躺下，临了还是让她一如平常又将衣服穿好。他以此告知地下的孙布袋自己跟秀丫之间的一切，力图将对死者的这份优胜保持到底。在呼天成看来，这份优胜是"神"之为"神"的资本，是对另一重自我的完胜。由此可见，呼天成"由'人'到'神'的自我追求，既体现了中国传统伦理中'内圣外王'的价值理想，又展现了现代权力欲望的魔力。一方面，他深知作为一个欲望的人、真实的人所存在的各种隐患；另一方面，他又谙熟摒弃暂时的欲望可以满足更大的欲望之哲理，所以他不顾一切地抛弃内心的欲望，将自己塑造成了人们心中的'神'"[1]。只是，在逝者墓前的这一幕，恰恰让呼天成神性全失，让人看到他的无比龌龊与残忍。

《羊的门》里另一位呼家堡反叛者是村民刘庭玉。六十大寿当天呼天成即便不露面也收获了众多赞美与感恩，但也收到了一份完

---

[1] 洪治纲：《"人场"背后的叩问与思考——论李佩甫的〈羊的门〉》，《名作欣赏》2010年第9期。

全意想不到的礼物，那就是刘庭玉带着老婆孩子要脱离呼家堡这个集体。而就在二十天前，呼天成还对一个前来参观的省里领导说"呼家堡没有一个人愿意脱离集体，打都打不走啊"[1]。一开始完全没想到刘庭玉去意已决，呼天成那惯常使用的种种"治心"之术（如找刘父亲谈话，面对愤怒的众人他则充分表现出自己的大度，等等），竟然在这个年轻人身上毫不奏效，连见一面的机会都不给。呼天成想到等一晚或许情势有变，第二天却被告知刘庭玉还是走了。处理任何事都游刃有余的呼天成，面对刘庭玉显然有巨大的挫败感。在整部小说中，村民刘庭玉貌似可有可无实则不然，其出走意味深长，让人看到呼家堡这个黑暗王国出现了一丝叛逆的亮光。

小说结尾，弥留之际的呼天成忽然想听狗叫，一番努力不成，院子里焦灼等待老村长消息的全村男女老少，便在老闺女徐三妮的示范下学起了狗叫。"在黑暗之中，呼家堡传出了一片震耳欲聋的狗咬声！！"[2]这一场景真可谓惊心动魄。出现于小说开篇不久的那线亮光又被黑暗淹没，读者震撼于整个呼家堡人性的荒芜。物质即便再富足，精神却如同寸草不生的荒野。我们不禁追问，在这群"人狗"面前，现代性的路途该是多么漫长！在刘恒、杨争光、李锐等人笔下，乡村荒野更多生成于物质的极端匮乏，而《羊的门》则让人看到了它生成的另类途径：乡村权力的黑暗运作，同样可以将人变成毫无思想和灵魂的"人狗"——这是更为

---

[1] 李佩甫：《羊的门》，华夏出版社1999年版，第63页。
[2] 李佩甫：《羊的门》，华夏出版社1999年版，第432页。

可怕的荒野。因此，呼家堡草民的生存就并非如李佩甫所赞美的那样，是"'败'中求生、'小'中求活"的坚韧，而是生命的屈辱。

陈年蛛网，动哪儿都落灰尘

长篇小说《带灯》（2013）作者自称是送给自己的六十岁生日礼物，在中国当代文坛，贾平凹始终以"劳模"形象示人，真可谓笔耕不辍，且所观照的对象基本是农村、农民。在该书"后记"里，他说"这一本《带灯》仍是关于中国农村的，更是当下农村发生着的事。我这一生可能大部分作品都是要给农村写的，想想，或许这是我的命，土命，或许是农村选择了我，似乎听到了一种声音：那么大的地和地里长满了荒草，让贾家的儿子去耕犁吧"[1]。二十年来，贾平凹每两三年出版一部长篇，新作甫一问世，批评界便传出一片赞誉之声，《带灯》亦然。李星认为这部小说

---

[1] 贾平凹：《后记》，《带灯》，人民文学出版社2013年版，第354页。

空前尖锐,"反映当代农村社会问题,作者以深厚的人道主义情怀,呼吁对社会管理体制的改革,深刻而犀利,标志着贾平凹的文学创作又迈上新的高度"[1]。而贾平凹因新作出版太频繁,高度刷新得太快,所以"迈上新高度"之类的赞誉不免令人生疑:《带灯》真的有那么好吗?跟贾氏以往的作品相比,它带来的新质又到底是什么?

流转与异化

持续追踪关注贾平凹二十年来的创作,我认为《带灯》确实带来了新东西,有种不同的阅读体验,至于是否刷新了高度,则有所保留。对一部作品的价值评判本就见仁见智,勉强不得。出于作者在表达上力图有所创新的野心,《带灯》依然执着于事象世界,是非常芜杂的文本。细想想,它的"新"应该体现在,当下乡村图景呈现的"新鲜度"和"真实度"上。事象新鲜,但作者的呈现不一定真实,《带灯》的可贵之处在于这两点还能兼顾,对今日乡村的关注没有丝毫滞后,写的就是正在发生着的一切,体现了贾平凹那种将作品"写成一份份社会记录而留给历史"[2]的理念。以文字记录当下,对于一个年逾花甲的作家来说殊为难得;新鲜而真实才能让人切实感受到它的"尖锐",但李星所说的"空前",则似乎有些言过其实。

《带灯》没有回避乡村当下最为切实的问题,即农民上访和基

---

1 王宝红:《贾平凹:我是被定型了的品种》,《华商报》2013年1月11日。
2 贾平凹:《后记——我和高兴》,《高兴》,译林出版社2012年版,第296页。

层干部维稳。这是一对复杂而深巨的矛盾,更是饱含血泪的博弈。小说里的一些场景类似猫戏老鼠般的嬉闹,荒诞背后却是细思极恐的乡村现实。以此为切口,触及乡村那不为人知的深层肌理,当然需要巨大的勇气。在某种意义上,《带灯》以一种最直截的方式,揭开了此前诸多乡村叙事关于中国乡村的种种假象,极为醒豁地凸显今日乡村那令人震悚的荒野图景,让人看到眼下乡村治理的巨大危机。贾平凹每部长篇的"后记",往往与正文形成一种非虚构与虚构的互证。《带灯》尤其典型,"后记"谈了带灯这一虚构形象的生活原型,还有作者多次下乡对眼下乡村的观感。值得注意的是,无论"后记"还是正文,贾平凹在文字里矗立起一个极其鲜明的意象:陈年蛛网。如正文的一节标题便是"社会是陈年蜘蛛网,动哪儿都落灰尘"[1];而在"后记"里贾平凹更坦言:"可我通过写《带灯》进一步了解了中国农村,尤其深入了乡镇政府,知道着那里的生存状态和生存者的精神状态。我的心情不好。可以说社会基层有太多的问题,就如书中的带灯所说,它像陈年的蜘蛛网,动哪儿都落灰尘。"[2]"动哪儿都落灰尘"的蛛网,贾平凹将自己通过切身观察所得到的乡村观感写进小说,以之传达对乡村现状的深切忧虑。

小说主人公带灯是樱镇综合治理办公室主任。樱镇深处大山,偏僻闭塞,而"综治办"一如带灯自己的认知,是国家法制建设中的一个缓冲带,其实也是给干涩的社会抹点润滑剂,多年运作下来

---

[1] 贾平凹:《带灯》,人民文学出版社2013年版,第132页。
[2] 贾平凹:《后记》,《带灯》,人民文学出版社2013年版,第357页。

已然成了"丑恶问题的集中营"[1]。因而,以忙碌于乡村维稳第一线的基层干部为观照对象,自然是深入了解乡村真实现状的一个便捷孔道。《带灯》的新鲜度,就在于它直击和思考的是乡村上访问题。而当下中国现实,无论城市还是乡村,上访都是社会矛盾的焦点所在,亦是一个近乎无法解开的死结。具体到乡村,随着宗法社会的消亡,原有的乡村伦理道德、价值取向亦逐渐淡漠,甚至不复存在;而新的价值取向和道德标准又没有及时得以建构,与之相对,伴随着现代工商业对乡村的巨大冲击,农民的尚利意识却被充分唤醒,金钱成了他们甚至社会公众几乎唯一的追逐目标。如何获利更成了一些握有权力的基层干部处心积虑思考的问题。因而,一如城市,在乡村基层干部中间,权力寻租现象同样大量出现,村民的利益往往得不到保障,受了侵害却又因处于绝对弱势而赴诉无门,于是矛盾越积越多,问题越来越尖锐。问题既已存在,因法制不张,受伤害的就自然是那些卑微的底层求生者。他们中的绝大多数选择了隐忍,以牺牲利益来求得安宁,但也有一小部分人萌生了维权意识,当自己的问题得不到合理解决,便力图让"上级部门"了解自己的诉求,于是越级上访就此产生。但问题还是要基层部门来解决,"上级部门"无暇顾及亦不可能亲自去了解那些具体个体的"冤情",又将越级上访者所反映的问题发回上访者所在地,如此一来,在相互推诿中问题依然如故,上访者只好寻找更高级别的部门申诉,如此循环貌似无有已时。

---

1 贾平凹:《带灯》,人民文学出版社2013年版,第39页。

显然，上访发生的根源还是因为当事人的诉求没被真正重视，矛盾没有得到解决。层出不穷的上访事件严重干扰了"上级部门"的正常运作，"上级部门"于是又将是否有上访发生，作为基层官员业绩考察的硬性指标，具有"一票否决"的重要性。如此一来，维稳直接关涉到基层官员的利益和职位升迁。不解决问题的维稳，就这样与力图传达诉求的上访牢牢拧成了一个死结；而在旷日持久的较量中，双双彼此有了极其充分的了解。意识到自己的行为对于官员意味着什么，于是有人成了职业上访者从中获利。他们毫不在乎年复一年的上访消耗的是自己的生命，礼义廉耻对他们早已不起任何规约作用，这是乡村社会伦理和价值失范最为典型的表征。近年来，作为社会问题，乡村上访引起越来越多的作家的注意，他们塑造了形形色色的上访形象，如《我不是潘金莲》（刘震云）里的李雪莲、《生命册》中的梁五方等。前者带有黑色幽默式的戏谑；而后者的诉求完全有别于当下上访者，作家更多为了凸显一个本性骄傲的农民的悲剧性命运。比较看来，可以说贾平凹才是对这一问题切切实实进行直面，拒绝对它的"软化"，笔墨平淡从容，但其笔下的人和事却令人震撼，富有诚意，让人看到一个作家对乡村现状的忧虑与思考。

综合治理办公室的主要职责是"及时掌握重点群众和重点人员""下大力气处置非正常上访"等四条；年度责任目标之一就是"全年不发生进京、赴省、到市的集体上访，非正常访和重访事件"；而樱镇需要化解稳控的矛盾纠纷竟然有三十八个之多。刚上岗的竹子了解到这些，不禁心生困惑：当下不是法治社会么？带灯于是对她细细道出个中缘由："以前不讲法制的时候，老百姓过日子，村子里就有庙，有祠堂，有仁义礼智信，再往后，又有着马列主义毛泽东思想，还有以阶级斗争为纲的政治运动，老百姓是当不了家也做不了主，可倒也社会安宁。现在讲究起法制了，过去的那些东西全不要了，而真正的法制观念和法制体系又没完全建立，人人都知道了要维护自己的利益，该维护的维护，不该维护的也就胡搅蛮缠着。"[1]这自然是作者借人物之口传达出关于上访何以如此频繁发生的思考，也是对今日乡村伦理道德和价值失范现状的理性解析。事实上，上访和维稳早已将基层干部和农民都逼入了一个逼仄的空间，将乡村带入深巨的危机中。细细梳理农民的上访诉求，还有他们所得到的处置，让人看到乡村图景之黑暗令人触目惊心。究其根源，正如有论者所指出的那样："原始乡村正以开发和进步的名义走向混乱。维系乡村原有平衡的力量——礼俗社会的权威已经式微，利益格局的多元和长期矛盾的累积，使乡村走在社会转型的半路上而无所依傍。"[2]《带灯》确乎让读者看到一个被丢弃在现代化半途的樱镇；看到那些匪夷所思的人和事，还有近乎非人间的图景。

每个上访者无疑都是"有故事"的人，如综治办重点监控人员之一月儿滩村民朱召财，为儿子申冤是他多年持续上访的驱动力。离奇而怪诞的冤狱，读来令人怀疑人物并非处于人间。十多年前，村里发生了一桩凶杀案，被公安人员控制的嫌疑人毛中保承认

---

[1] 贾平凹：《带灯》，人民文学出版社2013年版，第39页。
[2] 储兆文：《解析〈带灯〉的上访死结》，《小说评论》2013年第4期。

人是自己杀的，但一块儿作案的还有朱召财的儿子朱柱石。于是朱柱石亦被逮捕，但就在两人被押解回县城的路上，毛中保却伺机逃脱。虽然朱柱石始终不承认自己与凶案有关，但因毛中保的无法归案，案情始终不得澄清，最终因为证据不足朱柱石被判了无期徒刑。如此判决，大有"葫芦僧乱判葫芦案"的味道，如果法制健全，此案完全可以通过正常司法程序而水落石出，不至于让一个无辜的人稀里糊涂被抓，稀里糊涂被判。朱召财一家三口的命运却因这一草率判决而被彻底改变。为了还儿子清白，让他重获自由，朱召财和老伴四处寻找毛中保无果，却在数年后得知毛中保已离奇死亡，他们那为儿子洗清冤情的努力从此看不到任何希望，便走上了职业上访一途。上访损害了地方官员的利益，他们于是多次被抓回，又多次跑出去。在连续三年不见踪影后，朱召财夫妇于腊月二十三再次返回村里。两人虽然衰朽老迈，一身病痛，却仍是综治办的监控对象。恰在此时，带灯接到县信访局电话，说樱镇一上访户在县政府大门外喝农药被救下送到了县医院，得赶快去领人。"守土有责"的带灯立即想到朱召财，出发前又担心不是，就跟月儿滩村村长一起到朱家一探究竟。只有朱召财老婆在家，关于丈夫的去向她一问三不知。村长挨了带灯的严厉训斥就大骂朱召财老婆，对方还嘴，村长就扇她耳光。老婆子不再吭声，趴在炕沿上哭；而等带灯、竹子、村长等人连夜赶到县医院，上访者已经被洗了胃，安置在一间杂物间里，门口由县信访局的工作人员把守。带灯和竹子见到他们，同样挨了一顿劈头盖脸的训斥。竹子被气哭了，带灯却尽力隐忍，而进到杂物间才发现喝农药的并不是朱召财，而是南河村的王随风。

王随风与县医药公司发生了合同纠纷，经人调解过多次，但她始终觉得对方的补偿款没有达到自己的预期而僵持下来，为此上访多年。比较而言，朱召财的遭遇令人同情，让人分明看到混乱的司法体系对普通人的无情挤压；王随风则明显带有刁民习气。贾平凹也谈到乡村伦理道德失范之后，人随之变得乖张暴戾、刁钻好讼，昔日乡村和煦、与人为善的风气几乎不能再见到。喝农药被救回而自杀未遂的王随风得不到周围人的丝毫同情，然而，面对带灯的百般劝说，她丝毫不为所动坚拒回家。月儿滩村村长上前拉扯，想将其强行带离，王随风的裤子都被扯脱了，但她早已顾不得廉耻与尊严，只是死死抱住床头不松手。带灯赶忙帮王随风系好裤子，并继续劝其回家。村长早没了耐心，将带灯和竹子推至门外，对王随风说："我可认不得你，只认你是敌人，走不走？"王随风说："不走！"村长一脚踢在王随风的手上，手背上蹭开一块皮，手松了，几个人就抬猪一样，抓了胳膊腿出去。从过道里抬到楼梯口，王随风突然杀猪一样地叫，整个楼都是叫声。如此场面，带灯心慌得难受，靠墙坐在地上，让竹子赶上去向村长交代，人刚洗了胃身体虚，别强拉硬扯外，更提醒"别半路上再让跑了"。[1]

上访让一个村妇毫无尊严，巨大的执拗更令其无从意识到，那有限的利益是否比自己的生命还有尊严要紧。而在一个没有契约精神的社会，这样的纠纷自然层出不穷。同为女性，带灯对王随风本能地生出悲悯与同情，但那些疲于应付的村干部早已将他们眼中的

---

[1] 贾平凹：《带灯》，人民文学出版社2013年版，第79页。

"恶性上访者"视为敌人。这也难怪,一方面他们无力解决上访者的问题;另一方面,在维稳对他们的业绩具有一票否决的重要性的背景下,上访者的存在还有他们那些过激之举,直接影响到基层干部权力的稳固。正因为掌握了权力,他们才敢如此肆无忌惮地欺凌这用生命表达诉求的乡下女人。然而,对于王随风而言,膨胀的贪欲让她除了上访之外,已看不到任何存在的意义。乡村干部与农民就这样构成了一种"互害"关系;而在一个原有道德体系完全崩坏的空间里,自然难以见到人性的亮光,有的便是这如同非人间的霸凌,还有被霸凌者那绝望却不被同情的呼喊。带灯难过于这敌对双方拼命拧成的死结,而看不到解开这一切的可能。正如她在写给元天亮的信中所说:"我现在才知道农民是那么的庞杂混乱肆虐无信,只有现实的生存和后代的依靠这两方面对他们有制约作用。"[1]究其根本,基层干部与上访者之间的关系如此恶化,还是利益使然。20世纪80年代,贾平凹在"商州三录"等文字里所描述的那种诗意的乡村民风早已不复存在。

从朱召财到王随风,读者所看到的是乡村上访者的常态;而从县信访局工作人员到带灯再到村长,则让人看到不可调和的社会矛盾在基层干部之间的层层流转。上级对下级只是发泄着未能"守土"的怨怒,却无人在意申诉者的诉求到底为何?即便他们以命相搏,基层干部也是司空见惯,丝毫不为所动;而处于最底层的便是那些自感冤屈,赴诉无门的上访当事人。村长对待朱召财老婆和王随风的态度,令人既愤怒又辛酸,这无疑是今日乡村难以申述的苦

---

[1] 贾平凹:《带灯》,人民文学出版社2013年版,第264页。

难。朱召财后来含恨而逝，临死前不停喊着儿子的名字，心愿未了死不瞑目。朱召财老婆絮絮不止地对带灯诉说老伴死后，她如何帮对方合上眼睛的过程，令人不忍听闻。文字的平淡、冷静与人物所诉说的苦难，产生了震撼心灵的张力。出于人道主义，监狱方面同意将朱柱石押回一小时看看死去的父亲。在押解人员的监视下，朱柱石抱着父亲的遗体痛哭一场，然后对押解人员说他要给上边写信，也请代为传达诉求：再也不翻案了，只求尽快判自己死刑。他认为是自己害死了父亲，再这样下去还要害死母亲，而他一死，母亲就不用再牵挂，也就不会再上访了。人事如此惨烈，不免令人感慨人间何世？在矛盾流转和权力异化的双重作用下，乡村世界的荒野气息在字里行间弥漫开来。面对眼前情形，带灯和竹子能做的只是将两人身上所带的259块钱全部掏出来，交给朱召财那白发苍苍的未亡人。一贫如洗的妇人丝毫没有推让极快地收下，揭起黑布褂将钱装在里边的衬衣口袋里。这点睛之笔，同样令人倍感辛酸。

美丽与富饶的悖论

《带灯》同样写到今日乡村所面临的现代性陷阱。樱镇的完整与美丽，很大程度上得益于当年计划开山修高速公路时，老村长元老海的舍命阻止。面对已然开到村边的施工队，元老海带领村里的老人、妇女躺在挖掘机、推土机的轮子下，高喊有种就从身上碾过去。这一场景无疑带有象征性，写出了"当今乡土中国面临的现代化冲击及农民的激烈反应"[1]。只是，令元老海没想到的是，自己

---

[1] 陈晓明：《萤火虫、幽灵化或如佛一样——评贾平凹新作〈带灯〉》，《当代作家评论》2013年第3期。

的壮举却导致了樱镇的贫穷与落后,他死后没几年,樱镇就沦落为"秦岭第一穷镇";而隔壁的华阳坪则由此前开发的一个小金窑成长为一个大矿区,大量资金、人员的注入,让昔日落后的山村变得富足无比。樱镇也在积极准备引进大工厂项目。该项目一年能给镇上缴纳税金一千多万元,为此乡镇领导不再考虑大工厂将给樱镇带来的是什么。其实前车之鉴就在眼前,变成大矿区后的华阳坪空气恶劣,山是残山,水是剩水。急于致富的樱镇领导对此心照不宣,对外宣称引进的是循环经济项目。村民王后生戳穿了他们的谎言,以自己所掌握的资料,指出樱镇即将引进的所谓大工厂是别处不肯接纳的蓄电池厂,高污染、高耗能,废水排到地里,地里不长庄稼,排到河里,河鱼全死光。樱镇书记企图以"循环经济"这空洞而时髦的新名词唬住王后生不成便以权势威胁,说他是造谣生事,并逼其自掏腰包买笔墨,写好"大工厂没污染"的横幅挂在大街上以"辟谣"。

只是时代到底不同了,当年元老海可以阻止高速公路的凿通;而今王后生即便再合理不过的质疑,亦不能阻止大工厂落户樱镇。正如有论者所认为的那样:"时代、制度和权力的合力使异己力量失去了反抗的空间,元老海的传奇只能属于过去,它无法作为今天王后生的行动指南。"[1]《带灯》结尾处,王后生组织十三位村民联名写上访信,控告大工厂项目给樱镇带来的生态灾难,此举遭到樱镇干部的围追堵截,马副镇长、吴干事等人为了制服被截住的王后生,竟然使用了残酷的逼供手段。这明显是对公权力的滥

---

[1] 储兆文:《解析〈带灯〉的上访死结》,《小说评论》2013年第4期。

用,是不折不扣的犯罪。然而,一如王随风,遭遇不公的王后生同样让人心情复杂。因为他本就是以一种无赖的方式与乡镇干部周旋,由上访专业户变为上访代理人,以替人写上访材料为业,几乎是个职业讼棍,在没有遭到暴力对待的时候,他以耍蛇这种下三烂的手段威胁书记。其形象在村民中完全负面化之后,他那质疑大工厂合法性的"壮举"亦无法引起重视,更难得到公众的声援,在个人人品与影响力上,跟元老海有着本质差异。而在物欲横流的当下,乡村再难出现白嘉轩(《白鹿原》)、元老海那种带有或浓或淡宗法社会印记的偶像人物,更常见的便是王后生这样的乡村"痞子"。

大工厂开工建设带来了噪音、灰尘,喜欢在山间看书的带灯再也难以找到一个清净之所。在给元天亮的信中,她也不免质疑这个项目真的是饮鸩止渴的工程吗?而暂时撇开这一现代性的忧虑,小说着意描写了带灯和竹子下乡所见到的山乡之景:

> 东岔沟村的人居住极其分散,两边的山根下或半坡上这儿几间茅屋,那儿一簇瓦房,而每一户人家的门前都有着一眼山泉,旁边是一片子青枫和栲树。石磨到处有着,上扇差不多磨损得只有下扇的一半,上边压着一块石头,或者卧着一只猫。牛拉长了身子从篱笆前走过,摩托驶来,它也不理。樱树比在沟口更多了,花开得撕绵扯絮,偏还有山桃就在其中开了,细细的枝条,红火在塄畔上。[1]

---

[1] 贾平凹:《带灯》,人民文学出版社2013年版,第84页。

这幅山乡清丽画图，熟悉贾平凹作品的人并不陌生，在其20世纪80年代初的散文、小说里经常得见；而重现于《带灯》，或许是乡土文学余绪，在当下乡村叙事里的孑遗，亦可视为作者对大工厂、大矿区没到来之前的山村图景的怀想。然而，在现代性无孔不入的当下，如此美景却只能存于更加偏远的山区。这段文字如同电影里的一组空镜头，接着出镜的人物是竹子、带灯，还有山里农人，竹子大呼小叫地感叹风光好。一户人家将一根竹竿一头接在屋后的山泉里，另一头穿墙进屋送到灶台上，便有了自来水；土墙上钉满了木橛子，挂着一串串辣椒、干豆角、豆腐干和土豆片，还有无花果；烘烟叶的土楼上挂着一个个由原木掏空而成的蜂箱，上边贴着写有"蜂王在此"的红纸条。另一户人家的大门对联没有汉字，只有几个用墨笔画出的碗口大小的圆圈，带灯、竹子见了不禁感慨山里人竟有如此有趣的创意。一个农人坐在石头上捏虱子，骂着端了海碗吃饭的孩子不要筷子总在碗里搅，一抬头就跟对面梁上的那个人高声对话，问对方屋里的生了没有，对方说生了，再问是男是女，对方便要他猜，从男娃到女娃，那梁上的人打趣说："啊你狗日的灵，猜了两下就猜着了！"[1]

此派乐融之境，更是几十年前《商州又录》的翻版。两段山景描写丝毫没有樱镇人事的荒野感，貌似溯回到至此前那个乡土想象的时代。下乡是带灯和竹子对当下处境的短暂逃离，亦是作者对昔日乡土想象的重温。文字给人似曾相识之感，甚至有重复之嫌。即便在这部关于乡村的新鲜写实的小说里，亦可见到作者往昔关于乡

---

[1] 贾平凹：《带灯》，人民文学出版社2013年版，第84页。

村的态度和趣味，而曾经有过的一切，对于眼下的乡村而言，真真如同梦境。有论者认为《带灯》"把明清笔记小说的韵致与左翼写实作品的传统嫁接在文本里，现实与历史的风情重叠了"[1]，这是故意的"闲笔"，因为"这样的片段时时出现在紧张的故事情节里，分散读者的注意力，放下来思一思，想一想，抖落着行者的尘土"[2]。我认为，这些景物描写貌似"闲笔"实则不然。贾平凹将这节文字起了一个别有深意的标题："美丽富饶"，景物描写之后便是带灯跟竹子关于"美丽"与"富饶"之悖论的思考：大矿区富了，却只剩下残山剩水；东岔沟村风景美丽却不富饶。联想到樱镇，竹子说有了大工厂也就富饶了；带灯却焦虑于富饶了会不会也要失去美丽。

美丽与富饶的悖论，归根结底还是现代性的悖论。然而，大矿区、大工厂这些"他者"的进入，在改变美丽的乡村，使之变成残山剩水之外，还激发村民内心那不可遏抑、肆意膨胀的物欲，攫取财富成了他们新的信仰。正如小说开头叙述人所感慨的那样："这年代人都发了疯似地要富裕，这年代是开发的年代。"[3] 所有的一切表明，带灯、竹子所见到的乐融之境如在梦中，而《带灯》所呈现的乡村人际关系的蛮荒性更是令人震悚，原有的乡村伦理早已荡然无存。如果说朱召财、王随风、王后生与乡镇干部之间的关系，是因金钱、权力对于人的异化而导致的话，那么，《带灯》所呈现的普通人之间的关系，更可以见出乡村人性的荒芜。金钱利益至

---

[1] 孙郁：《〈带灯〉的闲笔》，《当代作家评论》2013年第3期。
[2] 孙郁：《〈带灯〉的闲笔》，《当代作家评论》2013年第3期。
[3] 贾平凹：《带灯》，人民文学出版社2013年版，第3页。

上，早已渗入个体骨血，忤逆、不孝、不伦成了最常见的事象。即便各有家庭，马连翘跟元黑眼还是明目张胆地苟且厮混。马连翘跟嫂子分别赡养婆婆、公公，导致两个老人虽然情感甚笃，却分属于两个儿子不能在一起。见到公公跟婆婆一起摘核桃，马连翘便对婆婆百般羞辱："你又去老二家了？谁让你去他家，你就恁缺不了老汉？！"[1]带灯看不过去上前理论，结果没法控制住情绪，跟马连翘打了一架。

再有，《带灯》所描述的乡村世界，暴力无处不在。这在贾平凹的创作中似乎绝无仅有。小说高潮部分是元家和薛家那场血腥无比的械斗，作者以极其自然主义的方式呈现了恶斗的全过程，文字充分刺激着读者的感官，其中一个小节的标题是："元老三的眼珠子吊在脸上。"元、薛两个家族的此番恶斗，早已脱去以往家族小说常见的信仰冲突或是伦理冲突的色彩，而是赤裸裸的利益驱动。两家围绕沙厂争斗的背后，是与乡镇领导的权力勾结和钱权交易。乡土社会的礼俗权威早已退场，道德全然沦丧，原有的价值观已然无法规约人心，而与之对应的却是法制缺位，诉求不能上达，于是农民骨子里的愚昧与野蛮被充分激发出来。血腥械斗导致双方死的死伤的伤，更可怕的是，面对暴力上演全村无人出面制止，却挤满厕所墙头、树梢围观；而夹在暴力表演者和围观者之间的，只有带灯和竹子两个弱女子，只是"乡土中国变了质的现实矛盾已经让人难以辨认，如此难以掌控的乡土中国，它最为艰险的局面，岂

---

[1] 贾平凹：《带灯》，人民文学出版社2013年版，第229页。

是带灯这样的女子所能驾驭的？"[1] 带灯和竹子在这场早已失控的维稳里，同样受了重伤。械斗结束，书记、镇长赶回樱镇，在卫生院书记无心挂念伤者和死者，而是急忙考量械斗对自身仕途的影响，差点一脚将受伤的元黑眼踢下床，骂道："一群狗东西要死就死么还坏我的事?!"[2] 自然，没有比这更露骨不过地暴露出权力的残酷与野蛮，还有基层干部掌握权力之后的心态。此番恶斗得到处理，书记、镇长几乎安然无恙。事实上元、薛两家沙厂范围的划分是书记、镇长权力制衡的结果，更是引发械斗的根源。械斗发生时，书记、镇长置身事外，械斗发生后所受的处分却是象征性的；而在现场尽力维稳并因此受伤的带灯和竹子，却成了不折不扣的替罪羊，被降级、撤职——这便是乡村权力运作的现状。

小说结尾，带灯成了一个夜游症患者。她和竹子身上的虱子，无论采取什么措施都无法根除，后来就习惯了，也不觉得怎么恶心和发痒，进而自我安慰有虱子总比有病好。这正如陈晓明的精彩论述："这是带灯彻底失败和破灭的现场，任凭带灯如此善良，怀着怎样的辛劳献身，带着她所有的光亮，也无法照明如此无边的黑暗。"[3]

闲笔抑或曲笔

由以上论述可以看出，《带灯》的尖锐性在很大程度上源自贾

---

[1] 陈晓明：《萤火虫、幽灵化或如佛一样——评贾平凹新作〈带灯〉》，《当代作家评论》2013 年第 3 期。
[2] 贾平凹：《带灯》，人民文学出版社 2013 年版，第 333 页。
[3] 陈晓明：《萤火虫、幽灵化或如佛一样——评贾平凹新作〈带灯〉》，《当代作家评论》2013 年第 3 期。

平凹对乡村现实加以深入而真切的体察之后，近乎原生态的图景裸裎。对于一个渐渐步入晚景的作家来说，这需要勇气与热情。而在呈现真相的同时，又能做到不愈表达的限度，当然更需要的是智慧。为此，贾平凹用了很多曲笔，带灯无疑是他所塑造的一个带有神性的人物，寄托着别样旨归。综治办是纠集乡村矛盾的火山口，但贾平凹将看守火山口的主角，设定为一个带有浓厚小资情调的已婚女性，且是个不可救药的暗恋症患者。她本名叫"莹"，一天下乡目睹村妇在家里被强行结扎的全过程，感到无比心慌走到门前，看见麦草垛旁的草丛里飞出一只萤火虫。受萤火虫夜行自带一盏小灯的启发，第二天她给自己改名为"带灯"。作为人名和书名，"带灯"显然是大有深意的象征。灯光即便再微弱也要照亮暗夜；而被权力异化，矛盾尖锐的乡村便一如荒芜的暗夜。村妇在自己家里被强行结扎，让刚进入综治办的带灯感到震惊、心慌，但她其后目睹的一桩桩事实更是黑暗无比。萤火虫的那盏小灯只能照亮自己，然而，在带灯亦在作者看来，再微弱的光也是一种照亮，甚至一种可能的救赎。果然，小说开篇不久的这只萤火虫，到了结尾便引出一个千万只萤火虫围绕着女主人公上下飞舞、明灭不已的场景，而带灯"如佛一样，全身都放了晕光"[1]。至此，即便带灯的处境辛酸却神性毕现，喻指作者对乡村所寄予的希望还不曾破灭。

在樱镇，带灯的存在，乡亲和同事都认为是一朵鲜花插在牛粪上。围绕带灯的一切，便成了浪漫的想象，是作者对残酷现实一定程度的化解与遮掩。小说在那些上访、截访、告状、罚款、争吵、

---

[1] 贾平凹：《带灯》，人民文学出版社2013年版，第352页。

恶性斗殴等处处彰显丑恶的日常生活叙述中，穿插带灯写给只远远见过一面的从樱镇走出的名人元天亮的二十六封情书。有论者认为，它们"是憧憬之书，爱人和爱己之书"，"有着怯生生的诗意，崇尚自然又断然拒绝庸俗的畅想，读来凄婉动人。这是一种痉挛的文体、抒情的诗，有着令人流连忘返的美"。[1] 在我看来，这显然是言过其实的夸赞。带灯写给元天亮的情书，确乎带有一种矫情的诗意，一如她自身作为一个美貌女人夹在那些粗鄙而粗俗的男性乡镇干部中间虽然有违和谐，却处处化解着政府与农民之间的矛盾，是樱镇这个带有蛮荒意味的乡村世界一抹柔和的亮色。那些带有矫情诗意的文字，亦是对过于严酷的事象世界的调和与润滑。

只是，读者不免生疑：带灯这个人物到底是现实真有，还是作者的向壁虚构？虽然，贾平凹在该书"后记"里言之凿凿地谈到其现实原型，以及跟自己的种种交往，却并不令人信服。有论者认为："对带灯的刻画，作者倾心又倾力，下了很多工夫，但终于去不了一个'假'字。这个假，并非说带灯的性格假，而是说带灯这个人物所依托的情节是假的，个人的生存环境是假的，缺乏真实性的。对于现实主义艺术，无论情节还是环境，一假之后，一切都无足谈了。"[2] 如此判断似乎有些言过其实，但带灯这个人物形象给人的不信任感却是不争的事实。而我感兴趣的是：为何贾平凹倾力塑造的一个小说主人公，却让人难以相信？

细细考察，我更愿意将这一缺憾，一方面归之于作者那某种不

1　程德培：《镜灯天地水火——贾平凹〈带灯〉及其他》，《上海文化》2013 年第 3 期。
2　龚敏律：《游移的主题，割裂的文本——评〈带灯〉兼与几位批评家商榷》，《文艺争鸣》2014 年第 5 期。

得已而为之的设定所带来的副作用；另一方面，对于樱镇而言，带灯本就是个"外来者"。在很大程度上带灯是隐含作者在文本中的主观投射。带灯的倾诉对象也是一个城里人，她将在乡下的所见所闻，对农民的看法，关于乡村问题症结的诸多思考，都写给那个当上省政府秘书长的元天亮。或许，贾平凹没有意识到的是，带灯所经历的恰是他自己多次下乡行走所收获的乡村发现。带灯的眼睛便是他的眼睛，带灯的思考便是他的思考。他急于将这一切传递出去，于是想象带灯的倾诉对象，便是那个她只远远见过一面的在省里职位不低的官员。因传达乡村真实情景的心愿过于峻切，让带灯跟元天亮的"恋情"实在突兀得令人难以想象，而不可思议的单恋又发生在一个已婚女性身上，自然也幼稚得无法可想。出于作家一厢情愿的设定，带灯这个形象还有那些矫情的文字，在小说里都是极其僵硬、极其违和的存在。

当然，换一角度，一个几近犯"花痴"的美丽乡镇女干部的私人情感世界，对读者来说或许具有转移注意的作用，对以带灯的视角所看到的诸如截访、罚款、斗殴等，具有蛮荒感的乡村事件，起到一种调和、转化的作用，软化事象的尖锐性。因而，带灯形象的塑造和设定也可能是作者的一种叙事策略。事实上，很多时候小说里那些看起来平淡无奇的叙述，却自带蛮荒感。如带灯到黑鹰窝村去看望老伙计范库荣，进屋所见的情景是：

> 一进去，屋里空空荡荡，土炕上躺着范库荣，一领被子盖着，面朝里，只看见一蓬花白头发，像是一窝茅草。小叔子

俯下身，叫：嫂子！嫂子！带灯主任来看你了！带灯也俯下身叫：老伙计！老伙计！范库荣仍一动不动，却突然眼皮睁了一下，又合上了。小叔子说：她睁了一下眼，她知道了。带灯就再叫，再也没了任何反应。带灯的眼泪就流下来了，觉得老伙计凄凉，她是随时都可以咽气的，身边竟然连个照看的人都没有。[1]

随时都会咽气，身边却无人照看，这是年届七旬的村妇所面临的凄惨之境。带灯为送政府的救济而来，虽为时已晚但毕竟是政府的关怀，也就消解了现实的沉重感。带灯嘱咐范库荣的小叔子，那一千五百元的救济款只能给范库荣买些麻纸。死者生前处境无人理会，政府救济成了逝后的麻纸钱，而在农村买麻纸哪用得了一千五百元？平淡之语却是不露声色的反讽。诸如此类的曲笔，《带灯》俯拾皆是。陈晓明指出，"所有带灯的善举都体现着她个人的慈悲心，也表达了政府新的农村政策对农民的关怀。但所有的这些体现的背后都呈现出乡村存在着严重的贫困和不公正的现象。贾平凹的笔法已经十分老到，相当多的负面的东西他都正面来写"[2]。正因如此，我认为《带灯》真正值得探究的是贾平凹的那些"曲笔"，而不是所谓的"闲笔"。孙郁认为，"人渐老年，不必苛责其金刚怒目有无，温润之美与包容之爱亦人间生态的一部分。在缺少暖色的时代，作家以生命之躯温暖着对象世界，其实也是大难之事。没有

---

[1] 贾平凹：《带灯》，人民文学出版社2013年版，第92页。
[2] 陈晓明：《萤火虫、幽灵化或如佛一样——评贾平凹新作〈带灯〉》，《当代作家评论》2013年第3期。

经历过苦难的青年，大约不易理解贾平凹的苦心"[1]。此说大有谬托知己之嫌。《带灯》倒不是要彰显什么温润之美或包容之爱，作者的苦心恰是如何将自身所感受到的那份关于乡村之苦，不超越写作的限度顺利地传达出来，在人物设定、场景描述上，可谓苦心孤诣。

关于带灯这一形象，陈晓明还认为"带灯这个人物重建了'社会主义新人'这个漫长的政治/美学想象的谱系。如果这一点可能成立，那么也不妨把《带灯》看成是贾平凹试图重新开启政治浪漫想象的一个努力"[2]。与之相对，龚敏律则认为所谓"社会主义新人"的精神特质"应是民主意识、法制意识和个性意识的融合"[3]，以此考量，带灯尚有很远的距离，但论者以带灯那次跟马副镇长一起逼迫一对乡下老人，为已经出嫁的女儿交超生罚款时，马副镇长要一百元，带灯只收了五十元为例，认定"如果以带灯的善来批判其他乡镇干部的不善，其实也就是古人所谓五十步笑一百步"[4]。对此，我认为这又实在是求全责备。或许，龚敏律更想看到的，是一个与体制作针锋相对斗争的女汉子。如果那样，我想说的是，那些没被曲笔化解的尖锐，是否能传达至读者面前或许两说。在贾平凹，长篇小说《废都》的前车之鉴太过深刻。除了对带

1　孙郁：《〈带灯〉的闲笔》，《当代作家评论》2013年第3期。
2　陈晓明：《萤火虫、幽灵化或如佛一样——评贾平凹新作〈带灯〉》，《当代作家评论》2013年第3期。
3　龚敏律：《游移的主题，割裂的文本——评〈带灯〉兼与几位批评家商榷》，《文艺争鸣》2014年第5期。
4　龚敏律：《游移的主题，割裂的文本——评〈带灯〉兼与几位批评家商榷》，《文艺争鸣》2014年第5期。

灯这一人物形象的质疑外，龚敏律还认为贾平凹在表现农村矛盾时立场存在错置，即"把立场或者说同情心显然放到了强者的一边"[1]，对乡镇干部有同情，而那些上访者大多被塑造成刁民和流氓。或许，当下乡村现实远非一个坐在书斋里的评论家所能了解。所谓立场错置，在贾平凹可能因为对乡镇干部的生存状况有所同情所致："正因为社会基层的问题太多，你才尊重了在乡镇政府工作的人，上边的任何政策、条令、任务、指示全集中在他们那儿要完成，完不成就受责挨训被罚，各个系统的上级部门都说他们要抓的事情重要，文件、通知雪片似地飞来，他们只有两只手呀，两只手仅十个指头。而他们又能解决什么呢？手里只有风油精，头疼了抹一点，脚疼了也抹一点。他们面对的是农民，怨恨像污水一样泼向他们。这种工作职能决定了它与社会摩擦的危险性。在我接触过的乡镇干部中，你同情着他们地位低下，工资微薄，喝恶水，坐萝卜，受气挨骂，但他们也慢慢地扭曲了，弄虚作假，巴结上司，极力要跳出乡镇，由科级升迁副处，或到县城去寻个轻省岗位，而下乡到村寨了，却能喝酒，能吃鸡，张口骂人，脾气暴戾。"[2] 总之，《带灯》一方面带有直面现实的尖锐，另一方面又能不超出写作的限度，在我看来，内在决定于贾平凹的忧患意识、写作经验，还有数十年来所形成的对自身所处言说环境的理性认知。

---

[1] 龚敏律：《游移的主题，割裂的文本——评〈带灯〉兼与几位批评家商榷》，《文艺争鸣》2014年第5期。

[2] 贾平凹：《后记》，《带灯》，人民文学出版社2013年版，第358页。

村落萎了，人也萎了

进入 21 世纪，随着中国乡村现实以及作家乡村观照角度的变化，乡村叙事出现了大量新质的元素，炫耀着读者的眼目。其中，阎连科的系列作品无疑是最引人注目的存在。《日光流年》（1998）、《坚硬如水》（2001）、《受活》（2003）、《炸裂志》（2013）等长篇小说，以极具个性化的乡村书写令世人瞩目，彰显阎连科那独树一帜的乡村观照方式。正如有论者所言，无论"写家乡父老卑屈的'创业史'、'文化大革命'的怪现状，或是新时期的狂想曲，无不让我们惊奇他的行文奇诡，感慨深切"[1]。综观阎连科的乡村叙事，其独特之处就在于，对乡村荒野图景的个性化呈现。关于其

---

[1] 王德威：《革命时代的爱与死——论阎连科的小说》，《当代作家评论》2007 年第 5 期。

笔下的乡村，王德威有更为形象的说法："如果莫言的土地是植物性的，是物种孕育勃发的所在，阎连科的土地是矿物性的，不见生长，唯有死寂。"[1] 阎连科以狂放不羁的想象和狂欢性的语言，传达出当下乡村另一向度的真实，其文字里的荒野图景，还有任性、恣肆的艺术风格给读者带来双重冲击，一度引起广泛争议，有毁有誉。褒之者认为，他"用狂飙般的想象力和非凡的语言才能守护了人的良知、文学的尊严，又以奇崛而吊诡的故事设计表达了对乡村中国乃至人类命运的无以诉说的绝望和悲悯"[2]；而不以为然者则指出其个别作品如《受活》有哗众取宠之嫌[3]。在我看来，过分狂放的想象，不加节制的语言，以及图一时快意的戏谑，还有近乎逞才使气的魔幻，在一定程度上影响了阎连科小说对乡村真实的抵达，冲淡了其现实关注的诚意。而受其21世纪以来诸长篇的连番"轰炸"之后，反观《情感狱》等早年文字，因不过分在意想象和语言的新奇，反倒让人觉得更其清新可读，深入人心。值得注意的是，长篇小说《丁庄梦》（2006）是近年来阎连科小说创作的一个"例外"，似有意向现实主义回归，手法较为平实。阎连科本人亦表达了对这部作品的格外看重："我不知道《丁庄梦》写得好与不好，但我可以问心无愧地说，我在写作这部二十几万字的小说时，它消耗的不是我的体力，而是我的生命，是我的寿限。在把二十几万字改成不足二十万字时，它表达的不仅是我对生命的爱，还表达

---

[1] 王德威：《革命时代的爱与死——论阎连科的小说》，《当代作家评论》2007年第5期。
[2] 王鸿生：《反乌托邦的乌托邦叙事——读〈受活〉》，《当代作家评论》2004年第2期。
[3] 肖鹰：《真实的可能与狂想的虚假——评阎连科〈受活〉》，《南方文坛》2005年第2期。

着我对小说艺术笨拙的热爱与理解。"[1]或许，正是这份写作的诚意，内在决定了《丁庄梦》的风格还有文字里的图景呈现。在新世纪乡村叙事中，作为乡村荒野的文学呈现，《丁庄梦》不仅提供了荒野生成的新维度，而且毫无疑问也最具典型性。

现实原则与审美原则

学者梁鸿认为："如何处理审美与现实之间的关系，使现实能够超越主义，超越它身上所背负的过多条规，重新显现出它的力量和苦难本质，同时，又使小说显现出文学艺术的伟大魅力与奇迹，是当代乡土小说一直面临的困境。"[2]显然，不惟乡村叙事如此，现实原则与审美原则的纠缠，本就始终是中国当代文学的困境之一。特别是进入新世纪以来，作家普遍缺失直面现实的勇气和写作的使命感与担当意识，他们无力进入现实场域，或对现实问题刻意绕避，或为自己选择一个哀而不伤的观照角度，或以审美原则为作品的"不及物"进行自辩与自欺，归根结底以规避问题为能事，久而久之慢慢丧失了写实的能力。与之相对，近二十年来，处于急剧转型中的中国社会又纠结着太多太重大的问题，恰恰是能够也应该产生大作品的时期。只是因为现实原则和审美原则的纠结，令人遗憾的是，我们一方面看到社会矛盾的普遍化与尖锐化，另一方面却分明感受到文学创作的虚弱无力。与20世纪80年代的文学相比

1　阎连科：《写作的崩溃——代后记》，《丁庄梦》，上海文艺出版社2006年版，第288页。
2　梁鸿：《现实的超越与回归——论〈丁庄梦〉兼谈乡土小说审美精神的困境》，《平顶山学院学报》2008年第6期。

照，这一问题再为明显不过。

具体到中国乡村，"生存问题、身份问题、现代与传统的冲突问题，社会转型过程中的挤压与不公正等等，都是目前中国最重大的问题，应该说，这是现代中国最沉重的痛处，也是文学最需要承担的地方，也可以说，是最大有作为的领域"[1]。而且，作为农业大国，乡村叙事始终占据中国文学绝对主导性的位置，自"十七年"到"新时期"涌现了大量经典作家、作品，乡村始终是文学观照的重心。但是，20世纪80年代成长起来的一代描写乡村的作家绝大多数进入了城市而与乡村日益疏离。一些作家的乡村想象，仍然基于过去的乡村经验。当然，也有像贾平凹、李佩甫等人，仍保持定期下乡的习惯，密切关注乡村的变化；更多作家在定居城市后，其关注的兴趣随着身份的变化而有所改变，乡村渐渐淡出了视野，隔膜越来越深。即便仍然描写乡村，但经验的隔膜和出发点的改易，让他们"总在隔靴搔痒，没有触到乡村的痛处，或用艺术的幌子遮掩自己的苍白和贫乏。技术主义的深化使知识分子包括作家在内，逐渐转化为各个岗位的专业知识分子，失去了向公共场域发言的意识。在这种情况下，作家也逐渐退化为'爬格子'的工匠，对现实关怀呈现出放弃和撤离的姿态"[2]。与之相对的是，"乡土中国的现实状态是所有具有公共关怀意识的知识分子心中的症结，巨大的现实苦难超越了一切艺术的游戏与从容，也压倒了批评者对

---

[1] 梁鸿：《现实的超越与回归——论〈丁庄梦〉兼谈乡土小说审美精神的困境》，《平顶山学院学报》2008年第6期。
[2] 梁鸿：《现实的超越与回归——论〈丁庄梦〉兼谈乡土小说审美精神的困境》，《平顶山学院学报》2008年第6期。

艺术的渴望和审视，他们更希望看到、感受到真实的乡村境况"[1]。正是基于此，乡村叙事的吊诡之处在于，近年来乡村真实图景的呈现并非来自职业作家，恰是生活在乡村的自发写作者或者从乡村走出的大学教师。前者如《中国农民调查》(2003)的作者，后者如在"非虚构"写作中脱颖而出的学者梁鸿。《中国农民调查》问世之后引起广泛关注，也成为许多批评家用来对比批评乡村叙事虚弱的绝佳范例，是现实原则对审美原则的压倒。当然《中国农民调查》和梁鸿的"梁庄系列"并非没有审美性，只是在他们的写作中，审美原则不再是怯于直面乡村现实的借口。

那么，当一个职业作家意欲呈现其亲历或目击的乡村大事件时会如何选择？《丁庄梦》的写作，在某种意义上是对这一问题最为恰切的回应，具有示范意义。在阎连科21世纪诸长篇中，之所以说该作是一个"例外"，就在于，作者阎连科在与艾滋病肆虐下的河南乡村遭遇时，对自己那已然设定好的现实原则与审美原则的重新调适。众所周知，《丁庄梦》取材于真实的乡村悲剧：20世纪90年代河南部分乡村的农民，因卖血而导致艾滋病大面积爆发。阎连科多次深入"艾滋病村"与村民生活在一起，掌握了大量第一手的资料，更获得了最直接的乡村经验，形成真正属于自己的感知。动笔之前，当被问及将以何种方式呈现他所感知的一切时，阎连科回答："如果我能真实地记录这样一个世界性灾难在中国乡村的状

---

[1] 梁鸿：《现实的超越与回归——论〈丁庄梦〉兼谈乡土小说审美精神的困境》，《平顶山学院学报》2008年第6期。

况，我会放弃一切小说的技巧和文学修养。"[1] 言外之意，他似在表明，在书写如此真切而巨大的乡村灾难时，小说创作的技巧几成赘疣，成了再现真实的障碍。

由此可以看出，不同于一般乡村叙事者的是，阎连科拥有直面最残酷的乡村现实的勇气，亦不缺少一个有良知的作家的担当意识。亦即，他对文学创作的现实原则和审美原则有着充分的自觉。因而，在阎连科的系列作品中，《丁庄梦》的"例外"实则是一个"有意味的形式"。对比其此前和此后的文字，它不那么恣肆，亦不那么魔幻，而是归于平实。小说问世后，作家邱华栋访谈阎连科时明确表示，就小说所关涉的问题而言"要是用一种新新闻主义式样的写法似乎更好，现在小说的形式减弱了她本身的震撼力"[2]。对此，阎连科在表示认同的同时，亦透露其小说《为人民服务》被禁给他"写作上带来的影响别人将无法体会"[3]。毋庸讳言，在中国当下存在文学介入现实的限度，阎连科的回应似乎流露出《丁庄梦》是对写作限度某种程度的妥协。然而，另一个问题是，如果仅仅为了追求真实，一个新闻记者可能做得更好，无须一个专业作家。阎连科对此同样有明确的认知："作家所能完成的是当他们得了艾滋病之后，他们的精神状况、生存境象、内心的痛苦，这决不是一个新闻记者和电视画面所能表达的。"[4] 可见，《丁

1　阎连科、梁鸿：《巫婆的红筷子》，春风文艺出版社 2002 年版，第 105 页。
2　阎连科、邱华栋：《"写作是一种偷盗生命的过程"——阎连科访谈录》，《环境与生活》2008 年第 12 期。
3　阎连科、邱华栋：《"写作是一种偷盗生命的过程"——阎连科访谈录》，《环境与生活》2008 年第 12 期。
4　阎连科、梁鸿：《巫婆的红筷子》，春风文艺出版社 2002 年版，第 105 页。

庄梦》在新闻报道式直面与《受活》式魔幻奇诡之间的折中，出于作家那极其分明的主观意图，还有写作的自觉性。事实上，比起《受活》《炸裂志》诸作，《丁庄梦》给我的冲击更大，巨大的震悚感弥漫于平实的语言和近乎朴素的叙述中。艾滋病只是"丁庄"民众的身体疾患，而更甚于这一绝症的，是他们那同样令人绝望的精神疾患。这是《丁庄梦》真正的震撼力之所在，某种意义上，它源于审美原则对现实原则一定程度的妥协。显见的事实是，近年的文学创作，作家对于文字技巧的过于看重甚至夸炫，在很大程度上消释了写作的诚意。以致很长一段时间以来，文学创作成了一些作家夸炫技巧的试验，外表的华丽、诡奇，却难以掩饰内里的虚弱。在《丁庄梦》中，读者可以很清晰地看到作家对创作技巧的克制。或许这正是小说彰显诚意之处，带给人的震撼也就不言而喻。

那么，关于艾滋病这种令人绝望的疾病，《丁庄梦》到底提供了什么？

致富梦与生死场

《丁庄梦》以一个十二岁死孩子的视角看取人世间的"丁庄"，观照的结果是，这个河南乡村的图景不过是切切实实的生死场。一群草民因无知招惹了艾滋病这个怪兽，于是如遭天谴般身患致死之疾而聚在一起，无望地等待死神降临，即便就在生命走向荒芜末路的过程中，他们仍上演着一幕幕悲喜剧。这个群体早已难以见到人性的亮光，小说呈现给读者的是无边的晦暗，令人震悚。这是最为典型的乡村荒野，读《丁庄梦》自然让人联想起 20 世纪 30

年代萧红笔下的《生死场》(1935)，隔了七十多年的时空，两部作品某种意义上达成了一种对话关系。

《生死场》里，萧红以粗粝、滞涩的文字，构筑起一个令人骇异的意象——乱坟岗子。在那里，尸骨被丢弃、被潦草掩埋，饥饿的野狗撕扯着人尸，咀嚼着人骨，因争夺而互相撕咬。这一意象弥散而成巨大的死亡阴影，金枝、王婆、赵三、成业、月英等人物便被笼罩其中，饥寒、愚昧以及外族入侵，同样让他们如遭天谴盲目等死。萧红笔下的村民对于生与死的观念是：死了便死了，活着的继续活下去，永远无法感知心灵的空间，"蚊子似地生活着，糊糊涂涂地生殖，乱七八糟地死亡"[1]。而"患病"后的丁庄，更是一派处处都能感受到死亡的黑风景：

> 庄里的静，浓烈的静，绝了声息。丁庄活着，和死了一样。因为绝静，因为秋深，因为黄昏，村落萎了，人也萎了。萎缩着，日子也跟着枯干，像埋在地里的尸。[2]

小说开篇的文字，奠定了整部作品的基调，弥漫而出的是死亡迫近的无边荒寒：人畜、植物在凋萎，到处一片死寂。呈现在读者面前的早已不是个体的死亡，而是整个村庄在死去，是大地上呈块状地无声消亡。文字里的丁庄是个哑声的世界，如同一部默片，无声上演着生死。死去的已然死去，活着的也即将死去——这是一个

---

1 萧红：《生死场》，荣光书局1935年版，第211页。
2 阎连科：《丁庄梦》，上海文艺出版社2006年版，第7页。

"活着"即"死着"的世界。这群"死着"的人，聚在村小学的教室里过起了集体生活，以走完生命的最后一程。学校如同一个庇护这些将死者的乌托邦，这一明显带有反讽意图的设置意味深长。20世纪七八十年代，村里的小学是乡村儿童对外面世界生出憧憬，为改变自身命运而努力的人生起航之地，如今却因没有学生而被废弃，伴随开启民智之所的毁弃而来的，便是这天谴般的惩罚。惩罚已经到来，再回到学校，那些废弃已久的教室只是一个空洞的庇护空间而已，救赎早已成为不可能。

很显然，丁庄真正的致死之疾是贪婪和愚昧。两者纠结成一个怪诞的梦——在物欲刺激之下生成于20世纪90年代的快速致富梦。当知识分子被彻底边缘化，当人们多少个世代被极力压抑的物欲，被空前激发并释放出来，整个社会自然弥漫着浓烈的铜臭，价值取向随之极度扭曲。乡村渴望跟城市一样，享受现代工业文明的成果，一切都是那么急不可耐，生怕来不及，而公众所有的努力就是为了赚得更多的金钱。愚昧与急功近利早已让愚夫愚妇们，顾不得思考如何取得金钱。嫌诚实的劳动挣钱太慢，在旁人启发下，他们看到了以身体挣钱的门径——卖血，于是走向万劫不复。从《生死场》到《丁庄梦》，数十年过去，令人感慨的是，乡村的愚昧以及由愚昧而带来的惨烈却一仍其旧。《生死场》呈现了20世纪30年代东北乡村民智未开的蒙昧；《丁庄梦》则是底层草根因物欲被唤醒而又致富无门的焦虑所导致的疯狂。无论昔时东北乡村还是今日中原大地，我们所看到的，都是这些附着于土地之上的普通人毫无心灵空间的生存状态，以及精神上的极度愚弱。随着故事的深入,更令人感到震悚的是,当丁庄遇上艾滋病,却如同上演一场欲哭无泪的闹剧,个中情节太过黑暗、荒诞。

  官员为了发展地方经济的政绩,别出心裁地鼓励农民卖血致富,并美其名曰:血浆经济。于是,为了这"血浆经济"下乡进行宣传鼓动,官员的蛊惑加上农民的无知,一场血色闹剧便在中原大地轰轰烈烈地开演。前来丁庄动员村民发展"血浆经济"的是县教育局高局长,这一情节、人物设置与最后收容艾滋病村民的是学校,形成了一个完整的逻辑。昔日改变乡村命运的基础教育主管领导和设施,如今变成了让乡村走向死亡的源头和无望的庇护所,足见急剧膨胀的物欲,悄然改变了乡村的一切。迫于上级领导的压力,高局长急于彰显政绩,找到"我"爷爷丁水阳充当其代理人,利用他作为乡村小学的一名"准老师"数十年建立起来的声望,来说服村民相信卖血致富的新神话。一开始,丁庄人因无法理解卖血对身体是否有害而犹疑观望,高局长授意丁水阳在河滩上向村民演示人血如同水坑里的水"舀不干,越舀越旺"[1]。如果说丁水阳在河滩上的直观演示,只是令村民将信将疑的话,那么随后组织村民到因发展"血浆经济"而迅速富裕起来的蔡县上杨庄参观,则让他们看到了卖血之后可能实现的生活样貌:"冰箱都一律放在走进屋门的左边门口处,电视机都摆在沙发对面的红色机架上。洗衣机都在和灶房相邻的洗浴间。各家的门窗都是铝合金。各家的箱子、立柜、组合柜,都是红漆印黄花。各家的床上都是叠着绸缎被,铺着

---

[1] 阎连科:《丁庄梦》,上海文艺出版社2006年版,第24页。

羊绒毯,屋里全都漫着一股喷香的味。"[1]"成功"的范例就在眼前,胜过千言万语,上杨庄的城市化图景让丁庄人完全相信了"血浆经济"的前景,更召唤出他们那潜藏于心底的物欲。一个致富梦亦即"丁庄梦"随即生成,于是"丁庄开始卖血了。丁庄轰的一声卖疯了"[2]。靠"血浆经济"迅速富裕起来的丁庄人,满怀感激地将"我"爷爷视为帮他们脱贫致富的救星。穷怕了的乡民,没想到一夜之间就找到了摆脱穷困的途径,在满脑子只有政绩的官员的蛊惑下,他们就这样堕入了巨大的梦魇里。

丁庄人眼羡的无非是楼房、彩电、冰箱这些表征现代工业文明的日常之物;他们的致富梦魇说到底也还是生成于乡村底层民众,对现代城市生活的企望与自身的贫困之间的矛盾,而无从了解,亦不被告知单靠卖血实则无法带来持久的财富。在实际调查中,阎连科了解到,河南乡村艾滋病患者很多,但没有一个患者是村干部家的人。他对前来访谈者说:"众所周知,这里的人所以患病是因为穷,因为卖血而被传染,至少村干部家不需要卖血。"[3]这便是村干部与村民之间的分野,自然也是极其残酷的事实。

那么,卖血是否满足了丁庄人的现代性企望?

一如上杨庄人,依靠卖血所得,丁庄人也住进了二层楼房,彩电、冰箱、洗衣机都添置完备,坐便器替代了世代沿袭的茅坑,他们似乎拉近了与城市的距离,也开始享受现代工业文明的便利,然

---

[1] 阎连科:《丁庄梦》,上海文艺出版社2006年版,第28页。
[2] 阎连科:《丁庄梦》,上海文艺出版社2006年版,第30—31页。
[3] 阎连科、姚晓雷:《"写作是因为对生活的厌恶与恐惧"》,《当代作家评论》2004年第2期。

而实际情形是：

> 在我们家的院落里，和那楼房不般不配的是那洋楼院里有猪窝和鸡窝，楼檐下还有鸽子窝。盖楼时，爹是完全描着东京的洋楼样式盖下的，楼屋的地上铺了粉白、淡红的大瓷砖，院落地上铺了一米一个方格的水泥地。把千百年来露天厕所用的蹲坑改成了屋里的坐器儿，可我爹、我娘坐着那器儿，坐死也拉不出来屎，只好又在楼后的露天地里挖了蹲坑儿。[1]

这一图景如同黑色幽默，令人哭笑不得。洗衣机、坐便器、电冰箱等城市生活的表征，都成了乡村世界的摆设，是村民潜意识里的物欲梦的外显。只是，巨大的悲剧性在于，这些丁庄人用不惯也用不上的表征现代性的器物、设施，却是他们拼死追求的东西，太多人为之付出的是生命的代价。不仅如此，随着急剧膨胀的物欲而来的，是乡村原有价值取向、人际格局的深刻变化——乡村因此而彻底死去。"我"爹丁辉脑子灵活成了十里八乡最大的"血头"，为了利益最大化，在采血过程中尽量节省成本，多人共用针头、药棉，利用各种阴险手段疯狂敛财，如增大血袋的标准容量而多采血少付钱。及至艾滋病肆虐，很多乡亲家破人亡，他却看到了死人所带来的更大商机，从官员手里倒卖棺材大发死人财。更令人不可思议的是，丁辉还别出心裁地为那些没有成家就死去的年轻人配阴亲，在死者身上再赚一笔。村民的血汗钱就这样被榨得一干二

---

[1] 阎连科：《丁庄梦》，上海文艺出版社2006年版，第17页。

净。贪婪让丁辉人性泯灭，成了一个唯利是图的恶魔，他和家人自然也成了村人报复的对象，先是家里养的鸡、猪被毒死，其后十二岁的儿子也被毒死，为躲避报复只好举家搬进城里。面对丁庄的现状，丁辉父亲也就是"我"爷爷丁水阳怀着巨大的愧疚，希望儿子能有所悔悟去挨家挨户给人家磕头赎罪。但想法一说出，便遭到儿子的断然拒绝。小说最后，丁水阳在埋掉同样因患艾滋病而死去的小儿子丁亮之后，亲手打死了大儿子丁辉，力图阻止这黑暗的蔓延，也以此向村人谢罪。丁家三代的故事，分明让人看到金钱残酷无情地改变了乡村原有的一切，在急速膨胀的贪欲面前，乡村变成了人性的黑洞，所有的亮光都被吸了进去。在丁庄疾病肆虐的背后，读者更看到贪欲的肆虐，看到物欲如何横扫乡村大地，在这个怪兽面前，道德、理性，还有人之为人的底线，皆已形同虚设。而这一过程，几乎无人幸免。

李三仁从部队转业后回到丁庄担任村长数十年，亦曾立志要把家乡变成"小江南"，然而到底一事无成。"血浆经济"时代的到来，他因跟不上时代步伐而被撤职。他坚守底线，村民争先恐后地卖血，他开始不为所动。但是，一段时间之后，他渐渐抵挡不住乡亲们依靠卖血先后盖起楼房的诱惑，更难忍受来自老婆的强烈不满，动辄当众对他表示出极大的轻蔑："连一滴血都不敢卖。血都不敢卖，你说你还算个男人吗？"[1] 在诱惑与威逼之下，他也开始卖血，血浆抽走除了换来金钱外，还换来老婆的赞许。而卖血得钱的便利，让他抽血越来越频繁，从一月一次到二十天一次，再到十

---

[1] 阎连科：《丁庄梦》，上海文艺出版社2006年版，第65页。

天一次，身体随之急剧衰弱。"血的教训"让李三仁意识到卖血对于自己意味着什么，在地头再次卖完血的他，脸色苍白、虚汗淋漓、步履踉跄，丁辉兄弟见状上前各自提着他的一条腿不停抖动，以便让血液回流到头部，与此同时，李三仁身上的汗水亦由腿部流向腰际。这发生在田间地头的一幕，无疑最能刺痛读者的神经，正如韩国学者所说的那样："这种场面让读者有掉泪的苦痛感，也有不禁失笑的讽刺性。"[1] 据阎连科透露，李三仁在地头卖血的细节源自高耀洁的讲述，也是其创作《丁庄梦》的原始冲动。[2] 极其浓重的荒野感生成于李三仁从地上爬起来，重新拿起锄头的那一刻，不禁让人感叹乡村生命的卑微，还有苦难的深重。

然而，这仅仅是苦难的开始。正如《丁庄梦》卷一所引述的约瑟替法老解梦，七个丰年之后是七个荒年，跟在卖血后边的是热病。"热病"是村民根据发病体征对艾滋病最直观的认知与称呼。一开始他们不知道艾滋病为何物，但其后这种疾病带来的死亡威胁却是如此真切，卖过血的人几乎都难逃宿命，纷纷如树叶飘落般下世："日子还是原样儿，日照有暖，风吹有寒，染了热病就熬药，有人死了便埋人。"[3] 致富梦太过短暂、虚幻，丁庄人将中华香烟、电冰箱、洗衣机甚至中国人民银行这些物欲、财富的象征，雕刻在逝者的棺材板上，以便让他们带到死后的世界。七十多年后中原大地上所演绎的这生死一幕，比起《生死场》，更让人感到沉重、荒诞；两者相较丁庄才是名副其实的"生死场"。

---

[1] ［韩国］殷美荣：《生与死的麦比乌斯带——〈丁庄梦〉内容分析》，《南方文坛》2013 年第 2 期。
[2] 张英：《活着不仅仅是一种本能——阎连科说"丁庄"》，《南方周末》2006 年 3 月 24 日。
[3] 阎连科：《丁庄梦》，上海文艺出版社 2006 年版，第 101 页。

身体之疾与心灵之疾

在接受媒体采访时，阎连科强调《丁庄梦》"更多的不是写人体的艾滋病，而写的是人心中的艾滋病"[1]。这也是关于艾滋病这一社会事件，相比于作家的创作，新闻报道远远难以企及之处。海外学者王德威亦认为，阎连科"将丁庄的灾难放在更广阔的人性角度观察，而他的结论是丁庄的病不只是身体的病，更是'心病'，贪得无厌的心病"[2]。对于阎连科而言，艾滋病如同一面放大镜，以之充分观照、审视人性，企图挖掘导致"致死之疾"的诸般文化与心理根源。王德威所谓"贪得无厌的心病"只是一个笼统说法，具体而言，权力欲与占有欲是导致乡村患病的深层根源，亦即文化上的病因。大而言之，丁庄亦是中国的缩影，许多学者看到了《丁庄梦》的寓言性，认为它是"人类灭亡的寓言或人性毁灭的寓言"[3]，而远非描述一个村庄掉进现代性的陷阱这么简单。

关于权欲对人的异化，在中国现当代文学里多有表现，产生过许多优秀、深刻的作品。乡村权力在中国当代社会的权力结构里几近微末，但微末的权力也是权力。关于它的诸多运作机巧，对它的觊觎、争夺，还有疯狂的占有，同样惊心动魄。这或许源于国人深固的权力崇拜。早年的乡村经验让阎连科对中原乡村有超出一般人的了解，给他印象最深的便是老百姓对于权力的态度："我从小就有特别明显的感觉，中原农村的人们都生活在权力的阴影之下，在

---

1 李冰、阎连科：《有三种人不适合看〈丁庄梦〉》，《北京娱乐信息报》2006年1月25日。
2 王德威：《革命时代的爱与死——论阎连科的小说》，《当代作家评论》2007年第5期。
3 [韩]金顺珍：《〈丁庄梦〉里的权力、个人和种种》，《南方文坛》2013年第2期。

中原你根本找不到像沈从文的湘西那样的世外桃源。"[1]而当乡村社会对权力存有普遍的敬畏与恐惧时,那么对它的争夺与占有,就成了一种近乎本能的选择,因为占有是规避恐惧最有效的方式。除了死亡外,《丁庄梦》带给人的最大冲击便是权力对人性的压榨,还有乡民为争夺微末权力而上演的一幕幕悲喜剧。

李三仁被撤之后,丁庄村长的位子一直空着。然而,对于当了数十年村长的李三仁而言,掌握权柄的感觉与意识早已渗入其骨血,宰制着他的思想,他始终憧憬有东山再起的那一天。在田间劳作时,他本来对对丁辉、丁亮这些到处收血不务耕种的后生怀有本能的反感。只是,仅凭丁辉"丁庄除了老村长,没有人能当了这村长"[2]这样一句再虚假不过的恭维,李三仁便抱着慷慨赴死之心,主动要求再抽血一次,并转而以宏大的意义对自己那卑微至极之举进行自我安慰:"只要对咱国家好,我还怕流这一点儿血。"[3]作为黑心商人,丁辉想要的是对方体内的血液,源于他对李三仁的洞察,他的那句恭维话让对方看到了重新坐回村长之位的希望,于是李三仁顾不得身体的不适,还有对丁家兄弟的厌恶之情主动卖血,丁辉兄弟不仅买血,还趁机在李三仁身上"偷血"。超量抽血完毕,前文论及李三仁感到身体不支,丁氏兄弟便倒提其双腿不停抖动让血液回流头部以缓解不适。当症状减轻,李三仁又拄着镢头一摇一晃地回田里继续干活,到了田中央,回转身子对丁辉唤道:

---

[1] 阎连科、姚晓雷:《"写作是因为对生活的厌恶与恐惧"》,《当代作家评论》2004年第2期。
[2] 阎连科:《丁庄梦》,上海文艺出版社2006年版,第69页。
[3] 阎连科:《丁庄梦》,上海文艺出版社2006年版,第69页。

"丁辉啊,有一天我东山再起当村长,你一定要出来当个副村长。"[1] 身体虚弱如此,这卸任多年的老村长仍念念不忘那已然失去的权力,仍在做着重获权力的努力。

然而,权力对李三仁的宰制还远远没有结束。他不到六十岁就患上了艾滋病,一经查出便病象沉重,连说话的力气都没有,但对一直空着的村长一职的觊觎却始终不曾松懈。及至病入膏肓时日无多,他也跟着村里的其他病人一道住进了学校,没几天他就发现放在枕头底下的钱和村公章被偷了。公章被偷,即便对于此时的李三仁来说都是"大事件"。他找到主管这些病人的丁水阳表示"那钱丢了无所谓,可那公章不能丢"[2]。因为公章不离身是李三仁保持了数十年的习惯,即便不再是村长,但公章仍是权力的象征性拥有,一旦被偷,对他来说意味着村长权力的彻底丧失,这对他是最致命的打击,公章找回无望加速了他的死亡。吐血而亡的李三仁死不瞑目,即便丁水阳如何努力都无法让他合上眼睛,只好让人刻了一枚假公章放到他身边,这才把李三仁的眼睛合上——那枚假公章成了老村长最重要的陪葬。丁庄前村长和公章的故事貌似荒诞不经,却是阎连科对中原乡村社会一种最普遍的意识形态的认知。权力崇拜的背后实则是金钱崇拜,前文提到河南乡村的干部亲属并没有艾滋病感染者,就在于干部家里没有卖血者。可见,掌握权力实则意味着可以过上一种相对来说更富裕的生活。权力意味着金钱,也就难怪底层民众对它如此贪恋,哪怕失去权力的象征物亦是如此

---

[1] 阎连科:《丁庄梦》,上海文艺出版社2006年版,第71页。
[2] 阎连科:《丁庄梦》,上海文艺出版社2006年版,第73页。

恐慌，正如阎连科所说："这样的环境，自然就形成了普遍对权力的敬畏和恐惧。"[1] 李三仁死后，关于丁庄权力的争夺战仍在活着的艾滋病病人中间上演。丁跃进、贾根柱合谋意欲取得丁庄小学的控制权，于是绞尽脑汁以卑鄙的手段逼迫丁水阳就范，尽显流氓无赖的本色，一旦"大权在握"便放纵卑琐的私欲，将桌椅、黑板等等搬回家。这群至死都不能有一丁点心灵提升的草民，实在难以让人生出同情之心，他们是一个可怜而又可恨的群体。

因而，表面上看卖血导致丁庄人感染艾滋病，而从文化的深层来考察，丁庄人的致死之疾却是他们那难以满足的物欲，对财富的企羡和毫无理性的占有欲。正因如此，小学貌似是一个达至救赎的乌托邦，但实际上是一个反乌托邦的所在。救赎之不可能，就在于这是一个本该遭到天谴，亦不配救赎的极度愚弱的群体。丁庄小学之所以是一个反乌托邦空间，亦在于人性之恶在这里得到了放大与凸显。作为作家，我想这是阎连科最为残酷也最为勇敢之处。更可怕的是，在这群将死者最后的人世时光里，其占有欲并不因死亡将至而有所稍减，他们的心灵世界完全荒芜。不仅如此，在生命彻底无望之时，那卑琐的贪欲不仅没有减弱，反倒有了不可思议的膨胀。这群人聚居在一起不到半个月，便频繁出现小偷小摸现象，他们偷梁换柱，将别人的钱粮、衣物据为己有，没有任何道德感和羞耻感。面对偷盗成风的现状，丁水阳将众人召集在一起进行晓之以理的规训："都到了这时候，命都快没了，你们还偷钱偷粮食，偷人家新衣裳。没有命你们要钱干啥呀？快下世了要那粮食干啥

---

[1] 阎连科、姚晓雷：《"写作是因为对生活的厌恶与恐惧"》，《当代作家评论》2004年第2期。

呀？有火烤要人家的棉袄干啥呀？"[1]很明显，发生在这群艾滋病病人中间的偷窃，早已无关乎前文所论及的致富梦想，只是一种毫无理性的占有欲亦即一种心理定式使然。而这才是这群人的真正致死之疾，只不过他们至死都无从省察。这一群体的存在，也是原有伦理秩序被破坏殆尽之后，乡村整体荒野化的醒豁表征。

当然，《丁庄梦》里最难见到人性亮光的人物无疑是"我"爹丁辉。丁辉积累财富的手段无所不用其极，在贪欲的驱使下，他以个人的精明敛积起巨量的金钱，亦充分召唤出丁庄乡亲作为愚氓的欲望，而成为导致丁庄荒野化最有力、最直接的推手。群氓将死，丁辉却精力旺盛、吃香喝辣、呼风唤雨。作为一种巨恶般的存在，他带给丁庄的将是彻底的毁灭。丁辉最终死于葆有原罪之心的父亲之手，丁水阳对儿子痛下杀手的大义灭亲之举，在替丁庄消灭巨恶的同时，也给了小说一线救赎的亮光。

然而，在艾滋病的烛照下，"丁庄病人"里亦有例外的个体。"我"叔叔丁亮和婶婶玲玲的性与爱，让读者在全然荒野化的丁庄看到了人性的光亮。嫁到丁庄前，乡村少女玲玲仅仅因羡慕同伴的一瓶洗发水，卖了一次血就染上了艾滋病。乡村少女欲求的卑微与代价的巨大构成了太过黑色的讽刺。玲玲跟丁亮不甘年轻的生命就此走向寂灭，在人世的最后时光，想得到自己想要的东西，于是不顾乡村的世俗眼光，睡在一起享受性爱的快乐，被"捉奸"后反倒越发勇敢。面对玲玲丈夫那无耻的勒索，丁亮主动放弃了财

---

[1] 阎连科：《丁庄梦》，上海文艺出版社2006年版，第57页。

产，只想跟心爱的女人安静地享受最后的光景。两人还为正式结合在一起而不懈努力，他们放弃了所拥有的一切，只为实现那唯一的人生目标：哪怕只有一天，也要像人一样活着。他们彼此深爱着对方，离世前夜，玲玲为了给高烧的丁亮降温，冬夜里用冷水浇透全身，然后像根冰柱子一般赤身抱住对方，如此反复六次。丁亮退烧后，玲玲自己发起高烧，天一亮面带微笑平静下世。丁亮醒来发现真爱已死，毫不犹豫地殉情追随。这两个走向末路的年轻艾滋病病人的故事，让人感受到丁庄那仅存的人性与美好。小说所淋漓尽致地呈现的那场生命尽头的性与爱，诚如有论者所说的那样："当爱情和欲望相遇的那一刹那，不知道是欲望造就了崇高的爱情，还是爱情成全了自然的欲望。"[1]不过，在《丁庄梦》整体黑暗到几近荒诞的叙述里，丁亮和玲玲在人世最后一夜的情景，却是如此庄严肃穆，不禁令人生出一种宗教般的崇高感。与此同时，基于荒野的震悚感，亦同样在玲玲那浇透自身，旋即奔跑进屋的场景里弥漫开来。

  我似乎能理解阎连科的苦衷。放弃技巧，尽力写实让《丁庄梦》如此黑暗、沉重；而丁水阳、丁亮、玲玲等人物身上闪现的人性光芒，实则是作家力图让荒野化的丁庄存在达成自我救赎的可能。然而，更大的救赎则体现在小说结尾情节的设置上。丁水阳因杀死自己大儿子而被带走关了三个月，回到丁庄，整个村庄早已彻底荒芜，没有人烟，遍地野草。他进屋躺下，随即做了一个梦：一场大雨冲刷着人畜绝尽的平原，倾盆大雨中，他看见平原上一马平

---

[1] ［韩］殷美荣：《生与死的麦比乌斯带——〈丁庄梦〉内容分析》，《南方文坛》2013年第2期。

川的泥地里，有个女人用柳枝在泥里沾一沾，然后甩出好多泥人儿，她不停地沾，不停地甩，"一片一片的泥人儿蹦蹦跳跳，多得和地里的水泡一模样"；旋即又出现了一个"新的蹦蹦跳跳的平原"和"新的蹦蹦跳跳的世界"。[1]如此，小说终于有了一个稍具光亮的尾巴，救赎似乎在这奇幻的想象里终于达成——大破大立，人畜绝尽、彻底荒芜的丁庄终于得以重生。

然而，细细体会，这仍是一个中国式的创世梦。与《圣经》里上帝照着自己的样子造出亚当全然不同，生命创造的粗糙与随意或许意味着新一轮乡村新生与荒芜的轮回。让人不禁想起鲁迅当年的感慨："假使造物也可以责备，那么，我以为他实在将生命造得太滥，毁得太滥了。"[2]诚哉斯言！ 如此设置"对于作者来说，这真可以算作一个好医生给读者的一剂良药"[3]；然而，我想说的是，除了感慨阎连科的良苦用心之外，对于一个稍有理性的读者而言，如此"对症下药"实在令人无语。

1　阎连科：《丁庄梦》，上海文艺出版社2006年版，第285页。
2　鲁迅：《鲁迅全集》（第1卷），新疆人民出版社1995年版，第221页。
3　程革：《一曲同情和悲悯的歌——读〈丁庄梦〉》，《文艺争鸣》2006年第6期。

抗拒荒野

从一个地地道道的进城打工仔，完全靠着生活的历练，还有个人对文学的天才领悟，而成长为具有较大影响的专业小说家、诗人，王十月、郑小琼们可谓谱写了"农裔城籍"作家的新传奇。他们的经历是"乡下人进城"的新范例。具体到王十月的写作，都市叙事和乡村叙事是他相互平行的两翼——又是城乡"两地书"；但是与阎连科、李佩甫、毕飞宇等不一样的是，王十月提供了一个"70后"作家的乡村经验，还有别样的观照与思考，在我看来这些都具有非同寻常的意义。

与命名无关

即便王十月的写作发展到今天,在众多评论者眼中,仍无法剥离"打工文学"的标识,他们在一种相对固化的场域里展开讨论,进行价值评判,几乎一致认定他是"打工作家"的扛旗者。然而,当屡屡被问及这"被贴标签"的感受时,王十月更多表现出一份漠然、无奈,甚至某种难以言说的抗拒:"从头到尾我对这个标签不介意也不拥抱。我曾经打过一个比喻,'打工作家'这四个字就是我的胎记。这块胎记长在我身上,不能把它洗掉,那就是你的精神烙印,但也用不着一天到晚告诉别人说我这有块胎记,所以我出去介绍从不会说我是'打工作家',别人介绍我是'打工作家'时,我也不会反驳。但那与我的写作无关,我按自己的计划写作就行了。"[1]

诚然,一个作家的价值,并不取决于他曾经的身份,还有所观照的对象。文学就是文学,作家就是作家,不应该有人为的限定;具体到王十月及其创作,其价值自然与"打工作家""打工文学"无关。值得注意的是,命名固然给话题谈论、对象指涉带来方便;但一批作家或某种文学现象一旦被命名,无疑又会给观照者带来顽固的角度预设和观照惰性。而对预设观照角度的迁就,往往会使人们有意无意忽视,已然被标识的作家群体里那些卓异的个体,还有其文字所表现出的全新品质。因为,唯有无视新质,惯性的谈论才能得以迁延。毫无疑问,对某个文学现象、作家群体最为便捷的命

---

[1] 王十月:《要我写小情小调,根本不可能》,《羊城晚报》2013年9月23日。

名，莫过于仅仅出于对作品所呈事象的描述，以及写作者彼时身份的简单认定，并以之作为文学现象和作家群体的限定词。如此命名，如同贴上一个简陋的标签，只是一个肤浅的标识，来不及深入到被命名对象的内在肌理，更不用说把握其独特品质。

不得不说，"打工文学""打工作家"便属此类。而随着文学创作和作家群体的发展与分化，"打工文学"这一命名的粗暴、浅陋，以及四个字所传递出的复杂信息，愈益令人感到不适甚至生出恶感。所谓"打工文学"，狭义上是指创作主体为"打工者"，描写对象也是"打工者"，亦即打工者描写打工者的文学。然而，少有人质疑一个真正被工业流水线牢牢困住的打工者，又如何能够产生"文学"？常识告诉我们，艺术存在门槛，打工仔、打工妹们那些简单的日常事象堆砌、情绪发泄的文字谈不上"文学"；而这个写作群体里的富有天分者迅速越过写作的初始阶段，一旦进到"文学"层面，所带来的显见事实是——他就不再是打工者了。王十月便是典型例子，盛可以、郑小琼、曾楚桥等亦然，他们早已成为职业作家，打工只是曾经的经历。以王十月近年创作而论，"打工文学"之类的标签尤显滑稽。其创作早已跳脱这一狭隘命名的范围，构筑了属于自己的独特文学景观。正因如此，一旦进入对王十月的谈论，众多论者都会明确表示，对以"打工文学"标识王十月创作的不以为然。多年前，谢有顺就认为"一个作家，如果没有对现实境遇的卷入和挺进，就意味着他未曾完成对存在的领会。存在是最大的现实。看到了这一点，就知道，把王十月的写作简单地归纳为打工文学或底层文学，其实并不合身"[1]。

我想说的是，诸如"底层叙事""打工文学"之类的命名，带给人的心理不适或许还在于，透过这些概念所分明传达出的阶级优越感。命名一旦完成，面对被命名群体所出现的创作新变，更有甚者还表现出一种力图固化被命名对象的莫名冲动。例如，鉴于王十月被国内主流文学刊物广泛接纳的良好态势，有论者便担心他一旦进入主流就不再讲述底层，进而建议"打工文学可以借鉴左翼文学传统和艺术经验，执守自己的写作意愿而不必急于向主流文学皈依，以祛除命名的焦虑"[2]。除了向主流文学"皈依"，更令论者担心的自然是王十月创作中出现的所谓"精英化倾向"[3]。而从写作规律来看，一个作家的创作出现变貌自是常态，更何况王十月本就是那种有着高度写作自觉性的青年作家。批评界对其创作变貌的"警惕"也好，"忧虑"也罢，显然源于"打工文学""底层叙事"这些概念先入为主的设定。于是，一个优秀作家对写作自觉性的追求，在他们看来不过是为了"祛除命名的焦虑"。在我看来，恰是王十月的创作变貌，让原有的概念指涉变得困难，而给一些评论者的言说带来了焦虑。

在所谓"打工文学"出现三十周年之际，这一概念的命名者对其提出过程，进行了详细梳理。体制内知识精英对当年打工仔、打工妹们文学创作的扶植诚然令人感佩，然而，不可否认的是，"草

---

[1] 谢有顺：《现实主义者王十月》，《当代文坛》2009年第3期。
[2] 周思明：《打工文学：期待思想与审美的双重飞跃——王十月小说创作论》，《文艺评论》2008年第2期。
[3] 周水涛：《王十月打工小说创作的精英化倾向及其他》，《小说评论》2009年第2期。

根/精英"却是这篇文字最为基本而显豁逻辑[1]。我以为,这才是"打工文学"这一概念无法消抹的胎记。只是,时至今日,一个令人困惑的巨大问题是:何为底层?我们又如何认定王十月为底层,并将其文字视为"底层叙事"?与之相应,我们又何以自诩为"上层"抑或"中层"?事实上,王十月本人十多年前便有类似质疑:"另外有个词也让我心生疑惑,那就是底层。什么是底层?与底层相应的是什么,上层?高层?还是?"[2] 在我看来,一个越发令人不安的社会现实是,不管我们身处何处,当我们自身的权益受到损害而无处伸张,我们便身处底层。是否底层无关其他,实则在于话语权的有无。因而,真正值得警惕的,倒是"打工文学""底层叙事"之类命名,对"沉默的大多数"的现实境遇的遮蔽。人们或许能理解这些概念提出背后的婉曲,但我无法不表示出对它们的恶感与抗拒。正如有论者所认为的那样:"这些概念的本质性理解,仍然是阶级式的理解。"[3] 事实上,面对打工群体,一些人自诩的阶级优越不过是一种空幻。姑且不论这些概念的合理性,我想说的是,它们对王十月的创作早已丧失指涉能力。因此,在谈论王十月时,有的论者会自觉质疑、厘清这些概念与所谈论对象的关系;当然,更有基于概念框定的各种"强说"。如有论者由《寻根团》看到了"打工文学与寻根文学的精神衔接"[4];更有论者十多年前读到王十月

---

1 杨宏海:《"打工文学"的历史记忆》,《南方文坛》2013年第2期。
2 王十月:《关卡》,《天涯》2007年第6期。
3 胡传吉:《未知肉身的痛,焉知精神的苦——王十月小说论》,《当代文坛》2009年第3期。
4 柳冬妩:《打工文学与寻根文学的精神衔接——以王十月〈寻根团〉为例》,《创作与评论》2011年第5期。

笔下的乡村诗意想象,便自然想到"打工文学的话语困境",将作家此举视为一种妥协,并得出结论:"打工文学——坚持还是妥协?这是一个问题。"[1]照文章作者的逻辑,王十月写什么,不写什么,好像就因为"打工文学"这一他人贴上的标签被早已框定,如若不然,便是"困境",便是"妥协"。

正如王十月的自述,"打工文学"的标签,实际对其创作并没有产生什么影响,其创作始终由都市叙事和乡村叙事两部分构成。而从《国家订单》《无碑》《寻根团》《米岛》《收脚印的人》等作品来看,其文字彰显愈益浩大的情怀和愈益宏阔的视野,对当下的文学创作具有启示性。王十月及其文学的意义与命名无关,而在于他对自身都市经验和乡村经验的勇敢表达,还有对当下国人境遇的认知,以及他的抗拒精神。

南中国的黑夜

《收脚印的人》(2015)之于王十月,分明带有对其过往都市经验进行反顾与总结的意图,在我看来,是其都市叙事的集大成之作,与此前那些多少拘泥于打工事象的篇什相比,彰显完全不同的格局与品貌。

在湖北,"收脚印"似乎是个流传很广的说法,意谓人死前会重走一遍人世的所到之处,作为向此世告别的准备。在王十月笔下,这自然是个意味深长的象喻。有人对此的解读是:"这也是作

---

[1] 冯敏:《打工文学的现状与话语困境——由王十月小说引发的思考》,《南方文坛》2007年第4期。

家在为身后的沉默群体以及他们的时代'收脚印'。"[1]告别一个群体和时代，这对王十月来说似乎不言而喻，但又似乎不仅仅止于此。小说的主人公、叙述人，亦即那个"收脚印的人"王端午，同样是一个由打工仔而成长起来的著名作家，在仅剩的三个月阳世时光里，忙于收集自己进城三十年的"脚印"。在这部虚构性的叙事文本里，作者难以遏抑他那极其峻切的言说冲动，时而将自身经历如实写进小说与王端午合二为一；时而让王端午跟自己展开对话，大篇幅引入自己多年前所表达的观点，处处显出王十月"有话要说"，而让小说呈现非虚构的品质。对此，作者坦言："我混淆了作者和小说主人公的身份，小说中的王端午，和现实中的王十月，究竟是谁在讲述这个故事？不知庄周梦蝶，蝶梦庄周。"[2]而在就这部小说接受访谈时，王十月更强调"文学的意义之一，在于为时代作见证，直面时代主要的真实"[3]。

那么，透过作家王端午，作家王十月到底要"说"什么？抑或，《收脚印的人》到底要以什么样的个人发现，为一个时代做见证？

答案就在于小说开篇对艾略特《荒原》的部分引述，还有那部闪现于小说不同位置，名为《荒原纪事》的未竟之书。它缘起于王端午觉得"荒原"二字，很能代表他"对某段时光、某些往事的概括，或者说对某种心境的描述"[4]。而谈及写作计划，王十月同样

---

[1] 郑周明：《王十月：我为一个时代"收脚印"》，《文学报》2016年3月31日。
[2] 王十月：《收脚印的人·跋》，《收脚印的人》，花城出版社2015年版，第259页。
[3] 郑周明：《王十月：我为一个时代"收脚印"》，《文学报》2016年3月31日。
[4] 王十月：《收脚印的人》，花城出版社2015年版，第2页。

表示，除了有写短篇的冲动"还有一个计划，是完成规划了多年，只写了一个开头的长篇小说《荒原》"[1]。王端午和王十月的高度叠合，自然不在于他们有一个共同的写作计划，而在于两者之间共同存在着一种强烈的内心感受——那就是对社会历史、世道人心极其分明的荒野感。很显然，"荒野化"是王十月凭借自身数十年的都市经验而达成的，对过往历史和眼前现实的洞察。这是他作为作家的卓异之处和勇敢之处。《收脚印的人》从珠三角都市生活的一个侧面，力图写出荒野之所以成为荒野的过程，并以此作为一个时代沉重的见证。

《国家订单》(2008)、《无碑》(2009)无疑标志着王十月都市叙事的成熟，让人看到漂荡在珠三角的打工者的肉身之痛，亦揭示出南中国经济高速发展的真相。而在人口红利不再，中美贸易摩擦加剧甚至贸易战一触即发的当下，重读王十月的这些文字，自然更加令人感慨。不得不说，作家委实用自己的文字，为时代做了一个见证。而与控诉"肉身之苦"不同，《收脚印的人》毫不留情地指向"制度之恶"，呈现当年的收容制度给那些进城求生者所造成的侮辱与损害。个中最为黑暗的图景则莫过于这一制度对那些年轻女性的伤害。于是，便有了小说中不断出现的打工妹与"南中国的黑夜"这一组合。

初坠爱河的女孩阿立，因与"我"的一场约会而招致噩梦，被治安队员收容，随即被人贩子赎出，在辗转被卖的过程中不断遭到强暴，直到河南省某偏僻山村的一个哑巴成了她最后的买家。绝望

---

[1] 王十月、高方方：《为都市隐匿者作证——对话王十月》，《百家评论》2013年第3期。

的阿立为这个陌生男人生儿育女，多年后罹患癌症的她，在收脚印的时候与"我"相遇于那个美好同时也是噩梦开始的南中国的黑夜。女孩阿喜在"我"面前被治安队员带走的那个南中国的黑夜，生成了"我"的原罪；而女孩北川在一个南中国的黑夜被逼投河而死，则成了"我"始终无法走出的心狱。形形色色的收容事件，让人看到制度之恶充分激发出的人性之恶，以及世道人心逐渐荒野化的过程。只是，随着这一制度已成过往，那些黑暗亦随即被消抹，如同没有发生一般，留下的唯有经济高速发展的神话。王十月却自觉将自己的写作作为一种抵抗遗忘、抗拒心灵荒野化的方式："多年后，我开始写作这部书时，收容造成的恐惧已成历史。但是，当人们在分享一代人付出血泪换来的改革红利时，并未意识到自身背负的罪恶。我们习惯了对社会、对别人的指责，将自己当成受害者，却忘了我们同时也是加害者。"[1]

女孩北川的故事，因讲述被一次次刻意延宕而贯穿小说首尾，成了整部作品的叙事驱动和情绪笼罩。北川之死之所以成为"我"的心狱，就在于收容之恶莫过于此。二十年前，王端午、李中标、马有贵三个打工者进入黄德基的治安队，拥有了权力之后，针对打工妹、打工仔们的小"恶"遂成常态。漂亮女孩北川的出现，引发黄德基对其身体的垂涎，黄德基以查暂住证为由控制了她。北川寻机从禁闭之所逃出，却最终死于四个男人的深夜追捕。一条年轻而美好的生命就此消逝，貌似了无声息；追捕者自此散开，二十年后各自有了全然不同的人生。黄德基当上了公安局长，"从一个编外

---

[1] 王十月：《回首向来萧瑟处》，《文艺报》2016年2月24日。

的治安队烂仔，混到了主管一方警务的地方大员"[1]；李中标成了腰缠万贯的成功商人；王端午成了著名作家；马有贵仍在继续其打工生涯。四人身份的设定，明显带有社会阶层的指涉与隐喻：拥有权力的官员、拥有金钱的商人、拥有声望的作家还有除了日渐耗干的身体外一无所有的打工者。王十月让他们在多年前共同犯下的一桩罪案面前，展示各自的内心世界。北川之死令"我"（王端午）饱受自我谴责，陷于"一个人的战争"而无力自拔。而透过"我"死前对另外三人的寻找、劝说，企图说服他们以对当年罪孽的直面达至救赎的这一过程，让我们看到了官员的傲慢、商人的畏怯还有打工者的麻木。为此，"我"万分失望——一个理想主义者的失望自是必然。经济高速发展的三十年，并没有丰富人们的心灵世界，相反却使之愈见荒野化。正如小说里王端午抑或是王十月的表述："我认为，每一个改革开放的获利者，无论是像李中标这样获得了金钱，还是像黄德基这样获得了权力，或者说像我这样获得了名声的获利者，我们都是有罪的人。"[2] 罪感似乎是原生的，差异只在于面对罪感的态度。"我"由失望走向绝望，铤而走险设计毒杀李中标和黄德基，结果李中标中毒而亡，死亡之约却被黄德基识破。于是，罪孽深重的权力拥有者继续逍遥法外，而深刻自省的理想主义者却被送上了审判台。众多读者不能接受这一结局，王十月却认为"施虐者如受到了审判，则不是真实的现实。荒原之荒亦在于

---

[1] 王十月：《收脚印的人》，花城出版社2015年版，第64页。
[2] 王十月：《收脚印的人》，花城出版社2015年版，第131页。

此"[1]。

挑开经济高速发展的光鲜外衣，显露人性以及社会的荒野景观，无疑体现了王十月那强大的批判意识和直抵言说限度的巨大勇气。而批判意识和言说勇气的丧失，恰是这个时代的文学极其虚弱的根源。王十月的文字，在某种程度上让我感受到了写作的尊严。即便如此，他认为最大的遗憾还是自己"不够勇敢"，在"最想写的一本书中，有太多回避"[2]。然而，由他这些自谦为"不够勇敢"的文字，让读者分明意识到，直面荒野才是抗拒荒野的有效之途。在我的理解里，写作之于王十月，是对黑暗的直面，亦是对荒野化的抗拒。

因为自觉抗拒意识的存在，王十月的文字沉重但并不颓唐、绝望。诚如有论者所认为的那样，王十月"是现实主义者，但他身上间或焕发出来的理想主义精神，常常令我心生敬意"[3]。这种理想主义精神，投射在王端午身上，也鲜明体现在《无碑》主人公老乌那"一个人的打工史"中，还有老乌这一形象的塑造上。与《无碑》不同，图景黑暗的《收脚印的人》的理想主义的亮光，更多源自作家始终葆有的原罪感。而原罪意识，同样生成于王十月早年经历的那个"南中国的黑夜"。据其自述："许多年前，在深圳的松岗，我和一个叫李中标的打工者，冷漠而无情地拒绝了一位四川打工妹的求助，将她推到了如狼似虎的治安员手中。我永远也忘不

---

[1] 郑周明：《王十月：我为一个时代"收脚印"》，《文学报》2016年3月31日。
[2] 郑周明：《王十月：我为一个时代"收脚印"》，《文学报》2016年3月31日。
[3] 谢有顺：《现实主义者王十月》，《当代文坛》2009年第3期。

掉,那个南中国的黑夜,当她哭泣着被治安队员抓走时的情形。这件事成了我灵魂的一个巨大的黑洞。我所有的写作,都源于那个夜晚。我意识到我的罪恶,我得写下这些,我有话要说。"[1] 很多读者从《收脚印的人》里读出了救赎,在我看来,原罪感的葆有,是王十月抗拒心灵荒野化的切实途径。

无乡可返

在王十月笔下,与都市叙事相对,其乡村叙事亦极具个性。"农裔城籍"是许多中国现当代作家共有的身份标识,典型如沈从文、汪曾祺、贾平凹等。一个进城乡下人的写作,其观照对象自然少不了作为"此处"的城市,还有作为"别处"的乡村;只不过城市是"当下",乡村是"那时"。进城后,一方面由于一开始难以适应"被抛于"都市的痛感,而生出对于当下的批判意识;另一方面,在空间位移和时序错置的作用下,"那时"的乡村却自然而然被乌托邦化。如此,基于城乡二元对立的情感态度,便有了沈从文式的乡村想象方式和抒情传统,并在当代文学中得以赓续,典型如贾平凹 20 世纪 80 年代"商州系列"的创作。商州世界的美好,几乎成了一个进城乡下人面对都市喋喋不休的夸炫。事实上,对乡村的想象与夸炫,不过是创作者时空错乱症的外在显现,一旦理性回归,笔下便会出现别样的乡村图景。乡村乌托邦想象只是离乡者的精神返乡和故里梦回。既是"梦回",便总有梦醒时刻,不过时间久暂而已。贾平凹 21 世纪以来的乡村叙事便是确证。一如王德威

---

[1] 王十月:《回首向来萧瑟处》,《文艺报》2016 年 2 月 24 日。

所言:"沈从文的原乡情结可以《边城》所召唤桃源梦境为极致,但这寄托块垒的边城到底还是个落入时间陷阱的失乐园。"[1]

"70后"作家中,能达成对沈从文式乡村想象方式和抒情传统的深度传承者,似乎以王十月为仅见。这或许与他到底还是个"有传统文化底色的文人"[2]有关,写作之余书画自娱。而这一点,又与作为"50后"的贾平凹十分相似,在"70后"中自不多见。不过,贾平凹以《秦腔》等长篇小说传达出对乡村的批判性观照之时,王十月却以"烟村系列"试图构建其湖北"水乡世界"。回首当年,他坦言"是受沈从文先生和汪曾祺先生的文学观的影响,要写一种'优美而自然的生活方式',写一种生活的可能性";而十四部短篇小说所构筑的水乡世界,是其"童年记忆中的乡村,一个不存在于当下的乡村"[3]。除了地域风貌、个人趣味、乡村经验的不同外,在写作动机与表达旨归上,王十月笔下的"水乡世界"与沈从文、贾平凹笔下的"湘西世界""商州世界"非常相似,彰显这一乡村叙事传统的代际传承。只是,跟上两位作家相比,王十月的精神返乡与故里梦回却非常短暂。亦即,关于城市/乡村的情理悖谬,作为一种心理机制,在王十月身上表现为只有短暂的乡村情感流连,理性旋即占了上风。其后,他多次谈到"事实上那种生存状态是我想象中的、渴望的方式,在我家乡是不存在的"[4]。

我想说的是,稍加推究,王十月的乡土之梦之所以破灭得如此

---

[1] 王德威:《想象中国的方法——历史·小说·叙事》,生活·读书·新知三联书店1998年版,第231页。
[2] 王十月、李德南:《扎根传统 面向时代》,《创作与评论》2014年4月号(下半月刊)。
[3] 王十月、高方方:《为都市隐匿者作证——对话王十月》,《百家评论》2013年第3期。
[4] 王十月:《要我写小情小调,根本不可能》,《羊城晚报》2013年9月23日。

之快，或许根源于包括他在内的这一代人，对城市和乡村早有了超越简单二元对立的认知："我到了城里，但从不觉得自己是城里人，跟城里的生活还是有点格格不入。可事实上我热爱城市，我跟很多认为'乡村美，城市恶'的作家不一样，否则我不会到城市来。城市确实给人生长的空间更大，农村有很多东西不是我们理想中的状态，可那毕竟是生我养我的地方。可我回不去，我在那又没户口，又没土地。"[1] 出于对故乡的回望与审视，"烟村系列"之后，《寻根团》（2011）、《米岛》（2013）便呈现出别样的乡村图景。

透过这两部作品，王十月所传达的乡村发现，某种意义上与其都市叙事对城市的认知趋于一致，那便是乡村正遭遇无法遏制的荒野化。他笔下那个诗意的水乡烟村早已不复存在，置于前景的只是一片荒野。《寻根团》应该是王十月迄今最为成功的作品，而作为典型的返乡叙事，它让人不禁想起鲁迅的《故乡》。百余年来导致中国乡村荒野化的根源殊异，然而，不同时代的作家所呈现的图景却如此一致。几十位当年的打工仔，在珠三角一番打拼，如今都成了腰缠万贯的商人，社会"成功人士"。他们那"富贵还乡"的虚荣与楚州地方政府"文化搭台、经济唱戏"的工作思路一拍即合，于是，便有了这"楚州籍旅粤商人回乡投资考察文化"之旅。裹挟在"寻根团"里的两个异数，一为经济上并不宽裕的楚州籍著名作家王六一；二为被二十多年打工生涯耗干了身体，怀揣二十万元尘肺病补偿款的"老打工仔"马有贵。

前文说过，"烟村系列"不过是王十月精神返乡的产物；一旦

---

[1] 王十月：《要我写小情小调，根本不可能》，《羊城晚报》2013年9月23日。

回到故乡现场，观照视角的诗意被剥离，真实的乡村图景便得以裸裎。烟村最具冲击力的荒野化景观，莫过于王六一返回老屋时所见。到家门口的路，早已被齐腰深的苦艾、野草封堵，老屋需要蹚进去才能艰难接近。首先映入眼帘的邻居家早已屋空多年，蛛网结尘、荒草萋萋；转过去便是自己的家："家还是那个家，只是已经破败，屋顶中间塌了下去，几根巨大的竹突破了屋顶穿堂而出，荒草苦艾一直蔓延到了台阶上，铺过水泥的台阶被窜出来的竹根顶得七拱八翘。"[1]这名副其实的荒野化，显然根源于随城市化进程而来的乡村空心化。然而，如果说苦艾、荒草封路，竹子疯长侵入屋内，还只是烟村荒野化的外在表征的话，那么，其内里更表现为乡村世道人心之变。昔日温煦的人情早已不复存在，离乡游子归来，引不起忙于打麻将的老人们的兴趣。直至牌局终了，才七嘴八舌地追问王六一在外挣了多少钱，并好奇于他是否真如传说中的那样写文章一个字一块钱。如此情景，让人看到心灵空虚和金钱至上已然没有城乡之别。一如《收脚印的人》，人心的荒野化才是更令人震悚的图景。在父母坟头，当王六一发现低声下气，做了一辈子老好人的父母，死后坟上竟被人钉了桃木桩施以恶咒时，他立时觉得"此次回家寻根，根没寻到，倒把对根的情感给斩断了"。从此无论在现实还是精神层面，他都变成了一个"没有故乡的人"，"成了一缕飘荡在城乡之间的离魂"[2]。一个返乡者发现自己早已无乡可返，自然是王十月最为沉重的乡村发现。烟村的世道人心之

1　王十月：《寻根团》，《人民文学》2011年第5期。
2　王十月：《寻根团》，《人民文学》2011年第5期。

"荒",更随着马有贵之死而得以彰显。他那在王六一帮助下,从工厂所争取来的二十万元职业病补偿款,不想返乡后却由活命钱变成了夺命钱。马有贵的父亲逼儿子将钱交出由其保管,为的是怕儿子死后被儿媳独吞,想到儿媳一旦改嫁,钱便不再姓马。父亲违拗儿子意愿的逼迫,最终导致马有贵服毒而亡。金钱对亲情的挤压,还有乡村伦理道德的崩坏,可见一斑,让人看到今日乡村愚昧与黑暗的程度丝毫不输城市。抑或,人心的荒野化如同瘟疫蔓延,早已不分城市、乡村。

除了"乡不可返"外,《寻根团》还揭示出那个曾经的美丽水乡已然不可居留。地方政府为了招商引资,无视环境风险,让化工企业大量进驻,导致生存环境急剧恶化。这曾经发生在珠三角的一切,不想复制在当年打工仔们的故乡。《无碑》里的老乌以自己的打工史,见证了美丽的瑶台村不觉中失去了碧绿的河涌、大片的蕉林,还有安抚心灵的宁静。王十月说《寻根团》的创作,缘起于回乡"听父亲讲村里的人事,许多我童年时的玩伴已死去,死于癌症。化工厂正在改变着乡村的生态。村民意识到了这种改变将带来的灾难,但他们无力阻止,也无心阻止。他们不会发出呐喊,哪怕是轻微的反抗……逆来顺受,这是他们的生存方式——沉默,安于命运的安排。这愈加让我心痛。回来后,我写下了中篇小说《寻根团》,那是我第一次因文学回望并审视我的故乡,打量那片土地上人的生存困境与精神苦难"[1]。痛心于乡村的沉默,《寻根团》里便出现了一个反抗者王中秋。只是,这个乡村知识分子"一个人的抗

---

[1] 王十月:《后记》,《米岛》,作家出版社2013年版,第424页。

争"，一如《无碑》里分别发生在李钟、老乌身上那"一个人的罢工"，悲壮而于事无补。权力的威压，加上村民很容易就被微末的利益分化，使他们无视哪怕就等在不远处的生态灾难。即便如此，这种不时出现在王十月笔下的"一个人的壮举"，却是作家自己作为一个理想主义者的情怀的流露。

长篇小说《米岛》在更大规模上承续了对故乡的回望与审视。有所节制的魔幻色彩，在某种程度上符合了外省对湖北人那"楚人尚巫"的想象。然而，在我看来，魔幻只是一种外在形式，甚至个人趣味，似乎并没有给小说带来更多光彩。《米岛》的动人之处，无疑还是源于写实的力量。而跟《寻根团》不同的是，它在一种更加宏阔而深远的历史背景下，呈现一个村庄的变迁。在很大程度上，米岛的历史亦是中国乡村的历史，正如作者所说的那样："米岛是我故乡的缩影，其所经历的，是中国成千上万的乡村正在经历的。"[1] 只是，细细品味，米岛的历史亦不过是一部乡村逐渐荒野化的历史。摧残人性的政治运动、伴随现代化而来的价值观扭曲、城市化进程所导致的空心化，直至由城镇化而来的生存威胁，这些都是不同时期导致乡村荒野化的推手。而从王十月的写作里，可以看到一个作家直面这一切时所传达出的感伤、愤怒，还有抗拒——抗拒荒野化，才是留住故乡的方式。

令人感慨的是，当下文学创作过度沉溺于私人经验的表达，实在太过久长。这是小时代，也是大时代，是一个理应产生大作家的时代。转型导致深刻的社会变化和诸多社会问题的纠结，关键在于

---

[1] 王十月：《后记》，《米岛》，作家出版社2013年版，第426页。

写作者是否具有直面当下,以文字为时代做见证的勇气。而在现实处境和精神世界都在加剧荒野化的时代,王十月的文字以直面的姿态,传达出对都市和乡村荒野的极力抗拒。我以为,这是他作为作家的意义所在。

第四章

乡村非虚构叙事

　　稍加考察便可得知，近年来在中国文坛备受关注的"非虚构写作"，似乎并不是什么新鲜事物，人们由此立即想到"非虚构小说"。所谓"非虚构小说"，由美国小说家杜鲁门·卡波特在20世纪60年代提出，其理论基础为犹太作家菲利浦·罗思的"事实与虚构混淆不清"说。在《写作美国小说》一文中，罗思认为"在20世纪，美国作家要做的，是对美国大部分现实先理解再描绘，然后使它变得真实可信。这种现实使人目瞪口呆、恶心、作呕、恼怒、愤恨，最后还使人的贫乏的想象力无法忍受。事实不断超越了我们的天赋，文化几乎每天都抛出一些使任何小说家感到羡慕的人物形象"[1]。受此影响，一些作家向传统的文学形式发出挑战，"非虚构小说"便应运而生并流行起来。有研究者认为"非虚构小说的产生是与作家对传统的现实主义和反传统的现代主义的绝望联系在一起的"，"并没有一个严格的文学上的定义，总的来说它属于纪实小说。记录小说、传记小说、历史纪实小说、报告文学、新新闻报道等一切以事实为基础，以非虚构为主要创作原则的小说，都属于非虚构小说的范畴。在较小的意义上说，非虚构小说就是新新闻报道"。[2] "非虚构小说"最具代表性的作家、作品，有杜鲁门·卡波特的《冷血》、诺曼·梅勒的《刽子手之歌》等。

当代文坛关于非虚构写作的尝试，并非从《人民文学》开始，早在2000年前后，《天涯》等杂志就开设过"民间语文"之类近似非虚构的栏目，以记录普通人的日常生活，另有一些出版社大量出版"口述历史"之类的书籍。然而，近年来"非虚构写作"成为一个文坛热点，甚至一个文类或文体，则无疑要归功于《人民文学》。该刊于2010年第2期，推出一个名为"非虚构"的新栏目，据时任主编的李敬泽透露，该栏目的设立似乎有些偶然。当时杂志想发表作家韩石山的自传《既贱且辱此一生》，但为找不到一个合适的位置而犯难，因为它不是小说，算作报告文学或散文也都不很对。李敬泽说："中药柜子抽屉不够用了，我也想过临时做个抽屉，比如就叫自传，但我又没打算发很多自传，做个抽屉难道用一次就让它闲着？最后，就叫'非虚构'吧，看上去是个乾坤袋，什么都

---

[1] [美]菲利浦·罗思：《读自己的作品及其它》，矮脚鸡丛书，1977年纽约版，第110页。
[2] 聂珍钊：《论非虚构小说》，《中南民族学院学报》（哲学社会科学版）1989年第6期。

可以装。"[1]可见,《人民文学》所倡导的"非虚构"与美国20世纪60年代出现的"非虚构小说"有着极大区别。前者事出偶然,后者却是有着充分的理论自觉。因为事出偶然,所以关于何为"非虚构",《人民文学》杂志方面也比较困惑:"一定要我们说,还真说不清楚。但是我们认为,它肯定不等于一般所说的'报告文学'或'纪实文学'。去年我们发的《解放战争》,当时标为'叙事史',其实就是'非虚构';这一期我们发了韩石山先生的回忆录,也是'非虚构'。韩石山先生是作家,我们也希望非作家、普通人,拿起笔来,写你自己的生活自己的传记。还有诺曼·梅勒、杜鲁门·卡波特所写的那种非虚构小说,还有深入翔实、具有鲜明个人观点和情感的社会调查,大概都是'非虚构'。"即便如此,但杂志方面"强烈地认为,今天的文学不能局限于那个传统的文类秩序,文学性正在向四面八方蔓延,而文学本身也应容纳多姿多彩的书写活动,这其中潜藏着巨大的、新的可能性"[2]。在《人民文学》的"非虚构"栏下,继韩石山的自传,第一波推出了《梁庄》(梁鸿)、《中国,少了一味药》(慕容雪村)、《词典:南方工业生活》(萧相风)等作品,反响巨大。紧接着,该刊又发起名为"人民大地·行动者"的写作计划,旨归是"以'吾土吾民'的情怀,以各种非虚构的体裁和方式,深度表现社会生活的各个领域和层面,表现中国人在此时代丰富多样的经验";该计划"特别注重作者的

---

[1] 陈竞:《李敬泽:文学的求真与行动》,《文学报》2010年12月9日。
[2] 编辑部:《留言》,《人民文学》2010年第2期。

'行动'和'在场',鼓励对特定现象、事件的深入考察和体验"[1]。

基于《人民文学》的"国刊"地位,"人民大地·行动者"计划立即得到专业作家和业余作者们的踊跃响应,陆续推出《羊道·春牧场》(李娟)、《长眉驼》(王族)、《宝座》(祝勇)、《飞机配件门市部》(刘亮程)、《拆楼记》(乔叶)、《生死十日谈》(孙惠芬)等非虚构作品,一时汇成潮流。同时,《收获》《钟山》《花城》等当代名刊也不断发表类似作品,"非虚构"十分引人注目,引起文坛内外的热议与争论,焦点大多集中在它与报告文学、纪实文学的差异上,不同观点彼此难以说服,令人莫衷一是。六年后,非虚构写作的关注热度渐退,学者洪治纲在《文学评论》上发表专论,一些问题得到梳理、澄清,令人信服。洪治纲认为,探讨"非虚构"的文体边界和特质,其学理空间并不大。因为"虚构"和"非虚构","从本质上说是以'真实'作为区分彼此的标准,而文学上的'真实'遵循的是一种艺术真实,很难用纯粹的客观真实来比照。即使是各种非虚构的作品,在经过作家的叙事处理之后,呈现出来的也都是一种艺术上的真实。因此,'非虚构'与其说是一种文体概念,还不如说是一种写作姿态,是作家面对历史或现实的介入性写作姿态"[2]。这显然是中的之论。在洪治纲看来,近年来的"非虚构"写作基本上是在历史和现实两个维度上展开,而"无论是面对历史还是现实,'非虚构写作'所体现出来的介入性写作姿

---

[1] 编辑部:《启事》,《人民文学》2010年第7期。
[2] 洪治纲:《论非虚构写作》,《文学评论》2016年第3期。

态，都有着非常重要的意义。它多少改变了当代作家蛰居于书斋的写作习惯，激发了作家对社会和历史的自觉观察之兴趣，使作家们能够带着明确的主观意愿或问题意识，深入到某些具有表征性的现实或历史领域，获得了最为原始的感知体验，也强化并重构了有关真实信念的叙事伦理"[1]。

令人深思的是：非虚构写作何以在中国当下备受作家、读者青睐？

对此，洪治纲认为非虚构写作受人追捧，透露出"一些当代作家试图重建有关'真实信念'的写作伦理。这种写作伦理，一方面直接指向了信息时代的仿真化和符号化的文化趣味，另一方面也直接针对庸常化和表象化的文坛现状"[2]。诚然，当代作家担当精神的缺失，以及相应地在某种程度上写实能力的丧失，让读者逐渐对传统小说丧失了兴趣。但常常令人感慨的是，变化多端的现实生活似乎远比小说精彩，或者说比小说更像虚构；而作家们或是受写作限度的规约；或是出于日常生活观照的惯性怠惰，缺乏对之直面的勇气，相反受利益驱使为吸引眼球而刻意向壁虚构，于是，远离当下生活的玄幻、穿越等题材泛滥成灾。当然，诚如李敬泽所说："小说失去的那部分权威性在相当大的程度上是由于小说家而未必是由于小说这个体裁。如果说，小说让我们感到贫乏，那绝不仅仅是戏剧性、传奇性的贫乏，而是我们常常明显感觉到作者缺乏探求、辨析、确证和表达真实的足够的志向、诚意和能力。"[3] 在某种意义

---

[1] 洪治纲：《论非虚构写作》，《文学评论》2016 年第 3 期。
[2] 洪治纲：《论非虚构写作》，《文学评论》2016 年第 3 期。
[3] 陈竞：《李敬泽：文学的求真与行动》，《文学报》2010 年 12 月 9 日。

上，近年的"非虚构写作"热潮，是作家试图重新直面历史与现实的表征，是一种新的写作姿态的确立，是对文坛疲软现状的反拨。走出书斋，放弃第二手的生活，置身现场，是非虚构写作的要义。

值得注意的是，2000年前后，随着城市化进程加剧，中国当下最为突出的"三农问题"，因触及最广大民众的利益，直接影响到社会的安定而备受关注。在曹锦清、温铁军、李昌平等乡村社会学家的推动下，"三农问题"一时成了社会热点。陈桂棣、春桃夫妇的《中国农民调查》（2003）以报告文学的样式呈现了今日乡村图景，甫一问世便引起巨大反响。此后，"底层文学""底层写作"等口号相继提出，关于乡村的纪实性作品开始增多。当作为社会热点的"三农问题"与非虚构相遇，亦即社会热点与热门文学形式合在一起，便直接导致在非虚构写作热潮中，作品质量最高、影响最大的，便是关于乡村的非虚构叙事，给当代乡村叙事带来了一种全新的形式和经验，成为其最具活力的部分。本章以《中国在梁庄》（梁鸿，2010）、《一个村庄里的中国》（熊培云，2011）、《出梁庄记》（梁鸿，2013）、《生死十日谈》（孙惠芬，2013）、《上庄记》（季栋梁，2014）、《乡村行走》（尚柏仁，2014）、《崖边报告》（阎海军，2015）、《大地上的亲人》（黄灯，2017）等作品为主要观照对象，并对比《黄河边的中国》（曹锦清，2013）等乡村社会学著作，探讨非虚构作为乡村叙事的一种新形态的诸般特质，以及所呈现的乡村图景，还有所引发的乡村意识形态建构等问题。

乡村发现与都市追访

学者梁鸿的《梁庄》在《人民文学》"非虚构"专栏一经推出便反响强烈，同年即 2010 年 11 月，由江苏人民出版社出版发行单行本时更名为《中国在梁庄》。该书一出更是备受追捧，赢得广泛赞誉，登上各种畅销书排行榜，并问鼎多个文学奖。经济学家、"三农"问题专家温铁军认为，梁庄是最近三十年被消灭的四十万个村庄的缩影。《中国在梁庄》是作为知识者的梁鸿返回故乡之后的乡村发现。其后，她又到梁庄外出打工者所在城市，对乡亲们进行了追访，用文字呈现他们的都市生活现状，并于 2013 年结集为《出梁庄记》一书，由花城出版社推出。该书热度虽稍逊于《中国在梁庄》，但反响同样不小。关于梁庄的这两部著作，无疑是近年来出现的影响深远的文学事件。梁鸿本人亦借此完成由学者向学者型作家的转型。她的成功，传达出中国读者对当今写作者的别样期望，而梁鸿以个人化的写作立场、写作态度对这一期望作出了有力回应。"梁庄系列"无疑是近年"非虚构写作"热潮中最成功的作品，在某种意义上是非虚构写作的标杆。从学者到作家，对于梁鸿而言，或许是作为学者的求真精神和问题意识，内在决定了她观照乡村的非虚构立场。而"侨寓者返乡"在中国现当代文学中几乎是一个恒定的叙事母题；当一个对乡村有深度关切的知识者，返回乡村现场必然会拥有属于自己的乡村发现。不同于一般作家，作为学者，梁鸿身上的理性让她打破了关于乡村的文学想象中，常常出之于时序错置和空间位移所生成的情感魅惑，对乡村不仅仅只是情感的流连，而且进行了深入肌理的触摸。正因如此，《中国在梁庄》明显带有乡村社会学田野调查的性质，甚至被一些社会学者当作准社会学著作来看待。作为一个乡土文学研究者，梁鸿的乡村非虚构叙事是一种祛魅的写作，给新世纪乡村叙事带来了诸多新质。

非虚构：何以可能

洪治纲指出："受信息文化的影响，越来越多的作家开始很少脚踏实地地沉入生活基层，更不愿进行田野调查式的观察与思考，也很少有作家认真地潜入到历史内部，搜集或查阅相关史料，对既定的历史进行富有创见的探索。他们所倚重的叙事资源，多半是各种现代媒介所提供的信息。很多作家都是利用各种信息资源，然后结合自己的既有经验和生活常识，不断地推出一部部经验化、表象化的'新作'……特别是青年一代作家，既不愿意走进浩瀚复杂的历史，也不愿投入到现实生存的焦点之中，所以他们的作品总是沉迷于'小我'，书写一些自身的生活感受和人性面貌。这种回应社会现实的无力感，书写历史命运的苍白感，已成为新世纪文学的一种显在问题。"[1]

毋庸置疑，进入21世纪以来，文学介入现实的疲软与虚弱早已是不争的事实。肇始于20世纪90年代的个人化写作之末流，已然沦为写作者的自娱与自怜，而年轻一代纳入商业模式的写作，则充满娱乐至死的游戏精神和浓重的铜臭味。一如洪治纲所言，他们对历史和现实都缺乏起码的观照诚意；与之相应，读者的阅读诉求也越发低级。于是，经济收益便成了这种虚弱、病态的写作延续下去的原始驱动力。而与文学创作的无力相对应的，却是深度转型中的中国社会所涌现的大量问题。一个显见的事实是，这应该是文学最好的时代，能产生大作品的时代，前提在于写作者对历史与现实葆有足够的诚意。与罗思的感慨相似，今日中国的现实远比虚构作品精彩百倍。我们似乎进入了一个与20世纪60年代美国大量出现"非虚构小说"相似的语境。我甚至觉得，面对日常生活，太多时候完全不需要想象与虚构，平实的记录便可大放异彩；虚构显得多余，只是让写作行为本身变得虚伪、花哨。应对这一写作的虚弱之症，有意味的是，真正行动起来的恰是久坐于书斋的学者。一旦进入他/她所看取的现场，相对于那些"二手的生活"，其文字立即彰显别样品格。这也是并非完美的《中国在梁庄》，甫一问世便万众

---

[1] 洪治纲：《论非虚构写作》，《文学评论》2016年第3期。

瞩目的原因所在，在很大程度上它提供了一种跟虚伪的写作完全不同的样本。梁鸿的写作行为本身就是对《人民文学》"非虚构"写作最好的阐释："行动"起来，走向"吾土吾民"，身处"现场"。《中国在梁庄》再次让人感受到文学的力量，给人以巨大的惊喜，许多批评家对它不吝赞美。如有人认为"从文学的角度而言，《梁庄》也有着它的独特价值；与当下很多萎靡不振、毫无力量又矫揉造作的作品对比，《梁庄》情感质朴，直指要害"[1]。与之相对，评论者批判的靶的，往往就是当下文坛某些当红作家的作品。

诚然，行动起来，走出书斋并非易事。作家利用过度丰富的信息，完全可以进行一种"仿真"的创作，而更多学者也正在从事一种"仿真"的学术，对言说进行自我复制。这是一种时代病症。具体到文学研究，绕避问题，言不及义成了通病，更不用奢谈人文关怀，唯有书斋里的概念推演和课堂上的高谈阔论。前文论及，现如今描写乡村的作家，早已脱离乡村住在都市的高楼大厦里，而"80后"一代作家基本上缺失乡村经验，这样学者们进行解读的文本与真实的乡村更是隔了一层。因而，回到现场，贴近"吾土吾民"才是深度言说的前提。如此实践者早就不乏其人，如上海的社会学家曹锦清行走于河南大地，写出《黄河边的中国》；而《中国在梁庄》更缘起于在高校任教的梁鸿，对所从事的文学研究和论文写作意义的深度质疑：

在很长一段时间内，我对自己的工作充满了怀疑，我怀

---

[1] 周立民：《回首难寻来时路——〈梁庄〉阅读札记》，《南方文坛》2011年第1期。

疑这种虚构的生活，与现实、与大地、与心灵没有任何关系。我甚至充满了羞耻之心，每天在讲台上高谈阔论，夜以继日地写着言不及义的文章，一切似乎都没有意义。在思维的最深处，总有个声音在不断地提醒着我自己，这不是真正的生活，不是那种能够体现人的本质意义的生活，这一生活与我的心灵、与我深爱的故乡、与最广阔的现实越来越远。"[1]

几年后，广州高校教师黄灯在完成《大地上的亲人》一书后，亦生出相近的感慨："长久以来，在知识包裹、理论堆积的学院生活中，我以为个人的日常和身后的亲人失去了联系是一种正常。事实上，在一种挂空的学院经验中，如果我愿意沉湎于概念的推演和学术的幻觉，我的生活确实难以和身后的群体产生太多交集。"[2] 值得一提的是，梁鸿和黄灯都是从事中国现当代文学研究的学者，或许这门学科与文学创作的距离最近，抑或接受学术训练之前，她们都曾是地地道道的"文学青年"之故，她们向作家转型更为近便，而最终得以完成便是通过亲近"吾土吾民"之举。返回大地，她们满怀诚意地表达其乡村发现与乡村经验。据梁鸿透露，她最开始的写作与《人民文学》非虚构结缘，"实际上是一个巧合"[3]，《中国在梁庄》的写作，只想按照自己的想法写出来"根

---

[1] 梁鸿：《中国在梁庄》，江苏人民出版社2011年版，第1页。
[2] 黄灯：《自序：用文字重建与亲人的精神联系》，《大地上的亲人》，台海出版社2017年版，第1页。
[3] 梁鸿、师力斌：《文学呈现中国的一种方式——对话梁鸿〈中国在梁庄〉〈出梁庄记〉》，《创作与评论》2014年第10期。

本没有考虑文体的界限"[1]。在我看来,《中国在梁庄》是否符合非虚构、报告文学,抑或乡村社会学调查的文体规范已不重要,重要的是作者那返回现场并深度介入的姿态。"作为一种介入性的写作,'非虚构写作'既不回避创作主体的主观意图,亦不掩饰作家自己的现场感受和体验,甚至对各种相互抵牾、前后矛盾的史料所作的判断和取舍,都进行如实的交待。"[2]以此比照梁鸿和黄灯的文字可谓再恰切不过。值得注意的是,乡村非虚构叙事作者大多是"70后",如梁鸿、黄灯、熊培云、阎海军等,之所以如此,在我看来或许根源于"70后"应该是现今中国仍然深度拥有乡村经验和乡村记忆的最后一代人。正因如此,"梁庄系列"得到包括论者在内的"70后"文学研究者们的深度认同。在我看来,因为具有行动力,梁鸿做了离开乡村在都市生活的同龄人想做而没有付诸行动的事情。李云雷便坦言:"对于我个人来说,阅读《梁庄》有一种特殊的意义,因为长久以来,我也有一个愿望,就是以家乡村庄的调查为基础,写出中国农村的整体面貌及其变迁,由于诸种原因这一愿望一直没有实现,而在梁鸿的《梁庄》中,我看到她实现了我没有实现的愿望。"[3]梁鸿等人以实际行动深入现场的写作,不仅祛除了源自职业的羞愧,而且确乎让人看到重建有关真实的叙事伦理的努力。

非虚构何以可能,还涉及"事实上在所有的文学创作中,从来

---

[1] 梁鸿、师力斌:《文学呈现中国的一种方式——对话梁鸿〈中国在梁庄〉〈出梁庄记〉》,《创作与评论》2014年第10期。
[2] 洪治纲:《论非虚构写作》,《文学评论》2016年第3期。
[3] 李云雷:《我们能否理解"故乡"?——读梁鸿的〈梁庄〉》,《南方文坛》2011年第1期。

就没有绝对虚构的作品,也没有绝对非虚构的作品"[1]。亦即,纯粹的虚构和非虚构都不可能达成,何况"虚构"一词亦早已远远超出其原始语义。叙述过程中主体价值判断、情感取向的流露,同样是一种虚构,而非虚构写作的介入性和现场感对此恰恰毫不回避。《中国在梁庄》《出梁庄记》从来都不规避"我"在现场的感受、"我"的想象,还有"我"的情感态度与立场,两部非虚构作品的本意是追求真实,但这种真实是通过"我"的观察和感受得来。因而,对梁鸿写作行为的刻意命名,其实也是一种自我范围。"梁庄系列"显然不同于作为一种文体类型早已定型化了的报告文学,而又与专业的乡村社会学调查判然有别。观照对象同样是河南乡村,如果将"梁庄系列"与《黄河边的中国》稍加比照,便可看出两者间的差别,作为乡村社会学调查,后者的主体感受明显被压至最低限度,也就没有了文学性。

"梁庄系列"非社会学调查、非报告文学,亦非非虚构小说,文本间性特征明显,我更愿意将其视为一种跨界写作,即一个作家所写的"不规范的"乡村社会学调查,或一个学者返回故乡的乡村发现、对进城乡亲的都市追访。那个在文字间无处不在的"我",在某种意义上成就了"梁庄系列"的独特品质。而如何安放"我",对于梁鸿来说还颇费周折,自谓经过多番尝试,最终才有了《中国在梁庄》式"以乡村人物自述为中心,以'我'的故乡之行为线索,有点像人类学和社会学调查的,又有点像文学的杂糅文

---

[1] 洪治纲:《论非虚构写作》,《文学评论》2016年第3期。

体"。之所以如此,为的就是"想强调一种在场感,作者、读者和人物在同一历史和时间之内,不是单纯的观望者,这样,才可以更深刻地进入乡村生命的内部,可以真正感受他们的悲伤、疼痛或者欢乐、幸福,并真正体会他们所处的历史处境及痛苦的来源"[1]。正如前文所论,非虚构更加强调的是一种言说的姿态,因而"梁庄系列"的另外一重意义在于,它回应了在当下语境里,非虚构何以可能。

蓬勃的废墟

一旦回到乡村现场,如何"看"是梁鸿必须面对并解决的又一问题。好在她对此并不缺乏自觉:"如果说这是一部乡村调查的话,毋宁说这是一个归乡者对故乡的再次进入,不是一个启蒙者的眼光,而是重回生命之初,重新感受大地,感受那片土地上亲人们的精神与心灵。"[2] 作为一个中国现当代文学研究者,梁鸿此说应该有所指。"返乡叙事"在中国现当代文学史上是一个常写常新的母题,众多经典文本大致奠定了两种范式:其一为启蒙者返乡,典型如鲁迅的《故乡》;其二为游子精神返乡,典型如沈从文的《边城》。启蒙者返乡以启发民智,代其言说苦难为旨归,一如鲁迅对乡村的固陋、凋敝,对民众的辛苦麻木"哀其不幸、怒其不争";而游子精神返乡,则对乡村给以诗意的想象,为读者建构起一处精神家园,一个文学的故乡。基于这两种视角,自然也就有了两种完

---

[1] 梁鸿:《〈梁庄〉的疼痛——我为什么写〈梁庄〉?》《北京日报》2010年11月14日。
[2] 梁鸿:《中国在梁庄》,江苏人民出版社2011年版,第4页。

全不同的乡村发现：鲁迅笔下的故乡如同荒野，沈从文笔下的边城茶峒则温情弥漫、诗意馥郁。20世纪30年代至今，这两种想象中国乡村的方式各有迁延、赓续，在文学史上脉络清晰。

与之相较，《中国在梁庄》似乎开拓出另种返乡叙事空间。作为大学教授的返乡者身处故乡现场，卸下启蒙使命，而受多年学术训练滋养而成的学理性，则让她尽力祛除了对故乡因时空错置而生的魅惑，剥离诗意直击故乡的当下图景，一切都并非来自二手经验，而是用自己的眼睛看，用自己的耳朵听，始终属意"吾土吾民"的现场。观看、倾听，还有生成于现场的感怀，赋予《中国在梁庄》叙事的复调性。鲁迅《故乡》一开始便呈现出一个天聋地哑般的乡村世界，没有"活气"的不仅仅是乡村，还有生活其中的个人。"我"面前的闰土只觉得心里苦却"说不出"，面对"我"的询问"只是摇头"。"我"想当一个倾听者却不能够，转而只好由"我"来替代闰土说出。与之相反，《中国在梁庄》却将主要篇幅让渡给"闰土们"那原汁原味的倾诉，于是，全书那种乡村社会学调查的品格便得以凸显。倾听中，"我"生成于现场的感触，往往是时移事往的感伤，或深及事象内里的分析，当然也有愤怒与无奈。这些自诉的诗意又让《中国在梁庄》烙上了鲜明的文学印记。在我看来，这是一种新鲜的叙事智慧。

解决了如何看取之后，那么，回到故乡现场的梁鸿又看到了什么？

很显然，《中国在梁庄》同样让我们看到了今日局部乡村的荒野图景。作为乡村非虚构叙事，它似乎是对《丁庄梦》等小说的印证。换言之，如果将两作参照阅读，分明可以看出两者间存在的互证关系。仅就"乡村荒野"而言，从丁庄到梁庄，我们可以感受到从想象到非虚构的变迁。虽然观照方式有异，导致乡村荒野化的原因亦不相同，但乡村发现是如此一致。稍加追索，《故乡》开头所呈之景是"苍黄的天底下，远近横着几个萧索的荒村"，乡村一派荒凉死寂，这应该是中国现当代文学里最早的乡村荒野景观。乡村如此破败引发作为启蒙者的叙述人那深深的忧思。在闰土身上，"我"看到令其"辛苦麻木"亦即导致乡村荒野的根源是多子、贫困、饥荒与匪患。而甫回梁庄令"我"最感触目惊心的存在，却是突兀而强势进入的高速公路。它将村庄无情分割开来，"犹如一道巨大的伤疤，在原野的阳光下，散发出强烈的柏油味和金属味"[1]。这一乡村景观富有象征意味。"他者"的进入本源性地阻遏了"我"的精神返乡之旅，记忆中的梁庄早已不复存在。结合当下大环境来看，在"发展主义"的思维定式[2]下，梁庄一如这片国土上其他已然消失或正在消失的众多村庄一样，毫无悬念地掉入了"现代性的陷阱"。缘于资本的刺激，一切貌似蓬蓬勃勃，只是挑开"大发展"的面纱，乡村肌理一旦显露，醒豁的荒野景观就无法不令人沮丧、感伤，在周围那蓬勃发展氛围的映照下，乡村成了"蓬勃的废墟"：

村庄里的新房越来越多，一把把锁无一例外地生着锈。

---

1 梁鸿：《中国在梁庄》，江苏人民出版社2011年版，第6页。
2 阎连科、梁鸿：《"发展主义"思维下的当代中国——阎连科访谈录》，《文化纵横》2010年第1期。

与此同时，人越来越少，晃动在小路、田头、屋檐下的只是一些衰弱的老人。整个村庄被房前屋后的荒草、废墟统治，显示着它内在的荒凉、颓败与疲惫。就内部结构而言，村庄不再是一个有机的生命体，或者，它的生命，如果它曾经有过的话，也已经到了老年，正在逐渐失去生命力与活力。[1]

原是人烟稠密的中原大地尚且如此，那么，来自大西北的乡村图景就更是死寂、凋敝："离开故乡很久后，当我回到崖边时，十字路口已经很难碰到人，整个村庄死一般沉寂。夏天，绿意盎然的村庄缺少了人的踪迹而显得阴沉；冬天，肃杀的村庄因缺少了人而更显孤寂。"[2] 可见，无论大西北还是中原腹地，乡村都因空心化而正在慢慢"死去"。如此情景，自然令返乡者感情复杂："进城以来，故乡一直是令人惆怅的符号。在城市里怀念故乡，希望回到故乡。真正回到故乡时，故乡的贫瘠又会让人非常失落。"[3] 同样，回到梁庄的梁鸿时日一长便生出强烈的逃离之念，《出梁庄记》结尾反复言说"我只想离开"，"我终将离梁庄而去"[4]。在很大程度上，梁庄已是中国乡村的缩影，这或许也是非虚构作品《梁庄》，出版单行本时更名为《中国在梁庄》的用意所在，《崖边报告》的封面和内文，亦不断用英文标示："中国在崖边"。

今日中国乡村的废墟化抑或荒野化，无疑缘于城市化进程加

---

[1] 梁鸿：《中国在梁庄》，江苏人民出版社2011年版，第21页。
[2] 阎海军：《崖边报告——乡土中国的裂变记录》，北京大学出版社2015年版，第5页。
[3] 阎海军：《崖边报告——乡土中国的裂变记录》，北京大学出版社2015年版，第5页。
[4] 梁鸿：《出梁庄记》，花城出版社2013年版，第305页。

剧，农村绝大部分青壮年劳动力被城市吸走而导致的乡村的空心化。因城乡间巨大差异的存在，大量农村劳动力不得不背井离乡涌入城市，在城里打工以维持一家人的生计，留守乡村的便是妇女、儿童和老人，被戏称为留守乡村的"386199部队"，"而由'乡土中国'向'城镇中国'过渡，是中国城市化的必然结果，这个过渡时期的农村问题，便是'新乡土中国'的问题。在千百万个'崖边'，'386199部队'守卫的村庄是'新乡土中国'最大的忧伤和惆怅"[1]。第一代农民工最为宏大、迫切的愿望，就是在城里挣了钱回到老家建房子，只是，即便愿望实现，建起的楼房却大都空着，乡村表面的"蓬勃"难掩内里的空虚。与此同时，现代性的进逼，让一些乡村一天天沦为工业文明的废墟，环境被污染、耕地被蚕食，城里的低劣工业产品大量倾销于此。《中国在梁庄》里，曾经留有"我"许多美好记忆的坑塘，如今却是"上面扔着塑料瓶、易拉罐、小孩的衣服，还有各种生活垃圾。一走近坑塘，就会被一种臭味熏得睁不开眼"[2]。

然而，触目惊心的梁庄的废墟化还只是表面，一旦触及乡村肌理，更加令人震惊的是村民心灵的废墟化或荒野化，一如艾滋病之于丁庄，村民们不仅病在躯体更病在心灵。丁庄小学最终成了艾滋病病人的收容所，同样，当年让"我"和同龄伙伴心灵起航的梁庄小学，而今却变成了养猪场。围墙上残存的标语由"梁庄小学，教书育人"一变而为"梁庄猪场，教书育人"。关于乡村小学，从丁

---

[1] 阎海军：《崖边报告——乡土中国的裂变记录》，北京大学出版社2015年版，第15页。
[2] 梁鸿：《中国在梁庄》，江苏人民出版社2011年版，第32页。

庄的文学想象，到梁庄的"非虚构"，虽功能上差异巨大，但文字间弥漫着的浓重荒诞与反讽却是异曲同工。一个学校的景观，是今日乡村精神层面废墟化的表征，亦是乡村进一步颓败的根源。这就早已不是"闰土们"辛苦麻木的问题了，精神的废墟化在某种意义上让乡村只有急剧沉沦一途，而看不到任何别种可能。适龄儿童减少导致大量乡村学校停办，即便重组之后保留下来的中小学，其功能也早已发生了变化。留守老人带着留守儿童，无力的隔代教养导致家长只是将学校当作临时托儿所，让孩子有个去处而已，掌握知识已经放到次要的位置。等到年龄合适，在外打工的父母便回来将孩子带到城里打工，他们便开始重复父辈的命运，农民工阶层的固化亦由此形成。

《中国在梁庄》更让人看到，废墟化的乡村给留守其中的三种人所带来的是什么，图景之黑暗令人震惊。父母常年打工在外，成绩优异的18岁王家少年独自在镇上读高中，晚自习回家，利用出门打工的哥哥留在婚房里的音像设备看了黄色影碟，在原始欲望的刺激下，深更半夜潜入村边一个82岁老太的独居小屋，将其击打致死，再奸尸泄欲，手段残忍，现场血腥。而对于这一老一少来说，却都是乡村空心化导致的巨大悲剧。打工者一年到头在外忙于生计，无力将孩子带在身边，除了寄钱满足其日常开支外，无从关心其精神诉求；同样，作为子女，除了满足留守老人那简单的物质需求外，亦无从顾及其精神孤寂甚至人身安全。同为弱势群体，乡村老少就这样一同处于孤寂而缺乏精神关爱与心理疏导的环境中。《中国在梁庄》记载了多起因夏天到来留守儿童偷偷下河游泳溺毙，爷爷奶奶负疚自杀或遭到儿女遗弃的事例。只是，发生在王家少年身上的故事太过黑暗。18岁的他选择82岁的老太婆作为释放性欲的对象，缘于他那正处青春期却没有得到正确导引的生理冲动。当然，这里边更可怕的是因爱的缺失所导致的心灵扭曲。然而，精神关爱还有心理疏导，对于今日乡村来说近乎天方夜谭。在王家少年身上，我们看到了一颗年轻却已然废墟化的心灵，他在无知而残忍地剥夺他人生命的同时也毁了自己。而令人不安的是，还有多少类似王家少年这样的年轻人，仍然生活在形同废墟的乡村？对此，《中国在梁庄》的字里行间流露出深深的隐忧。我想，作者所忧虑的，自然是乡村社会原有伦理道德观念遭到冲击与破坏之后，更加剧了它的荒野化。

在"蓬勃的废墟"里，不仅有孤独的老少，更有正值壮年、精力和生理需求旺盛的留守妇女。人的正常欲求得不到满足，同样是一种残酷的生存状态，是另一重乡村荒野景观。村妇春梅的服毒自杀同样是个令人耳不忍闻的故事。王家少年在作案四年后被执行死刑，细细追究，实际上他是为自己一次丧失理性的性欲释放而付出了宝贵的生命。而与之同时，同村少妇春梅却死于对原始欲望那令人绝望的压抑。为了经济上稍稍宽裕，乡村男性不得不远走他乡，导致即便是刚结婚的小夫妻也不得不分居两地，对他们而言日常的生理满足亦是奢求，乡村男女那基本物欲的满足，却是以压抑再正常不过的生理需求为代价。而这一切就发生在所谓"富"起来之后的乡村。

丈夫在他乡挖煤，刚过门的春梅留守家中。除了劳作，她要面对的是无法达成理解的婆婆，还有被欲望冲撞的年轻的身体，而后者是羞于启齿的苦难。非时非节，在外挖煤的丈夫没有回家的理由；春梅也没有召唤丈夫回家的借口，虽然她托"我"堂嫂给丈夫写了好几封信。只是那些信如同泥牛入海杳无回应。春梅盼着丈夫的消息，而她在与欲望争斗的过程中到底败下阵来，中了心魔，乡村社会将她视为"犯花痴"。精神恍惚的春梅将化肥撒在了别人的地里，她难以承受浪费钱财的自责以致喝敌敌畏求死。痛苦挣扎之际，可怜的女人紧紧抓住婆婆的手不停说"不想死"，然而回天乏力。如此令人震悚的场景，却同样无法唤醒村民那冷硬的心灵，春梅的死得不到任何同情更不用说理解，跟她最近的同伴，亦即替她写信的"我"堂嫂，生出的感慨竟是："你说，傻不傻，村里有几个男人不是在外面，都像她这样，大家还活不活？"[1]

春梅男人终于回来了，头七那天在妻子坟头放了鞭炮、烧完纸钱又出门了。而"我"在春梅的悲剧里，则看到了乡村妇女那别样的生存，以及乡村空心化对两性伦理的巨大冲击。为此，"我"难掩忧虑："乡村道德观已经处于崩溃的边缘，农民工通过自慰或嫖娼解决身体的需求，有的干脆在打工地另组建临时小家庭，由此产生了性病、重婚、私生子等多重社会问题；留在乡村的女性大多自我压抑，花痴、外遇、乱伦、同性恋等现象时有发生。这也为乡村的黑暗势力提供了土壤，有些地痞、流氓借此机会大肆骚扰女性，有的村干部拥有'三妻四妾'，妇女们为其争风吃醋，衍生出很多刑

---

[1] 梁鸿：《中国在梁庄》，江苏人民出版社2011年版，第102页。

事案件。"¹ 如此令人触目惊心的现实，是乡村空心化的结果，亦是荒野化的表征。连锁反应加速乡村的精神贫瘠，亦导致"新"的道德和意识形态的生成，而只有深入现场的"看"取，才可能有这独有的乡村发现。

羞愧与羞耻

乡村青壮年劳动力被吸引进城市，其身份由"农民"一变而为"农民工"。关于农民工在城乡之间的迁徙，如前文所论，同样形成了一个新的叙事类型，即"乡下人进城"。在"梁庄系列"里，作者一方面返回乡村现场；另一方面在十多个城市里对梁庄打工老乡进行追访，同样身处他们在城里求生的现场。作为"农裔城籍"的知识者，梁鸿虽然生活在大城市里，但与梁庄老乡们即便同处一城，亦并身处一个共同的场域。正如在广州高校教书的黄灯坦言："故乡的很多亲人都蜗居在广州一个叫塘厦的城中村，离我就读的学校并不太远，但我从来没有动过去看望他们的念头，甚至因为有些亲人赌博、吸毒，总和一些来历不明的人混在一起，我潜意识里希望和他们保持距离，划清界限，以免给自己带来麻烦。"² 梁鸿的都市追访却是主动向这一群体的走近，如同黄灯所说的要与他们重建精神联系。所以"梁庄系列"里的"看"与"被看"，在乡村和城市，亦即在"农民"和"农民工"这两个层面展开。前文说过，第一代农民工在城里出卖体力，挣钱回乡下盖房，貌似给乡村带来

---

1 梁鸿：《中国在梁庄》，江苏人民出版社2011年版，第103页。
2 黄灯：《自序：用文字重建与亲人的精神联系》，《大地上的亲人》，台海出版社2017年版，第2页。

一幅"蓬勃"的图景,代价却是留下大量的儿童、妇女和老人。那些为了一个小小的愿景而违拗人性的农民,自然不会深究他们到底失去了什么,"他们看到的是,他们的房屋越来越好,哪怕他们不得不夫妻、父子、母女常年分离;他们不再需要忍饥挨饿过日子。他们可以在春节时回到村里,坐在新房子里,招待亲朋好友,这仅有的几天,可以使他们忽略掉那一年的分离,忽视掉一年里的艰辛与眼泪"[1]。尽快富起来的愿望,早已让他们将身体最原始的需要、最难割断的骨肉亲情都放在一边,只在春节期间返回家乡团聚六七天。

　　城乡之间的人口迁移,导致乡村老无所养,幼无所教,留守的老人、儿童和妇女,不断在乡村上演一幕幕人间惨剧。本该颐养天年的老人,却要担负起照看下一代的责任。面对"我"的访谈,芝婶说"我这奶奶活成了爹妈、老师和校长"[2];五奶奶的孙子在河里溺毙,想起九年前那个黄昏自己呼天抢地的呼告,老人仍然心有余悸:"抱着娃的身子,我哭啊,你说可咋办?老天爷,把我的命给孩子吧,我这老不死的活着干啥?"[3]自那以后,因为无法释怀的愧疚,她主动从儿子家里搬了出来,在河边一个茅庵住下,在自责中度过一天天:"一天到晚地想,要是我早点做饭,他放学回来就能吃上,他就不会去河里了。怨我,非要在地里多干会儿活,结果耽误娃儿吃饭了。"[4]面对访谈,五奶奶的叙述稍显平淡,只是她的

---

[1] 梁鸿:《中国在梁庄》,江苏人民出版社2011年版,第33页。
[2] 梁鸿:《中国在梁庄》,江苏人民出版社2011年版,第57页。
[3] 梁鸿:《中国在梁庄》,江苏人民出版社2011年版,第66页。
[4] 梁鸿:《中国在梁庄》,江苏人民出版社2011年版,第66页。

语气越平淡，给读者的冲击力越大，越发显出乡村从外表到内里的荒野化。对孩子的父母而言，帮他们抚平伤痛的，自然还是打工的那点回报。一点点物质上的满足，便足以冲淡痛彻心扉的哀痛，彰显乡村众生生命的卑微与坚韧。

然而，在梁鸿笔下，置于前景的也有那生命中难以承受的哀痛。一场车祸无情夺走了农民梁光河的一双儿女。跟肇事方一番讨价还价，他最终得到一笔在乡下人看来数额巨大的赔偿，而这些钱被乡亲们时刻觊觎。梁光河用它盖了一栋气派、豪华的房子。房子盖好了，只是这住在新屋里的父亲，反倒难以从哀痛和愧疚里走出，一度绝食求死，每天躺在床上"眼睛直直盯着门口，仿佛在期盼着什么，又仿佛什么也没看，眼神空茫，没有焦点"[1]。村里人都说他是在等车祸丧生的儿女来接他。对金钱的渴望刚开始可能冲淡、掩盖了亲人离去的哀痛，及至住进由儿女的生命换来的房子，无法面对的却是那难以言说的羞耻与自责，房子越是豪华气派越给人一种怪怪的感觉。羞耻感最终压倒了梁光河，令他生趣顿失，直到某一天，忽然又放弃了死念拼命进食，只是一切无法回转，最终死于48岁的壮年。思念还有羞愧，成了这个中年农民难以承受的生命之重。而与梁光河不同的是，其妻花婶面对"我"谈起那些过往仍面带笑意，临了，还特意站在花丛里让我拍照。然而，在"我"看来"透过镜头，那笑容有一种涣散了的深深的空洞，还有些许一闪而过的羞愧和心虚。她这样活着，似乎太过强悍。把自己

---

[1] 梁鸿：《出梁庄记》，花城出版社2013年版，第5页。

的儿子、女儿、丈夫都活死了，自己还活着"[1]。这被置于前景的关于生与死的自责与羞愧，我以为才是隐藏于今日梁庄那"蓬勃"的景观背后，最真实的精神图景。

从《中国在梁庄》到《出梁庄记》，作为一种写作行为的迁延，仍然出于作者梁鸿那一系列的自我追问："梁庄的打工者进入了中国哪些城市？做什么样的工作？他们的工作环境、生存状况、身体状况和精神状况如何？如何吃？如何住？如何爱？如何流转？他们与城市以什么样的关系存在？他们怎样思考梁庄，想不想梁庄，是否想回去？怎样思考所在的城市，怎样思考自己的生活？他们的历史形象，是如何被规定、被约束，并最终被塑造出来的？"[2]她认为，只有呈现出这些才是关于梁庄的完整书写；与之相应，她那在乡村现场的"看"变成了在城市边缘的追访。前者是一个返乡者的乡村发现；后者则是对乡亲们在都市的生存状态进行曝光。在西安、青岛、厦门、北京等地，梁鸿奔走于这些城市的城乡接合部、城中村，追访来自梁庄的打工者。从农民到农民工，不变的是生活于城市边缘的他们，一样在延续着那卑微的生与死。作为城市边缘人，他们所从事的工作不外乎校油泵、收破烂、卖菜、做衣服、当泥瓦匠、做电镀工，几乎都是城里无人肯干的脏活儿、累活儿、伤害身体的活儿。身处都市最底层，又苦又累，谈及前途却是惊人一致地迷茫。他们无法回到梁庄，做回一个地地道道的农民；又无法融入即便在其中生活了三十年的城市。一旦离开土地，

1　梁鸿：《出梁庄记》，花城出版社2013年版，第5页。
2　梁鸿：《出梁庄记》，花城出版社2013年版，第1页。

他们不再是农民，但也不是工人。"农民工"这三个字传递出这一群体身份的尴尬，还有归属的虚妄。乡村留守儿童、妇女、老人是问题，而在许多社会学者看来，进城后的农民工，其就业与生存同样是巨大的问题："'农民工'已经成为一个包含着诸多社会问题、歧视、不平等、对立等复杂含义的词语。它包含着一种社会成规和认知惯性，会阻碍我们去理解这一词语背后更复杂的社会结构和生命存在。"[1] 农民工问题暗藏的凶险，正如德国学者洛伊宁格尔在《第三只眼看中国》里所认为的那样，体现在三个方面："农民的庞大数量与经济建设的发展速度不成比例，不是城市经济需要吸引农民劳动力，而是农民劳动力需要挤入城市；农民的综合素质远远达不到城市经济生活对他们的要求，因此，农民与法律的冲突将更为激烈、经常；中国城市居民生活水平提高的速度几乎与经济增长速度持平，而与农民的收入水平形成巨大反差。因此，农民在进城伊始就会产生嫉妒、自卑、急迫甚至仇恨心理。这种心理不仅妨碍他们逐渐成为城市人，而且会以犯罪形式表现出来。"[2]

完全能够想象出，一个在大城市里靠出卖体力维持最简单的生计，没有任何归属感的农民工，自然更容易感受到自卑与羞耻。《出梁庄记》追访了大量在西安收破烂的梁庄个体的生活。这与贾平凹的《高兴》又形成了对话与互证关系。只是，作为非虚构作品，《出梁庄记》全然没有小说《高兴》的那份喜感，裸裎粗粝而卑微的都市生存。在西安蹬三轮车的梁庄人，往往与城里人发生冲

---

[1] 梁鸿：《后记》，《出梁庄记》，花城出版社2013年版，第309页。
[2] 转引自梁鸿《中国在梁庄》，江苏人民出版社2011年版，第21页。

突的起因，不过是为了"一块钱"，一言不合大打出手，甚至造成群体斗殴，冲突一起，钱早已不重要，只为那可怜的尊严。但农民工身份却是他们永难祛除的徽记，如影随形，处处、时时都在提醒其身份的尴尬，还有处境的卑微。

而更为严峻且不争的事实是，农民工阶层正在趋于固化。正如黄灯通过对夫家打工亲人的观察，所得出的结论那样："代际的贫穷已经开始轮回。在体力最好的时候，哥哥、嫂子当年丢下孩子外出打工；现在侄子、侄女长大成人，结婚生子后，随着生存的压力变为现实，也不可避免地重复父辈的命运，踏上下一轮的打工生涯；哥哥、嫂子像当年公公、婆婆一样，要承担起照看孙子的重任。"[1] 由此可见，拥有乡村经验的第一代农民工如今已然老去，而跟随父辈在城里打工的年轻一代，乡村经验本源性缺失，他们所意识到的与城里人的不同之处，便是自身这贫困、糟糕的生活环境。跟父辈相比，他们还得经历农村身份所给予的自卑感的磨砺。贫困生活与边缘地位让他们以年轻的心灵，直面来自城市的歧视与严酷的时候，却因无法改变自身处境而心生刻骨的羞耻，还有无法真正消解的仇恨。

在西安追访时，一个跟随父亲打工的少年民中引起"我"的注意。而当试图了解面前这个沉默寡言的年轻农民工时，对来自一个大学教授的"看"，其态度完全不同于父辈，表现出极度冷淡甚至反感。即便同在城市现场，追访者的身份还是让"我"与被访者之间，如同存在巨大的高墙，在精神上有难以通约与理解的隔膜。在

---

[1] 黄灯：《大地上的亲人》，台海出版社2017年版，第12页。

梁庄现场，因地域与亲情的润滑，游子身份或许还可以让"我"感受到与故乡达成知解的可能；而在都市，作为一个地地道道的城里人，面对城市的他者，这种通约就变得极其困难。城市是"我"的"主场"，却是农民工们的"客场"。"我"意识到少年农民工民中对自己的敌意，甚至一种说不清的仇恨："他恨梦幻商场，恨那梦幻的又与他无关的一切。他恨我，他一瞥而来的眼神，那仇恨，那隔膜，让我意识到我们之间无比宽阔的鸿沟"；个中根源就在于"他为自己的职业和劳动而羞耻"[1]。面对这样一个年轻人，"我"感慨道："直到有一天，这个年轻人，像他的父辈一样，拼命抱着那即将被交警拖走的三轮车，不顾一切地哭、骂、哀求，或者向着围观的人群如祥林嫂般倾诉。那时，他的人生一课基本完成。他克服了他的羞耻，而成为'羞耻'本身。他靠这'羞耻'存活。"[2] 羞耻源自生存的卑微，还有阶层固化的绝望。从卑微到麻木，从仇恨到哀求，这是一段较长时间的历练，对于一个年轻人来说，实在太过残酷。羞耻很容易转化为仇恨，而动辄成为城市暴力事件的引信。

与农民工民中不同，《出梁庄记》所记载的"我"的同龄人小柱的打工经历，却呈现出了另一种人生图景：年轻的农民工还来不及修炼成"羞耻"自身，便被城市吞噬了卑微的生命。"我"那深情的讲述，让小柱的故事成了全书最动人的章节。小柱未成年便离家打工，从事过多种工作，辗转无数个城市最终在青岛一家韩国企业

---

[1] 梁鸿：《出梁庄记》，花城出版社2013年版，第54页。
[2] 梁鸿：《出梁庄记》，花城出版社2013年版，第54页。

做电镀工。明知电镀车间空气有毒,但为了生存还是舍不得换工作。身体不断受到毒害,一天天熬下去,直到有一天在上班途中倒地不起被亲人抬回,无望地死在家里,年仅 28 岁。联想小柱的一生,正如"我"的感慨:"小柱的打工史也是他的受伤史。从十六岁在煤厂干活起,到铁厂、刨光厂、乙炔厂、家具厂、再到电镀厂,最后到他倒下的那一天,整整十二年,他一直在污浊的工作环境中辗转,他头顶的天空没有晴朗过。"[1] 民中与父辈从卑微到活成羞耻本身,再到小柱般绝望无比地死去,这里边似是一个农民工命运的必然。基本物质诉求的满足,之于他们却是以生命为代价。跟小柱同在电镀厂打工的农民工光亮,平静地说出了自己这群人的生存逻辑:"咱是想要人家的钱哩,人家是想要咱的命哩。咱们是来打工的,他们是来要命的,泼死来活地使你。"[2]

由此,从《中国在梁庄》到《出梁庄记》,从乡村发现到都市追访,无论是作为"蓬勃的废墟"的今日乡村,还是活成羞耻自身的农民工,作家梁鸿以"非虚构"的写作姿态,传达了亲历现场的感受,呈现出乡村的"一体两面"。毫无疑问,在如何看取、发现局部中国上,作为学者型的作家,她提供了十分新鲜的经验,其写作成就了当下"非虚构"热潮中最卓越的文字。

---

[1] 梁鸿:《出梁庄记》,花城出版社 2013 年版,第 271 页。
[2] 梁鸿:《出梁庄记》,花城出版社 2013 年版,第 249 页。

乡村致死之疾

2008年，华中科技大学"中国乡村治理研究中心"的部分师生，曾在较大范围内对当前农村老年人的生活状况进行过调研，结果发现老年人自杀案例在逐年增多，认为随着中国老龄化社会的趋势不断增强，如果没有干预政策，老年人自杀问题将会越来越严重。在调研报告《中国农村的老年人自杀问题调查》里，他们发现当前老年人的高自杀率，与农村的家庭结构以及代际关系正在发生较为剧烈的变动密切相关，而不同类型的自杀则与各地村庄性质不同的代际关系变化阶段密切相关。该报告透露，我国农村平均每年自杀死亡人数为303047人，每10万农村人口中，有28.72人自杀身亡。[1]而据近年来的社会学调查得知，中国人的自杀率高居世界第一位，其中约80%的自杀事件发生在农村。农村老年人自杀几乎是每一个乡村调查者所发现的最为触目惊心的事实。无论是乡村社会学者，还是乡村非虚构作家，他们调查、访谈所得结果几乎完全一致。社会学家贺雪峰指出："笔者所在研究中心调研表明，两湖平原（洞庭湖平原和江汉平原）及其周边地区，是一个自杀率极高的地区，尤其是老年人自杀率，已经远远高于正常自杀水平。"[2]而陈柏峰更强调："老年人高自杀率，高自杀比重，以及自杀率、自杀比重的高速增长，这都是不争的事实。这种事实的残酷性令人震惊。"[3]从事乡村非虚构叙述的文学研究者黄灯在湖北孝昌县农村了解到的情况是，老人"如果得了绝症，一般就是等死，有些老人不愿拖累子女，大多会选择自行了断；有些不孝的儿女实在无法忍受这种长期的折磨，也会选择逐渐减少给丧失自理能力病人的食物，最后让老人活活饿死"[4]。可见，在乡村自杀已然是另一种令人触目惊心的"病"，是今日乡村的"致死之疾"，而导致这种疾病的根源，一如《中国农村的老年人自杀调查》所指出的那样，不能简单地认为就只是代际关系的变动逼死了乡村老人。科学普及与传统信仰的失落、老年人主体性的丧失、村庄社会关联的松弛，也是导致农村老人自杀的三重原因。[5]

1　转引自阎海军《崖边报告——乡土中国的裂变记录》，北京大学出版社2015年版，第34页。
2　贺雪峰、郭俊霞：《试论农村自杀的类型与逻辑》，《华中科技大学学报》（社会科学版）2012年第4期。
3　陈柏峰：《代际关系变动与老年人自杀——对湖北京山农村的实证研究》，《社会学研究》2009年第4期。
4　黄灯：《大地上的亲人——一个农村儿媳眼中的乡村图景》，台海出版社2017年版，第15页。
5　转引自阎海军《崖边报告——乡土中国的裂变记录》，北京大学出版社2015年版，第34页。

在我看来，乡村社会学调查与乡村非虚构叙事，只要遵从学术研究伦理和关于真实的叙事伦理，因为直面同一对象，二者间自然就存在一种互证关系。就"乡村自杀"问题，作家孙惠芬的非虚构叙事《生死十日谈》(2013)通过对辽南乡村自杀者亲属的访谈，尽力还原乡村自杀现象的真相，力图探究大量自杀事件发生的个人以及社会根源。与《中国在梁庄》不同的是，《生死十日谈》更接近于心理学和社会学调查，而且作家本人也参加了一个大学医学心理学调查小组，成为其中一员。该团队在访谈一个个"目标人"的时候，不同于那些从事科学研究的硕士生，孙惠芬关心的是农民内心深处的痛楚和精神现状，极力呈现另一部分乡村现实。有批评家认为："《生死十日谈》不仅是对逝者的纪念，也是对转型时代的纪念，是对延续千年的乡村历史的纪念。这'十日'让我们重新面对新时代的'乡土中国'，面对民族国家的真实处境。"[1] 我想说的是，生与死如同硬币的两面，跟自杀者亲属谈论逝者，谈论逝者的"死"，归根结底还是为了探究生者如何有尊严地"生"。

返乡与非虚构

作为"60后""农裔城籍"作家，孙惠芬同样是通过写作改变身份和命运。只是，即便在大城市里生活了二十多年，其内心仍有难以祛除的"侨寓者"心态。在某种意义上，"生活在别处"是这一群体共有的心理状态。孙惠芬说："在城里住了一些年之后，猛然

---

[1] 申霞艳：《当我们谈论生死，我们在谈论什么——论〈生死十日谈〉》，《当代作家评论》2014年第3期。

发现,乡村才是世界。在城里待烦了、待久了,最想回的就是乡村。"[1]事实上,这也是现当代乡土小说生成的典型心理机制。比之于中国现当代的诸多乡土小说,《生死十日谈》又似乎开创了一种全新的"侨寓者返乡"模式——非虚构(而非文学想象)与侨寓者返乡相结合。在文本里的具体表现,便是极力淡化虚构特性,作者是叙述者亦是访谈参与者,强化在场感,彰显文字的非虚构品格。《生死十日谈》对每个"目标人"都以三种互有差异的视角进行观照:以硕士生为主体的医学心理学视角、以电视台编导张申为主体的纪录片视角、以"我"为主体的非虚构叙事视角。医学心理学视角旨在从事科学研究,意欲获得的是一组组冰冷的科学数据;纪录片视角想要的是生动、真实的影像叙述;而非虚构视角的观照结果则是带有温度的文字,透过文字分明可以触摸到作家孙惠芬悲天悯人的情怀。《生死十日谈》的人文性便源于此,值得注意的是,"返乡者"与"访谈者"的叠合,无疑让该书兼具社会学调查和文学虚构的双重特性。在某种意义上,孙惠芬的写作为当下文学创作如何抵达真实,提供了一种新的可参照的途径。

前文论及,当下文学创作由于炫技倾向的普遍存在,以及对现实问题的极力绕避,较长时间以来,当代文坛的叙事伦理在悄然改变,作家普遍丧失了关注现实的勇气与写实的能力,而"作为既得利益者躲在象牙塔中'生活'","背对现实的苦难与沉疴"[2]向壁

---

[1] 何晶、孙惠芬:《我想展现现当代乡下人的自我救赎》,《文学报》2013年1月24日。
[2] 申霞艳:《当我们谈论生死,我们在谈论什么——论〈生死十日谈〉》,《当代作家评论》2014年第3期。

虚构。《人民文学》"非虚构"栏目的推出，或许正是对这种创作现状的力图纠正，重建关于真实的叙事伦理。《生死十日谈》也正是由《人民文学》2012年第11期的"非虚构"栏目推出，其实录姿态与《中国在梁庄》几无二致。然而，同为乡村现场访谈者，我认为作家孙惠芬与当时作为学者的梁鸿之间最大差异，或许体现在对所得信息的处理方式与呈现方式上。

在访谈过程中，梁鸿绝大部分时间让被访者自诉；孙惠芬则多半替"目标人"说。相同之处在于，在以文字呈现访谈过程中，她们都不吝表达自己的情绪反应：愤怒、感伤、无奈、温情等。不过，作为学者的梁鸿表现出明显的节制；而作为一个多年来始终以故乡辽南作为观照地域且较有成就的专业作家，孙惠芬的可贵之处正如《当代》杂志副主编杨新岚所感慨的那样："现在还有几个成熟作家能够踏踏实实回到生活，扎扎实实地去写生活，而且是全心全意地展现那些让自己心灵颤动的东西，把这个时代的东西完整地记录下来？而孙惠芬把这种社会动荡记录下来了。"[1]可以想见，对自杀者亲属的访谈必然是一个揭人创痛、收集痛苦的过程，让对方打开心门，说出亲人的弃世过程不是一件易事。孙惠芬的写作显然来自作家的使命感与担当意识。而关于《生死十日谈》的文体类属，她有自己的看法：

> 运用访谈这样一个线索，营造访谈的现场，都是为了造成一个非虚构的阅读场，让读者更切近一种感受。这是我的故

---

[1] 尹平平：《〈生死十日谈〉：乡村生活故事背后的"精神黑洞"》，《新华每日电讯》2013年6月7日。

意。而实际上这里许多故事和人物都是虚构,比如姜立生、杨柱、吕有万,很多很多。把看到的和听到的故事进行整合,对人物进行塑造,在建立一个现实世界时,我其实企图将读者带到另一个我的世界,我要表达的世界。我不知道我有没有做到这一点。但不管怎样,在我心里,它是一部小说。[1]

如果仅仅从制造一种非虚构的阅读场而言,《生死十日谈》或许已然达到了作者预期的效果。如果不是孙惠芬的这段自我爆料,大多数读者可能会将书中每天针对"目标人"的访谈,视为作家本人的切实行动而不是整合、虚构与想象。小说与纪实文学,毫无疑问一样能够传达真实,但《人民文学》"非虚构"栏目自有其语境和特定要求,如"亲近吾土吾民",再如"亲临现场",等等。孙惠芬的"夫子自道"似与这一旨归相悖逆。按照她的说法,《生死十日谈》的访谈样式、访谈所得,不过是作者刻意经营的结果,只是一种纸上的虚拟,目的在于建构一种"非虚构"的阅读场。然而,她无从意识到"非虚构"是读者打开《生死十日谈》之前,与里边的内容建立起信任感的一个重要维度甚至前提,作家对访谈现场情境的交代,让人觉得那些现场信息无疑是真实的。而孙惠芬对文本后台风景的道破,自然让读者多少有些失落,甚至怀疑她是否对"非虚构"精神真正达成理解。在关于真实的叙事伦理这一点上,孙惠芬与梁鸿所抱持的立场明显不同。这可能要归之于职业作家与学院学者间的差异。一部作品是否有诚意,在很大程度上受制于作者本

---

[1] 何晶、孙惠芬:《我想展现当代乡下人的自我救赎》,《文学报》2013年1月24日。

人的观照动机、观照方式。既然孙惠芬说书中的一些主要人物如姜立生、杨柱等出于虚构，那么，问题是与之相关联的那些逝者的自杀故事，也就难以让人相信，亦即那些逝者的苦难也可能是一种虚构。

"非虚构"甫一出现，就一直有人就它与纪实小说、报告文学之间的关系，展开喋喋不休的争论。因较大比重虚构成分的存在，孙惠芬将《生死十日谈》视为小说；而因其外在的纪实性特征，又有人将其视为纪实小说。我认为，关于文体类属的争论近乎迂腐，近年来有学者更愿意将"非虚构"视为一种介入现实的言说姿态。[1] 事实上，无论"非虚构"、小说，抑或报告文学、纪实小说，读者所关心的只是作品的内容是否真实，是否令人相信。它应该是一种真实的存在，而不是作者运用种种手段制造出的一种叙事效果。仅就这一点，《生死十日谈》的后台风景似乎让人平添些许不快。《人民文学》将《生死十日谈》放在"非虚构"栏目，却还是让读者与文本之间建立起了充分信任，可能出乎孙惠芬意料的是，其诚意十足的创作谈在一定程度上造成了对这种信任的消解。

从理论上讲，任何言说都是一种虚构。因为叙述中主体必然会流露自己的价值立场和情感色彩，更何况无论梁鸿还是孙惠芬，还要动辄发表自己的主观评价。因而，即便作为《人民文学》"非虚构"的代表性文本，《中国在梁庄》《出梁庄记》同样也是一种虚构。孙惠芬或许看到了自己跟梁鸿的不同，而在狭义的"非虚构"与小说之间，她更强调《生死十日谈》的小说亦即虚构品格。这更

---

[1] 洪治纲：《论非虚构写作》，《文学评论》2016 年第 3 期。

源于她对小说这一文体的认知："只有小说这种形式才能完成在我看来更为深广的艺术内涵。访谈确实曾让我亲历了一个个现场,包括录像带中的现场,但原始的讲述有闪光的地方,局限也非常大,讲述者只能提供一个侧面的信息,加上心理学的访谈问卷有它自成一体的套路,很难打开故事的脉络,但正因为这一点,为我的后期创作提供了巨大的想象空间,我对人生、人性的看法,对生命、生死的感悟,才得以更松弛更深入地呈现,应该说,是这些丰富而杂乱的非虚构材料,让我有了一次有如在秋天的旷野中奔跑的倾情想象和书写。"[1]

由此可以看出,对于孙惠芬而言,虚构不过为了思想表达的便利,亦即在听访谈对象"说"的同时,作为倾听者与传达者,更重要的是自己要替他们"说",如此便可以超越纯客观访谈的局限。正如有批评家所指出的那样:"凡是经过作家个人整理的材料都带有作家个人的主观痕迹,在某种意义上来讲,非虚构也变成了虚构。强调虚构的意义在于按照虚构的线索和面貌可以探查出作家是如何思考生活并将之赋予文学性的意义。"[2]然而,撇开关于"纪实与虚构"的种种纠缠,仅从"生与死"的维度,孙惠芬关于当下乡村的观照与思考,客观上呈现了种种乡村致死之疾。

乡村生存之重

从《生死十日谈》呈现在读者面前的自杀案例来看,读者可以

---

[1] 何晶、孙惠芬:《我想展现当代乡下人的自我救赎》,《文学报》2013年1月24日。
[2] 周景雷:《不可探查的"关系"与"坏乡村"的秘密——关于孙惠芬的〈生死十日谈〉》,《当代作家评论》2013年第2期。

充分感知到乡村那难以承受的生存之重是让今日农民丧失生的意志的重要原因，在某种意义上也是根本原因。而这一乡村发现与整个社会始终不断强化、渲染的乡村繁荣图景之间，似乎形成了一种反讽。

触及乡村肌理便不难发现，贫病、阶层固化、伦理危机是最为严重的致死之疾。这同样是一种黑暗的乡村风景，生活如此潦草、生命如此荒芜，且看不到任何改变的可能，对农民来说，随生活重压而来的是生存的虚无与精神的无着。《生死十日谈》同样是作家孙惠芬的别样乡村发现。在该书研讨会上，散文家周晓枫感慨道："作家们到底谁了解现在的乡村？那些出生在乡村，甚至在那里度过他们漫长成长历程的作者，我觉得未必熟悉今天的乡村生活"，"好多作家把田园和乡村弄混了。实际上，在今天，田园和乡村已经变成了交集甚少的两个空间。孙惠芬写的乡村是现实和真相，一些作家写的则是记忆和想象，其间的残酷和美好，反差多么惨烈！"[1]

《生死十日谈》里记载了众多因贫病而主动或被动放弃生命的访谈"目标人"，令人印象深刻的是，生趣了无、一心求死的辽南农民最常见的自我了结方式，便是喝下一种名为"百草枯"的烈性农药。"百草枯"原本是用来除草的生产资料，如今喝百草枯却成了农民结束生命的手段，是他们"弃世"的便捷辅助。因终结生命的"有效性"，在辽南乡村百草枯成了死亡的象征。但是，对于农民而言，贫病无疑才是真正的第一杀手。这从关于湖北、甘肃、宁

---

[1] 尹平平：《〈生死十日谈〉：乡村生死故事背后的"精神黑洞"》，《新华每日电讯》2013年6月7日。

夏、湖南等地的乡村非虚构叙事里都得到了印证。比照农民刻意求死的惨烈,那些关于乡村温情而诗意的田园想象,立时就显得如此虚飘、矫情。

阎海军在《崖边报告》里叙述了钱永福、钱仁义这对甘肃父子的故事。老汉钱永福晚年在二儿子钱仁义家里养老,经常遭到儿子、儿媳的辱骂,患病得不到任何治疗,只是躺在炕上死扛。儿子没有请大夫看病的意思,钱永福也就不能主动开口。钱仁义之所以对父亲的病坐视不管、置若罔闻,一方面源自乡村血亲伦理的崩坏,经济上的考量早已碾压了父子亲情;另一方面是经济上的赤贫所致。辗转病榻多时,钱永福觉得活下去毫无希望,更主要的是,他"觉得自己生命的延续拂逆儿子的意愿,即便活着,也失去了意义。他借着生病的机会绝食赴死,钱仁义乘着疾病的魔力'葬送'了父亲"[1]。这对父子间的挣扎、纠结,终以父亲的死而归于平静。疾病是让钱仁义逃避道德谴责的最好借口;只是村里人都知道其父钱永福是绝食而亡,但在儿子钱仁义看来,父亲是生病去世,他以自欺减轻内心的罪感。在这个事实里,我们所看到的就不仅仅是乡村生存的重压,还有贫病对伦理道德的巨大冲击。

《生死十日谈》的第四日访谈对象是一个极其悲情的母亲:十年前儿子死于车祸,两年前老伴儿患胃癌撒手人寰,自己年逾七旬,备受糖尿病和骨质增生的折磨无人照料,不得不跟已经出嫁且同样患病的二女儿住在一起。女儿一家的处境她看在眼里,实在不想拖累孩子,只想一死了之。死念一生便生趣全无,这位母亲对死

---

[1] 阎海军:《崖边报告——乡土中国的裂变记录》,北京大学出版社2015年版,第33页。

没有任何畏惧，所要考虑的只是死的方式：尽可能选择一种不给女儿添麻烦的方式离开。无论对自己的女儿，还是对世间的他人，她都怀着巨大的善意，所以其求死过程十分曲折。怕给开车的人带来麻烦和阴影，她放弃了让汽车碾压而死的想法；为了让女儿及时发现，她想在住处附近的一棵树上吊，却又担心那棵核桃树离女儿家太近，怕她日后起夜害怕；跟许多其他乡村自杀者一样，她也想仰药而亡，转念又想如果喝药后不能立即死去，会让女儿花钱抢救，额外增加她一家的负担。对"完美"死亡方式的寻找，让这个孤独而绝望的母亲，在人世间多逗留了一年多。细想，生命因寻找一种理想的结束方式而迁延，实在没法不让人伤感。

女儿李琴觉察到母亲的异样，时刻留意其动静。但这去意已决的母亲，还是找了一个借口离开了女儿的视线，将自己吊死在女儿家对面的山坡上，为的是让她不用费心寻找。只是，那棵树非常矮小，这位老母亲便跪着全靠意志将自己艰难地勒死。此前，她已经嘱咐女儿自己死后不用按照农村的规矩"烧七"，那会让她破费。在这位自杀的母亲身上，一切都是如此通透，她常说"娘想儿常常常，儿想娘就一场"[1]。我想说的是，这辽南母女的故事与甘肃崖边父子的故事恰成对比，只是一样沉重得令人窒息。逝者求死时所有基于爱的考量，便是如何减少生者的经济负担。这位母亲的故事让人看到乡村绝对的贫困让农民那"系于土"的生存变得如此卑微；而一个老太太求死的意志与理性背后，是那能撼动山岳的母爱。

---

[1] 孙惠芬：《生死十日谈》，人民文学出版社2013年版，第73页。

导致乡村生存之重的除了疾病，还有与贫困纠缠在一起的愚昧。《生死十日谈》里所访谈的万家一贫如洗，四个儿子都娶不上媳妇。七年前，最小的儿子终于将一个精神不太正常的傻女人娶了进来。结婚当日，母亲却让四十多岁长期备受性饥渴折磨的大儿子入了洞房。这母子的合谋，无疑是对伦理的巨大冒犯，随即导致万家三个儿子相继自杀，或死于违拗伦理的羞愧，或死于难以承受的性饥渴的煎熬。万家父亲被接二连三的家庭变故击倒，患脑血栓瘫痪在床，而当这生趣全无的男人对自己的女人嚷嚷着"不想活"的时候，心力交瘁的妻子没好声气地回了一句："想死你就死吧。"然后，就眼看着丈夫利用布条和椅背半侧着身子，冷静而从容地将自己勒死。可见，贫困不仅给农民带来物质上的重压，更挤压着他们的精神空间，当无望的"生"变成一种煎熬，"死"便是彼此认同的理性选择，也是解脱的唯一途径。只是，让人难以想象的是，该是一种多么强大的心理力量，才能让万家女人眼睁睁看着丈夫在自己面前舍生赴死？乡村生存该沉重到一种什么样的程度，才能让这一切坦然发生？

发生在万家父子、李琴母亲身上的自杀行为，显然都由绝对贫困所致，彰显今日乡村在那光鲜外表下，令人震悚的黑暗内里，透过文字读者所感受到的是一种别样人世。在乡村，类似的绝对贫困或许是极端个例，而更常见的是，近年随着极速加剧的城市化进程而来的相对贫困。所谓"相对贫困"，是说一些农户并非像万家、李琴家那般赤贫，但城市化进程激发了他们对于城市的想望，儿女要在城里买房子。而农村的收入水平与城市房价之间的巨大差距,造成了城里人难以想象的压力。缘于攀比或不安于乡村生活的欲念,乡下人在城里买房后,还贷压力将当事人还有亲人一并带入贫困中,并引发各种家庭纠纷。在乡村社会的价值判断里,农民进城生活成为城市的一分子,是能耐和成功的体现,亦是美好的愿景。只是,这一愿景一旦超出其经济承受能力,便很容易压垮那做梦的人。《生死十日谈》讲述了多个此类故事。农民张小栓在城里摆摊做小商贩多年,在城里买房,接父母上楼是其最大心愿;为此,他在榨干了父母的同时,也几乎压垮了自己。张小栓妻子的愿望则是接她自己的父母上楼。拿到新房钥匙,不想夫妻俩的矛盾亦随之出现,焦点就在于让谁家的父母先上楼。没想到,如此琐屑的争持最终却要了张小栓的命。这"几乎无事的悲剧",表面缘于张小栓的一时冲动,实则因为在城里买房早已远远超出一个小商贩的经济承受能力。购房后,除了房子,他同样一无所有。然而,人的需求到底是多方面的,但城市生存的巨大压力挤掉了他的所有生趣,焦虑无处不在。日常琐屑只是压垮他的最后一根稻草。然而,死亡又常常带来连锁反应,得知儿子自杀的真相,父亲张长海在哀痛之余想到自身老来无着的前景,顿时失掉了精神,没多久也在家里上吊自杀。对城市的企羡,就这样要了两条鲜活的生命。

如今,一切都变化得太快,以至于有人痛切地呼吁停下来等一等我们的灵魂。毫无疑问,太过迅速的城市化进程直接导致阶层的撕裂,不同阶层之间贫富悬殊,价值观也存在着巨大差异。一方面是乡村的普遍贫困,另一方面是乡下人对城市的无边向往、恋慕。这可能是一对在今后很长一段时间都难以调和的矛盾。"十日谈"第一天访谈的收获，便是"一泡屎要了两个人的命"。婆媳俩都选择了自杀，一个家庭里的两代女性貌似死于"几乎无事的悲剧"，实则不然。究其根源，可以发现今日乡村巨大的伦理危机——乡村婆媳矛盾亦被赋予新的时代内涵。

婆婆固守着辽南老式乡村妇女的生活方式，数十年如一日，节气便是下地劳作的指令，在贫瘠的土地上寻找全家的出路，不惜体力，视庄稼如同生命。作为年轻一代，媳妇却早已厌倦农事，将不干农活儿视为最大的面子，其乡村经验跟父辈已经有了巨大差异，身处农村心在别处，完全不熟悉农村的劳作方式，在某种意义上已是乡村的"他者"；但其确切身份无疑又是农民。于家儿媳让婆婆拿钱购置了一台电脑，从此，对于这位刚过门的媳妇而言，鼠标一点，便是一个广阔无垠的虚拟世界。互联网前所未有地拉近了城乡距离；而因价值观与生活方式的差异，两者实则相距遥远，且分野愈益明显。虽同在一个屋檐下，但观念与生活方式上的差异，让两代妇女越来越不能沟通。媳妇生产后，婆婆闲时还要担负起照看孙子的任务，而媳妇则常常以去河边洗衣服为由逃避农活儿。悲剧的发生缘于农忙季节家里家外让婆婆难以兼顾。她顾不上本该由媳妇照看的孩子，儿媳从河边回来，看见孩子在炕上拉了一泡屎便在院子里指桑骂槐，而婆婆自然知道媳妇去河边"洗衣服"意味着什么。

日常琐屑就这样点燃了婆媳间的积怨。全然倒置的婆媳关系让婆婆感到万分委屈，她要给儿媳一点教训；她想到这个家里如果没有自己，儿媳就能真正了解一个乡村妇女的生活该是什么样子，她还是选择了喝"百草枯"。她不愿意儿媳仿效自己，喝药后将家里所有的农药都倒掉了。在她看来，儿媳也仰药而亡是便宜了她，劳作和愧疚才是她应得的折磨。果然，看见婆婆躺在院子里，儿媳遍寻农药不得，便喝下一瓶点豆腐的卤水，送到医院挣扎了七天到底死去。一泡屎，两条命。表面看来，这名副其实"几乎无事的悲剧"太令人不可思议，实际上，在乡村伦理危机之下更深重的致死之疾，则是两代女人对眼下生活痛感无望，看不到任何生的意义：婆婆不知如此这般供奉儿媳的日子何日是了日；经受城市文明开化的儿媳则早已无法沿着婆婆的生命轨迹，日复一日地迁延重复下去。潜在的巨大焦虑让生命变得如此脆弱，最微不足道的琐屑便酿成大事件。类似的伦理危机也发生在《生死十日谈》里周凡荣的老伴儿与儿媳之间。不堪受辱，刚烈的老太太跳进水塘结束了生命。逝者已逝，活着的人还得活下去。谈起老伴儿的死，周凡荣只是平静地将之归于命运，不停念叨"都是命"。

《崖边报告》亦载有一起"连侦破案件的公安人员也无法推断出合理起因"[1]的乡村血案。村民厉进和厉来务本是本家亲族，2009年夏收时节，厉进请厉来务帮忙收麦子。收好麦子，两人开着机动三轮车进村，满载麦秸的三轮车被厉来务家不断外扩的院墙给卡住了。矛盾由此引发，年轻气盛的厉进用三轮车的"摇把"将厉来务打倒在血泊里，自己则扔掉摇把一头扎进自家水窖。不知动机为何的血腥冲突就这样要了两条壮劳力的性命。让人不可思议的是，东家请人帮忙却又下黑手置人于死地，前一刻两人还在一起劳

---

[1] 阎海军：《崖边报告——乡土中国的裂变记录》，北京大学出版社2015年版，第62页。

动,后一刻即杀心顿起,剥夺他人生命,自己也毫不犹豫地投水求死,一桩血案近乎"无由头的谜"。表面上看,这貌似又是一起"几乎无事的悲剧"。一个自私的农民,外扩院墙以增加自家院子的面积,至于增大的那点面积又有什么意义,则无心考量,更不会考虑此举给别人带来的不便。作者认为:"这起离奇的血案是偶然的,但这偶然背后隐含着必然性。因为这起血案,充分反映了社会基础结构的裂变,也让人看到了礼治崩溃、法治难张的重大问题。"[1] 很显然,这桩无来由的血案,让我们看到乡村戾气之重,而这一案两命的现实情形与一些作家所想象的乡村田园胜景,又何啻霄壤之别?通过这桩发生在家族内部的血案,作者细细道出了崖边大而言之中国乡村,近年来社会心理之变:

>　　陇中之地穷乡僻壤,向来以民风淳朴著称。在崖边所生活的更是一群面朝黄土背朝天,与世少争虚利,恬淡寡静只求风调雨顺、五谷丰登的子民。崖边几个较大家族都在暗地里互相较劲,明面上倒装得若无其事。也有一些家族斗争演变成正面冲突甚至互相动手,但从没有发生过恶性案件。时间一长,冲突双方的仇恨自行化解,交流照旧进行。时间进入 2000 年之后,两极分化加剧,人心浮躁,心理失衡,人与人之间的友情变得越发脆弱,人与人的矛盾很容易上升为冲突。崖边很多人进城谋生,留下的多是老弱病残,团结、合作、友善的风气变得越来越惨淡,仅剩的一丝淳朴民风终于在这场血案中轰然崩

---

[1] 阎海军:《崖边报告——乡土中国的裂变记录》,北京大学出版社2015年版,第60页。

塌。村庄人心浮躁、利欲熏心、恶念丛生的内在危机被离奇命案揭开。[1]

回到《生死十日谈》，因中国式婆媳关系而酿成的悲剧，自古以来并不鲜见。只是于家婆媳的悲剧打上了鲜明的时代印记。然而，城市化进程改变的不仅仅是这些，更"改变了人与土地、人与人之间亘古不变的关系，也挑战着人们的道德底线"[2]。"十日谈"里，赵凤与杨柱的故事，更让人看到在新的时代背景下，夫妻伦理危机的全新内涵。这自然不是"痴心女子负心汉"故事的现代版，凸显的却是乡村留守妇女的另一番困境。赵凤身世坎坷，19岁嫁给建筑工人杨柱。杨柱靠承包工程发迹，抛妻弃子在城里另组家庭；赵凤则守着土地、守着儿子，亦守着身体的秘密——性病。丈夫不在身边自己却身染性病，即便面对自己的母亲，赵凤都难以启齿。自身的性病没钱医治，疏于管教的儿子上网成瘾，这一切都成了赵凤无法解开的死结。她一心求死，但是跳河、触电都被人发现并被及时救起，最后还是喝百草枯得以解脱。

这始乱终弃的故事同样并不新奇，只是打上了城市化进程的烙印。一开始，让人愤怒的是男人不仅卸下了对家庭的责任，而且给女人留下了表征都市欲望的疾病。没想到随着讲述的深入，更多真相浮出水面——赵凤的性病并非来自杨柱。她严守身体的秘密不敢坦然医治，自然是害怕失去自己在乡村唯一拥有的东西：名声。但

---

[1] 阎海军：《崖边报告——乡土中国的裂变记录》，北京大学出版社2015年版，第59—60页。
[2] 孙惠芬：《生死十日谈》，人民文学出版社2013年版，第33页。

纸终究包不住火，不断加重的病情，让她那身体与情感的秘密都一下子公之于众，最终压垮她的不仅仅是贫困，更有无法言说的羞耻。性病固然是羞耻，但对她来说，无法面对的另一重羞耻则是被男人抛弃。她始终无法面对这个事实，二十多年来即便被告知了具体线索，也从来都不敢到城里寻找原本是自己的合法丈夫。

在赵凤身上，读者可以看到传统伦理道德和价值观，在乡村仍存有巨大的拖拽力，其人生故事给人一种极其复杂的感受。面对一个在某种意义上被羞耻杀死的乡村女性，我们又如何去责怪她没有控制好身体的欲望？赵凤让人自然想到《中国在梁庄》里同样被羞耻杀死的春梅。关于原始欲望，面对访谈者杨柱坦然承认自己"沾过几个女人"，并满不在乎地认为"男人嘛，谁也免不了"[1]。但得知乡下的妻子患了性病，他便为自己的遗弃行为找到了心安理得的理由。作为一个女性访谈者，"我"的愤怒源于"我"的性别。"我"被面前男人表现出的男性霸权深深刺痛："杨柱让我看到，一个留在乡村的孤独女子，在远离丈夫，一个人孤苦打发日子的时光里，身体承受了怎样的痛苦和磨难。她不甘心痛苦，向自己的道德发起了挑战，最后，却被自己的不道德深深伤害。"[2] 除了这份知解外，"我"还试图基于性别立场为赵凤辩护："一个女人十几年二十几年看不见男人，难道就不可以有一次越轨，一次背叛？"[3] 然而，在男性霸权和一个弱女子惨烈无比的死亡面前，这份愤怒的知解与辩护都显得如此虚弱。联想到梁鸿笔下的春梅，赵

---

[1] 孙惠芬：《生死十日谈》，人民文学出版社2013年版，第151页。
[2] 孙惠芬：《生死十日谈》，人民文学出版社2013年版，第152页。
[3] 孙惠芬：《生死十日谈》，人民文学出版社2013年版，第152页。

凤早已不是个例，辽宁和河南这两个留守妇女的死，凸显出乡村另一重早就应该引起重视的伦理困境。

乡村伦理困境还不止这些。《生死十日谈》还呈现不伦恋情同样是致死之疾。农民姜立生因与弟媳的恋情导致堂弟姜立修含恨服毒；女企业家杨萍将自己七十多岁的老父亲和女邻居捉奸在床，原本以为自己的大义灭亲之举替母亲出了气，却导致母亲不堪羞愤自寻死路。正如"我"了解这些之后所生出的感慨："乡村生长爱情，可是不在道德范畴之内的爱情甭想得到正当的理解。当然乡村从未给不正当的爱情以正当的理解，却也从未妨碍不正当的爱情发生。"[1]人与人之间复杂的情感纠葛，自然并不因城乡而有所差别。但是，与城市相比，乡村社会对那些真实发生的有违伦理实则又合乎人性的爱情，更缺少包容、理解的可能，更罕有理性的看待，由其导致的人伦悲剧往往更加频繁、惨烈。

这又是一个与"百草枯"有关的故事。外乡女子小环跟姜立修一起回到乡村，因对乡村男性有特别的吸引力，被村民喻为"百草枯"。一贫如洗的姜立修借住在堂兄姜立生家，果不其然，不伦之恋便发生在姜立生和小环之间。事后谈起爱情的发生，姜立生格外平静："她住到我西屋那一天，我就开始想她了。我想她都想疯了，坚持到一百七十八天，太长了，我都要崩溃了。"[2]面对自己寄予深爱却无情背叛自己的妻子，以及于己有恩的堂兄，姜立修选择了以自己的死将两人钉在耻辱柱上，并让对方永远心怀愧疚。然而，服

---

[1] 孙惠芬：《生死十日谈》，人民文学出版社2013年版，第118页。
[2] 孙惠芬：《生死十日谈》，人民文学出版社2013年版，第131页。

毒之后药物并没有马上终结其性命，而让他长时间痛苦挣扎于死亡的边缘。其间，姜立修感受到小环那发自内心的哀痛，并对发生在他们三人之间的感情纠葛，有了跟喝药前不太一样的理解。他宽宥了妻子和堂兄，不想死，只是一切为时已晚，而这发生在三人之间的秘密自然不为外人所知。姜立修终于死去，在巨大的舆论压力面前，姜立生和小环随即生活在一起。只是，姜立修的死如同一道巨大而厚实的屏障，将这对在众乡亲眼里的"狗男女"，隔离于乡村世界之外。小环成了村妇们永远的谈资，成了她们寻找道德优胜的参照；姜立生亦被排斥到乡村公共社会的边缘，成了一个将心门尽力关严的男人。经过"我"和张申一番策略性的导引，他终于愿意谈谈那些不堪回首的过往。当他细细说出内心那不为人知的痛楚与悔恨，"我"却看到了人性的复杂，对他、小环还有姜立修生出了深深的同情与理解。然而，他们要从乡亲们那里得到这些却几乎没有可能，因而两人所面临的困境仍然巨大而深长。

杨萍的母亲其实十分了解年轻时就"花心"的丈夫的秘密，只是不愿戳穿而已；恰是杨萍自己在感情上受过伤害，难以抚平的创痛让她以一种简单而粗暴的方式处理父亲的婚外恋，以羞辱父亲及其情人而让自己获得快意。她表面上是替母亲出气，实则为了替自己寻得心理平衡与快意。只是她无从想到父亲和邻居的恋情公之于众后，无比爱惜脸面的母亲觉得那是难以承受的羞辱，而找不到活下去的理由。母亲死后，仗着财大气粗，杨萍逼着跟父亲有染的女邻居在母亲灵前下跪，老父却以死抗争不惜断绝父女关系，以捍卫情人的尊严。杨萍无论如何都无法走出内心那份执念，更无法理解人性的复杂，也就预示类似悲剧还会在乡村上演。

整体看来，《生死十日谈》所揭示的乡村生存之重，不外乎物质与精神的双重困境。相对于如何让农民"脱贫"，如何丰富农民的精神世界，应该是更其迫切而艰巨的任务。而不同于其他案例的是，杨萍本属于乡村的富有阶层，父母也是新农村建设的受益者已然住进了楼房。然而，即便消除了物质贫困，乡村文化建设的滞后仍可成为隐形杀手与生命的暗疾。

救赎何以可能

作为揭示乡村自杀真相的非虚构叙事，《生死十日谈》部分呈现了当下诸多乡村叙事有意无意规避的生存图景。在一桩桩乡村自杀事件背后，矗立起一个更加严峻的问题：乡村出路在哪里？孙惠芬自谓写作《生死十日谈》的另一重旨归是救赎。对此，她自信满满："在这部作品里，我写出了当代乡下人的自我救赎！在采访自杀之前是无法做到的。现在，我觉得我做到了，不但如此，它几乎是牵引我走进《生死十日谈》的灵魂所在。"[1]

然而，我想问的是：救赎何以达成？

关于"救赎"，或许读者与孙惠芬的理解有所不同。但是，仅从"十日谈"里的一个典型案例来看，我们或许对孙惠芬所谓的"救赎"有所了解。书中载有，张小栓的母亲一共生养了四个儿子，但命运似乎从不放过对她的捉弄：老大七岁时死于天花；老二五岁时死于抽风；考上重点高中的老三，书念得好好的，二十五岁

---

[1] 何晶、孙惠芬：《我想展现当代乡下人的自我救赎》，《文学报》2013年1月24日。

时却患精神病跳海自杀。这位母亲的所有希望便寄托在小儿子身上,没想到张小栓却因买楼而起的家庭纠纷一时想不开自杀,丢下了她。面对访谈者,这个眼泪早已流干的母亲,不停自言自语重复的一句话就是:"怎么办? 没办法。"这全然看不到任何出路的自问自答,让人感受到一种彻骨的荒寒与无助。而在此情形下,她还要尽力将伤痛掩藏起来,去安慰被小儿子之死彻底击垮的老伴儿:"政府不会不管咱,国家不会不管咱,海边的道都修得那么好,地震那地场的孤儿国家都管,怎么能不管咱?"[1] 她一方面不停地用"国家""政府"这些宏大的词汇来"哄"老伴儿;另一方面却也知道老伴儿是个明白人,自己的"哄"起不了什么作用,更明白像自己这样的单个家庭的渺小——"国家这么大,管得过来吗?"[2] 老伴儿到底撒手人寰离她而去,但这孤苦的老太太之所以能在眼泪流干之后,依然葆有一份乐观与平静,就因老三跳海后,一次梦中她接到儿子们平静地活在另一世界的消息。没多久,有"好心人"修筑了乡村教堂,于是她就从相信来世进而皈依了基督;与其相反,老伴儿就认为"来世之说"全是胡扯。因为信奉基督,老太太对自己完全没有依靠的生活现状仍能乐观面对,这令访谈者感到非常惊异。虽然口中仍在念叨"怎么办,没办法",却早已没了不平与怨愤,可以看到她在内心深处,早已跟苦难、跟命运和解。

  我想说的是,发生在这位悲情母亲身上从无神到有神的转变,或许便是孙惠芬所谓的"救赎",而如此"救赎"之途在"十日

---

[1] 孙惠芬:《生死十日谈》,人民文学出版社2013年版,第37页。
[2] 孙惠芬:《生死十日谈》,人民文学出版社2013年版,第37页。

谈"里并非个例。乡村教堂矗立在开篇不久的文字里，当时远远看见它，对"我"而言，那只是一个只能远望而无意接近的所在。但是，十天访谈临近结束，远望变成了零距离接触——"我"和张申跟着一群农民乘坐拖拉机前去做礼拜。《生死十日谈》全书弥漫着浓重的死亡气息，但这节文字却带着欢欣与喜悦。究其根源或许在于，"我"在教堂听到了救赎的声音，看到了救赎的光芒。

每个礼拜日已成为当地信教村民的隆重节日。"我"看见这些平日面朝黄土背朝天的农民，欣悦地挤在拖拉机上，头脸干净、衣服整洁，嘴里说的"都是灶炕里那点事儿。他们身上散发着油烟味和粪土味，眉宇间却凝结着各不相同的心事，只要沉默下来，他们就止不住叹气"[1]。毋庸讳言，在乡村很大程度上只是有宗教无信仰，宗教对于无知无识的农民的意义，不过是他们面对难以承受的生存重压而寻到的某种精神寄托和一种自我安慰的方式，其功利性自是不言而喻。典型如刘秉善的老婆平素什么都不信，但在儿子进入骨癌晚期，全家无计可施之际，她便跟着儿子一道信了上帝，并成了热心的传教者。在这一过程中，她看到了信仰的力量，七个多月后儿子病情虽无好转，精神却好多了。作为仪式，礼拜的意义更在于参与其中者内心的焦虑、忧伤、哀痛得以释放，用刘国胜母亲的话说，就是"心里开了道缝儿，有了盼头"[2]。

"我"无比欣喜地看见姜立生、"百草枯"也出现在教堂里。五天前"我"听见村妇们背后议论"百草枯"每周都要穿戴一新，坐在

---

[1] 孙惠芬：《生死十日谈》，人民文学出版社2013年版，第174—175页。
[2] 孙惠芬：《生死十日谈》，人民文学出版社2013年版，第174页。

男人的摩托车后出门一趟。眼前情景让我立时明白他俩并非去赶集而是赶来这里,当然也是一种赶集——每周一次的心灵集会。这对因孽情而貌似丧失了所有美好情感的男女,也同样找到了救赎之途。在教堂,心灵在忏悔中得到涤荡,灵魂在祈祷中得以安放。写到这里,孙惠芬或许想告诉世人的是:除了苦难,当代乡村还有对苦难的超越,以及个人的精神自救。参与庄严的仪式,"我"不禁泪流满面,但"不是悲伤,是感动,或者说是感激"[1]。感动和感激的生成,显然在于"我"看到了信仰对于乡村的重大意义:"我甚至想回过头告诉刘国胜,来吧,不要在乎是老天还是上帝,你只需要站在这里,和大家在一起。"[2]

"我"所激情召唤的刘国胜一样有着苦难的经历,在帮乡亲拆屋时,意外被石梁砸断了脊椎,全家于是因之致贫,老婆其后死于脑溢血,十五岁的女儿向奶奶无理索要二十块钱没得到满足,竟赌气喝下百草枯自杀。又是"百草枯",不过这次它带走的却是一个被过度宠溺的花季少女的生命。平素一向娇宠孙女的奶奶陷于无边的自责难以自拔,在别人劝说下信了上帝。而跟母亲不同,刘国胜始终活在对他所谓的"老天"亦即命运的无边怨愤里:"俺信老天信了这么些年,它都没有保佑俺,上帝就能保佑?天就在头上,白天晚上,你都能看见,上帝在哪儿,你根本看不见。"[3]进而,他对信仰生出本源性的虚无。只是,在"我"看来,面对命运的捉弄和贫病的折磨,唯有来自信仰的安慰,才是刘国胜的救赎之途,不管

---

[1] 孙惠芬:《生死十日谈》,人民文学出版社2013年版,第179页。
[2] 孙惠芬:《生死十日谈》,人民文学出版社2013年版,第179页。
[3] 孙惠芬:《生死十日谈》,人民文学出版社2013年版,第170页。

是老天还是上帝。如此，才有了"我"在礼拜的神圣时刻，对他那发自内心的呼唤。

然而，正如前文所论，中国乡村对于上帝的信仰，到底是面对不能承受的生存之重时，被动而功利地应对。很显然，乡村诸种致死之疾的根除，还要依靠整体的富裕以及文化层面的丰富，而非虚无的精神安慰。救赎之途的第一步自然是在物质上让农民卸掉生存的沉重负累。事实上，对自身所信奉的救赎途径，在某种程度上孙惠芬亦心存疑虑。在接受访谈时，她透露姜立生是一个虚构的人物。这不禁令人想到，在《生死十日谈》这个虚构与非虚构互相掺杂的文本里，既然姜立生是虚构的，那么其信仰与忏悔可能也出于虚构，抑或移花接木。跟张小栓、刘秉善等人相比，信上帝的意义对姜立生来说决然不同。其他村民的"信仰"绝大多数是无法面对切实的物质困境之时的自我安慰，唯有他和"百草枯"则更多是以向上帝的忏悔而求得心灵的安妥。如果，这忏悔主体还有忏悔本身是一种虚构的话，那么，对姜立生和"百草枯"来说，真正的救赎之途又在哪里？

由此，我想说的是，孙惠芬自谓写出了乡村的救赎，实际同样不过是一个作家面对乡村无法言说的苦难所寻得的自我安慰罢了。最浅显不过的事实是，信仰上帝并不能让农民摆脱贫病的困扰，而这却是今日乡村最常见的致死之疾。如此一来，真正的救赎毫无疑问不是上帝而是张小栓母亲经常挂在嘴边的那两个"宏大"的词：国家、政府。孙惠芬所理解的救赎之法与真正能让乡村得到救赎之途，实在相去遥远。不知道这源于写作的限度，还是作家自身视野的局限。即便如此,《生死十日谈》的可贵之处,还是在于让广大读者看到了当下乡村的别样生存图景,感受到了问题的严峻。

亟待建构的乡村文化

近年来，除了"梁庄系列"和《生死十日谈》之外，还有黄灯《大地上的亲人——一个农村儿媳眼中的乡村图景》、阎海军《崖边报告——乡土中国的裂变记录》、季栋梁《上庄记》（2014）、王磊光《在风中呼喊——一个博士生的返乡笔记》（2016）等乡村非虚构叙事作品，都以一种积极介入的姿态，深入发掘当下中国乡村的生存状貌，所呈现的乡村图景大多带有浓烈的荒野气息。然而，除了贫困、疾病、伦理危机、随人口流失而来的乡村空心化之外，今日乡村更难填补的却是"精神黑洞"。文化食粮的匮乏以及农民精神上的空虚，比之于物质的贫困，某种意义上是今日乡村更加沉重的疾患。谈及《生死十日谈》的写作旨归，孙惠芬自谓想以文字

"见证当代乡村生活真相，从而呈现当代乡下人自我心灵救赎的过程"[1]。只是，如何达成当代农民的精神救赎，却令人深长思之。从梁鸿笔下的梁庄到孙惠芬访谈的石岭，还有王磊光、黄灯、阎海军等人笔下位于湖北、湖南、甘肃等地的故乡，我们看到了乡村民众为达成精神救赎而做出的种种努力，切实感到一种新的乡村文化的建构迫在眉睫。一些村庄，外出打工者利用打工所得，建起一座座漂亮的房舍亦不愁衣食，却无法解决作为一种乡村普遍存在的精神黑洞，因而，文化建构我想就成了未来乡村建设的重中之重。

精神黑洞

"蓬勃的废墟"是《中国在梁庄》呈现在读者面前的梁庄的整体图景，也是作者梁鸿对当下乡村从外在到内里的准确概括。梁庄也是当下中国乡村的"生存镜像"[2]。随着进一步深入梁庄的肌理之中，梁鸿更看到与乡村的空心化、废墟化相比，更为严峻的却是故乡那表征为伦理危机的精神黑洞。小时候那种温煦的乡村人际关系早已不复存在，相反，却不断出现不可思议、骇人听闻的犯罪事件。

今日乡村在精神上的败落，最为显著的表征便是中小学校大面积萎缩甚至消失。对一个乡村而言，学校无疑是一种象征，其消失或功能上转作他用，就如同精神败落的隐喻。而乡村中小学的消

---

[1] 尹平平：《〈生死十日谈〉：乡村生死故事背后的"精神黑洞"》，《新华每日电讯》2013年6月7日。
[2] 梁鸿：《中国在梁庄》，江苏人民出版社2011年版，第18页。

失，数十年来在中国乡村大地一刻也没有停止，梁庄小学只是其中的一个缩影。昔日改变一代又一代梁庄子弟命运亦是梁庄人精神象征的梁庄小学被废弃，用作养猪场，大门口那"梁庄小学，教书育人"的标语，被涂改为"梁庄猪场，教书育人"。校舍功能的改变以及名称的混搭，生成巨大的反讽，透出一种无以言说的荒诞。

然而，非独位于中原的梁庄如此，读者同样可以看到《上庄记》里的那个老村长，为了让村小学勉强维持下去而使出浑身解数，想尽各种办法，但上庄小学还是难逃即将停办的命运。没有师资，没有经费，生源锐减，是中国大量乡村小学面临的共同困境，一旦萎缩，便意味着又一批孩子失学，又一批新时代文盲的产生。黄灯认为一直担任中学校长的父亲，是数十年来乡村教育的见证。她自己返乡亲见在农村孩子进城打工热潮中，"买码"、赌博、吸毒、传销亦登陆故乡，"与乡村教育的衰微形成了触目惊心的对比"，而"进入90年代，随着乡村外出人员的增加，留守儿童变成常态，市场化力量的推动下，农村孩子通过读书改变命运的通道已被严重堵塞"[1]。正因如此，在农村"读书无用论"再次甚嚣尘上，成为绝大多数家长的共识，眼见通过读书改变命运无望，等到孩子成年就让其外出打工挣钱，而读书在打工者的父母看来，是最无意义的投入，如此情势之下，学校的萎缩或作为他用就成为一种必然。王磊光笔下湖北罗田农村小学的情形同样如此，村小学成了停放工程机械的地方；而西北上庄村的那个老村长还在做着最后的努力，千方百计想吸引一个支教者充当孩子们的老师。作为一种新

---

[1] 黄灯：《大地上的亲人——一个农村儿媳眼中的乡村图景》，台海出版社2017年版，第224页。

的乡村价值取向,梁鸿认为"读书无用论"的出现,"并不仅仅是因为农民的功利,孩子的无知、教师师德的下降,整个社会都弥漫着一种失望与厌学的情绪,它自然也会影响生活在其中的每一个人"[1]。

然而,不容忽视的是,在乡村一方面是文化教育的缺失,另一方面却是农民内心那过于峻切的致富冲动与尚利诉求。挣钱多少成为衡量一个人成功与否的主要标准,甚至是唯一标准。在这一背景下,乡村固有的伦理道德、价值取向受到了巨大冲击。教育的衰落、文化的缺位,直接导致价值导向扭曲,也显然是导致乡村年轻一代"精神黑洞"生成的根源。18岁少年奸杀82岁老太婆,这一震惊全国、令人发指的刑事案件就发生在梁庄,它是乡村文化亟待建构最有力的明证。通过DNA比对,案情终于水落石出,两年来惶恐不安的乡村归于平静,当案发两年后警察从课堂上直接带走正在读高中的王家少年时,他默默地收拾好文具,没有言语、没有反抗,表情平静,似乎在等待这一天的到来。命案告破,整个梁庄在震惊、激愤之余,几乎没有人对案件本身进行过起码的反思。旁人如此,当事双方家人亦是如此。被害老太婆的女儿建昆婶一心想着"杀人偿命",四处奔走以求判处凶手死刑为惨死的母亲伸张正义;而王家少年的父母、兄长则在为挽救其性命而不懈努力,多方求人证明他作案之时未满18岁;普通村民则绝大多数基于原始正义,将这一恶性事件的责任一股脑儿归之于凶手的邪恶,没人愿意了解他从留守儿童成长为孤独少年,在这中间到底经历了什么。

---

[1] 梁鸿:《中国在梁庄》,江苏人民出版社2011年版,第75页。

在梁庄现场，作为一个返乡知识者，"我"力图了解这些，以解开一个乡村少年的"精神黑洞"生成之谜。细细梳理，王家少年自然是一起典型个案。为生计所迫父母外出打工，没人关注他从留守儿童过渡到青春期，其生理、心理的变化以及内心诉求。婚后外出打工的哥哥，将影碟机和淫秽光盘留在婚房里，而并未意识到上高中的弟弟早已不是此前那个无知的孩子。王家少年晚自习回家看了性爱光碟，被淫秽影像召唤出的身体欲望，令其理智完全丧失，残忍奸杀村边独居的老妇。我想说的是，发生在这一老一少之间太过违拗人伦，令人难以启齿的悲剧，是今日社会情状的一个可怕表征。逼迫人们不得不直面这样一个问题：当乡村只剩下留守老人、留守儿童或留守少年，他们之间又会发生什么？感受到乡亲们的激愤，"我"却悲哀地想到"没有人提到父母的缺失、爱的缺失、寂寞的生活对王家少年的潜在影响"，因为"这些原因在乡村是极其幼稚且站不住脚的"；"我"进而想到中国乡村"又有多少处于这种状态的少年啊！谁能保证他们的心灵健康呢？"[1]发生了难以启齿的刑事案件，固然是梁庄的悲剧，但作案少年的精神黑洞才是梁庄真正的悲哀。然而，乡村对此极其漠然，当"我"只是很弱地提及王家少年一个人在家，没人管，也挺可怜时，马上就被父亲还有众乡亲挡了回来："有那么多小孩都是这样，也没见出什么事！坏成这样的人，还不枪毙，这社会成啥样了？"[2]"杀人偿命"在乡村是最简单明了、天经地义的逻辑，面对刑事案件而无人反思，也就预示

---

1 梁鸿：《中国在梁庄》，江苏人民出版社2011年版，第55页。
2 梁鸿：《中国在梁庄》，江苏人民出版社2011年版，第55页。

乡村精神黑洞似永无填补的可能,更预示类似悲剧在乡村大地的无尽迁延。这无疑是一种更可怕、更可悲的乡村现实。对此,"我"有一种深深的无力感。当"我"在看守所直面王家少年想问点什么,竟然一时语塞,觉得面对一个即将消逝的年轻生命,所有问题都显得极其苍白。"我"由试图询问对方,变成对着虚空问自己:"那一个个寂寞的夜晚,在少年心里郁结下怎样的阴暗?谁又明白,那一天天没有爱的日子汇集成怎样的呐喊,而又有谁去关注一个少年最初的性冲动?"[1]刑案当事双方家人的角力终于尘埃落定,王家少年被判死刑。没有及时发现、填补的精神黑洞,就这样吸走了本该生命如花的少年,还有本该颐养天年的老人,留给亲人的是深深的伤痛,留给读者的是无尽的叹息。几乎没有什么比这一老一少更能表征今日乡村的荒野性,更能彰显乡村文化建构的迫切性了。

细细梳理作家孙惠芬对自杀者家人的访问,一样可以看到精神黑洞是乡村致命暗疾,在某种程度上有甚于物质的贫瘠与疾病的困扰。从《中国在梁庄》到《生死十日谈》,我想说的是,从中原腹地到辽南山村,精神黑洞有如幽灵,游荡在乡村上空。

前文论及,"十日谈"载有发生在张店村西柳屯的一泡屎居然要了婆媳两条命的自杀案例。日常琐屑背后,我们分明看到精神黑洞作为致命暗疾的存在。婆婆无法将儿媳纳入山村老辈妇女原有的生活轨迹;电脑进入农户,互联网拉近了儿媳与城市的距离,她无心也无法让自己就范于一个乡村妇女惯常的生活道路,设法逃避农

---

1 梁鸿:《中国在梁庄》,江苏人民出版社2011年版,第56页。

活儿。随着第三代的出世，婆婆不仅要当作宝贝一般伺候儿媳，还要忙着照顾孙子，不正常的婆媳关系势必导致家庭冲突的发生。节气的催逼让婆婆无法兼顾里外，儿媳洗衣回家发现孩子在炕上拉了一泡屎，如此小事就点燃那原本就要爆发的冲突，结果导致婆媳双双服毒自杀。儿媳的忤逆、懒惰与其说源于原生家庭教养的缺乏，不如说应归之于心灵世界的空虚。

然而，于家儿媳并非个例。对于乡村年轻一代来说，他们所要面对的是一个普遍性的巨大困境：一方面是无法改变的乡下人身份，另一方面则是无法遏抑的都市向往。在虚拟空间里，城市生活幻象触手可及，导致他们轻易就沉迷于网络世界，他们大多没有明确的人生目标，甚至没有找到切实养活自己的途径，只是在长辈庇护下过一天算一天，更不用说明确自身的责任和义务，而最切近的诉求便是逃避劳动。如此日复一日、年复一年，精神黑洞就慢慢变为生命的暗疾。这一切或许已然发生于未嫁之时。于家儿媳每次与婆婆发生冲突，便叫来娘家母亲助阵。面对儿媳和亲家母，为了息事宁人婆婆一味妥协，看不到任何改善的前景，死于是成了终极破解之法。婆婆一死，惊恐还有对未来生活的茫然立时压倒了儿媳，她同样选择了服毒而亡。对于于家儿媳亦即乡村年轻一代来说，正确面对自身身份和处境，找到属于自己的生活方式，毫无疑问才是填补精神黑洞的正确方式。在城市化进程加快的今天，不同于上一代农民，生活在乡村的新一代，他们那源于城乡身份的纠结及其所带来的困境，显然是亟待关注的心理疾患和社会问题。

当然，在"我"所访谈的"目标人"中，我们更看到精神黑洞生成于面对贫困和疾病时生存意志的过早丧失，如李琴的母亲、张小栓的父亲。太多自杀案例无一不彰显农民精神世界的病态与绝望。我认为，新农村的文化建构对此应该高度重视，并作为乡村文化建构的着力点。关注农民的精神状态，通过乡村文化建设丰富其精神生活，帮助他们树立正确的价值观，使他们在面对困窘与死亡危险时，能及时获得心理疏导，我觉得这些是比让农民住进漂亮的楼房更紧迫的任务，其意义亦更为深远——与新农村建设相匹配的，应该是一种新的意识形态的建构。

现状与隐忧

那么，当下乡村文化建设的现状如何？

从梁鸿的调查可以看出，跟过去不同的是，如今地方政府确实意识到了问题的存在，并做了很多努力，力图提高农民的文化素质，关注农民的心理疾患。以河南农村为例，政府在推动建设一项名叫"文化茶馆"的工程，梁鸿一开始为此感到欣喜，认为这"正是对'村庄如何新生'问题的一个解决方案"[1]，并设想在"文化茶馆"里可以提供戏曲、影视资源，提供书籍，还有各种科学种田、科学养殖的光盘和书籍，农民可以在里边学习、消遣、喝茶聊天。然而，亲自前往看到的情形却是：茶馆外新建的宽阔高大的戏台几乎废弃；茶馆里边只有寥寥可数的几个人在看武打片，充耳所闻是一片打打杀杀之声，在书架旁看书的只有两个孩子、一个大人，另一些人则在打麻将；而架上的书大多是学生应试用的课

1　梁鸿：《中国在梁庄》，江苏人民出版社2011年版，第224页。

本。镇上书店和租书铺所提供的也基本上是武侠小说，即便如此，也还是生意萧条、濒临关门状态。原因一来在于，以前的租书者大多是镇上高中生，如今学校实行封闭管理，学生出校门困难；二来，即便有时间校外活动，高中生们却多半沉迷于网络游戏，基本不看书。一番了解之后，梁鸿得出的结论是："整个民间阅读基本处于一种极度萎缩的状态，更不用说其阅读的质量问题。"[1]

由此可见，官方意愿只是一方面；而从梁庄实际情形来看，政府所谓通过乡村文化建设达到乡村新生的愿景，确乎还有很长的路要走。关键在于政府的种种举措，一旦往下落实，下边多半消极应付，硬件和软件建设明显脱节，效果自然差强人意，更不用说对农民产生切切实实的文化熏染，甚至文化滋养。戏台、文化茶馆不过是乡镇一级政府为应付上级检查而不得不置备的文化设施，至于是否起作用，就不是他们关心的事了。因此，如何利用好现有的文化设施，发挥其应有作用，亟须地方政府真正重视乡村文化建设真抓实干。关于戏台，"村支书承认，如果真的组织好节目，看戏、放电影，周围可以摆摊做小买卖，也会吸引四里八乡的人来看，非常热闹。他们组织过一次，但是，太费力气了，谁有工夫管这闲事呢？"[2] 当下，各级政府都以经济指标衡量官员政绩，经济建设、招商引资是头等大事，文化建设就被看作"闲事"，对于地方官员来说，只是不得已而为之，应应景，应付一下上级而已。认识没有跟上，消极对付自是必然。即便投入了物力、财力，有了戏台、茶

---

[1] 梁鸿：《中国在梁庄》，江苏人民出版社2011年版，第226页。
[2] 梁鸿：《中国在梁庄》，江苏人民出版社2011年版，第227页。

馆，也不过是摆设。事实上，在文化建设这一点上，非独乡村如此，一些城市亦然。梁鸿了解到县城里的"文化茶馆"同样数量不少，但几乎都以打麻将作为主要功能，有的甚至连一本书都看不到。办个证，开张一间"文化茶馆"，不过为居民打麻将提供了一个合法的场所。如此一来，无论在农村还是城市，实际是赌博活动的"打麻将"，就成了农民和城镇居民最重要的业余"文化活动"。如此现实，自然令人担忧。

非独梁鸿笔下的河南乡村如此，黄灯回到湖南汨罗老家，感受到乡村在精神文化层面的变化同样巨大：

> 每次回乡拜年，看到情景都让我感慨不已。一方面，物质条件有了明显改善；另一方面，人情氛围已完全不如从前。堂叔们的房子连在一起，我们下车后一般从最近处的八爹家开始串门。没想到，几个堂叔家，几乎家家户户的每个房间都是一桌牌，从扑克到麻将，从纸牌到骨牌，从"澳门翻"到"香港打法"，从"扳坨子"到"捞鸡"，从男人到女人，从年轻人到老年人，从儿童到成年人，赌博之风可以说已到了无孔不入的程度……亲人来了，拜年不过是个形式，速度比打火还快，在象征性地和老人打个招呼后，大家总是能以最快的速度凑成一桌牌，昏天黑地，几天几夜，年就算是过完了。以前在农村流行的舞龙、玩狮子也难觅踪迹，寂寥的村落除了偶尔能够听到几声鞭炮，就是麻将的声音和牌桌上的吵闹声。[1]

---

[1] 黄灯：《大地上的亲人——一个农村儿媳眼中的乡村图景》，台海出版社2017年版，第139页。

不仅如此，打麻将在汨罗乡村还只是最无刺激性的消遣娱乐，而近年来在湖南一些乡村肆虐的却是香港的六合彩——买码。在黄灯看来，这一赌博方式已经泛滥到令人触目惊心的程度。许多家庭在这种恶性赌博中解体，更有大量年轻人因精神空虚而吸毒导致家破人亡，酿成一个又一个悲剧。在阎海军看来，作为西北乡村春节期间的传统娱乐节目，社火表演如今因种种原因也多半停止，而"风靡崖边的活动就是赌博，几乎每年正月，随着打工人群返乡过年，赌博都会成为过年期间好赌之人的主业"[1]。

从梁鸿、黄灯、阎海军等人笔下的乡村图景来看，其荒野性不仅仅表现为空心化的凋敝，更在于精神文化的荒芜与凋敝。政府的政策性倡导与举措具体落实的错位，让今日乡村的文化现状以及农民的精神面貌，在今后很长一段时间里，可以说都难有改变的可能。在对县委书记的访谈中，梁鸿了解到对方虽然也对文化茶馆和戏台等寄予了很大希望，打算利用这一平台"通过政府的帮助，鼓励民间的参与，以乡村能够接受的方式来提升乡村的文化品质，增强文化氛围，对村民形成一种熏染和影响。并且，重新恢复一些传统的文化形式，譬如传统戏、豫剧、舞狮等等"[2]，但农民没有这方面的诉求，也就难有参与的积极性。一旦没有农民的参与，类似的文化平台所能起到的作用就无疑十分微弱，乡村文化建构的美好设想就必然被架空。近年来，河南一些乡镇出现了大大小小的民间戏班，在农户操办红白喜事时被邀请前来表演传统戏段，乡村貌似

1　阎海军：《崖边报告——乡土中国的裂变记录》，北京大学出版社2015年版，第71页。
2　梁鸿：《中国在梁庄》，江苏人民出版社2011年版，第228页。

有了文化回归的迹象。但梁鸿认为"真正的'文化回归'并不仅仅指形式上的东西，它应该是对整个中国传统文化、生活方式、习俗、道德观进行重新思辨，并赋予它新的生命力"[1]。两相对比可以看出，当下乡村文化建设还有巨大的空间。而眼下的难处，除了文化建设本身所要面对的种种阻力外，还在于乡村始终处于城市化进程的巨大冲击之下，现代性的追求对古老的乡村文化以及价值观念、审美观念的冲击一刻也不曾停歇。一方面，冲击与破坏是如此强悍；另一方面，建构却是如此虚弱、微茫与消极。如此情势，乡村文化建设自然难上加难。正因为感受到乡村文化建设的阻力、困难以及愿景达成的渺茫，梁鸿的文字清晰地传达出一种发自内心的感伤："倾听文化茶馆那麻将的哗啦声，遥想那空旷的戏台飘过的寂寞空气，还有几亿少年无所适从的茫然眼神，我看到的是一个民族的文化、生活的颓废及无可挽回的衰退。"[2]

自20世纪80年代以来，过于峻急的社会转型，毫无疑问导致了全社会价值取向的深刻改变。无论城市还是乡村，尚利之风主宰一切；较之于城市，乡村的文化建设更加艰难。如何将举措落到实处，将是未来乡村文化建设需要解决的首要问题。只有用一种阳光进取、积极向上的文化，填补农民的精神黑洞，才能改变乡村的精神面貌，重建伦理道德规范，进而慢慢形成一种新的价值取向。如此，才可杜绝18岁少年奸杀82岁老妇之类冲击人伦底线的刑事案件发生。

1　梁鸿：《中国在梁庄》，江苏人民出版社2011年版，第228页。
2　梁鸿：《中国在梁庄》，江苏人民出版社2011年版，第228页。

值得注意的是，由梁鸿、孙惠芬的调查可以看出，正因为乡村文化建设不力，迷信活动在处处彰显现代性的乡村大地不仅没有消失，反而有所抬头，并大有蔓延之势，并趋于职业化，成了一些农民的精神支柱，也成了另一些农民的经济来源。《生死十日谈》里的徐大仙便是这样的典型。在村民眼里，她行走于阴阳两界神通广大，对于女儿赵凤的服毒自杀，她不去追究别的原因，而一口认定是被死去多年的叔公勾走了魂魄。女儿在世时，她对其痛苦不闻不问，自作主张地为其治疗性病，导致赵凤下身溃烂，彻底丧失求生的意志。而面对女儿不时流露死念，徐大仙将之归结为是地狱阴魂的纠缠，对女儿的求助无动于衷。对女儿的冷漠，说不清徐大仙到底是出于自私还是出于愚昧；而令孙惠芬惊异的是，儿时记忆中的"乡村大仙"历经半个世纪的风雨，"不但从没从乡村消失，且愈发兴盛普及"[1]。

一种意识形态的缺位，必然导致另一种意识形态的进入。更何况在传播迷信的同时，徐大仙们亦能在"敬神""驱鬼"等活动中收礼挣钱补贴家用。正因如此，丈夫对徐大仙的行为不仅不反感，反而心存感激。由这一个例子可以看出，巫术、迷信在乡村仍然存在较大市场。当迷信与经济利益关联，亦让人可以想见还会有多少"大仙"活跃于今日乡村。不争的事实表明，迷信可谓害人害己。在现代医学面前，性病早已不是什么疑难顽疾。如果徐大仙是一位普通母亲，有精力和心思关心女儿的生活与精神状况，及时回应女儿的求助，积极化解其内心郁结，相信科学送她及时就医，赵

---

[1] 孙惠芬：《生死十日谈》，人民文学出版社2013年版，第24页。

凤的悲剧就完全可以避免。稍加追究，这只是一桩因愚昧而导致的悲剧。然而，赵凤的悲剧只是冰山一角，令人忧虑的是，还有多少因所谓的"信仰"而生成的悲剧在乡村上演？没有合理、有力度的乡村文化建设，迷信就自然会抬头，甚至呈现蔓延之势；没有健康文化的填补，农民就无法理性地看待自身的处境，亦无法找寻到精神出路，反过来，又会极大阻碍乡村的发展，从而导致可怕的恶性循环。我想，眼下各地开展的新农村建设，自然远非建造一片片类似城市的居民小区，让农民"上楼"那么简单。在精神、文化层面，如何让富裕起来的农民，成为与现代社会相匹配的农民，才是更为艰巨的任务。进入 21 世纪，"农民"不应该再如过去是"弱势""愚昧无知"的代名词；然而，当"大仙"成为今日乡村普遍性存在的时候，所谓乡村文化建构就只是一句空谈。

耐人寻味的是，距离徐大仙所居住的村子不到两公里便是豪华的滨海大道。乡村大仙与现代化高速公路并存，似乎是一种任性而怪诞的拼接。宽阔、豪华的高速公路是现代性的象征，然而，距它并不遥远的村民却仍然生活在愚昧中。这也从另一层面说明，高速公路、高楼大厦并不能改变当今农民的精神状貌——物欲的满足并不能让其精神变得丰盈，富有理性。而愚昧的消除，则无疑有待于知识的传播，以及健康、阳光的乡村文化的建构。在辽南山村，徐大仙的出现，以及由她而导致的女儿赵凤的悲剧，何尝不是梁鸿在中原腹地，面对乡村的精神现状所生出的隐忧的印证。

《生死十日谈》还载有另一起母女悲剧。不同于赵凤的悲剧发生在高速公路旁的一个小山村；女企业家杨萍对婚内出轨的父亲捉奸在床导致母亲自杀的悲剧，则发生在已然建好的"新农村"，就发生在已然"上楼"的农民身上。究其根源，一方面在于优裕的物质生活亦无法让农民，即便是古稀老人，理性约束自身的情感；另一方面，财富导致杨萍对亲人态度的蛮横与无理性。金钱让她变得不可一世，有钱便有了话语权，即便对父母亦是颐指气使，简单粗暴地处理原本复杂的感情问题，没有耐心深入体察母亲的内心世界，最终酿成悲剧。金钱没能让这个风光无限的女企业家拥有起码的理性，其所作所为表现为另种状态的愚昧。而与徐大仙殊途同归的是，愚昧最终直接导致本不该发生的悲剧。换一角度，如果宽敞、美好的新农村社区，除了拥有良好的物质硬件建设之外，还有健康向上的文化建设，富裕之后的农民亦有丰盈的心灵世界，类似悲剧或许可以避免。可见，新农村整洁漂亮的楼房、四通八达的道路，并不能真正解决农民的伦理危机与情感困境；只有物质与文化建设并驾齐驱，才能真正建设成和谐、美好的"新农村"。

乡村与上帝

除了迷信活动抬头外，近年来基督教在乡村的传播也成为一个突出现象。《生死十日谈》《中国在梁庄》以及其他关于乡村的非虚构叙事，都对此有所反映，覆盖的地域也相当广阔。这一现象同样表明乡村文化建设的紧迫性。既然基督教在中国乡村的传播已是不争的事实，那么，上帝到底给乡村带来了什么？值得一提的是，学者梁鸿和作家孙惠芬对此所持的立场、所表现出的态度存在明显差异。

梁鸿认为"中国人信教，尤其是北方乡村的信教，并不是对信仰有多少了解。许多时候，它只是她们为生活的压抑和精神的贫乏所寻找的避难所，这也是乡村里女教民的比例高于男教民的原因"[1]；而且，基于乡村固有的价值观，信教者往往在周围人看来，就"是一群没事干的人，脑子出了问题，或者，干脆就是一群傻瓜"[2]。来自乡村社会较为普遍的负面评价，给信教者及其家属产生了较大心理压力，特别是女教民的丈夫多半会因为妻子是"傻瓜"或"游手好闲之徒"中的一个而怀有强烈的羞耻感，在乡村公共空间抬不起头来。因信教产生的家庭矛盾，甚至伦理危机也就并不鲜见。

明太爷（《中国在梁庄》）就认为自身和家庭的如此现状，都拜"主"所赐，用他的话说就是"这一辈子算是叫'主'给坑了"[3]。明太爷的妻子是虔诚的基督徒，信众都称她"灵兰姊妹"。两人原本拥有一个幸福美好的家庭，育有一双儿女，只是妻子信教变成"灵兰姊妹"之后，热心教会活动近乎抛家舍业，将养儿育女的责任全推给了丈夫。明太爷无法理解妻子的想法，更无法认同其行为，坚信她是因愚昧而受骗，两人之间的冲突不断升级。而整个村庄对"信主"者极其不堪的评价，更让明太爷在众乡亲面前感觉低人一等。这对年轻时经热恋而走到一起，曾经令无数人羡慕不已的夫妻，中年却不得不分道扬镳。离婚后，灵兰姊妹彻底成了"主"的女儿，以教堂为家；明太爷则过着十分糟糕的单身

---

[1] 梁鸿：《中国在梁庄》，江苏人民出版社2011年版，第187页。
[2] 梁鸿：《中国在梁庄》，江苏人民出版社2011年版，第187页。
[3] 梁鸿：《中国在梁庄》，江苏人民出版社2011年版，第176页。

汉生活，心灵的孤独与肉体的饥渴，让这个年逾六旬的乡村老汉，竟然对再明显不过的以女色为诱饵的诈骗电话抱有期待，幼稚得如同孩子。

乡下人自然不太明白基督教信仰到底为何物，"信主"是他们对这一信仰"最乡土"的践行。然而，"信主"给乡村带来的不仅仅是夫妻中年离异。经明太爷之口，《中国在梁庄》还讲述了另一个发生在"信主"者身上更为惨烈的事件。因女儿女婿在外打工，村里一个"信主"的老太太带着两个外孙一起过活。一天中午，她匆忙赶去教堂参加活动，因时间紧迫竟对路边池塘漂着的两个孩子也不管不顾，等她从教堂回来，却发现溺水的竟是自己的两个外孙。对于如此"信主"者，明太爷极其愤怒，抨击乡村的所谓"信主"完全变了味道，太过注重教会活动或外在仪式，不觉让一些"信主"者丧失了基本人性，衡之以乡村的伦理道德，他们本就是一群品行不端之人。因深受灵兰姊妹"信主"之苦，明太爷对乡村基督教信仰完全持负面评价，甚至恨之入骨亦可以理解。他的一些说法或许片面、偏激，但是从发生在他自己以及周围乡亲身上的一些确实的事例来看，当下乡村的基督教传播，的确存在诸多问题。

然而，丈夫眼中如此不堪的灵兰姊妹，在教内人士心中却是"神"的好女儿。而且，通过对梁庄当地基督教教会会长的访谈，《中国在梁庄》也呈现了基督教在乡村的另一面。该会长表示，跟前些年相比，乡村基督教信仰无论人数还是认知度都有了巨大提升，动机也"不仅仅是患难信，而是精神需要来信"[1]。教堂堂长

---

[1] 梁鸿：《中国在梁庄》，江苏人民出版社2011年版，第183页。

更介绍说，乡村信教者多是妇女、老人，教会对他们并没有什么强制性规定，更谈不上破坏乡村固有的社会秩序；相反，信教在一定程度上让乡村的道德面貌有所改观，认为"信教是辅助国家的。教会的奉献随个人意愿，想捐多少都行。主要用来修缮教堂、买教材，有时候哪里有灾难，响应国家号召。没有贪污受贿的，奉献还来不及呢。多一个信徒，就多了一个公民，少了一个信徒，就少了一个公民"[1]。至于明太爷和灵兰姊妹的家庭矛盾，堂长也认为并非由信教导致，而是缘于明太爷对灵兰姊妹的随意打骂，或者说，是家庭暴力最终导致明太爷一家的解体。

　　针对"乡村与上帝"这两种泾渭分明的态度，梁鸿并没有进行简单的是非评判。作为学者，对此她有属于自己的理性看法："似乎不能用'愚昧'两个字来简单评价明太爷对老婆及其'信主'的那种态度。这里面涉及到乡村生产力的实际情况，也涉及到一个文化习俗的问题和中国乡村如何看待精神空间的问题。在乡村，夫妻合作、家庭式分工协作是生活的基本前提，如果舍弃生产而去从事什么精神活动，会破坏这一模式而使家庭陷入困境，就像明太爷所面临的问题。"[2]另外，梁鸿又对乡村"信主"现象，表达了一定程度的宽容："'信主'与生产并不那么必然有冲突，但当事人都会夸大其与劳动、日常生活之间的矛盾，以此为理由表达自己的不满。"[3]我想说的是，乡村要接受"信主"现象，仍然在于众人对信仰、对基督教本身、对自己的苦难有真正深入的理解；而对宗教达

1　梁鸿：《中国在梁庄》，江苏人民出版社2011年版，第184页。
2　梁鸿：《中国在梁庄》，江苏人民出版社2011年版，第186页。
3　梁鸿：《中国在梁庄》，江苏人民出版社2011年版，第185页。

成真正理解的前提，却是农民文化素质的提高。如此一来，便又回到前文所论及的逻辑起点上。对乡村"信主"现象粗暴干涉、压制，固然不是办法，但完全放任亦不合适；只有农民自身的文化素质提高了，才能做到在宗教政策引导下，对包括基督教在内的各种宗教具有属于自己的理解与判断，而不是简单跟风或完全出于一时的功利目的而狂热投身其中。

孙惠芬同样认为"乡村对宗教的理解，一定是带着功利色彩"[1]；然而当她通过访谈了解到众多死亡，见证了诸多乡村难以超越的苦难，当听见教堂的钟声回荡在静谧的山野，便感到一种"触手可及的安宁感、幸福感"[2]。关于"乡村与上帝"，显然与梁鸿所持的理性质疑与有限宽容不同，孙惠芬更多表现出对乡村"信主"现象的认同。这也难怪，在她的十日访谈里，乡村信教者大多出于对苦难的无法承受，转而向"神"寻求慰安与解脱。与灵兰姊妹"信主"的动机不同，"十日谈"里的信教者大多是"患难信"。前文论及张小栓母亲在经历了四个儿子和老伴儿的一系列非正常死亡还能坚韧地活下去，就在于第三个儿子的死让她在哭干了眼泪的同时也相信了来世。老伴儿则跟她完全不同，对来世之说全然不屑，轻蔑地以为那是"胡扯"。但他到底没有抗住悲伤与虚无的重压，走上了轻生之途。了解到自杀者亲人的苦痛，孙惠芬认为相信灵魂转世是他们达成自救的理想之法。只是，令她诧异的是，眼前这位经历了太多苦难的老母亲，信"主"显然不是权宜之计而

---

[1] 孙惠芬：《生死十日谈》，人民文学出版社2013年版，第81页。
[2] 孙惠芬：《生死十日谈》，人民文学出版社2013年版，第81页。

是切实皈依。

在乡村，每个农民的信教动机自然都不太一样。刘秉善妻子此前同样什么都不信，但面对儿子罹患骨癌晚期药石罔效，这束手无策的母亲便信了上帝；而且前文那个因孙女自杀而陷于自责不能自拔的奶奶，亦在其劝导下进了教堂。每周一次的礼拜让这些已然经历和正在经历苦难的农民，对生活有了别样盼头，聚在一起相互取暖、彼此慰安。不过也有例外。女儿负气自杀后，善良的刘国胜始终沉浸在对老天的怨怒里，眼见周围人包括自己母亲都信了上帝，虽然也有人劝其加入做礼拜的队伍，但他始终不为所动。经历了那么多苦难，其内心自有无法撼动的逻辑：信了那么多年的老天，都没能保佑自己，上帝又如何能够？更何况，天就在头上，白日黑夜都能看到，上帝在哪儿都不知道。自然，这只是一个山村农民对宗教最原始亦最本真的理解。他跟母亲在精神面貌上的差异，却又无疑彰显了信仰之力的存在。

就"乡村与上帝"这一话题，梁鸿访谈的是教堂管理者；孙惠芬则通过跟随一群乡村信徒到教堂做礼拜，对乡村基督教信仰有了一次沉浸式体验，也对上帝之于乡村的意义，有了最直接的认知。在肃穆的教堂，她发现姜立生和"百草枯"也在做礼拜的人中。"我"欣喜于他们也找到了自我救赎的方法。仪式中，可以听见来自祷告人群里的哭泣声，其后大家一起为病重的教友做祈祷时"哭泣的合声如潮水涌动"[1]。"我"深受感染，也无法止住泪水的

---

[1] 孙惠芬：《生死十日谈》，人民文学出版社2013年版，第179页。

流淌，并明白"不是悲伤，是感动，或者说是感激"[1]。所谓"感激"，显然是孙惠芬由此看到了上帝对乡村所具有的救赎意义，因而真诚地希望刘国胜也能跟大家一起站到这里。与梁鸿那犹疑、复杂的心态不同，孙惠芬将信上帝视为苦难乡村的救赎之途，起码在没有切实的乡村文化建设之前应是如此。从中原到东北，乡村辽阔大地上那一座座矗立的教堂亦是不争的明证。这对于今日乡村文化建设的决策者和实施者来说，是一个不得不令人深长思之的景观。但是，一些地方的乡村近年来也在悄然发生着变化，正如通过对湖南汨罗乡村的观察，学者黄灯发现：

> 值得欣慰的是，近几年来，政府目睹风气巨变带来的风险后，通过国家非物质文化遗产项目的推动，重拾"玩故事"的民俗，积极倡导传统文化的复兴，村庄也凭着自身丰厚的底蕴，正逐渐正本清源，恢复底气。我年轻的表弟，经过人生的折腾，在亲情的召唤下，决心重拾本分的生活，依靠劳动和聪明生存。这让我意识到，当村庄陷入实际的困境时，蕴含其中的文化传统，一旦能够受到外在环境的激发，就能从内心深处唤醒村人的记忆，变成活水清泉，荡涤脏污的文化入侵。至少，从隘口村近几年来的文化实践看，尊重民风民俗，尽力回归传统，将乡村自身的历史文化传统和国家新农村建设的举措结合起来，寻找到最佳的契合点，不失为重建村庄的可行

---

[1] 孙惠芬：《生死十日谈》，人民文学出版社2013年版，第179页。

路径。[1]

中国的乡村幅员辽阔,各地经济、文化发展不平衡,地方政府对文化重要性的认知水平也不一致。在地方政府主导下,一些地方的乡村文化建设也取得了较为丰硕的成果。赌博、吸毒现象得到遏制,某些传统的民俗也在慢慢回归,全新的乡村文化社区得以建构,农民们的精神面貌有了巨大改观。这无疑是新农村建设所取得的巨大成就。

---

[1] 黄灯:《大地上的亲人——一个农村儿媳眼中的乡村图景》,台海出版社2017年版,第262页。

参考文献

论著类

陈继会:《中国乡土小说史》,安徽教育出版社 1999 年版。

陈美兰:《中国当代长篇小说创作论》,上海文艺出版社 1991 年版。

崔志远:《乡土文学与地缘文化:新时期乡土小说论》,中国书籍出版社 1998 年版。

丁帆:《中国乡土小说史论》,江苏文艺出版社 1992 年版。

樊星:《当代文学与地域文化》,华中师范大学出版社 1997 年版。

范家进:《现代乡土小说三家论》,上海三联书店 2002 年版。

费孝通:《乡土中国 生育制度》,北京大学出版社 1998 年版。

李继凯:《秦地小说与"三秦文化"》,湖南教育出版社 1995 年版。

凌宇:《从边城走向世界》,生活·读书·新知三联书店1985年版。

[美]明恩溥:《中国的乡村生活》,电子工业出版社2012年版。

逄增玉:《黑土地文化与东北作家群》,湖南教育出版社1995年版。

唐军:《蛰伏与绵延——当代华北村落家族的生长历程》,中国社会科学出版社2001年版。

王铭铭:《村落视野中的文化与权力——闽台三村五论》,生活·读书·新知三联书店1997年版。

王又平:《新时期文学转型中的小说创作潮流》,华中师范大学出版社2001年版。

杨剑龙:《放逐与回归——中国现代乡土文学论》,上海书店出版社1995年版。

叶君:《乡土·农村·家园·荒野——论中国当代作家的乡村想象》,中国社会科学出版社2007年版。

赵园:《地之子——乡村小说与农民文化》,北京十月文艺出版社1993年版。

朱晓进:《"山药蛋派"与三晋文化》,湖南教育出版社1995年版。

作品类

毕飞宇:《地球上的王家庄》,新世界出版社2002年版。

毕飞宇:《平原》,作家出版社2009年版。

毕飞宇：《玉米》，作家出版社2005年版。

曹锦清：《黄河边的中国》（上、下），上海文艺出版社2013年版。

曹乃谦：《到黑夜想你没办法》，长江文艺出版社2009年版。

曹乃谦：《最后的村庄——曹乃谦短篇小说选》，中国广播电视出版社2006年版。

陈庆港：《十四家——中国农民生存报告（2000—2010）》，江苏文艺出版社2011年版。

迟子建：《布基兰小站的腊八夜》，人民文学出版社2014年版。

迟子建：《空色林澡屋》，长江文艺出版社2017年版。

迟子建：《日落碗窑》，人民文学出版社2014年版。

黄灯：《大地上的亲人——一个农村儿媳眼中的乡村图景》，台海出版社2017年版。

季栋梁：《上庄记》，北京十月文艺出版社2014年版。

贾平凹：《高老庄》，太白文艺出版社1998年版。

贾平凹：《黑氏》，作家出版社1994年版。

贾平凹：《怀念狼》，作家出版社2000年版。

贾平凹：《极花》，人民文学出版社2015年版。

贾平凹：《贾平凹文集·世说卷》，中国文联出版公司1995年版。

贾平凹：《秦腔》，作家出版社2005年版。

贾平凹：《土门》，春风文艺出版社1996年版。

蒋子龙：《农民帝国》，人民文学出版社2008年版。

李锐：《无风之树》，江苏文艺出版社1996年版。

梁鸿：《出梁庄记》，花城出版社2013年版。

梁鸿:《中国在梁庄》,江苏人民出版社2011年版。

刘亮程:《一个人的村庄》,春风文艺出版社2006年版。

绿妖:《如果可以这样做农民》,长江文艺出版社2016年版。

莫言:《蛙》,上海文艺出版社2012年版。

尚柏仁:《乡村行走》,九州出版社2014年版。

孙惠芬:《吉宽的马车》,作家出版社2007年版。

孙惠芬:《民工》,作家出版社2005年版。

孙惠芬:《上塘书》,人民文学出版社2004年版。

孙惠芬:《生死十日谈》,人民文学出版社2013年版。

孙惠芬:《歇马山庄的两个女人》,群众出版社2003年版。

孙惠芬:《歇马山庄》,人民文学出版社2007年版。

王磊光:《在风中呼喊——一个博士生的返乡笔记》,复旦大学出版社2016年版。

熊培云:《一个村庄里的中国》,新星出版社2011年版。

阎海军:《崖边报告——乡土中国的裂变记录》,北京大学出版社2015年版。

阎连科:《坚硬如水》,长江文艺出版社2001年版。

阎连科:《情感狱》,上海文艺出版社2001年版。

阎连科:《日光流年》,春风文艺出版社2004年版。

阎连科:《受活》,春风文艺出版社2004年版。

阎连科:《炸裂志》,上海文艺出版社2013年版。

亦夫:《土街》,新星出版社2010年版。

周大新:《湖光山色》,作家出版社2012年版。

论文类

曹书文：《乡村变革与思想启蒙的双重变奏——评周大新的〈湖光山色〉》，《河南师范大学学报》（哲学社会科学版）2009年第3期。

陈国恩、王俊：《中国乡土知识分子的心路历程——〈浮躁〉〈废都〉〈高老庄〉的精神症候分析》，《文艺评论》2004年第5期。

陈国和：《沉重命题的诗性叙述——关于阎连科的〈丁庄梦〉》，《名作欣赏》2007年第2期。

陈剑晖：《因为真实，所以感人——评〈中国在梁庄〉的成功与不足》，《文艺评论》2012年第3期。

陈竞：《李敬泽：文学的求真与行动》，《文学报》2010年12月9日。

陈理慧：《敞向乡村大地的写作——评贾平凹的新作〈带灯〉》，《当代作家评论》2013年第4期。

陈思和等：《文学如何面对当下底层现实生活——关于长篇小说〈泥鳅〉的讨论》，《杭州师范学院学报》（社会科学版）2003年第1期。

陈晓兰：《价值的迷失——关于尤凤伟的小说〈泥鳅〉》，《河西学院学报》2005年第3期。

陈晓明：《穿过"废都"，带灯夜行——试论贾平凹的创作历程》，《东吴学术》2013年第5期。

陈晓明：《萤火虫、幽灵化或如佛一样——评贾平凹新作〈带灯〉》,《当代作家评论》2013年第3期。

程德培:《镜灯天地水火——贾平凹〈带灯〉及其他》,《上海文化》2013年第3期。

程德培:《李佩甫的"两地书"——评〈生命册〉及其他六部长篇小说》,《当代作家评论》2012年第5期。

程革:《一曲同情和悲悯的歌——读〈丁庄梦〉》,《文艺争鸣》2006年第6期。

储兆文:《从〈高兴〉看贾平凹小说风格的新变》,《西安建筑科技大学学报》(社会科学版)2008年第2期。

范家进:《"前现代"与"后现代"的奇妙拼贴——贾平凹〈浮躁〉新探》,《浙江师范大学学报》(社会科学版)1996年第6期。

房伟:《梁庄与中国:无法终结的记忆——评梁鸿的长篇非虚构文学〈出梁庄记〉》,《文艺争鸣》2013年第7期。

葛红兵:《让农民发声,还是让农民沉默?——我对尤凤伟〈泥鳅〉的批评》,《当代作家评论》2002年第5期。

龚敏律:《游移的主题,割裂的文本——评〈带灯〉兼与几位批评家商榷》,《文艺争鸣》2014年第5期。

谷显明:《现代化语境下农民进城的艰难历程——以〈人生〉〈城的灯〉和〈泥鳅〉为例》,《文史博览》2010年第5期。

郭力:《穿行于历史与现实之间的寓言写作——〈羊的门〉阅读札记》,《北方论丛》2000年第6期。

何弘:《现代化进程中的众生命相——评〈生命册〉兼议当代长篇小说创作》,《当代作家评论》2015年第6期。

何西来:《道德的和宗教的救赎——读〈城的灯〉》,《南方文坛》2004年第3期。

何锡章、鲁红霞:《"乡下人进城"母题的文化解读——以〈柳乡长〉为例》,《文艺争鸣》2007年第6期。

贺绍俊:《接续起乡村写作的乌托邦精神——评周大新的〈湖光山色〉》,《南方文坛》2006年第3期。

洪治纲:《论非虚构写作》,《文学评论》2016年第3期。

洪治纲:《"人场"背后的叩问与思考——论李佩甫的〈羊的门〉》,《名作欣赏》2010年第9期。

黄轶:《批判下的抟塑——李佩甫"平原三部曲"论》,《当代作家评论》2012年第5期。

姜玉琴:《城市:一个承载事业、绞杀灵魂的谬体——从德莱塞的〈嘉丽妹妹〉到尤凤伟的〈泥鳅〉》,《外国文学研究》2004年第5期。

[韩]金顺珍:《〈丁庄梦〉里的权力、个人和种种》,《南方文坛》2013年第2期。

孔会侠:《李佩甫小说论》,《小说评论》2016年第5期。

孔会侠:《以文字敲钟的人——李佩甫访谈录》,《创作与评论》2012年第2期。

李丹梦:《"非虚构"的"中国"——论〈中国在梁庄〉》,《文学报》2011年12月1日。

李丹梦:《"非虚构"之"非"》,《小说评论》2013年第3期。

李丹梦:《李佩甫论》,《文艺争鸣》2007年第2期。

李其纲：《〈浮躁〉：时代情绪的一种概括》，《文学评论》1988 年第 2 期。

李兴阳：《乡村治理危机与乡村权力批判——新世纪乡土小说与中国农村变革系列研究》，《湖南科技大学学报》（社会科学版）2013 年第 6 期。

李星：《人文批判的深度和语言艺术的境界——评贾平凹长篇小说〈高兴〉》，《南方文坛》2008 年第 2 期。

李云雷：《我们能否理解"故乡"？——读梁鸿的〈梁庄〉》，《南方文坛》2011 年第 1 期。

梁鸿：《〈梁庄〉的疼痛——我为什么写〈梁庄〉？》，《北京日报》2010 年 11 月 14 日。

梁鸿：《现实的超越与回归——论〈丁庄梦〉兼谈乡土小说审美精神的困境》，《平顶山学院学报》2008 年第 6 期。

刘军：《〈生命册〉："爱欲与文明"的纠葛与疏离》，《扬子江评论》2013 年第 4 期。

刘涛：《梁庄的内与外——论梁鸿》，《西湖》2013 年第 10 期。

刘阳扬：《带灯的等待与等待中的中国——评贾平凹〈带灯〉》，《当代作家评论》2013 年第 6 期。

刘一秀、孟繁华：《主体立场：现代理性与传统伦理的纠结——贾平凹〈浮躁〉新论》，《安徽大学学报》（哲学社会科学版）2011 年第 3 期。

刘意：《从乡村到城市的生命"浮世绘"》，《文艺报》2012 年 4 月 2 日。

陆克寒:《〈带灯〉:现象界叙事与精神梦游——兼论当下中国文学价值理念的缺位》,《扬子江评论》2013年第4期。

孟繁华:《乡村中国的艰难蜕变——评周大新长篇小说〈湖光山色〉》,《名作欣赏》2009年第2期。

苗变丽:《〈生命册〉:乡村和城市相继溃败后乡关何处》,《河南大学学报》(社会科学版)2014年第1期。

聂珍钊:《论非虚构小说》,《中南民族学院学报》(哲学社会科学版)1989年第6期。

潘磊:《乡土变革的寓言化表达——读周大新〈湖光山色〉》,《文艺争鸣》2011年第5期。

邵宁宁:《城市化与社会文明秩序的重建——中国现当代文学中的"进城"问题》,《兰州大学学报》(社会科学版)2008年第1期。

邵宁宁:《〈骆驼祥子〉:一个农民进城的故事》,《兰州大学学报》(社会科学版)2006年第7期。

申霞艳:《"梁庄"与中国想象》,《文艺争鸣》2013年第7期。

舒晋瑜:《尤凤伟:我希望做一个清醒真实的作家》,《中华读书报》2014年9月17日。

孙德喜:《进城的路到底有多远——从贾平凹的长篇新作〈高兴〉看进城农民的命运》,《扬州大学学报》(人文社会科学版)2008年第3期。

孙郁:《〈带灯〉的闲笔》,《当代作家评论》2013年第3期。

[日]田原:《在象征和现实之间——读〈丁庄梦〉》,《南方文

坛》2013 年第 2 期。

汪树东：《直面城乡二元结构的价值迷思——评李佩甫的长篇小说〈城的灯〉》，《理论与创作》2004 年第 5 期。

王彬彬：《俯瞰和参与——〈古船〉和〈浮躁〉比较观》，《当代作家评论》1988 年第 1 期。

王春林：《现实苦难、残酷历史及其他》，《长城》2013 年第 2 期。

王德威：《革命时代的爱与死——论阎连科的小说》，《当代作家评论》2007 年第 5 期。

王光东：《"刘高兴"的精神与尊严——读贾平凹的〈高兴〉》，《扬子江评论》2008 年第 1 期。

王鸿生：《反乌托邦的乌托邦叙事——读〈受活〉》，《当代作家评论》2004 年第 2 期。

王兴文：《新世纪小说的乡土空间叙事及其意义——以〈湖光山色〉为中心》，《小说评论》2013 年第 2 期。

王学谦：《李佩甫：一个被低估的作家》，《当代作家评论》2013 年第 2 期。

吴义勤：《"贴地"与"飞翔"——读贾平凹长篇新作〈带灯〉》，《当代作家评论》2013 年第 3 期。

项静：《村庄里的中国：城乡二元化结构中的"返乡"文学——以近年人文学者的非虚构写作为例》，《南方文坛》2016 年第 4 期。

邢小群：《多维视角里的乡村现实——谈〈中国在梁庄〉》，《名作欣赏》2011 年第 7 期。

徐德明:《"乡下人进城"的文学叙述》,《文学评论》2005年第1期。

阎连科、姚晓雷:《"写作是因为对生活的厌恶与恐惧"》,《当代作家评论》2004年第2期。

杨俊蕾:《复调下的精神寻绎与终结——兼谈〈梁庄〉的非虚构叙述旨向》,《南方文坛》2011年第1期。

姚晓雷:《苍凉的悲悯——〈丁庄梦〉的一种读法》,《平顶山学院学报》2009年第1期。

姚晓雷:《"绵羊地"和它上面的"绵羊"们》,《山东社会科学》2004年第8期。

姚晓雷:《试论新世纪文学对当下乡村社会的主体呈现困境——以〈湖光山色〉为中心的一种考察》,《学术月刊》2013年第11期。

[韩]殷美荣:《生与死的麦比乌斯带——〈丁庄梦〉内容分析》,《南方文坛》2013年第2期。

于京一:《徘徊在"高兴"与"失落"之间——评贾平凹的长篇新作〈高兴〉》,《海南师范大学学报》(社会科学版)2009年第2期。

张莉:《非虚构女性写作:一种新的女性叙事范式的生成》,《南方文坛》2012年第5期。

张丽军、马兵:《一部新意与遗憾并存的"未完成"小说——关于周大新〈湖光山色〉的对话》,《艺术广角》2009年第5期。

张柠、许珊珊:《当代"非虚构"叙事作品的文学意义》,《中国现代文学研究丛刊》2011年第2期。

张维阳：《论李佩甫的"平原三部曲"》，《当代作家评论》2013年第2期。

张学昕：《带灯的光芒》，《当代作家评论》2013年第3期。

赵冬梅：《"且自簪花，坐赏镜中人"：〈带灯〉的两个文本叙事》，《扬子江评论》2014年第1期。

赵玙：《梁鸿：从"进梁庄"到"出梁庄"》，《光明日报》2013年7月12日。

郑春光、翟钰莹：《此中有真意——李娟非虚构作品中的两个世界》，《石河子大学学报》(哲学社会科学版) 2015年第4期。

周大新：《对乡村世界一腔深情——由小说〈湖光山色〉谈起》，《光明日报》2011年4月11日。

周立民：《回首难寻来时路——〈梁庄〉阅读札记》，《南方文坛》2011年第1期。

周立民：《隐秘与敞开：上塘的乡村伦理——读孙惠芬的长篇小说〈上塘书〉》，《当代作家评论》2005年第2期。

周立民、赵淑平：《世界何以如此寂寥无声——〈泥鳅〉中的底层世界及其描述方式》，《当代作家评论》2002年第5期。

周政保：《〈浮躁〉：历史阵痛的悲哀与信念》，《小说评论》1987年第4期。